DOLCE VITA

DU MÊME AUTEUR CHEZ LE MÊME ÉDITEUR

Un balcon à Cannes, nouvelles, 2012.

CHEZ LE MÊME ÉDITEUR

Marie Cardinal, *L'inédit,* roman, 2012.

Monique Lachapelle, *L'origine du monde,* roman, 2014.

Stéphane Lefebvre, *Infidélités,* roman, 2015.

Marie-Christine Arbour, *PsychoZe,* roman, 2016.

JUAN JOSEPH OLLU

DOLCE VITA

ROMAN

AP Annika Parance Éditeur

AP Annika Parance Éditeur
1043, rue Marie-Anne Est
Montréal (Québec) H2J 2B5
514 658-7217
apediteur.com

Photographie de la couverture : Rosine Chouinard-Chauveau
Dessin de la page de garde : Lætitia Giraud
Correction d'épreuves : Karine Bernard
Mise en pages : Alejandro Natan

Catalogage avant publication de Bibliothèque et Archives nationales du Québec et Bibliothèque et Archives Canada

Ollu, Juan Joseph, 1976-
Dolce vita
Texte en français seulement.
ISBN 978-2-923830-46-9
I. Titre.

PS8629.L599D64 2016 C843'.6 C2016-941694-1
PS9629.L599D64 2016

Annika Parance Éditeur reconnaît l'aide financière du gouvernement du Canada par l'entremise du Fonds du livre du Canada (FLC) pour ses activités d'édition.

Canada

Annika Parance Éditeur remercie la Société de développement des entreprises culturelles du Québec (SODEC) pour son soutien financier.

L'auteur remercie le Conseil des arts et des lettres du Québec de son appui financier.

DIFFUSION EN FRANÇAIS AU CANADA
Dimedia
539, boul. Lebeau
Saint-Laurent (Québec)
H4N 1S2
514 336-3941

DIFFUSION EN ANGLAIS AU CANADA
Fitzhenry and Whiteside
195 Allstate Parkway
Markham, Ontario
L3R 4T8
1 800 387-9776

DIFFUSION EN EUROPE
Librairie du Québec (DNM)
30, rue Gay-Lussac
75005 Paris
01 43 54 49 02

Dépôt légal — Bibliothèque et Archives nationales du Québec, 2016
Dépôt légal — Bibliothèque et Archives Canada, 2016

ISBN PAPIER 978-2-923830-46-9
ISBN EPUB 978-2-923830-47-6
ISBN PDF 978-2-923830-48-3

Imprimé au Canada

À Myriam et Lætitia.
À mes parents.

Au milieu de l'hiver, j'apprenais enfin
qu'il y avait en moi un été invincible.

Albert Camus, *L'été*, Gallimard, 1954

PROLOGUE

« La place Victor-Hugo est immaculée, étincelante, presque argentée; il y a un peu de givre sur la vitre et, malgré les voitures et les passants que je devine, en chair et en os, en bas, de l'autre côté, avec l'église Saint-Honoré à l'arrière-plan, on dirait un tableau. Je voudrais rester le front rivé à la vitre fraîche, à ne rien faire, à laisser défiler les heures neigeuses; rester là, aveuglé par la blancheur éclatante, immobile face à l'immensité du ciel qui se décompose à l'infini, seul dans le silence, entre le froid et la chaleur. Rester enfermé, ne voir personne, ne parler à personne. Mais non: je vais devoir, encore une fois, m'habiller, m'emmitoufler dans mon écharpe, prendre une contenance, saisir mes livres et me diriger vers le lycée, toujours seul, mais seul parmi les autres, à la fois protégé et rongé par cette solitude maintenant familière et qui m'accompagne partout. Comme si de rien n'était, silhouette et visage ni plus ni moins étranges que tous ceux qu'il me faudra croiser rue du Ranelagh, avant de retrouver la sécurité de cet appartement familier, de ses hauts plafonds lambrissés, de ses murs cannelés de livres et de ses boiseries. Pour cela, il me faudra donner un cours, attendre que le temps passe, vaguement

angoissé, étonné de constater que personne ne me traite avec méchanceté ni trop de désinvolture. Me dire, en sortant de la salle de classe, « et un de moins ! » tant je compte les cours, les heures, les étapes qui me séparent de la liberté, de l'inconnu et, peut-être, de l'oubli. Une fois de plus, je vais réaliser, presque avec humour, et soulagement aussi, que la tristesse la plus accablante ne se voit pas toujours. Que sa présence peut être confuse, voire invisible pour ceux qui lui sont étrangers. J'ai si souvent, ces jours-ci, l'impression que tout en moi suggère la souffrance, la lassitude, le dégoût ou, pire peut-être encore, la morosité et l'ennui. Il faut croire que non, qu'une résistance s'est organisée à mon insu entre mes gestes, mon corps et mon apparence pour camoufler tout cela. Je suppose que c'est mieux ainsi. Il est vrai qu'afficher son malheur est plutôt indécent. Être indifférent à tout, du moins aujourd'hui, qui pourrait me le reprocher ?

« Ce stage de professeur n'en finit pas. Cet hiver non plus, et nous ne sommes qu'en février. Si j'avais seulement su ! Ces responsabilités supplémentaires, dues à l'absence prolongée de mon professeur de stage, devoir donner les cours à sa place au lieu d'observer du fond de la classe et de prendre des notes, je m'en serais bien passé. Je n'aime pas vraiment ce travail. Comme tu t'amuserais à m'observer, et comme tu te moquerais de moi ! À toi, au moins, je pourrais en parler et m'en décharger. Dissiper cette grisaille aveugle qui nous cerne ces jours-ci, retrouver un ciel azur pommelé de blanc, la chaleur, les crépuscules dorés, l'encre nocturne, ces étoiles dont nous connaissions le nom par cœur. Il me tarde donc que le printemps arrive,

même si la seule et simple idée de voir la neige disparaître accentue singulièrement ma tristesse. Dans l'immédiat. Mais le printemps, c'est la conclusion de ce stage, le rapport rédigé et remis, c'est presque l'été, et l'été, c'est quitter Paris, quitter cette vie; c'est Genève, d'abord, pour un autre stage, mais plus intéressant celui-là, même si c'est dans une de ces organisations internationales auxquelles tu ne crois pas, et ensuite ce sera Rome, et presque un nouveau départ. Presque une autre vie. Je ne me leurre pas complètement : je sais bien que je n'en serai pas changé, en aucun cas, et que j'emporterai avec moi toute la mélancolie, toutes les incertitudes qui m'étreignent en ce moment même, quand elles ne cèdent pas la place à ce désespoir dans lequel je me débats ou m'abandonne, c'est selon, depuis notre séparation. Je ne crois pas aux changements radicaux : j'ai l'impression qu'ils sont illusoires, et les quelques années qui me séparent de mes vingt ans me l'ont bien appris. Chaque moment d'obscurité, chaque entaille dans ma résistance, aussi ancienne soit-elle, trouvent encore un écho quelque part en moi. Tout comme les jours heureux, ils me façonnent et, au même titre que les souvenirs de légèreté et d'insouciance, je ne peux les laisser tout à fait derrière moi. Je ne changerai donc pas, mais je ne peux m'empêcher de croire que Rome, le soleil, les rues animées et en désordre, l'inconnu, une autre langue, d'autres mains, corps ou bouches, tout ça me réchauffera, me secouera peut-être, me permettra de sentir se cicatriser un peu plus ce qu'il faut bien appeler des blessures, ces blessures que ton absence ne fait que rendre plus vives et cuisantes, vivantes. Elles ne disparaîtront pas. Mais au moins, peut-être que tout ce qui te rappelle à moi, tout ce qui ici est empreint de ta présence ne m'atteindra plus aussi aisément et avec une telle violence contre laquelle je peine à résister.

« Ce constat désenchanté peut sans doute paraître excessif, artificiel. Mais c'est ainsi que je me sens, et pas autrement. Même si tout se ligue pour que l'oubli complet me semble l'ultime objectif, moi je n'y crois pas. Je voudrais simplement retrouver mon souffle, sans te tourner tout à fait le dos, sans rompre exactement, sans couper définitivement les ponts, et pouvoir poser mes yeux sur des objets, des visages, des maisons et des paysages qui n'ont pas de lien avec toi.

« Là-bas, de l'autre côté des Alpes, ton absence ne sera pas inscrite dans la moindre pierre, l'avenue la plus anodine, le plus petit détail. À Paris, dans les rues, dans tous les cafés, toutes les boîtes, partout je te sens, je t'entends et je t'imagine. Alors bien sûr, je me souviens sans cesse. Là-bas, plongé dans cet autre rythme, vierge de ta présence, sans souvenirs, sans étreintes passées, sans avenir peut-être, mais possiblement sans désespoir, dans cette vie étrangère que j'aurai choisie, je saurai peut-être m'imaginer sans toi. À observer mon visage dans une glace quelconque en oubliant toutes les fois où tu y as posé ton regard passionné. Me plonger dans ton absence pour mieux m'en échapper. Et, peut-être, passer outre cette adolescence qui perdure en moi avant qu'il ne soit trop tard. Je n'ai pas particulièrement envie de devenir un vieux gamin ni de rester un homme enfant. Bien sûr, tout ce que je découvrirai, les merveilles inédites qui sortiront de l'ombre, les nouveautés qui m'éblouiront, je voudrai, dans un premier mouvement irrépressible, les

partager avec toi. Il faudra que je m'y fasse et que j'apprenne à dominer ces impulsions destinées au vide.

« Paradoxalement, cette séparation, que j'ai cherchée et provoquée, presque calculée, est sans doute ce qui me permet de tenir le coup, de contrôler ce qui peut l'être. J'ai choisi ma souffrance en pleine connaissance de cause, la préférant à celle qui la précédait, incontrôlable, démente, et à cause de laquelle des brèches, des failles sont devenues des abîmes. Je suis si loin dans l'obscurité qu'on ne peut plus rien me faire. Pas en mal en tout cas.

« Alejo. Je n'écrirai plus ton nom et je ne t'écrirai plus jamais de ces lettres en forme de requiem, de ces lettres chaotiques et répétitives, désordonnées, saturées d'égarements, de bousculades, de désarroi. Ce presque monologue, incessant, est une trahison en soi; je me trahis puisque tous ces mots que je t'adresse dans le silence ne traduisent rien d'autre que la révolte de mes sentiments face au vide et à la nuit. Pour retrouver la lumière, j'ai préféré la solitude, la rupture, la fin des choses qui comptaient. Je dois continuer de croire à un après, sinon le désespoir sera total et je t'aurai brisé le cœur en vain. Pour rien. Pour l'instant, tout reste noir et indécis. Je n'ai pas retrouvé la moindre lueur. Les faits sont là, pourtant : je suis vivant, et devant moi s'étendent les jours, les mois et les années qu'il me reste. Une éternité. Aujourd'hui, elle me paraît déchirante, mais demain, qu'en sera-t-il ? Je suis désespéré, mais je veux vivre encore; mieux, je veux renaître. Me retrouver. Ne plus avoir, devant mon propre reflet dans la glace, l'impression de contempler un inconnu. Me reconnaître. Moi. Moi, Adrien.

« Je ne t'écrirai plus de ces lettres, la main fébrile, dans cette chambre où tout me ramène à toi. Ces lettres que je n'ai pas eu le courage de t'envoyer. Jusqu'au bout je n'arrive pas à faire quelque chose qui pourrait te faire du bien, te soulager, peut-être, ou alléger ta souffrance, ta colère, ta déception. Tes regrets, peut-être. Tu te veux léger et impitoyable, un vrai Valmont, ou plutôt un vrai Merteuil. Je te vois bien en marquis. Les autres t'imaginent volontiers félon et calculateur, et maniant le charme comme une arme pour arriver à tes fins. C'est peut-être vrai. Mais tu es aussi entier et vrai, sincère au-delà même de ce que tu peux croire et désirer. Ne plus répondre à tes appels, laisser tes lettres et tes messages sans réponse, je me déteste pour cela. Et je te déteste aussi : tu n'as pas le droit de me faire ressentir cette douloureuse culpabilité, celle-là même que j'ai voulu fuir, née de tes erreurs et de mon incapacité stupide à les accepter, à les oublier. J'ai pardonné, pourtant. Mais cela ne suffisait pas pour faire taire cette révolte en moi, cette déception trop profonde qui a tout souillé. C'est de ma faute. Moi qui me pensais délicat et sensible, j'ai été incapable de la moindre grandeur, du moindre beau geste. Je me suis retrouvé coincé avec une âme petite et étriquée. Je me pensais mieux que cela. Je me voyais autre. Je me trompais. Je me suis découvert mesquin, jaloux, possessif, orgueilleux. C'est de ma faute. C'était plus fort que moi. Au-delà du choc, au-delà du chagrin, c'est ça qu'en fin de compte ta trahison somme toute banale m'a révélé.

« Elle est vivante, pourtant, cette âme sombre qui oscille entre méchanceté, obscurité et ingénuité; elle s'agite, tourmen-

tée, prise au piège de sa propre médiocrité, elle me torture, elle ne s'accepte pas, elle veut encore y croire. Espérances solitaires et chimériques. Je voudrais que tu te délestes de moi. Si petit et si lourd, pourtant, n'est-ce pas ? Mais je ne peux ni te le dire ni te l'écrire parce que c'est vrai et faux à la fois, parce que c'est compliqué, et parce que c'est terminé.

« À force de feindre et de me composer une certaine assurance, ma timidité semble diminuer; cet effet secondaire a lui-même des résultats inattendus : on semble, ces jours-ci, me trouver intéressant ou charmant ou attirant, sans même que cette mince paroi de glace, cette froideur qui au fond n'était rien d'autre que de la réserve, justement, ne s'interpose et donne une impression de dédain ou d'indifférence, comme cela a bien souvent été le cas dans mes relations avec les autres. Les visages, les gestes et les occasions se succèdent, s'offrent indifféremment à moi, sans répit, au moment précis où je n'ai rien à donner, et surtout rien envie de prendre, de recevoir. Dans la rue, à la Sorbonne, n'importe où, ces possibles liens s'offrent à moi, alors que je ne cherche et ne veux rien, trop occupé à ne pas faiblir. Je ne fais plus tellement la différence entre politesse et gentillesse, entre une offre muette d'amitié et une autre plus évidente de sensualité. Je constate, et j'ai peur. Et j'esquive, je fuis. Je ne sais pas ce qu'il me faut, je ne sais pas ce dont j'ai besoin, mais ce n'est pas de quelqu'un d'autre. C'est comme si je n'avais plus d'amis, plus d'existence propre. C'est faux, je le sais bien. Mais l'illusion est presque parfaite.

« Il n'y a que la tristesse à présent; elle règne sans partage, s'appropriant mille visages. Elle possède toutes les formes, les

voix et les apparences. Elle ne me quitte jamais. J'en suis malade. Je dois me transporter ailleurs, et au plus vite, me cacher dans une autre foule et me refaire un visage, trouver une armure, car tout sombre, s'effondre, s'effrite, se dilue et se défait…

« Je ne t'écrirai plus. Je peux bien le répéter autant de fois que je le veux, rien ne me garantit que j'y réussirai. Ce lien pathétique, c'est tout ce qu'il me reste de toi. Est-ce si nécessaire de m'en défaire ? Je ne t'écrirai plus. Parfois, j'ai l'impression que tout se ligue contre moi pour m'imposer ton image, ta personne tout entière, ta présence : des choses évidentes, des choses pas nécessairement importantes, dérisoires parfois dans leur simplicité, des choses inattendues aussi. Comme cet élève au lycée. Si différent et si semblable à toi. Quelle ironie ! Quel supplice aussi ! Quand je le vois, je dois lutter pour ne rien montrer de ce qui monte en moi et me fait chanceler. J'ai envie de crier. De m'enfuir. De me cacher sous peine de m'effondrer. De quoi me faire interner ! Il m'émeut, aussi. Il ne sait pas qu'il transperce l'obscurité, qu'il m'atteint, malgré tout ce que je viens de t'écrire. Ça me révolte : il n'a pas le droit, je ne veux pas. Mais quelque chose me pousse à me tourner vers lui, à l'observer à la dérobée, à le détailler. Comme une affiche de cinéma. Il me fait penser à cette photographie d'Alain Delon face à Annie Girardot dans Rocco et ses frères, *magnifique image en noir et blanc, avec ce regard fier, boudeur, indomptable, cette mâchoire résolue, cette beauté aussi raffinée que canaille, avec, tout en bas, le parvis, la cathédrale. Il ressemble à Rocco en plus méditerranéen. Et surtout, il te ressemble. Il s'appelle Maximilien.*

« À son insu, il m'aiguille vers lui comme un aimant. Il se dégage de lui quelque chose de très fort, de charnel, de sexuel. Je ressens tout cela, mais en pensant à toi. Troublant. Et déplacé. C'est fascinant comme c'est douloureux, et comme au cœur de cette souffrance vive se cache un plaisir imprécis, lancinant, que j'appréhende. Serait-ce le prix à payer pour être parti sans avoir su comment te dire adieu ? Et avant cela, de n'avoir pas su comprendre ? Et encore avant, pardonner. Relativiser la trahison. Et après tout cela, oublier. Il aurait fallu... je ne sais pas. Que je sois quelqu'un d'autre, peut-être. Il a fallu que ce soit ton passage dans les bras d'un autre qui me le révèle. »

PREMIÈRE PARTIE

1

AU LYCÉE

Le titre du livre posé sur le dessus de la pile placée à sa gauche était, je m'en souviens, *Moderato cantabile.* Bleu marine ou de minuit sur fond blanc. Je l'avais aperçu en passant à côté du bureau pour gagner ma place. Murs de craie cassée. Bois verni des bureaux, des chaises, vert forêt des tableaux, grisaille indéfinie du plancher. Je ne sais pas pourquoi c'est cela qui me revient en premier lieu. Ces détails ont-ils vraiment de l'importance ? Peut-être y a-t-il, dans ce livre, une histoire qui s'esquisse derrière la simplicité, la clarté apparente des mots ? C'est déjà chercher trop loin. Après les avoir lus par hasard, ces deux mots accolés l'un à l'autre m'avaient plu : « *Moderato, cantabile.* » J'avais pensé que peut-être nous en parlerions, mais ce ne fut pas le cas et le titre ne fut pas prononcé. Il n'était pas difficile de savoir ce qu'il signifiait; peut-être est-ce la raison pour laquelle quelques notes de piano s'insinuent dans mes souvenirs, ces derniers tellement précis qu'ils en sonnent presque faux.

Je devais découvrir par la suite que c'était chez lui une habitude. Toujours avoir un livre avec lui, ou plusieurs. Pour la littérature et les mots, bien sûr, mais aussi comme portes de sortie ou possibilités de parenthèses, d'évasion et de fuite. Et le cinéma, influençant ses actions et sa déraison. *L'incompris,* de Luigi Comencini. *Kids,* de Larry Clark. *Senso, La dolce vita, La notte brava, Portier de nuit...* De beaux titres, innocents en apparence. Mais, derrière, des images, des paroles et des actions parfois aussi délirantes que ses idées tourmentées. Je me souviens si fort et si bien, que l'imparfait ne va plus et que le présent s'impose à nouveau à ma mémoire.

Je réentends sa voix, grave et légère à la fois, à la limite du rauque et de la fêlure. Je pense qu'il a peut-être la gorge irritée. Peut-être pas. Je n'écoute pas vraiment ce qu'il dit; je me laisse porter par les mots sans en saisir le sens, je rêve. Je ne suis pas pressé que l'heure se termine, cependant. Au contraire. Cela devrait pourtant être le cas : un jeudi, passé seize heures, le soir qui tombe, annonçant déjà une nuit blanche et engourdie sous les averses de neige et le grésil. L'éclairage de ce local, subtil et légèrement tamisé, contraste violemment avec les néons sévissant dans la plupart des salles de classe et contribue à cet engourdissement qui m'envahit et auquel j'ai du mal à résister. Par les larges et hautes fenêtres du lycée, on peut voir tomber dans la cour intérieure couverte de pierres grises des flocons translucides et légers, à l'infini, innombrables. Cela dure par intermittence depuis ce matin, et toute la journée cette atmosphère cotonneuse, à la fois mélancolique, monotone et rassurante dans son inlassable constance, particulière aux jours de neige, m'a fait retomber en enfance, avec des envies incongrues de sortir et de courir dans la rue, les bras tendus devant moi et la bouche ouverte afin d'avaler le plus de flocons possible. Sentir sur ma langue de minuscules brûlures avant de me laisser tomber à genoux dans l'immensité blanche, de m'étendre sous les arbres dénudés et de m'endormir dans la froidure, protégé par le ciel de Paris, bas et lumineux. Me laisser aller avec abandon à la douceur immaculée, à l'engourdissement traître, prélude à une nuit qui ne finirait pas. D'y penser, dans cette salle de classe surchauffée et pourtant pleine de courants d'air, me semble aussi angoissant qu'exaltant. Plus d'incertitudes ou d'interrogations, plus de sensations fortes ou d'ennui. Rien d'autre qu'un vide, un néant dont je n'aurais même pas conscience. Comme à la fin d'un trip, aussi *cool* ou *bad* fût-il. Comme après le coït.

J'ai l'impression absurde d'être le personnage d'un récit de Cocteau, et plus précisément de me retrouver dans les premières pages des *Enfants terribles*. Ça doit être la neige, la léthargie, cette sorte de torpeur agréable, toujours elle, ou la chaleur de la salle de classe. C'est peut-être l'ambiguïté aiguë et incompréhensible qui m'envahit et m'étonne quand je le regarde.

Oui, ce temps a bien un goût d'enfance, il est morbide et ingénu, clair-obscur. Ces réflexions ne font que me frôler, avec nonchalance et sans réelle consistance. Pour l'instant, il n'y a rien d'autre que cette neige, ces murs et ces fenêtres, et ce désir que je ressens de me laisser aller au plaisir trouble suscité par sa voix qui me berce. Je ne sais pas trop ce qu'elle éveille en moi, mais elle est responsable de ces songes languissants qui me traversent l'esprit. Mon corps, quant à lui, réagit de manière moins poétique, mais sans équivoque : je bande.

Franchir la barrière de mes pensées. Le regarder à nouveau, anonyme et perdu parmi le nombre de visages et de regards auxquels il doit faire face. Il ne m'accorde pas d'attention particulière. Pourtant je sais ou je veux croire qu'il ne perd pas un de mes mouvements et qu'il se doute que je ne l'écoute pas vraiment. Est-ce mon imagination ? Un délire créé par la fatigue, l'ennui ou autre chose ? Je ne crois pas. Je ne suis pas du genre imaginatif, ni particulièrement rêveur. En temps normal... Il y a quelque chose entre nous, quelque chose de confus, d'insaisissable et d'imprécis. Un lien ténu, improbable, créé dans l'atmosphère étouffante de cette salle banale, qui remonte aux premiers regards échangés, il y a deux mois, avant les vacances de Noël, et qui, depuis, insidieusement, a fait son chemin dans mon esprit. Il ne regarde personne en particulier, semble presque distrait, détaché. Mais je suis sûr qu'il voit tout. Il ne prend pas la peine de rappeler à l'ordre ceux qui s'envoient des textos, chuchotent dans un coin, semblent ailleurs. Détaché, oui, mais aussi attachant, et vaguement las, avec toujours cet air d'épuisement qui lui confère un charme trouble que je m'étonne encore, malgré tout, d'avoir remarqué, moi qui ne m'intéresse jamais longtemps à rien.

Autour de moi, la plupart des autres semblent aussi lutter mollement contre une légère hébétude, mais ils paraissent tout de même trouver un certain intérêt à ce qu'il dit. Pour le dernier cours de la journée, c'est étonnant. Lui aussi doit être fatigué. Une passion vraie rythme pourtant ses phrases et ces noms qu'il prononce : Visconti, Fellini, Pasolini ou Buñuel, Almodóvar et plusieurs autres. Le lien entre Italiens et Espagnols m'échappe, les époques se confondent et je regrette alors ma fatigue, ma langueur. Je n'aurais pas dû fumer ce joint à l'heure du déjeuner. Je jette un coup d'œil à Joseph qui, lui, semble tout à fait alerte, très attentif, éveillé. Manuel a des cernes noirs sous les yeux, un sourire vague aux lèvres. Lionel est sur le point de sombrer dans le sommeil. Anouar, Sacha et Louis se textent; ils doivent s'envoyer des photos de filles; d'ailleurs mon portable vibre dans ma poche. Juste à côté, Lætitia semble passionnément intéressée par le cours; tout près de moi, Lola secoue ses cheveux acajou et me sourit. Quant aux autres, qui ont largement surpassé ma consommation, ils doivent être dans un état pitoyable, tentant de résister à un cours de latin ou de maths. Je préfère ne pas y penser. Je reste malgré tout sous une emprise artificielle qui va sans doute durer encore un moment.

J'aime cette voix, masculine et juvénile à la fois, un peu distante, mais aussi cassée, un rien maniérée, qui nous parle de guerre, de fascisme, de communisme et de révolte, de religion et d'apparences, de néoréalisme et d'exaltation, de bourgeoisie, d'amoralité et de vide existentiel. Je suppose que la désinvolture un peu raide qu'il dégage lui tient lieu d'autorité et, au même titre que sa distance, nous empêche d'avoir prise sur lui. Il est jeune, il est beau, ce qui a son importance, c'est indéniable, ne serait-ce qu'auprès des filles. Et surtout, il n'a pas cette allure capable, compétente, parfois arrogante, typique de certains professeurs débutants. Il y a certes quelque chose de froid et de hautain en lui, mais aucun air de supériorité. Je pencherais plutôt pour une certaine timidité, contrôlée tant bien que mal.

Il semble encore appartenir ou se confondre à notre petit univers de lycéens. Quand je l'ai vu entrer dans la classe pour la première fois, je me suis demandé, brièvement, et comme tous les autres, si c'était un nouvel élève, parachuté à la mi-novembre. Il a d'ailleurs été à notre place, sur ces bancs mêmes, il y a à peine quelques années. Plusieurs professeurs se souviennent de lui : j'en ai entendu quelques-uns en parler dans le couloir. Comment, à peine sorti du lycée et délivré de cet étouffement permanent, entre semi-prison et microcosme clos, comment peut-on vouloir y revenir ?

Malgré ce qu'il y a d'apparences communes entre nous, une distance subtile s'interpose entre lui et les autres, et explique ce léger décalage, présent jusque dans ses sourires. Espace très précis, qu'il vaut mieux ne pas tenter de franchir. Je n'ai pas l'impression que ce soit affecté. Il doit être comme cela avec tout le monde. C'est sans doute pourquoi son sourire le transforme autant, anéantissant la distance, établissant victorieusement un contact aussi direct que fugitif avec les autres. Dans ces moments précis, toute réserve et froideur s'évanouissent.

Je me demande comment j'en suis venu à m'interroger sur lui, sur ces détails qui m'émeuvent presque et que je n'aurais jamais remarqués avant. Avant quoi, d'ailleurs ?

Avant, il n'y avait rien de remarquable. Que des jours, des saisons et des années s'accumulant avec régularité et lenteur, et cet univers étriqué, parfois brièvement exaltant, pourvoyeur de rares sensations fortes, mais le plus souvent porteur d'un incommensurable ennui. Accumulation de savoir, d'habitudes malsaines, d'ambitions inégales, d'expériences réduites et d'espoirs aléatoires, dont certains perdurent alors que d'autres sont abandonnés en chemin.

Dès la première journée, j'ai eu la sensation d'être observé sans l'être. L'impression qu'il voyait en moi quelque chose dont je n'avais pas conscience. Il se comporte pourtant avec moi comme il le fait avec tous les autres et, vraiment, hormis cette lueur occasionnelle et ambiguë, son regard sombre ne trahit pas d'intérêt particulier à mon égard. Mon imagination s'emballe à nouveau. Peut-être tout cela n'est-il qu'une invention, un reste d'hallucination, une déformation de mon esprit momentanément corrompu par la drogue. Je préfère cela à cette mélancolie, cette insatisfaction qui m'oppressent depuis un moment déjà.

La neige ou la fatigue n'en sont pas responsables. Les racines du mal sont plus profondes. Simplement, d'un jour à l'autre, les palliatifs à l'ennui et au désœuvrement n'ont plus suffi. Mes pensées ont alors pris une tournure relativement inoffensive; mais je me demande ce qu'il en aurait été si j'avais été laid, ou pauvre, ou si j'avais eu en moi un trop-plein de haine ou de colère. De paranoïa. Cette impression d'être mis au ban de tout, d'être seul contre tous, comment la gère-t-on? Elle m'intrigue; c'est à cause d'elle que je ressens parfois une secrète et troublante sympathie envers certains marginaux dont le seul exutoire, avant d'être neutralisés, aura été la violence et la perversité. La destruction. Depuis quand cela me fascine-t-il ? Et depuis quand ai-je cessé de me laisser porter avec indolence, de prendre ici et là ce qui me désennuie, pour vouloir plus sans trop savoir quoi ? Un jour cela fut, sans prévenir et sans que rien, en apparence, ne change. Je n'ai pas d'explication; ne me reviennent que des indices imprécis, des sensations physiques. Je ferme les yeux, quitte la salle de classe, replonge dans la moiteur de l'été précédant cette dernière année de lycée, respire à nouveau l'odeur estivale de la ville, revis cette langueur mêlée de spleen et de stress, si dérangeante et intrigante à la fois. C'est là, en juillet dernier, et sans que je sache comment, que quelque chose s'est produit en moi.

Je revois le Soleil, le ciel bleu tacheté çà et là de blanc et de gris; je me rappelle la chaleur torride, les après-midi interminables et les soirées languissantes. Sur ma peau, je sens à nouveau le vent trompeur et brûlant qui agitait l'eau des bassins des jardins du Luxembourg et la peur d'avoir les yeux irrités par la poussière, alors que par endroits commençaient à jaunir la pelouse et certains bosquets plus vulnérables. Je voyais les heures, arides et sans attaches, les heures innombrables s'égrener les unes après les autres, toutes pareilles entre elles. Désœuvré, désintéressé de tout ce qui jusque-là m'avait semblé parfaitement distrayant. Paris et sa magnificence brusquement vaine, Paris et sa beauté devenue stérile ne pouvaient rien pour moi.

Je ressens encore cette impression d'inertie et d'inutilité, sensation toute neuve en apparence et pourtant déjà familière, si facilement intégrée à mes jours et à mes nuits que je me demande si je ne l'ai pas toujours ressentie sans trop m'y attarder. Soudain, l'été dernier, juste après ces longues vacances à la mer et à la montagne, après ces heures joyeuses et insouciantes à Beyrouth avec Joseph, mon meilleur ami, et coïncidant avec ce retour à Paris, fin juillet, dans des rues brusquement trop propres, trop droites, si belles et comme fausses, sans désordre ni cendres, il y eut ce passage à vide. Comme un faux pas. Un cri bref dans le silence. L'impression de n'avoir existé que pour le pousser, et sans avoir été entendu. Perdu dans ces avenues qui me paraissaient vides, où la vie et l'attention de la ville semblaient se détourner de moi, trop occupées à aguicher les touristes, seul dans l'appartement familial, retrouvé sans réel plaisir, j'errais avec l'impression de stagner, de manquer quelque chose. Mais quoi ? C'était avec regret que j'avais vu cette parenthèse au Liban se refermer. Mais je pense que malgré l'intérêt que j'avais eu pour ce pays, le lieu importait peu. C'était plutôt le moment. Un déclic s'était produit, l'indifférence ne me suffisait plus. L'immédiat même ne me portait plus.

Après une semaine ou deux, je me suis réhabitué. J'ai pu à nouveau occuper ma place sans trop de mal. Les avenues parisiennes ont retrouvé une allure normale à mes yeux et je les ai aimées à nouveau. Je fis beaucoup de sport, de la planche, je vis des amis, sortis en boîte. Je parlai, je bougeai, je passai des nuits entières dehors, revenu à moi-même. Je buvais, je fumais beaucoup. Les retours à l'aube me galvanisaient, me donnaient l'impression que rien n'avait changé. Le miroir me renvoyait toujours la même image, sans décalage apparent avec celle que j'apercevais dans les yeux des autres. J'essayai de lire, mais comme souvent, cela ne fixait pas mon attention et je pensai mourir d'ennui en tentant de venir à bout du *Diable au corps* et de je ne sais plus quel livre de Balzac. Je ne retenais rien, ne laissais rien m'atteindre. Je tentai d'endormir mes incertitudes, aussi obsédantes que tenaces; choisissant au hasard dans la discothèque de mes parents, j'écoutai Chopin et Prokofiev, pensant y trouver une certaine paix. Le premier ne fit qu'accentuer ma mélancolie en y mêlant de la lassitude; le second remua quelque chose en moi. J'écoutai plusieurs fois de suite un morceau en particulier, en attente, comme si des notes majestueuses et sournoises allait me parvenir une réponse, une réciprocité. Mais rien ne vint, rien d'autre que le silence précédant un autre morceau qui à tout coup me paraissait fade. Je retournai au hip-hop et à l'électro. L'alcool, les films, la pornographie ne comblaient rien non plus. Il m'était resté comme un décalage, un manque imprécis. Une tristesse elle aussi très vague et sans autre cause apparente que la mélancolie superficielle due au retour. C'est bien à partir de là que tout, y compris moi-même et mes plaisirs, me parut vain, sans goût, sans relief. Sans valeur. Je me branlais plusieurs fois par jour, mais les quelques secondes d'oubli qui en résultaient n'assouvissaient rien.

C'est vers cette période que je commençai à coucher avec Lina, rencontrée un soir à la salle de sport. Cela me tint occupé jusqu'à la fin de l'été. Séduisante, grande, les cheveux longs, châtains et brillants, elle devait avoir une trentaine d'années. Elle était avocate et décidée, autoritaire, sensuelle; nous nous rencontrions en début d'après-midi chez elle, près de la place Victor-Hugo. Elle ne disposait jamais de plus d'une heure. Nous ne pouvions pas perdre de temps. Elle avait faim de mon corps, de mes muscles, de ma bouche et de mon sexe; elle ne voulait rien d'autre. Aucune mièvrerie. Caresses, jeux, fellations, cunnilingus ou pénétration, avec elle tout était direct, rapide, efficace. Elle profitait sans réserve, n'avait pas d'interdits, d'inhibitions, et offrait sans réserve son corps athlétique, ses formes pleines, son savoir-faire. Elle appelait le plaisir naturellement, mais avec force. Je ne sais pas si c'était son influence, sa façon d'être ou autre chose, mais il me prenait pareillement. Avec force. Chaque fois, à la toute fin de l'escalade, il y avait ces sensations, ces rapides déchaînés dans mes reins, et cette douleur lancinante dans mon sexe, qui me montait à la tête, qui m'aveuglait, qui s'anéantissait en mille flammèches dans l'obscurité, aussitôt ensevelies, inondées par de fortes vagues de jouissance sous lesquelles je me cambrais avant de m'abandonner et de gémir. Peut-être aurait-elle été heureuse de pouvoir me dominer, en tout cas plus qu'elle ne le faisait déjà, mais au bout du compte mon insensibilité, égale à la sienne, la rassurait. Je ne voulais pas de souvenirs, je ne voulais pas être guidé. Je voulais le sexe, totalement, uniquement. Tout prendre, haleter, jouir. Comme elle. Un jour où elle disposait d'un peu plus de temps, nous discutâmes, étendus sur les draps froissés. Jusque-là, nous ne nous posions jamais de questions. Elle connaissait mon prénom, mon état de lycéen, s'amusait de ma nature, qu'elle disait lascive et qui promettait, selon elle. « Je sais de quoi je parle », disait-elle en riant. Après notre première séance, elle m'avait d'ailleurs dit m'avoir « reconnu » tout de suite en croisant mon regard entre deux machines de musculation. Que j'étais comme elle. Insatiable, est-ce là le mot juste ? Elle me demanda cet après-midi-là si j'avais déjà été amoureux, si j'avais « essayé » avec des mecs et si je couchais avec d'autres filles. Je répondis, un peu étonné, que non, jamais je n'avais été amoureux et que ça ne m'intéressait pas du tout, que non, je n'avais jamais essayé avec un mec et que je n'y avais jamais pensé, et que oui, je baisais avec d'autres filles, ce qui l'excita. Elle soupira et m'appela; je me collai à elle. Elle me dit après que depuis toute jeune c'étaient les mecs dans mon « genre » qui l'attiraient et l'excitaient. Grands, bruns, musclés, lascifs, égoïstes. Qu'on ne pouvait pas leur demander grand-chose de plus que du plaisir charnel, peut-être un orgasme aussi, qu'elle le savait et que c'était ce qu'elle aimait. Je haussai les épaules en disant que c'était déjà quelque chose. Elle sourit en me répondant que j'étais trop cynique ou trop blasé pour mon âge, et que je devrais au moins attendre d'atteindre mes vingt-cinq ans et d'avoir un cerveau complètement formé avant de me laisser aller à ces tendances. Est-on moins nihiliste une fois complet et formé ? J'en doutai et je le gardai pour moi. J'étais nu et offert, mais je restai silencieux, les muscles et le sexe bandés, si évident, si beau, dans son regard d'envie, si simple et pourtant si faux.

Je pensai et lui dis qu'au moins ma queue semblait, elle, complètement formée, et que pour l'instant cela semblait satisfaire tout le monde. Elle rit et je la regardai en pensant: « Quelle s*** ! Quelle garce ! » J'esquissai un sourire. Je n'étais pas vexé ni rien de ce genre, au contraire, mais à partir de là je perdis graduellement l'envie de la voir, je me lassai d'être un objet, ce qui, paradoxalement, m'avait procuré du plaisir. Le retour en classe fut un prétexte idéal. Je ne pouvais même pas avoir de remords, car je savais qu'elle se trouverait immédiatement un autre étalon – comme elle disait – pour la satisfaire et que, dans le pire des cas, son fiancé, avec qui elle vivait dans cet appartement où elle s'offrait sans remords à des inconnus à l'heure du déjeuner, pourrait en toute ignorance la faire patienter. Je supposai qu'il avait dû, à son heure, satisfaire certains critères de taille qui lui semblaient primordiaux. Que s'était-il passé pour que les choses changent ainsi ? Peut-être n'était-ce là que le simple résultat de l'usure du temps et du désir, et des sentiments perdus, errant sur trop de chemins.

La rentrée, les retrouvailles avec la bande, l'enthousiasme général, tout de même, d'en être enfin à la dernière étape d'une longue série d'années, et la reprise d'intrigues de toutes sortes me divertirent suffisamment pour me permettre d'entamer l'automne sans trop de mal. À l'orée de l'hiver, je me sentais rechuter quand le prof d'espagnol et de cinéma s'absenta et fut remplacé par ce stagiaire, déjà présent lors de la plupart des cours depuis quelques semaines. Soudain seul responsable de la classe, assumant plus de responsabilités qu'il ne l'avait sans doute envisagé, il s'insinua sans le savoir dans mon quotidien. Dans mes pensées, les plus banales comme les plus intimes.

• • •

Je sais que tout cela est grotesque. Que je divague. En effet, on ne se pose pas de questions sérieuses sur les professeurs, on ne s'y intéresse pas vraiment en tant que personnes vivantes, de chair et de sang. À moins qu'il n'y ait matière à se moquer ou à colporter quelque racontar, une liaison coupable, une étrangeté. Se délecter d'une humiliation, d'une faiblesse révélée par erreur ou par maladresse. Laisser libre cours à la rumeur. Il en est de même, évidemment, en ce qui concerne les suppléants et les stagiaires, qui passent sans laisser de traces impérissables, et envers lesquels on ne se sent aucune obligation d'obéissance ou de respect. Je me souviens confusément d'un grand type efflanqué et coincé, qui assistait le professeur de biologie et que nous avions fait pleurer à force de coups pendables, de tricheries et d'insolences à peine voilées. Un jour, après des sanglots, un juron et l'apparition, certainement sous le coup de l'émotion, d'un accent savoyard, il sortit de la classe sans se retourner, sans un mot, presque en courant.

Un souvenir plus clair me revient, celui d'une autre stagiaire un peu ridicule, qui venait parfois dans nos cours de français. D'un certain âge, de petite taille, assez mal fagotée, elle portait des lunettes démodées. Ses cheveux courts étaient frisottés et leur couleur, indéfinie; le tout soulignait son double menton, sa nuque un peu grasse, son allure de poule affolée, ses tenues qui ne lui allaient pas, tailleurs mal coupés aux teintes criardes. Sympathique dans l'ensemble, mais quelque peu grotesque avec ses airs affairés. Cette impression que nous avions d'elle semblait partagée par la prof elle-même, une assez belle femme, encore jeune, plutôt superficielle, très coquette, visiblement amusée et discrètement – mais pas tout à fait assez – méprisante envers cette vieille fille qui avait choisi tardivement un métier qui ne semblait de toute évidence pas fait pour elle, sans armes devant la politesse sirupeuse de certains élèves, face à leurs regards masquant à peine une impertinence et un dédain aussi profonds que détachés, incapable de saisir les codes pourtant immuables et très stricts de cette société adolescente impitoyable des lycées des beaux quartiers. Je me souviens avoir ressenti, au cœur de la joyeuse irrévérence suscitée par cette victime prédestinée, une sorte de malaise. D'avoir obscurément pensé que cette attitude, de la part d'une femme sûre d'elle-même envers une autre à l'assurance plus que chancelante, n'était pas tout à fait convenable ni très fair-play. Cela ne m'a pas empêché de faire comme tout le monde et de suivre la tendance. C'était plus marrant.

Lui, il n'est pas ridicule, mais séduisant. D'assez petite taille, mince, bien proportionné. Sa tournure, son air d'adolescent nous donnent parfois à tous l'impression que l'un de nous est allé à l'avant de la classe, derrière le massif bureau en bois, afin d'imiter ou de caricaturer un professeur absent. J'aime son visage aux traits réguliers et mobiles, si expressifs. Cette description est banale, mais c'est celle qui me convient et qui décrit le mieux ce que je vois, soit un équilibre indéfinissable de sa personne, une harmonie qui attire et accroche le regard. Ses lèvres sont charnues, son nez droit, fin. Ses yeux marron, grands et bordés de longs cils noirs, ses cheveux courts et foncés, coiffés avec soin. Faussement négligé, même quand il arrive avec un bonnet ou une casquette sur la tête, donnant l'impression qu'il n'a pas dix-sept ans. D'après ses chaussures, c'est un skater. Comme cette incertitude par rapport à son âge, le charme qu'il dégage est ambigu et inégal, je ne saurais trop dire en quoi. Si, parfois, il semble presque mal à l'aise, voire intimidé, cet état a des conséquences inattendues. Au lieu de nous permettre d'avoir le dessus et de n'en faire qu'à notre tête, comme cela devrait être normalement le cas, cela nous glace, en quelque sorte, nous oppresse, et nous attendons, tout aussi gênés, que cela passe. De la même manière, quand il manifeste une joie enfantine, c'est un enthousiasme soudain qui irradie et une atmosphère de légèreté se diffuse dans la classe.

• • •

Il ne parle plus, il s'est appuyé contre le mur. Il va éteindre les lumières, le film va commencer. *La notte brava*, de Mauro Bolognini. C'est en italien avec sous-titres. La langue de ma mère. Aucun effort de compréhension à faire pour moi. Enfin si, sans doute, comme il l'a souligné, puisque ce sont les mots de Pasolini que nous entendrons et que leur sens profond nécessite un minimum d'attention pour celui qui veut les saisir dans leur complexité. Mais avec la neige, l'obscurité, le noir et le blanc, l'engourdissement me gagne et il ne m'en faudrait pas beaucoup pour glisser dans une douce somnolence. Je dois me concentrer. Me secouer. Comment faire, comment m'y résoudre alors que je me sens bizarre, indolent, lascif, et que des images se bousculent dans ma tête, réclamant elles aussi toute mon attention? Je me procurerai le film. Je le regarderai plus tard. J'aime mieux rester inerte dans mes rêveries; je n'ai aucune envie de me retrouver plongé dans une atmosphère étrangère et inconnue. Je me sens troublé et ça me plaît. Et cela m'amuse encore plus d'imaginer la tête que feraient les filles et les garçons à mes côtés s'ils savaient les chemins détournés et passablement tordus que suivent mes pensées. Déjà parce qu'ils sont très critiques à propos de tout et de rien, mais aussi parce qu'en dépit de tous nos efforts d'émancipation ou de rébellion, et malgré tout ce que nous prétendons, nous ne pouvons, adolescents, jeunes adultes – peu importe comment on nous appelle – nous empêcher de reproduire, mais en plus rigide encore, l'univers dont nous sommes issus, ce monde prétendument adulte et raisonnable qui nous a été donné en exemple. Ne nous préoccupons-nous pas fanatiquement du qu'en-dira-t-on, des apparences? Cela ne nous rend-il pas effroyablement snobs, impitoyables les uns envers les autres, et parfois terriblement conventionnels?

Sa voix, à nouveau. Il vient de répondre à la question d'un élève sur l'âge des personnages. J'ai quand même et malgré tout suivi la description du film. Je pourrais parler, moi aussi, je pourrais dire, assez poliment, mais pas trop: « Mais, monsieur, ce n'est pas un peu tiré par les cheveux, comme histoire? Vraiment, vous pensez qu'on peut être ému ou choqué par quelque chose d'aussi extravagant? »

Un élève un peu irrévérencieux, mais pas trop, à qui on pardonne parce qu'il est à la hauteur sur le plan scolaire. Un petit coq. Ça m'arrange assez, cette image. C'est à la fois la vérité et comme une façade dont personne, à part moi, ne connaît l'existence. Je me suis rendu compte que j'ignorais ce que cette apparence pouvait cacher. Peut-être rien, du vide, une page blanche. En tout cas, pour l'instant, c'est à mon avantage: je pourrais parler, je pourrais prendre la parole et qui, dans cette classe, serait à même de soupçonner mes intentions réelles, c'est-à-dire attirer son attention sur moi? Un peu de rouge apparaîtrait sur ses joues; il planterait son regard un peu las dans le mien et me dirait en haussant les épaules: « Que veux-tu dire, Maximilien? Que tu n'es ému que par ce qui est convenu? Ou que rien n'a le pouvoir de t'émouvoir? Ce serait dommage... »

Je ne dis rien, mais quelqu'un d'autre parle et pose une question qui me semble alambiquée. Nihilisme, cynisme. J'écoute à moitié; la réponse me donne une idée de ce qui a échappé à mon attention: « Ce n'est pas parce qu'on applique à la lettre les principes bourgeois qui nous sont inculqués que l'on doit fermer son esprit ou son cœur à ce qui est différent, tu sais... »

Et ensuite, comme pour adoucir sa remarque, il ajoute: « Je comprends ta question, mais il faut se laisser porter par le rythme et tenter de comprendre les codes du cinéaste, comprendre aussi ce que l'on tente d'exprimer sous les apparences de l'histoire... »

Il se tourne vers la classe; nos regards se croisent. Il me sourit. Il passe ensuite aux autres, le sourire s'universalise, ne me concerne plus, et j'en ressens une improbable déception. Je ne sais pas s'il veut ainsi rattraper son apparente sécheresse, mais chaque fois qu'il sourit, je ne peux m'empêcher de ressentir ce choc intérieur, cette secousse. Quelque chose s'illumine en lui quand il se laisse aller ainsi, qui m'emporte, me soustrait à la médiocrité, à la monotonie. Je voudrais que ce sourire, cette effervescence ne s'adressent qu'à moi.

La musique emplit la salle obscure et le titre, les noms des acteurs apparaissent successivement à l'écran, sur fond d'images en noir et blanc. Laurent Terzieff, Rosanna Schiaffino, Mylène Demongeot, Tomás Milián. Des billets flambent. Mes paupières sont lourdes. La salle de classe tourne autour de moi. Tourbillon de désirs confus qui m'oppressent et me transportent à la fois, peut-être stériles, peut-être porteurs de promesses aussi exaltantes qu'inconnues. Je ne le vois que de dos, dans la semi-pénombre, ses cheveux courts et foncés dressés sur la tête, un peu à la James Dean, son profil délicat tourné vers les lueurs confuses de l'écran, où les faubourgs de Rome apparaissent entre ombre et lumière, dans une atmosphère quelque peu irréelle, empreinte de mystère, un peu comme sa silhouette immobile contre le mur. Il est là, tout près, et même si, de toute évidence, je déraisonne, j'ai soudain l'impression que tout est possible. Ce sont des pensées fugitives, imprécises. Ces possibilités que je mentionne, je ne sais même pas en quoi elles consisteraient. Me retrouver face à l'inconnu me déplaît et m'enchante à la fois.

Quelle est sa vie hors du lycée? Il doit avoir des copains, à l'université ou ailleurs, une famille; il doit sortir, se distraire. Rire, crier, se mettre en colère. Est-il sensuel, aime-t-il l'alcool, quels sont ses souvenirs, quelle est la taille de son sexe? A-t-il quelqu'un dans sa vie? Est-il solitaire? Amoureux? Il vit à quelques rues du lycée, je le sais. Il doit donc venir du même milieu que la plupart des élèves de l'établissement, partager avec nous des références et des traits de caractère précis à l'aide desquels nous nous reconnaissons. C'est peut-être pour cette raison toute simple qu'il ne semble pas nous juger, nous trouver superficiels. Nos mœurs et nos habitudes ne paraissent pas l'émouvoir; au contraire, il semble les connaître, les prévenir même. Impossible de savoir ce qu'il pense réellement.

Une envie de rire, soudaine, irrésistible. Que dirait-il s'il savait que derrière lui, dans la salle obscure, quelqu'un ressasse de telles pensées, se pose de pareilles questions? Je me retiens, je me contrôle, je me concentre.

À l'écran quelqu'un semble souffrir dans la nuit, et l'on voit des voitures noires et luisantes sous les réverbères, des gestes brusques, des armes; plusieurs jeunes et beaux visages se succèdent, crispés et unis dans une atmosphère de violence contenue qui transcende et sublime le charme désuet des images, des tenues et des chevelures sombres et laquées. Entre séduction et brutalité, des garçons et des filles s'affrontent. À la clé, un butin, et avec lui, l'évasion. Je ferme les yeux. Je voudrais y être, avoir une arme à la main moi aussi, participer à un cambriolage. Fuir dans la nuit avec mes acolytes, le cœur battant, les muscles tendus et le souffle court. Unis dans une même course éperdue, liés par la même révolte immorale. Les nerfs à vif, porté par un charivari d'adrénaline, je me sentirais vivant, je me sentirais vivre. Plus qu'avec la consommation de drogues, plus qu'à travers une quête effrénée d'aventures, de risques sexuels, de corps à dominer, et tout à fait en marge de la loi cette fois, à la limite de la catastrophe, de l'ombre et de la fin. Je me sentirais libre, peut-être.

Je doute que ce soit là le résultat recherché par cette projection. Je n'ose me tourner vers lui. Me regarde-t-il parfois, ou cette impression qui me taraude n'est-elle que le résultat des débordements d'une imagination déréglée ? Je n'aime pourtant pas imaginer : je préfère agir, quand je sais ce qu'agir signifie. Sans excès de scrupules et de morale, c'est très facile. Mais tout cela reste à l'abri des apparences et ce qu'il voit ne doit pas l'impressionner : un lycéen populaire, qui réussit, qui parle peu, toujours entouré d'amis, qui sèche des cours pour courir au café, qui drague des filles, fume devant le lycée. Certainement je ne suis à ses yeux qu'un étudiant parmi les autres et je suis surpris et désemparé par la colère imprécise qui m'étreint à cette pensée. Lui ne me verrait pas, alors que, souvent, on se retourne sur moi, on me favorise, on m'observe avec parfois quelque chose d'inavouable dans le regard, comme une promesse, une supplication ou une prière ? Mais entre indifférence et inertie, il est inhabituel que je veuille obtenir quelque chose des autres, et il n'est pas rare que je sois sur le point d'envier ces regards dont malgré tout je méprise la soumission. Parce qu'ils traduisent un désir, une envie, quelque chose de vrai, de vivant.

Pour la première fois, j'ai devant moi un possible objet de désir et de conquête. Une victime ? Un bourreau ? Les possibilités sont multiples. Que dois-je faire de cet intérêt envahissant que je ressens face à lui ?

Par hasard, peut-être, il m'a vu quelquefois embrasser ou draguer des filles différentes après les cours. Peut-être m'a-t-il aussi aperçu, lors de la dernière soirée étudiante, disparaître avec une nana et revenir passablement ébouriffé et très éméché. Ce n'est pas qu'il m'épie, ni même qu'il m'observe moi particulièrement, mais il me voit. C'est que, quand il me regarde, même par inadvertance, je ne peux m'empêcher d'en être conscient, de manière si aiguë que j'en ai presque mal. Je voudrais savoir ce qu'il pense de moi. Qu'il sache qu'il suscite en moi une envie d'autre chose, d'en savoir plus. Bien sûr, j'aime draguer les filles, coucher avec elles, prendre sans donner plus que nécessaire. Mais lui, je l'envisage comme jamais je n'ai envisagé personne, fille ou garçon. Je voudrais qu'il me connaisse, lui aussi, même si je ne sais pas trop ce que je veux dire par là. Qu'il sache que sa seule présence, la simple pensée de lui me fait ressentir plus de sensations fortes que le sexe en général. Qu'il sache aussi que je m'ennuie à mourir. Que baiser ne m'apporte plus cette sensation d'évasion que je recherche sans cesse. Je voudrais le connaître. Je le veux, lui. Je ne sais pas comment, je ne sais pas pourquoi, et je m'en fous. Impalpable impératif. Je le regarde; ce simple profil illuminé par la lueur de l'écran me fascine. Il me possède sans même le savoir. À quoi pense-t-il? Quelle est sa vie? Je voudrais tout savoir.

Sait-il que depuis des semaines, la nuit, dans mon lit, dans l'obscurité, je me branle en pensant à lui, à son odeur, à sa peau, imaginant ma langue dans sa bouche ou son sexe dans la mienne? Que ces pensées qui me ravissent terriblement sombrent ensuite dans un flou exaltant, parce que je ne sais pas trop quoi imaginer ? Inconnu, inquiétant. Excitant. Je devrais m'en horrifier, peut-être. Un autre garçon... Me scandaliser de la tangente qu'accusent sans prévenir mes désirs. Mais non, au contraire, quelle jouissance et quel bonheur de savoir que des horizons inédits se profilent, que rien n'est clos. D'autres plaisirs, encore, et encore inconnus, où me perdre et me retrouver, et y trouver, peut-être, non pas un double, mais un autre, qui me retiendra et m'attachera? Après l'éjaculation, lorsqu'à cette moiteur imprécise et secrète succèdent des envies moins crues et plus profondes, lorsque soulagé et presque apaisé, allégé mais désemparé, je n'ai soudain plus qu'une envie : dormir dans ses bras. L'entourer des miens. Rester après la fuite. C'est là un sentiment que je n'ai jamais ressenti. C'est, je pense, cet aspect des choses qui me déstabilise le plus.

2

FILATURE

Le ciel du soir était toujours bas et comme étincelant, orangé. La neige atténuait inlassablement le bruit des voitures et le son déjà confus des voix des élèves regroupés à la sortie du lycée. Les lueurs des lampadaires répandaient une lumière dorée sur les murs et les portes des immeubles; cette atmosphère cuivrée et intime m'enivra. Je n'avais pas envie de rentrer, ni d'aller au café, ni de suivre les copains pour aller chez je ne sais qui. Je respirai à fond. Après l'atmosphère confinée et brûlante de la salle de classe, cet air frais et le mouvement de la rue me ranimèrent. Mes esprits m'étaient peu à peu revenus; ne restaient qu'une fatigue imprécise, une langueur physique, une humeur indécise. J'aurais presque eu l'impression de sortir d'un rêve si je n'avais pas su que, dans tout cela, dans toutes ces pensées qui s'entremêlaient, se trouvait quelque chose de bien réel, qui ne devait pas son existence à l'épuisement. Après un moment d'indécision, je rejoignis les autres, qui traînaient devant les portes du lycée, rue du Ranelagh, et je me faufilai dans le groupe. Je demandai du feu, fis des bises et serrai des mains, me laissai embrasser les joues, acquiesçai aux promesses d'appels, aux rendez-vous pour le lendemain, pour la première clope, le premier café avant les cours, peut-être le premier pétard. On me parla d'une soirée qui aurait lieu dans quelques jours, des filles de Louis-le-Grand qui viendraient, de l'alcool et de la came qu'il y aurait, d'un DJ qui jouerait peut-être, un ancien du lycée, auréolé de sa victoire toute récente dans un concours international à Rimini. J'hésitai à rester comme d'habitude avec Joseph et Manuel. Finalement, je les embrassai aussi. Envie de solitude, de marche dans la neige, de silence. Penser encore à ces choses qui m'avaient occupé l'esprit l'heure précédente et avant cela, et pouvoir y penser avec un esprit plus clair, sans entraves, c'est-à-dire, autant que possible, lucide; voilà tout ce que je désirais. Je m'éclipsai et sentis mon portable vibrer dans ma poche. Je l'ignorai. Les mains dans les poches, capuche sur la tête, je me dirigeai vers la rue Davioud, tentant d'éviter toute connaissance. Au croisement, je tombai par inadvertance sur la dernière fille que j'avais embrassée, quelques jours auparavant, dans une ruelle voisine. Je lui adressai un sourire éblouissant, par habitude. Je ne sais pas pourquoi, ce n'était qu'une nana parmi d'autres, sans rien de particulier, jolie et un peu empruntée. Je me souviens de n'avoir pas ressenti grand-chose en l'embrassant, et de m'être dit que la cocaïne faisait parfois cet effet-là, et qu'il fallait que j'arrête d'en consommer, que c'était stupide, que j'allais me laisser prendre au piège si je continuais, que j'étais con. C'était vrai, d'ailleurs, mais de me le dire et de le penser ne pesaient pas lourd dans la balance, et je savais que ce n'était pas ça qui me ferait arrêter, mais plutôt l'inutilité de la chose. À quoi bon continuer si cela ne m'apportait aucune sensation, si cela n'avait rien d'excitant, à part un bref sentiment de danger ? Arrêter ? Mais pour passer à quoi ?

Je fis demi-tour, revins vers l'entrée du lycée en restant de l'autre côté de la rue. Cette masse de pierres sombre, coupante et solide dans la tempête désordonnée, avait ce soir-là une couleur qui se rapprochait de celle du ciel crépusculaire. La bande avait disparu. Des gens sortaient, élèves ou professeurs, qui, pour une fois, ne s'attardaient pas sur le trottoir. Je cherchai le remplaçant des yeux, machinalement et sans trop y croire. Mais n'était-ce pas pour cette raison précise que j'avais fait demi-tour ? Je suis bête, pensai-je; j'aurais dû rester devant les portes, ne pas bouger et l'attendre. Au fait, pourquoi ? Pour le voir sortir, pour le suivre ? Je n'en savais rien. Je voulais l'observer encore, en savoir plus sur lui. Je me fichais du reste. Je voulais tenter, en affectant les apparences du hasard, de me mettre sur son chemin et de me montrer à lui hors du lycée, pour que, peut-être, il puisse me voir différemment et non pas comme un élève parmi d'autres.

La chance était avec moi et je repris espoir : malgré les flocons qui tourbillonnaient, je le vis franchir les doubles portes, emmitouflé dans une gabardine de couleur sombre, sans doute bleu marine, une écharpe rayée lui enserrant le cou. Il salua un professeur au passage. J'étais toujours de l'autre côté de la rue, à demi caché par trois types qui discutaient. Je jetai ma cigarette et me glissai derrière un tronc d'arbre, mes livres sous le bras, les mains dans mes poches. Arrivé sur le trottoir, il tourna à droite. Il marchait tête nue, et vite. Très vite. Il était assez chargé. Il ne se retourna pas. Il fonçait dans la nuit. Je me secouai : il ne peut pas me voir, avec tout ce qui tombe, pensai-je, et je ne veux pas le perdre de vue; je dois foncer moi aussi. Je me hâtai et me mis à marcher derrière lui en laissant une distance prudente entre nous. J'espérais ne pas croiser quelque connaissance, et alors, impuissant, le voir disparaître. Il traversa la première rue perpendiculaire que nous croisâmes, continua. Je continuai aussi. Nous arrivâmes enfin à une avenue plus large, bordée de grands arbres nus habillés d'un vaporeux manteau d'argent et de beaux immeubles haussmanniens, comme la plupart de ceux qu'on trouve dans cet arrondissement. Il tourna à gauche, traversa l'avenue en diagonale, toujours sans se retourner, passa devant chez moi. Je levai les yeux vers mes fenêtres : obscures, évidemment. Comme toujours à cette heure-là, il n'y avait personne dans l'appartement. Mes parents, cette fois, étaient à San Francisco. Mais même s'ils avaient été à Paris, ils n'auraient pas été à la maison à ce moment-là de la journée.

J'accélérai le pas et, très vite, je ne fus qu'à quelques mètres de lui. Intérieurement, je remerciai la neige à nouveau. Il marchait vraiment vite. Nous avançâmes ainsi dans la foule pendant une dizaine de minutes. Près de la place Victor-Hugo, il s'arrêta devant un immeuble, se dirigea vers la porte, sembla chercher quelque chose dans ses poches, dans son sac. Je regardai les murs, les fenêtres aveugles, la porte cochère, pour en imprimer l'image dans ma mémoire. C'était donc là qu'il vivait. Nous n'étions qu'à quelques minutes de chez moi. Je ressentis un contentement absurde qui ne rimait à rien. Mais je savais où il habitait. Cela ne suffisait pas pourtant, ça ne servait à rien. Je levai les yeux, découragé; comment savoir quelles fenêtres, quelle porte, quel étage étaient les siens? Quel numéro? Je me figeai quand il changea d'avis, se retourna, revint sur le trottoir et tourna sur la gauche, dans une petite rue, avant de faire marche arrière, de revenir sur l'avenue et de continuer son chemin. Je me sentis tout à coup abattu, sans savoir pourquoi. Était-ce parce que le réverbère sous lequel il était passé en se retournant m'avait permis d'apercevoir son visage, un peu défait, fatigué, triste peut-être? Ce n'était peut-être que la lueur blafarde, le soir, les flocons, la fin de la journée. Ou était-ce mon désir imprécis qui me faisait fantasmer sur le moindre détail? L'espace d'un instant, je le détestai.

Je poursuivis ma filature, attentif à ses gestes, mais perdu dans mes pensées. Que m'arrivait-il? Je devenais sentimental. Agitation, divagation: plus besoin d'une substance quelconque pour les créer: elles me venaient toutes seules. Ce devait être, ce ne pouvait être que le désœuvrement, mais comment éviter le marasme qui en résultait, avec cette saison morte qui semblait ne jamais vouloir finir, l'année scolaire qui s'éternisait avec, en prime, le bac à venir? Et ces incertitudes, toutes les décisions qui suivraient ce passage inévitable: que faire, comment planifier un avenir qui, du jour au lendemain, serait entre mes mains? Il serait trop facile de dire que je ne voulais pas grandir, que je voulais rester comme j'étais puisque tout ce que je faisais tendait vers le contraire. Fuir cette existence? L'univers protégé du lycée, la possibilité de me laisser guider au rythme des examens, des intrigues de couloir, des amourettes sans lendemain, des trahisons diverses, cette nonchalance de privilégié, tout ce qui constituait mon univers depuis toujours éclaterait alors en mille morceaux. Était-ce vraiment ce que je voulais? Bien sûr, des bribes resteraient et le changement serait sans doute moins brutal que je ne me l'imaginais. Après tout, l'université ne représenterait sans doute pas une révolution et je m'en sortirais, comme d'habitude. Mais, tout de même, aller étudier la matière de mon choix, ce projet de quitter Paris pour Rome, de vivre loin des miens, l'idée m'angoissait un peu. C'était pourtant la mienne, avant que mes parents ne s'en entichent. Je n'ai jamais eu de mal à faire de nouvelles rencontres et je ne me souviens pas de n'avoir pas été bien entouré, partout, année après année, suscitant la sympathie, l'intérêt, sans effort ou mérite apparent. Par hasard, avec un peu d'adresse, il est vrai, je me suis tenu éloigné des conflits et des tromperies, si bien que je suis sympathique à tout le monde. C'est un tour de force quand je pense à tous mes gestes égoïstes et assumés tels quels. C'est peut-être cynique, mais je dois bien l'admettre : cela facilite les choses d'être, sans effort, agréable à regarder.

En Italie les choses ne seraient pas différentes : je savais bien que je ne resterais pas seul bien longtemps. Cette certitude ne me suffisait pas. Je voulais plus. Les jours peuvent sans doute être moins longs et les événements qui les remplissent moins fastidieux, pensai-je. Depuis qu'il avait été décidé l'année précédente de m'envoyer étudier en Italie, il me suffisait d'évoquer ce pays, ou plus précisément Rome, comme une formule magique; je ne pouvais m'empêcher de me dire qu'une fois là-bas tout serait différent et que je trouverais peut-être des réponses à mes questions et à mes doutes. Pourtant, alors que ma dernière année de lycéen s'écoulait inexorablement, au fur et à mesure que le moment approchait, des soupçons s'éveillaient et troublaient ma sérénité. Et si je me trompais? Et si, loin de Paris, de mes amis, du monde qui était le mien, je ne trouvais qu'une insupportable solitude, un désœuvrement beaucoup moins confortable? Quoi qu'il arrive, il faudrait que j'agisse et c'est là, je pense, ce qui m'angoissait le plus: j'ignorais ce que cela signifiait.

Tout cela ne suffisait sans doute pas à expliquer mon engouement, ou en tout cas mon intérêt subit, presque un début d'obsession pour ce garçon qu'après tout j'avais certainement déjà croisé dans la rue, dans un café ou ailleurs sans le remarquer particulièrement. Je serrai les poings dans mes poches: mes mains tremblaient, et tout en me sentant glacé une chaleur me traversait le corps, atteignait ma tête, envahissait mon sexe, et je me sentis rougir, étonné de la brutalité de ce plaisir douloureux. C'est ainsi qu'à travers un inconnu je pris conscience de moi-même et que je mis à suivre, sans trop comprendre, les mouvements intérieurs d'un sentiment que je ne parvenais pas à saisir complètement, pour la première fois dominé, attentif et un peu fâché, mais aussi secrètement satisfait.

Je revins à la réalité de ce soir de février; ma proie se dirigeait vers les cafés qui bordaient la rue un peu plus loin. Je continuai à le suivre non sans mal : la neige tombait plus fort et il était difficile de voir quoi que ce soit à plus de cinq mètres autour de soi. Je pensai que jamais je n'en avais vu autant que ce soir hors du temps; cela me donnait l'impression bizarre de ne plus être à Paris, mais en Norvège ou au Canada, tels qu'on se les imagine.

Il s'arrêta et sembla fixer les vitres éclairées d'un des cafés de l'autre côté de la rue, des cafés continuellement pleins d'ailleurs, et où l'on trouve toujours quelqu'un du lycée, et notamment des anciens. Il resta là, immobile, énigmatique silhouette que j'imaginai pathétique et sombre, entourée d'un halo de blancheur scintillant. Que cherchait-il à voir? S'il y avait de la place? Des gens qu'il connaissait? Et qui? J'étais de nouveau dissimulé derrière un arbre et je commençai à avoir froid. La neige pénétrait dans mes chaussures. Je pensai distraitement que j'adorais mes baskets Adidas et qu'il aurait été dommage de les abîmer. Pendant de longues minutes il ne bougea pas, puis il se retourna, fit demi-tour et se dirigea de nouveau vers chez lui. Il passa à côté de moi, la tête baissée, la bouche cachée par son écharpe et avec un regard que je devinai perdu. Il ne me vit pas. Je lui emboîtai à nouveau le pas; il passa devant chez lui, continua, passa devant mon immeuble et tourna dans la rue à gauche, se dirigea vers le jardin public, y pénétra, s'enfonça dans une allée, sous les arbres aux branches couvertes de neige. Que faisait-il ? Il marchait assez lentement. Je m'arrêtai aux grilles d'or parce que j'avais froid et faim, et qu'il aurait pu me voir, parce qu'il n'y avait personne d'autre. Et puis je pensai que, vraiment, si ça l'amusait, malgré le froid et la neige, d'errer dans les allées désertes du parc, un soir de neige, c'était très bien, mais que pour le coup je commençais à en avoir assez. J'avançai tout de même, je le regardai une dernière fois : il s'était arrêté devant un banc et il restait là, immobile, à fixer le ciel. De longues minutes passèrent; mes membres se raidissaient légèrement, j'allais me mettre à grelotter. Je me sentis perdu. Soudain, ce n'était plus drôle, ce n'était plus excitant. Je me détournai et me mis à courir.

Ces souvenirs sont encore si vivaces en moi qu'ils me semblent appartenir à l'instant présent, ici, à Rome, et malgré le soleil et la chaleur sur ma peau, je ressens encore les frissons qui me parcouraient ce soir-là. Ils sont pourtant emprisonnés dans un passé révolu, avec l'hiver de mes dix-huit ans, sans nul espoir de retour à la vie.

• • •

En me hâtant de rentrer chez moi, en retrouvant la foule, et en me frayant un passage sur les trottoirs bondés, je commençai à recouvrer mes esprits. Quelle idée de rester dans ce parc désert, dans le froid, à ne rien faire devant un banc, à contempler le soir enneigé, le ciel s'émiettant en mille particules et les arbres gelés, morts ! Mais je revoyais le masque blafard de son visage sous le réverbère, la tête penchée quand il marchait, enveloppé de solitude, et je sentais comme un vide en moi, un vague malaise, un étrange attachement. Je me préoccupais de ce qu'une autre personne que moi pouvait vivre intérieurement; c'était stupéfiant et si neuf que je ne pouvais faire autrement que de m'en inquiéter. Aussi irrésistiblement que j'avais voulu le voir, maintenant je voulais savoir. J'avais beau feindre l'étonnement, tenter de tourner ses gestes en dérision, mon imagination s'emballait; je l'avais crue jusque-là inexistante, négligeable. Mais elle existait et voilà que je lui découvrais des trésors de ressources. Je rentrai chez moi, dans le grand appartement vide et silencieux, laissai tomber veste, livres et écharpe sur le plancher, et profitai de la chaleur et de la quiétude; je me glissai dans le salon et m'affalai sur un divan. La douceur du velours, la légèreté de la lueur verte d'une lampe posée sur une table en marbre à l'entrée de la pièce, la lassitude de mon corps et de ma tête, tout cela fit en sorte que je m'assoupis sans même m'en rendre compte. C'est la faim qui, un peu plus tard, me tira de ma torpeur.

Ce soir-là, je pensai à lui, la tête troublée et le corps noué, et je ne me branlai pas. Son image m'accompagna dans la nuit jusqu'à l'orée du sommeil, et même au-delà, alors que je me répétais plusieurs fois son prénom dans l'obscurité : Adrien...

• • •

À l'aube, je tirai les rideaux sur le ciel sombre, encore accablé de sommeil, étonné d'être déjà réveillé et, malgré une certaine lourdeur des membres, de me sentir bien. Derrière moi, un grand vide. Aucun rêve, aucune impression ambiguë ne me revint. Je bâillai; il était beaucoup trop tôt. À peine sept heures. Je traînai au lit, la tête dans le vague, et je m'assoupis à nouveau. Plus tard, la lumière du jour, aveuglante, me blessa les yeux. Le ciel était pourtant couvert et le Soleil caché dans des nuées duveteuses. À l'extérieur, tout était blanc, brillant et figé. En ouvrant la fenêtre, je réalisai qu'il ne faisait pas froid et que toute cette couverture poudreuse disparaîtrait vite. Je respirai à fond, les yeux fermés.

À la cuisine, je me rappelai avec étonnement l'existence de mes parents et, par ricochet, leur absence. Déjà deux jours. Je me demandai quel temps il faisait en Californie et ce qu'ils y faisaient en cet instant précis. Je m'attablai devant le petit-déjeuner préparé par la femme de ménage, arrivée de bonne heure et que j'entendais s'affairer au fond de l'appartement. Je me versai du café, un verre de jus d'orange, mangeai une tartine du bout des lèvres. Je n'avais pas faim, seulement soif. Envie de fumer, d'être ailleurs. Dormir. Je dois avoir une de ces gueules! pensai-je. J'imaginai ma mère, qui m'aurait regardé en souriant et m'aurait dit :

– Tu as l'air fatigué, ce matin. Tu ne dors pas assez.

– Je n'ai pas très bien dormi.

– Tu seras raisonnable pendant notre absence, mon chéri, tu dois manger convenablement, prendre tes vitamines. Il y a plusieurs plats préparés et Laure passera tous les deux jours : tu pourras lui demander de te préparer ce que tu veux et d'acheter ce qui te manque.

— Oui, maman… Je n'aime pas trop l'idée de demander à Laure de cuisiner pour moi, en plus du ménage, des courses et du reste.

— Ce pour quoi elle est payée, je te le rappelle. Et bien, aurait ajouté mon père. Tu ne te soucies pas de ce genre de détails habituellement; ce n'est pas le moment de commencer. Et tu ferais bien d'étudier, de préparer ton bac. Après tout, à peine plus de cinq mois, c'est peu. Si tu pouvais penser à autre chose qu'aux filles, à tes muscles et à cette stupide planche à roulettes, tu me ferais bien plaisir…

— Oui, papa, aurais-je répondu avec indifférence.

Il aurait eu raison sur tous les points, comme d'habitude. Puis j'aurais baissé les yeux vers mon bol de café, bâillé sans doute. Mais cette fois, outre lui rappeler mes bonnes notes, j'aurais pu le rassurer et lui dire que je me mettais à penser aux mecs, pour changer. À un en particulier. « Je le désire, papa, je veux coucher avec lui. » Je me demande s'il n'aurait pas regretté en vrac les filles, le sport et la planche, pour une fois !

Je m'habillai rapidement et me retrouvai dans la rue; j'attendis d'arriver près du lycée pour allumer une cigarette. Je décidai de ne pas aller retrouver les autres au café. Je me demandai ce que faisait Adrien, ce qu'il allait faire jusqu'à 16 h, heure du prochain cours où j'allais le retrouver. Comment tenir jusque-là, comment supporter cette enfilade de cours, tous ces professeurs insupportables qui me séparaient de ce moment ? Je repensai au petit-déjeuner, à cette conversation imaginaire, mais si représentative de ma relation avec mes parents; ma mère, agréable, indifférente, mon père, attentif, froid, sec. J'étais stupéfait d'avoir exprimé en mots ce simple fait : je le désirais. C'était assez flou et pourtant bien précis. Savais-je même ce que cela signifiait, en réalité ? Je me demandai en tout cas comment je ferais, une fois avec lui. Comment faisait-on ? Avec une fille c'est simple, mais avec un mec ? Un homme ? Je ne savais même pas ce que je désirais chez lui, ni comment. Ce n'était pas que physique, c'était entier : je voulais le connaître, lui parler, l'écouter, le découvrir et me l'attacher, peu importe comment.

Cela me troublait de constater que ce flou et cette ignorance pourtant bien réelle ne m'importaient, au fond, que très peu. Je n'aime pas les chimères et ce que je désire ne peut être que possible. Il ne s'agissait pas vraiment d'orientation sexuelle, de remise en question. Cela s'imposait naturellement, non pas comme un changement, mais bien comme la révélation de nouvelles perspectives. Non, je ne changeais pas vraiment puisque, très prosaïquement, j'avais pris mon plaisir avec des filles et que cela se reproduirait sans aucun doute. Je ne reniais rien. Il est vrai que sans que cela soit bien précis dans ma tête, j'attendais autre chose. J'attendais quelque chose qui ne venait pas. Je me disais que c'était parce que je n'étais pas amoureux. Que je ne ressentais jusqu'alors rien d'autre qu'un besoin physique, une envie de sexe quasi obsessionnelle. Pourtant, me dis-je, je ne suis pas amoureux de lui, enfin je ne crois pas, ce serait vraiment absurde, et malgré cela, mes pensées nocturnes m'exaltaient plus que les transports brefs, mais bien réels, que j'avais vécus avec les filles.

J'avais du mal à voir le lien entre l'homosexualité et ce frémissement, cette excitation que je ressentais. Y en avait-il un ? Bien évidemment. Mais je ne savais pas. Cet état, cette définition « définitive » d'une façon d'être, d'un mode de vie, ce rappel malaisé de tout un amoncellement d'éventuelles difficultés me semblaient tout à fait inappropriés à ce moment. Je désirais, j'avais une envie de plaisir, c'était tout. Enfin, ce n'était pas tout à fait vrai puisque j'avais aussi le cœur qui flanchait bizarrement. Mais pourquoi penser plus loin ? Je ne me sentais pas différent, simplement je voulais quelque chose et je me rendais compte que je venais de décider que je l'obtiendrais coûte que coûte, même s'il me fallait pour cela m'aventurer dans des zones floues qu'il connaissait certainement mieux que moi. Je n'avais aucun doute sur sa sexualité et je savais, par des bruits de couloir, qu'un ancien du lycée était ou avait été son copain. L'éventuelle présence de cet inconnu dans la vie de l'objet de toutes mes pensées ne me troublait pas particulièrement tant j'étais certain d'atteindre mon but. Et cette homosexualité certaine ne m'émouvait pas non plus, comme si entre cette orientation et celle qui avait été la mienne jusqu'à cet instant je n'arrivais pas à voir de différence réelle ou quelque chose de dérangeant; je ressentais seulement une impression d'inconnu.

Bien sûr j'avais entendu les habituelles plaisanteries sur les « pédales ». Je pensai que j'avais certainement déjà lancé ce genre de qualificatif à la tête de quelques types au lycée. Mais ça ne voulait rien dire. J'en eus honte, brusquement. C'était stupide, c'est vrai. D'ailleurs, je savais fort bien que plusieurs de mes camarades, ou en tout cas des lycéens, étaient gays, clandestinement pour la plupart. Je connaissais l'existence d'intrigues alambiquées, mais ne m'y étais jamais attardé. Je m'en fichais et ce n'était pas moi qui allais révéler ce que j'avais compris ou découvert par hasard. J'avais par contre été étonné, pour ne pas dire bluffé, par la comédie jouée quotidiennement par certains d'entre eux, tout en me demandant pourquoi.

Désormais, c'était comme si le sol se dérobait sous mes pieds. Mais d'où me venaient donc toutes ces pensées ? Et moi qui croyais que je m'apprêtais à sortir de l'adolescence ! Il me fallait donc croire que cette étape, pour moi, était loin d'être terminée. Dur constat. Ou pas ? Je ne savais que penser. La cloche sonna, je jetai ma cigarette et franchis les portes du lycée; il ne me restait que cinq minutes pour me débarrasser de mon manteau, prendre mes livres et gagner ma place, comme tous les jours de la semaine, pareil à ce que j'étais habituellement, mais, je le sentais bien, plus exactement le même. Comme si moi aussi, désormais, je jouais la comédie.

• • •

L'après-midi touchait à sa fin et l'obscurité tombait déjà. Je me demandai comment j'avais pu survivre à toutes ces heures de classe en ayant la tête ailleurs. Devant les casiers, Joseph me regardait avec attention. Il me scrutait, tentait de lire en moi. Sans trop de succès, apparemment, même s'il devinait qu'il y avait un je-ne-sais-quoi qui se cachait entre nous. « Qu'est-ce que tu as, tu as eu l'air absent toute la journée ! Tu n'as parlé à personne, tu n'es pas venu fumer avec nous ce matin... T'es sûr que ça va ? »

Mon meilleur ami. Je le connaissais depuis toujours, me semblait-il. Nous faisions partie de la même bande et il nous était arrivé de nous échanger des filles. Appuyé contre les casiers, il me regardait avec ses grands yeux noirs et je ne savais pas quoi lui répondre. Qu'est-ce que j'ai ? Rien du tout, avais-je envie de lui dire. Je faillis éclater de rire devant son drôle d'air. Qu'aurait-il pensé si je lui avais dit ce qui me venait spontanément à l'esprit, à savoir que pour la première fois je l'enviais d'avoir une famille nombreuse et chaleureuse ? J'avais la chance d'y être le bienvenu, et apprécié, mais pourquoi cette idée soudaine alors que je ne me sentais pas capable de lui parler et que je voulais être seul plus que toute autre chose ? C'était étrange. Peut-être était-ce parce que j'aurais bien aimé, assez obscurément, qu'on me prenne la main, qu'on m'explique ce que je ne comprenais pas, qu'on me rassure. Mais sur quoi ? J'étais découragé. Et fatigué. Je sentais les effets de la nuit précédente. Je me redressai et pris un air dégagé pour répondre. « Mais non, il n'y a rien de spécial, j'ai mal dormi hier soir, je suis fatigué, c'est tout ! Et toi, ça va ? »

Cette année, pour la première fois, nous n'étions plus ensemble dans les cours principaux : lui dans la section scientifique, moi en économie. « Ça va, je suis vidé, quoi... Mais tu m'inquiètes. Ça ne se voit pas, si tu veux savoir, ta fatigue, dit-il d'un ton dubitatif avant de continuer. Tu as l'air en pleine forme. D'accord, tu as les yeux un peu cernés, mais tes joues sont rouges, tes yeux brillants... Tu m'as vu? Je suis vert!» Il éclata de rire. «Je devrais me coucher plus tôt, mais tu me connais, je n'y arrive jamais. Hier encore, j'ai lu jusque tard dans la nuit... Un chouette bouquin. D'ailleurs, je ne sais pas pourquoi, le narrateur, ou plutôt la narratrice, m'a fait penser à toi.»

Joseph passait son temps à lire; il avait toujours un livre en poche. Parfois, je l'enviais: il possédait, à la longue, tout un monde à lui, où évoluaient mille personnages et où se déroulaient d'innombrables intrigues. Il ne tenait qu'à lui de s'y réfugier quand il voulait. Ce n'est pas que je n'aimais pas la lecture moi-même, au contraire. Je lisais, bien sûr. Mais par paresse, peut-être, je ne m'adonnais pas trop souvent à ce plaisir, malgré les incitations de mes parents. Je relevai la dernière phrase de Joseph:

—Ah bon, et pourquoi?

—Il y a là-dedans une nana qui m'a fait penser à toi, je ne sais pas trop pourquoi. Sa vie intérieure, peut-être, sa façon de vouloir les choses, de penser. Il y a un petit quelque chose... Si ça t'intéresse, le titre c'est *Bonjour tristesse*.

Ma vie intérieure? Il me semblait n'en avoir une que depuis la veille! Je pensai que Joseph me connaissait mieux que moi-même, peu habitué à penser à ma propre personne, ou en tout cas à y réfléchir, à être conscient de ce que j'étais. Il était beaucoup plus profond que moi, plus réfléchi. Mon cœur se serra tout à coup parce que j'étais soulagé, mais bizarrement triste aussi, qu'il ne puisse pas deviner mes pensées. J'eus l'impression de rougir, d'embarras, de honte.

Est-ce normal d'avoir honte de ce qui m'obsède? pensai-je. Est-ce ça, l'homosexualité? Avoir honte? Je ressentis un déplaisir si fort qu'il me révolta. Je dis :

– Non, connais pas, enfin si, j'ai dû voir ce titre chez moi, mais...

– Quand je pense à chez toi, à toutes ces bibliothèques, ces livres partout! Mais ça t'ennuie, hein? Dommage... En tout cas, moi, j'adore en parler avec tes parents.

Il est vrai que Joseph discutait souvent avec eux, ma mère surtout, mon père étant la plupart du temps au bureau très tard, et ils parlaient de littérature, de politique. Je me sentis insipide tout à coup et, pour la première fois, amer et vaguement jaloux. Pourquoi pas avec moi ? Mes parents ne s'étaient jamais donné la peine de m'inclure dans leur univers ni de me l'inculquer vraiment. Par la force des choses, ça s'était fait tout de même, mais sans complicité ou réelle tendresse. Était-ce de ma faute? Les avais-je découragés sans même y penser? Je regardai Joseph sans aménité; il ne s'en rendit pas compte, sembla-t-il, puisqu'il ajouta : « J'aimerais bien avoir des parents comme les tiens, parfois. Chez moi, on ne lit presque pas. » Il sourit : « Enfin, on ne peut pas tout avoir! Je ne t'en ai pas parlé, mais, en ce moment, c'est le drame à la maison : j'ai finalement dit à mon père et à ma mère horrifiés que je voulais faire des études littéraires à l'université et ils me voient déjà vivant dans la misère, tout ça parce que je n'aurais pas fait médecine! Mais je déteste ça! Ils me disent que je réussis bien, donc que je dois continuer! Je ne sais pas ce que je vais faire... »

Voilà autre chose que je mis à lui envier : cet intérêt précis qu'il avait pour certains sujets. Moi, peu m'importait ce que j'étudiais, ce n'était pas important à mes yeux. Je le faisais bien, mais presque distraitement. Qu'est-ce qui me passionne, qu'est-ce qui est important ? pensai-je avec une angoisse subite.

— C'est sérieux ? Tu vas vraiment le faire ? Prépa et tout le tralala ? Ils vont accepter ?

— Bien sûr. Ils vont crier, et le conseil de classe aussi, mais tant pis. C'est ça qui m'intéresse. Moi, je veux écrire, vivre parmi les livres... J'y arriverai.

— Ha ! Je n'en doute pas : tu as toujours ce que tu veux, dis-je en riant.

Il me regarda d'un drôle d'air.

— Crois-tu ?

Et souriant à nouveau, redevenant celui que je connaissais, toujours affable, attentionné, il m'ordonna :

— Ce soir tu te mets au lit avec un bouquin, tu te reposes et tu te changes les idées. Essaie donc de lire *Bonjour tristesse*, on pourrait en parler. Ce serait nouveau d'avoir ce genre de discussions, tiens !

Parlant de tristesse, elle fondit sur moi tout à coup. Je me sentis inapte à tout, insipide à nouveau. Je me repris.

— Oui, tiens, c'est ce que je vais faire. Tu viendras dormir à la maison cette semaine ? Ils sont partis pour trois semaines...

— Ils sont à San Francisco, non ? Quelle chance de fuir cet hiver dégueulasse ! C'est sûrement mieux là-bas.

Évidemment. Il savait. Ils lui parlaient, à lui, quand il venait à la maison, quand il appelait sur le fixe. J'avais toujours trouvé ça très bien, ça m'avait même toujours convenu, arrangé. Pourquoi est-ce que cela m'agaçait tout à coup? Il me demanda :

— Il te reste un cours, là, non ?

— Oui...

— Avec le petit remplaçant ? Je ne sais pas comment il fait pour donner deux cours différents, cinéma en plus de l'espagnol. Il doit aimer ça, je suppose. C'est un ancien du lycée, tu sais ? C'est bizarre, pour un peu on le confondrait avec les élèves.

— Je sais...

— Je file au labo. Je t'appelle ce soir. Ciao !

Je le regardai s'éloigner avec indifférence et je restai seul avec ce plaisir trouble qui m'envahissait, que j'attendais. Je ressentis fugitivement l'impression que je ne pourrais plus m'en passer. Oui, une brèche s'était bien ouverte et je ne demandais qu'à m'y engouffrer. Je ne m'en cachais pas : depuis la veille, quelque chose avait changé et je commençai à me dire qu'il fallait que j'agisse. Que je fasse quelque chose, justement. Quelque chose qui ressemble à une conquête, peut-être.

Le cours fut une déception. Adrien semblait éteint, exténué. Il ne me regarda pas, ne m'accorda aucune attention. J'en ressentis une colère qui me surprit. En sortant, je décidai de ne plus penser à lui. Plus qu'une journée et ce serait le weekend. Cette soirée dont nous avions parlé avec Joseph et Manu me changerait les idées. Je comptais bien m'y défoncer.

3

SOIRÉE À MONTMARTRE

Vendredi soir. Toujours la neige, le mouvement, la blancheur. Un vent poudreux tourbillonnait çà et là, emportant une multitude de flocons énormes et légers en une farandole oscillant entre douceur et violence, imprévisible. Je me réjouis en jetant un coup d'œil à mes baskets montantes, malgré leur blancheur menacée. Si je faisais attention, mes pieds resteraient au chaud. Je pensai aussi, avec une mélancolie excessive, qu'il allait s'écouler un certain temps avant que je ne puisse reprendre mon skate et rouler comme je l'aimais, c'est-à-dire stupidement, je suppose, je veux dire la musique à fond dans les oreilles et sans casque sur la tête. Je ne m'en faisais pas vraiment, car je savais bien que tout cela ne durerait pas et ferait place à la pluie d'un jour à l'autre et que les chaussées recouvertes de cette riche fourrure chatoyante retrouveraient avant peu leur aspect dégagé et leur noirceur liquide.

Nous nous étions trompés de station de métro, et nous étions descendus trop tôt, à Place de Clichy. Nous ne connaissions pas très bien l'endroit, mais, sans raison particulière, nous décidâmes de marcher jusqu'à la station Blanche au lieu d'attendre le train suivant. À nous cinq, nous ne parlions pas beaucoup à cause de la fatigue sans doute et certainement, surtout en ce qui concernait les autres, du fait de ce qu'ils avaient voulu fumer avant de se mettre en route. À l'exception d'un léger *hot shot* que me souffla Manuel et qui n'eut d'ailleurs qu'un effet limité, je m'étais abstenu par manque total d'envie. C'était peut-être moins malsain que la cocaïne ou l'ecstasy, mais moins efficace aussi.

La soirée était somme toute agréable, pas trop froide et comme intime, avec cette neige qui envahissait tout en silence. J'avais envie de me vider la tête, de me secouer, de fuir mes idées grises; je décidai que ce que j'allais prendre pendant la soirée devrait être assez puissant pour me permettre d'y parvenir et d'assouvir ce besoin dévorant d'émotions frénétiques et de sensations fortes. Quelque chose de dur, de violent, de dangereux. D'exaltant. J'avais aussi envie de baiser, de jouir, de me saouler de plaisir. Ne plus penser à Adrien, à toutes ces conneries. Je jetai un coup d'œil aux autres, qui regardaient tous leurs pieds. Non, pensai-je, je n'allais pas me contenter d'enfiler les pétards et de m'effondrer ensuite, presque inconscient, la bouche entrouverte, sèche et vide, superficiellement satisfait, ahuri, trop heureux d'échanger des propos décousus ou de vagues étreintes avec n'importe qui. Moi, je ne voulais pas perdre le contrôle, en tout cas pas de cette façon-là; je ne voulais pas dormir, je voulais vibrer, sentir le danger, jouer avec le feu quitte à me brûler et à m'en délecter. L'alcool, la drogue, le sexe m'avaient fait connaître cet état et sortir brièvement de mon ennui. Depuis, à chaque instant j'en avais une faim que je contrôlais assez bien; mais ce soir-là c'était différent : je ne voulais rien contrôler, je voulais le contraire. Je voulais m'éclater et m'oublier.

Nous passâmes devant l'entrée de la station Blanche, heureux de toucher bientôt au but. L'effet de l'herbe dut s'atténuer brusquement, car tout d'un coup la conversation, plus que languissante jusque-là, reprit comme si elle ne s'était jamais interrompue pendant le trajet.

— Qu'est-ce que j'ai envie de baiser ! déclara Manuel d'une voix haute et claire qui résonna dans le silence cotonneux alors qu'un passant se retournait.

Il secoua une mèche de cheveux qui lui tombait sur les yeux. Nous éclatâmes de rire. J'essayai d'avaler des flocons de neige sans répondre.

— Tu n'es pas le seul, remarqua Joseph. Quoique... Mais bien sûr, Max sera sûrement celui qui baisera effectivement ce soir, comme toujours... ou presque, ajouta-t-il avec ironie en me jetant un coup d'œil moqueur.

— Alors partage, mec ! répliqua Manuel en se tournant vers moi. Ouais... je ne suis pas certain qu'avec la gueule que tu fais tu auras beaucoup de succès ! La tête renversée en arrière, bouche grande ouverte...

Je ris.

— Il y aura plein de filles... des meufs, il y en aura pour tous, lui répondit Lionel presque sérieusement. Peut-être que Lætitia sera là...

Il se tourna vers moi :

— T'as encore l'intention de mettre ta bite partout où tu pourras ?

— Ta gueule, répondis-je en rigolant, mais un peu choqué par ses paroles. Je ne la toucherai pas, ta Lætitia ! Et puis, c'est bon, je ne suis pas si désespéré ! Tu en penses quoi, dis-je en m'adressant à Louis, plutôt maussade et resté silencieux jusque-là.

J'eus l'impression qu'il essayait tant bien que mal de contrôler une nausée soudaine.

— Oh ! tu sais, moi...

Il haussa les épaules et se tourna vers Lionel, qui lui demandait si son « cher ami » Nicolas serait présent à la soirée. Je levai les yeux au ciel en espérant que non et en pensant qu'il ne m'en faudrait pas beaucoup pour lui casser la gueule à ce petit con que je détestais, mais je ne dis rien.

— T'es grave, mec, me susurra Joseph, mais ce n'est pas nécessairement négatif, tu sais... Je te trouve un peu fébrile, malgré ton silence et ton air posé qui trompent presque tout le monde... Il va falloir que je te surveille. Ça te reprend ?

— De quoi est-ce que tu parles ? Qu'est-ce qui me reprend ? répondis-je à voix aussi basse, mais avec un début de colère.

— L'envie de te défoncer et de traiter avec mépris celles qui viennent vers toi, attirées par ton sex-appeal, ce que, bizarrement, tu n'aimes pas tant que ça, même si ça t'arrange bien sur le coup... Tu te les fais les unes après les autres, tu prends ton pied et tu ne leur reparles presque jamais une fois soulagé... Tu n'en as pas marre, parfois ?

Je m'arrêtai de marcher, interloqué. Il me fit face, sans rien ajouter. Il disait assez vrai, mais je ne comprenais pas pourquoi il le disait là, de cette manière un peu détachée, comme si nous analysions tous deux une bizarrerie quelconque autour d'un verre. Comment lui expliquer que je n'avais aucune intention négative envers quiconque, que, simplement, je ne ressentais pas grand-chose, presque rien ? Je dis, aussi calmement que j'en étais capable :

– T'as décidé de faire mon procès... C'est ça, l'effet de vos pétards, quand ça ne vous fait pas dormir comme des abrutis ? Charmante ivresse... Tu aurais dû te saouler à l'arak, tu aurais été plus marrant, alors...

– Mais non, je constatais, c'est tout, dit-il en faisant un geste d'apaisement. Tu es mon ami, je te connais, nous nous apprécions, je te fais confiance et tout, mais je ne sais pas, tu restes silencieux sur tellement de choses et tu préfères vivre en solitaire, si bien que je n'ose pas vraiment t'en parler et ça me fout les boules, parfois... Tu te protèges, au moins, tu fais attention ? Tu as conscience de ce que tu prends ? De ce que ça peut te faire ? Et ces filles... Certaines sont de vraies putes, alors...

– De la morale, maintenant ! Et moi, qu'est-ce que je suis ? Un imbécile ? Putain ! Et en plus tu me soupçonnes de ne pas savoir utiliser une capote ? T'es dingue ou quoi ?

– Mais non...

– Ben si ! D'ailleurs, ce n'est pas comme si tu étais un ange, toi non plus !

— Je sais... Je dis juste ça parce que... Et merde, laisse tomber. Mais si tu as besoin de moi, tu me le dis, d'accord ? J'ai peur que tu fasses des conneries un de ces quatre...

— En tout cas, ce soir, si je fais des conneries, comme tu dis, ce sera devant toi, mon cher, alors pas d'inquiétude !

Il posa sa main sur mon épaule, nous nous sourîmes. Je me détendis. Je savais qu'il ne pensait pas à mal et j'étais touché malgré moi par ses efforts. Je lui dis alors, sur un ton plus affectueux :

— Merci... J'admets que, d'une certaine manière, tu as raison.

— Tu sais, moi, je disais ça comme ça...

Je lui fis un grand sourire et il parut soulagé que je semble comprendre ses intentions. C'est que nous parlions si peu, en réalité; si nous le faisions, la plupart du temps c'était sans partager grand-chose d'autre que des choses concrètes et quotidiennes, immédiates. Cela ne nous permettait certes pas d'approfondir la connaissance que nous avions l'un de l'autre au fur et à mesure que nous évoluions et nous apprêtions à sortir de l'adolescence. Malgré un attachement réciproque, nous aurions pu nous perdre ou en tout cas nous éloigner irrémédiablement, mais cela ne se produisait pas, sans doute grâce à de très brefs moments de vérité comme celui que nous venions de partager et où les intentions sincères et parfois secrètes ou inconscientes avaient plus de poids que les mots.

Des éclats de voix nous parvinrent; je revins à la réalité. Lui aussi. À quelques mètres devant, les autres nous appelaient. Nous nous précipitâmes vers eux; ils nous attendaient devant la porte cochère d'un immeuble dont les étages supérieurs disparaissaient dans la tempête de neige qui donnait à cette nuit un air de désordre à la fois agité et indolent.

• • •

L'appartement était vaste, l'éclairage très tamisé et inégal. Le bruit et la foule agitée qui se pressait contre les murs lambrissés remplissaient l'espace. Il y avait tant de gens et de têtes inconnues qu'un bref instant je me demandai chez qui nous étions, quelle était cette connaissance dont l'identité m'échappait. L'impression se dissipa peu à peu; je reconnus bon nombre de visages familiers. La musique était très forte, le plancher vibrait; c'était comme une *rave party* en miniature et je reconnus avec plaisir les envolées électroniques d'Armin van Buuren. Au plafond, très haut et immobile dans sa pénombre, un lustre en cristal. En petits groupes, certains discutaient. D'autres dansaient, riaient, un verre ou une bouteille à la main. Beaucoup fumaient, mais la fumée ne me sembla pas excessive. J'eus très envie d'une cigarette; n'en ayant pas, j'en demandai une à une fille qui passait; elle m'en donna deux, m'en alluma une, me fit un clin d'œil et se dirigea vers une porte entrouverte. Il y avait dans l'air une odeur trouble, presque illicite, bien caractéristique de ce genre de soirée, un mélange de parfum, de fumée, d'alcool et de corps, une odeur insaisissable qui me faisait toujours penser au sexe. Je laissai les autres discuter de ce qu'ils allaient faire et je m'enfonçai dans la foule, lentement, frôlant les danseurs. Ici et là des couples enlacés s'embrassaient, appuyés sur les murs ou assis par terre. Je traversai un couloir bien éclairé et j'entrai dans une autre pièce, aussi grande que la première et aussi sombre. Par contre, l'ambiance y était légèrement différente : elle empestait le *shit* à plein nez et la musique, tout aussi forte, était moins saccadée. Le rythme du hip-hop conférait à l'atmosphère quelque chose de plus langoureux, même si je ne distinguai pas vraiment de gestes ou de mouvements lascifs. Je fis quelques sourires et signes de reconnaissance ici et là, mais je ne parlai à personne. Je ne sentais rien, comme séparé des autres par une vitre. La console du DJ était vide et je me demandai quel disque nous entendions, car je ne le reconnaissais pas. J'avais trouvé des allumettes au fond de ma poche. J'allumai la seconde cigarette et me dirigeai vers une longue table plaquée contre un mur; j'y déposai les deux bouteilles de vodka que Joseph et moi avions apportées. Il y avait là, outre une lampe verte éclairant chichement les alentours, des bouteilles diverses, vodka, whisky, Grand Marnier, la plupart déjà à moitié vides, des verres, des coupes, des mélangeurs à cocktails, des bouteilles de Martini Dry, des pots transparents remplis de jus aux couleurs vives, orange, grenat, or. Je dénichai, derrière d'autres bouteilles, un whisky que j'aimais bien et je m'en versai un plein verre, d'une propreté d'ailleurs incertaine. Pas de glaçon, pas de soda : je l'avalai d'un seul coup et fis la grimace. Il y avait une autre table juste à côté, ronde celle-là, couverte d'une nappe rouge luisante. Relativement épargnée, encore presque intacte, contrairement au bar. Il était peut-être trop tôt. Vers minuit et après, il ne resterait plus rien.

Je n'avais pas faim et aucune envie de sucre, mais je trouvai alléchants les trois étages chargés de friandises multicolores du gracieux serviteur muet en cuivre, les plats en argent ovales couverts de canapés et de bouchées, de gâteaux et de biscuits, les larges bols en cristal remplis de cerises rutilantes et de noix diverses. Une large coupe en bronze, qui débordait de grappes de raisin, me fit presque envie. J'espérais, sans trop m'y attarder, que les objets précieux de cette maison avaient été mis à l'abri. Je restai songeur un instant devant l'élégance de l'ensemble, sans doute plus en accord avec l'appartement que la fête qui s'y déroulait. Je me versai un autre verre et décidai de me mettre à la recherche de celui qui me fournirait de quoi passer une bonne soirée, un ancien du lycée que je connaissais bien, prénommé Hicham, étudiant à la Sorbonne et fils de diplomate.

• • •

Elle détacha sa bouche de la mienne et prononça ses premiers mots depuis que nous avions commencé à nous embrasser, elle le dos au mur de la chambre et moi collé à elle :

– Non... je préfère sans...

– Sans capote ? Ça va pas ? T'es malade ou quoi... En tout cas pas moi.

Quelle conne, pensai-je en silence, comme si c'était une question de préférence... Moi aussi je préférais sans, si on allait par là...

Je fuyais sa bouche qui revenait vers la mienne. Elle appuya la tête contre le mur, les yeux fixes. Je pensai brièvement à Joseph. Qu'aurait-il dit? Dans la quasi-pénombre, je distinguai mal son regard, mais il ne me sembla pas y lire beaucoup de caractère ni d'intelligence. Ce vide était-il passager, dû à une consommation quelconque? Ses lèvres humides et entrouvertes me dégoûtèrent soudain et je fus bêtement soulagé qu'elle ne m'ait pas fait une pipe. Mon désir pour elle s'atténua, mais mon besoin de plaisir perdurait, trop fort, et comme amplifié par le dédain que je ressentais; j'enfilai donc la capote et je la pénétrai immédiatement, sans douceur. Elle renversa la tête en gémissant et ne dit plus rien alors que j'allais et venais en la regardant avec mépris, ce qui provoquait en moi une excitation perverse. Elle bougeait légèrement, aussi passive qu'habituée, me sembla-t-il. Dans le lit, derrière nous, un couple se caressait ou baisait en soupirant; un rapide coup d'œil me permit de constater qu'une troisième personne que je distinguai très mal semblait s'être jointe à eux. Mouvements imprécis, brusques; gémissements, halètements. Le sexe était partout dans la pièce, s'épanouissant sans contrainte dans l'éclairage à peine existant. Et cette fille... non ce garçon... cette fille. Je distinguais mal. Cette troisième personne était-elle déjà là auparavant, dans l'ombre, cachée par les couvertures et les manteaux? Par terre, assises, deux ou trois silhouettes, confinées dans une complicité exclusive et ne prêtant pas attention à ce qui se passait autour d'elles. Voix chuintantes, mouvements incertains, confus. Quelle déchéance! pensai-je. Mais qu'est-ce qui me prend? Je n'avais pas trop conscience du temps et les sons me parvenaient comme déformés. Mes jambes tremblaient, mon jeans et mon slip, descendus en bas des cuisses, me gênaient légèrement dans mes allers et retours; je passais d'une étrange insensibilité physique à l'extrême inverse; c'est ainsi que j'eus l'impression que mon sexe se gonflait à l'infini et allait exploser; cette montée si rapide me soumit tout à fait et je me laissai aller; je dus me mordre la lèvre pour ne pas crier en éjaculant. Un râle s'échappa tout de même de ma bouche, amplifiant mon plaisir. La fille était toujours docile, silencieuse. Incroyable de devoir admettre qu'elle avait une part dans ce plaisir aussi bref que brutal. Je me retirai et m'assurai sans gêne que la capote avait tenu le coup avant de l'envelopper dans un mouchoir et de la laisser tomber dans une corbeille sur laquelle j'avais d'ailleurs failli trébucher plus tôt en entrant dans la pièce. Une fois rassuré, je remontai mon slip sans me presser, puis mon jeans, sans un mot pour la fille qui lissait sa jupe en silence en fixant le sol, une mèche de cheveux lui barrant le visage – complètement bourrée, pensai-je. Je me détournai, restai immobile un instant et sortis de la pièce sans un regard en arrière. Aurais-je dû m'assurer, pour elle... De quoi ? Une fois dans le couloir je m'appuyai contre le mur et je me laissai choir sur le plancher : je n'avais plus aucune énergie, mes jambes me lâchaient, je me sentais vaguement dégoûté. Une fois assis, je me sentis mieux. Ce que m'avait donné Hicham était décidément très efficace et imprévisible. Je me demandais ce qu'il allait m'arriver maintenant.

Je fis aller ma tête à droite, à gauche. Impression que les murs bougeaient en parallèle. D'autres étaient assis autour et en face de moi, discutant ou simplement silencieux. La musique emplissait l'espace. Je fermai les yeux. Mes paupières étaient lourdes. Ma tête tournait, je frissonnais tout en ayant l'impression d'être accablé de chaleur. Les sons et les notes me parvenaient distordus. Des images pornographiques m'assaillaient; il me semblait que j'errais le long de pièces en enfilade, aux ombres équivoques. Mais non, j'étais cloué au sol. Impossible de les éviter, de ne pas les voir : soudain je n'avais plus de paupières. Des corps emmêlés, des copulations, des langues, des sexes énormes, difformes, des bouches béantes, en attente, de tous les côtés; des filles offertes, prises par-devant et par-derrière, des mecs dans des positions invraisemblables, des gémissements, des cris, des fluides, partout... Il faisait une chaleur insupportable, c'était un enfer. Je pensai soudain à l'heure, à l'heure qu'il pouvait être. Aussitôt l'orgie infernale disparut; à sa place apparurent des horloges de style plutôt rococo, des coucous et des statues en bronze ou en porcelaine, volant autour de moi dans un ciel rouge sang zébré de coulées cendrées et m'entourant, un peu dégoulinantes elles aussi, et comme fondantes; un tic-tac s'élevait, envahissait tout, faisait disparaître la musique. Je prononçai ce nom : « Dalí ! » Au son de ma propre voix, comme secoué, j'ouvris les yeux, paniqué; les horloges étaient toujours là, dans un ciel noir déchiré de lueurs diverses, alors que je tremblais violemment et qu'une intense nausée montait en moi. Je me préparais à affronter l'inévitable quand elle diminua et cessa tout à fait. Avec elle disparurent horloges et réminiscences lascives. Je ne frissonnais plus, la musique me remplissait à nouveau les oreilles, régulière, familière. J'eus l'impression d'avoir essuyé une tempête, d'avoir été abusé et vidé d'une source de vie. Devant moi, des gens allaient et venaient; personne ne semblait m'avoir vu. J'étais toujours assis par terre, le dos contre le mur. Un coup d'œil à ma montre m'apprit que j'avais dû halluciner une dizaine de minutes. Le retour à la réalité me requinqua. Je retrouvai ma raison, mon corps et mon équilibre. Je me relevai, un peu étourdi, mais me sentant tout à fait bien : j'avais, semble-t-il, frôlé le bad trip ou quelque chose de ce genre; maintenant, le danger semblait écarté. J'ajustai mes vêtements, passai la main dans mes cheveux. Je me sentais toujours vaguement exalté, mais avec le besoin de baiser en moins. J'avais un peu mal à la bite et je restais quand même avec une insaisissable impression de dégoût. Cette histoire de capote m'avait marqué et je ressentais une sorte de répulsion sans raison précise qui me donna envie de me jurer « plus jamais ». Mais plus jamais quoi? Ne plus coucher avec personne? En public? Avec des inconnues? Sous l'influence de drogues? Je haussai les épaules : ce n'était pas le moment. Mais j'avais envie d'eau, de fraîcheur et de propreté. Du moins pouvais-je me laver les mains. Je me dirigeai vers la salle de bains. La porte était entrouverte, je la poussai. C'était une grande pièce, très éclairée, éblouissante. Partout ce n'était que miroirs, blancheur, acier. Outre une immense baignoire entourée d'un rideau vert pâle et un comptoir en marbre avec le lavabo, il y avait une sorte de coiffeuse devant laquelle étaient assises deux filles. L'une avait la tête penchée en avant et semblait pleurer, cachée dans ses cheveux. L'autre, un bras sur son épaule, tentait de la réconforter. Son maquillage avait coulé; je me dis que le visage de celle qui chialait devait lui aussi être en désordre. Sur la commode, un cendrier rempli de mégots, des traces de poudre blanche parmi les produits de beauté épars, des verres vides. J'entendis chuchoter et j'écartai le rideau entourant la baignoire. À l'intérieur, deux mecs assis en tailleur discutaient tranquillement, une bouteille de bière à la main. Ils me jetèrent tous les deux un regard ambigu, mais ne me parlèrent pas. Je lâchai le rideau et revins devant le lavabo tout en remarquant que le maquillage de la fille qui pleurait et qui avait relevé la tête tenait très bien le coup, ce qui ne voulait pas dire qu'il l'embellissait. Elle me regarda avec un intérêt non dissimulé que j'étais loin de partager. Elle était livide et ses mains tremblaient. Je me détournai, me regardai dans la glace : j'avais les yeux bizarres, très brillants, les pupilles dilatées, les joues rouges, le teint assez pâle. L'eau était glacée, je me frictionnai le visage avec après m'être lavé les mains, ce qui me fit le plus grand bien. Je passai la main dans mes cheveux. Je bus aussi beaucoup, à même le robinet. Je me sentis encore mieux, mais mon envie latente de partir ne fit que s'accentuer. Je sortis en fermant la porte tandis que les deux filles me suivaient du regard.

Je n'avais plus envie de boire, de danser ou de discuter. Quant à prendre quelque chose, j'en avais eu assez pour la nuit. Dans la salle hip-hop, je regardai et écoutai le DJ; je ne restai qu'un moment, très étonné quand j'entendis les premières notes de *Paris Latino* succéder à une vieille chanson d'IAM. Il n'était sûrement pas tard : c'était moi qui étais allé trop vite : alcool, drogue, sexe. Je jetai un coup d'œil à mon portable : minuit et demi. Seulement. Et maintenant, quoi ? Tout sauf ce vide horrible, cette tristesse, cet ennui. Je les détestais. Je me secouai et passai dans l'autre pièce, où j'errai un instant, happé par le rythme syncopé de la musique, les violons synthétiques et des sons arabisants, avant de repérer les autres, installés sur des coussins dans un coin, avec quelques types et deux filles que je connaissais vaguement. En me voyant approcher, Joseph se leva, me dit « je reviens » et me tendit son paquet de cigarettes. Je lui en pris une. Les autres me regardèrent en se parlant, me saluèrent, tendirent des mains. Je restai debout, allumai la clope après avoir demandé du feu, observai les alentours. Une des filles se leva elle aussi, me fit la bise. Je me souvins qu'elle m'avait toujours paru sympathique et dangereusement intelligente. Je ne sais pas pourquoi je le savais. Je ne l'avais pas rencontrée si souvent. Cela se sentait, je suppose. Peut-être à cause de ses yeux noirs, immenses, magnifiques, frangés de cils d'une longueur invraisemblable et dont l'ombre leur conférait quelque chose d'insaisissable et de mystérieux ? Elle était assez petite, avait un beau corps, mais n'était pas vraiment jolie. On sentait cependant que l'irrégularité de ses traits n'avait pas d'importance. À cause de son regard ? De son esprit ? J'eus brusquement envie d'elle. Elle portait une chemise bleue, décolletée et ajustée, un pantalon noir moulant.

Lui arracher ses vêtements, déchirer sa chemise, lui prendre les seins à pleines mains, l'embrasser… Je n'eus pas le temps d'aller plus loin; après un large sourire et un regard appuyé et invitant, elle se détourna et se dirigea vers le bar. Autant dire le néant; mes pensées se détachèrent d'elle, mon désir reflua et s'éteignit. Un parfum agréable, léger, flottait dans l'air; c'était sans doute le sien, ou celui de l'autre fille, restée assise. Je la regardai mieux et reconnus en elle la copine de celle que je venais de baiser. Que faisait-elle, d'ailleurs? S'était-elle effondrée, endormie ou amorphe? Avait-elle ouvert les jambes à nouveau pour un autre, avait-elle rejoint le trio exhibitionniste sur le lit, cette fille dangereuse, tout compte fait, cette fille dangereuse et folle sous ses allures passives parce qu'elle préférait « sans ». L'idiote, tant pis pour elle. Je tentai de repousser cette pensée déplaisante et je revins aux autres, qui m'énervèrent. Je les trouvais ridicules avec leurs yeux que je devinais rouges et leurs voix hésitantes, voilées, faibles. Je les trouvais insignifiants, ennuyeux, convenus et timorés. La présence de Nicolas ne m'incita pas à la légèreté ou à la clémence. Voir des gens qui ne me convenaient pas, courir après des plaisirs minables, passer des journées interminables enfermé au lycée, des années d'études et d'incertitudes devant moi : c'était mon lot et je ne valais pas grand-chose de plus, semblait-il. Tout me sembla vain et insupportable. Je me contins. C'était ridicule de me laisser aller et d'y penser à ce moment-là, mais je ne pouvais pas m'en empêcher. Je ressentis une bouffée de mépris presque haineux, tout à fait injustifié, qui épargna tout juste Joseph, surgissant de nulle part comme d'une boîte à surprise; il me souriait, très attentif à la moindre de mes réactions. Je ne savais pas très bien si le dégoût qui m'étreignait n'avait pas, au fond, une seule cause : moi-même. Je me supportais avec difficulté. Sensation trop précise, nouvelle, violente. Je tentai de passer outre. La musique, en revanche, me plaisait, me rappelait des souvenirs de fêtes, de longues nuits, de chaleur et de danse sur une plage près de Cannes ou à Juan-les-Pins, où mes parents avaient une villa. Elle me plaisait, mais en vain : je m'étais gaspillé, épuisé, vidé de toute envie réelle. Le plaisir avait été bref et serait sans suite.

— Je m'en vais, dis-je, j'en ai assez.

— Je viens avec toi, j'en ai marre et je m'emmerde, me répondit Joseph. J'ai déjà trop bu et après mon dernier pétard, j'ai besoin d'air. Et puis, c'est glauque ici, ça devient bordélique... On a trop l'impression que ça va mal finir pour certains.

— Oui... commençai-je.

Je sentis mes joues rougir. Je me demandai qui allait tout nettoyer avant le retour des parents. Et quand, d'ailleurs ? Et quels parents ? Y en avait-il seulement ? Qu'auraient-ils pensé de nous ? Décidément mes pensées tournaient en rond, amplifiées par la drogue, autour d'un noyau de lassitude plus pénible que d'habitude. Je dis d'un ton qui me parut excessivement enfantin et peut-être trop révélateur : « J'en ai assez de tout ça... Je voudrais partir... C'est moche ici... »

Pour détourner son attention de mon état proche du désarroi, je souris à Joseph et lui montrai du doigt Louis, assis par terre sous un palmier en pot et qui embrassait à pleine bouche une fille dont on ne distinguait que la chevelure blonde et légère, aux reflets cuivrés. Je lui dis que pour certains la soirée paraissait passablement excitante; je riais, mais ma voix sonnait faux à mes oreilles et je me débattais en vain contre une pénible sensation d'abattement, assez déplacée puisque rien de grave ne m'était arrivé, rien de particulièrement pénible n'était survenu. La tête me tourna. Je fermai les yeux, les rouvris.

Joseph dut trouver mon attitude étrange, car il me fit un drôle de sourire et m'entraîna dans le vestibule, où il me désigna nos manteaux et écharpes. Nous nous vêtîmes en silence, avec, me semblait-il, des gestes aussi saccadés que la musique sortant des haut-parleurs. Je reconnus le morceau, que j'aimais bien: *La dolce vita,* de Paul van Dyk. Les adieux aux autres furent brefs, chacun étant pris par ses pensées et ses désirs à assouvir, une fois de plus.

• • •

Dans la neige et le vent, dans la ville étrangement silencieuse, immaculée et pourtant vivante malgré l'heure tardive, dans cette atmosphère irréelle mêlant l'éclat neigeux du ciel et la lumière diffuse des réverbères qui coloraient la nuit, les poumons remplis d'air frais, je me sentis mieux. Au bout de quelques mètres, nous éclatâmes de rire ensemble, Joseph et moi, et arrivés à la place Clichy, nous décidâmes de rentrer à pied même si nous avions un bon bout de chemin à faire avant d'atteindre la place Victor-Hugo. Nous n'avions pas froid, nous étions couverts, nous étions bien. Le bonheur, tout à coup, surgit de nulle part, fragile et temporaire, mais réel. Les embrasements et les remous artificiels dans nos veines, bien que différents, nous aideraient à tenir le coup, pensai-je. Quoi qu'il en soit, et quelle que fût la raison, le temps passa très vite dans cette atmosphère intime, quasi féérique, qui régnait dans Paris. Nous longeâmes le parc Monceau bras dessus, bras dessous. Une humeur légère et guillerette nous était venue et tout nous enchantait; j'aimais les capuchons de neige sur les grilles noires, les arbustes décharnés, aux branches déformées, blanches, la grâce et la fragilité de cet univers friable fait de givre scintillant et de coton, de ce monde paisible et éphémère. Je pensais aux Alpes, aux vacances en Autriche lorsque j'étais enfant et où, pour une fois, la beauté et la grandeur des paysages m'avaient dépassé, fasciné. Ce vertige exaltant, cette envie de s'y dissoudre entièrement, de se laisser aller à quelque chose de plus grand que soi m'avaient apporté un sentiment de satisfaction inattendu, de sérénité dont j'avais profité sans le comprendre. La blancheur de cette nuit, bien que tout autre et de manière tout à fait fortuite, me rapportait des bribes de cet âge d'or déjà ancien, presque révolu. Pourtant le présent et le passé se confondaient dans une simplicité désarmante. J'avais dix-huit ans, j'étais vivant, j'étais heureux tout à coup et il n'y avait rien d'autre. J'étais accroché à la terre, tout était simple et il n'y avait aucune question à se poser. Une sorte d'euphorie me possédait et je sentais que Joseph y succombait lui aussi, peut-être par contagion, peut-être simplement parce que la nuit était enchanteresse et que chacun y était sensible. Je pensais à Adrien plus paisiblement. Adrien à la fois proche et lointain. Je pensai que, d'un côté comme de l'autre, tout était possible. Mais, bizarrement, son souvenir, tout de lui me semblait étranger en cet instant; ces minutes n'étaient qu'à moi. Ces serpents de neige entre les branches des arbres, le ballet frétillant des flocons, la Lune cachée, mais que je devinais derrière la nuée, la vie secrète et profonde de la ville sous la neige ne se révélaient ou ne se laissaient deviner qu'à nos yeux et personne d'autre ne ressentait exactement la même chose. Où était-il, que faisait-il ? Non. Ne pas y penser. Ne pas penser. C'était extraordinaire; si facile : je m'écoutais, je ne réfléchissais plus, j'avançais, je souriais. Je n'avais plus besoin de songer à Adrien puisqu'il était à mes côtés, toujours présent.

Le temps passait vite, avec légèreté. Un détour par l'Étoile, et, soudain, la rue des Acacias, l'avenue de Malakoff et, très vite, me sembla-t-il, la porte familière, l'immeuble silencieux et rassurant, l'appartement, les éclats de rire étouffés inutilement, car il n'y avait personne d'autre que nous, la camaraderie et la complicité, les vêtements enlevés avec gaucherie, une douche bienfaisante, la douceur mousseuse du savon sur ma peau et sur mon sexe, l'impression de pureté retrouvée, puis la chaleur du lit, avec pour dernier souvenir Joseph me bordant, puis s'installant à côté, éteignant la lumière, et, enfin, cette sensation reposante d'être à l'abri, en sécurité. Une impression de sérénité avant de sombrer dans un sommeil opaque, un néant sans rêve, sans questions, protecteur.

4

ADRIEN

Dans les couloirs régnait une certaine agitation. Depuis quelques semaines on tournait un film au lycée et c'était un étrange spectacle que de voir les acteurs, sans doute plus âgés que nous, ne serait-ce que de quelques années, se constituer en bandes exactement comme nous le faisions, vêtus comme nous, avec pantalons plutôt larges, portés assez bas, baskets, écharpes, capuches. Cela m'avait vaguement intéressé, mais sans plus. Je m'étais demandé ce qui pouvait pousser ces gens à choisir ce métier. Ce n'est pas que j'avais de quelconques préjugés, pourtant. Peut-être cela me paraissait-il incroyable de gagner sa vie à créer l'illusion, à simuler des traits, des gestes, tout ce qui constitue une personne tout à fait étrangère à ce qu'on est en vérité ? Cela m'épuisait, parce que je peinais à être moi-même ou, en tout cas, à accorder régulièrement de l'attention à ce processus, je suppose. Alors, en plus, feindre d'être quelqu'un d'autre me dépassait.

Dans la classe silencieuse, pleine de courants d'air, la plupart des élèves avaient gardé vestes, pulls et écharpes. Toujours la même atmosphère de fin d'après-midi. Même lassitude, même ciel couvert, mêmes murs et tableaux noirs et verts, mais nouveau film, de Luchino Visconti cette fois : *Les damnés* ou *La caduta degli dei*. Je préférais le titre italien. Adrien semblait exténué. Il avait souvent des cernes noirs sous les yeux, mais cette fois, il me sembla plus petit, fragile et vulnérable. C'est drôle, pensai-je, parce qu'en réalité il n'est pas si petit, plutôt de taille moyenne. Cela devait avoir quelque chose à voir avec sa façon de se tenir, avec son allure de gamin. Il était vêtu de noir et cela lui allait bien. Cette fois encore, il était habillé comme un étudiant; il me fit soudainement penser aux acteurs qui hantaient nos couloirs depuis quelques jours. Ils n'étaient que de passage, tout comme lui : un jour il disparaîtrait pour ne plus revenir. Nous aussi, d'ailleurs, mais cette dernière année au lycée nous semblait à tous une éternité, ne devant jamais finir. Lui aussi était en représentation, mais, contrairement aux acteurs qui doivent prendre plaisir à jouer pour une raison ou pour une autre, je devinais en lui une contrainte, une hâte d'en finir.

Sur l'écran, une atmosphère de mort; fantasmes glauques, oppression, ambition, perversion. Je reconnus Charlotte Rampling, très jeune, délicate. Helmut Berger en pleine dépravation. Destins compliqués, désespérés. Que représentait ma vie à côté de telles trajectoires ? Jusque-là, tout m'avait paru tellement simple, évident. Et voilà qu'en si peu de temps, quelques semaines, des failles s'étaient ouvertes, et j'entrevoyais – à peine – un vide vertigineux, abyssal même, tout près, juste devant moi. Ces existences cauchemardesques et cinématographiques me semblaient lointaines, inatteignables. Une fois la dernière image évanouie, elles se figeraient. Mais si ma vie d'ennui se muait en désespoir, qui pourrait m'aider? Qui pourrait m'en tirer? Je n'ai qu'une existence à vivre, pensai-je avec révolte. J'avais été inconscient, stupide. Sans crier gare, ça me sautait au visage. J'aurais voulu, brusquement, que tout aille plus vite, et ne plus gaspiller le temps que naguère – il y avait à peine quelques semaines – je laissais filer sans états d'âme. Des envies imprécises et mal fixées me vinrent à l'esprit. Jusqu'à mon corps qui se troublait, frustré devant mon incapacité à comprendre la situation, à trouver une solution. Cette fois, nul livre, nulle embrassade dans la ruelle ou le parc, nul alcool et nulle drogue pour m'en sortir ne serait-ce qu'un instant, je le sentais. Une soirée était prévue le soir même chez Manu et je décidai d'y aller, espérant malgré tout me distraire, m'étourdir dans les plaisirs, la musique, en discutant avec mes amis de choses qui ne m'intéressaient pas ou en couchant avec une fille dans une chambre noire, dans les échos des cris et des rires venant de la pièce voisine, et avec, peut-être, à côté de nous, d'autres corps se mélangeant dans l'ombre.

J'aurais voulu qu'Adrien me regarde, mais il ne me voyait pas. Il est vrai que nous étions plongés dans l'obscurité. Je ne compris pas grand-chose au film; j'étais ailleurs. Je fermai les yeux, je pensai que j'allais m'endormir... Mais déjà les deux heures de cours étaient passées, le film terminé; on ralluma les lumières, qui m'agressèrent. Les autres se levaient, boutonnaient leurs manteaux, allaient vers Adrien. Debout derrière le bureau du professeur, il nous remercia, précisa qu'il nous faudrait noter ce qui nous avait frappés dans le film : il y aurait un examen, préparé par ses soins, qu'il laisserait au professeur attitré, qui serait de retour au cours suivant.

— Et même si c'est un peu en avance, je vous souhaite bonne chance pour le bac. Ça m'a fait plaisir de travailler avec vous et de vous connaître.

Son regard balaya la salle, mais ne s'arrêta pas sur moi en particulier.

— Vous êtes un groupe sympathique, vous avez été très bien... Je le dirai à Monsieur Garrel. Si vous avez des questions, n'hésitez pas : vous avez mon mail... Ça me fera plaisir de vous répondre.

La cloche sonna et il sortit, entouré de quelques élèves qui lui parlaient joyeusement, qui savaient, eux, quoi lui dire, et qui le faisaient sourire. Il disparaissait déjà et je paniquais, très étonné d'avoir oublié que cette semaine était sa dernière avec nous. Je rassemblai mes bouquins, sortis en courant dans le couloir et le rejoignis juste avant qu'il ne s'engage dans l'escalier menant à la salle des professeurs. J'étais essoufflé. Il me tournait le dos. Des élèves l'entouraient toujours. Je me lançai :

— Monsieur ?

Il se retourna, planta son regard dans le mien, me sourit, comme soulagé, non pas par mon apparition, mais certainement parce qu'il se disait que c'était terminé, qu'il ne reviendrait plus.

— Oui, Maximilien. Tu m'attends un instant ?

Je balbutiai « bien sûr » et j'attendis que les autres en finissent; je pensai vite, je ne savais pas quoi lui dire, mais il fallait que je trouve quelque chose. Il se tourna enfin vers moi et m'accorda toute son attention.

— Ce film était passionnant, dis-je platement.

— Ah ! Il haussa comiquement les sourcils. Oui, *Les damnés* est passionnant... selon moi. Son sourire se fit ironique. Je suis content qu'il t'ait plu.

Les battements de mon cœur s'accélérèrent : il m'avait tutoyé ! Mais je me figeai quand il poursuivit plus railleusement :

— C'est merveilleux de savoir que tu t'en sois rendu compte en dormant ou en rêvant, je ne sais pas trop, Maximilien, et je suis très impressionné !

J'eus envie de rentrer sous terre. Allait-il se détourner, partir ? Il fallait continuer et redevenir moi-même. Je souris et dis avec un détachement feint :

— Je vous demande pardon. Je suis fatigué. Mais je veux le revoir très bientôt, chez moi. Et *La notte brava* aussi. Toutes ces relations compliquées... Ça m'intéresse, vous savez.

Son regard s'adoucit et il me sourit à nouveau, très gentiment cette fois.

— Excuse-moi, j'ai été un peu sec, mais moi aussi je suis fatigué. Ce stage et... Bref, tout ça est assez stressant. Et vous n'êtes pas toujours de tout repos ! dit-il en éclatant de rire.

Il hésita et continua :

— Oui, tu ferais bien de le revoir, et peut-être de découvrir d'autres films de Visconti, Bolognini et les autres... J'ai l'impression que leur fantaisie, leur côté rebelle, marginal mais aussi très esthétique ne te déplairaient pas. Je pourrais te conseiller, si tu veux.

Je hochai la tête d'un air convaincu et lui affirmai que rien ne saurait me faire plus plaisir.

— Je peux bien te dire maintenant qu'il y a quelques années j'avais moi aussi cours dans cette même salle, à la même heure et... je n'ai pas toujours résisté au sommeil moi non plus ! La prof, une petite Espagnole très énergique, me lançait des craies en criant et en riant. Elle était adorable, mais plus exaltée que je ne le serai jamais !

Il eut l'air encore plus jeune que d'habitude à cet instant et je me demandai, une fois de plus, combien d'années nous séparaient, mais je n'osai pas lui poser la question. Je tentai de poursuivre la conversation; je ne voulais pas qu'il s'en aille, mais j'eus l'impression que tout sonnait faux, les mots tout autant que mes intentions. Je me creusai désespérément la tête pour trouver quelque chose de convenable à dire.

— Je voudrais bien voir ces films. Je voudrais lire plus, aussi, dis-je soudain avec incohérence. On m'a parlé d'un livre, *Bonjour tristesse,* vous connaissez ?

Il me regarda d'un drôle d'air, assez surpris, mais agréablement, me sembla-t-il.

— Oui, bien sûr, je connais. J'aime beaucoup. C'est un livre qui...

Il me regarda, s'arrêta et haussa les sourcils :

— Je ne m'attendais pas à ce que ce soit ton genre de lecture.

J'acquiesçai sans trop savoir pourquoi. J'étais un peu embarrassé; décidément, pensai-je, je dis et fais n'importe quoi : il va croire que j'essaie de lui montrer que j'ai un minimum de culture, alors que je ne sais même pas qui a écrit ce livre ! Je poursuivis précipitamment :

– Alors nous ne nous, euh, nous ne vous reverrons plus ? Vous avez terminé votre stage ?

– J'ai terminé, oui, dit-il laconiquement en regardant ses pieds. Il releva la tête. Quant à nous revoir... nous habitons dans le même quartier et je t'ai aperçu plusieurs fois sur ton skate, tout près de chez moi; nous nous recroiserons certainement... Ce serait sympa.

Il regarda son portable.

– Je dois te laisser, j'ai un rendez-vous. À bientôt, Maximilien.

Il me tendit la main et me regarda en souriant. Je le sentis sincère, ce qui me fit chaud à l'intérieur. Je serrai sa main et il s'en alla, un peu gauche, ou raide, me sembla-t-il, et je restai là, planté au milieu du couloir, fixé sur l'idée qu'il m'avait vu dormir et qu'il m'avait donc regardé. C'est normal pour un professeur, il n'y avait là rien d'exceptionnel. Mais je pensai aussi qu'il avait trouvé le moyen de me dire qu'il savait où j'habitais. C'était donc que, sans que je le sache, il m'avait accordé plus d'attention que je ne le croyais. Sans doute m'avait-il simplement vu rentrer chez moi : il n'y avait pas de quoi s'énerver, mais je voulus croire, malgré tout, que cela signifiait quelque chose. Et il m'avait bien dit « je te conseillerai, si tu veux » ! Volontairement ou non, il avait entrouvert une porte.

• • •

Ce soir-là, après avoir dîné, perdu du temps sur Internet et étudié sans trop y accorder d'attention, le téléphone sonna : c'était Joseph. Nous parlâmes quelques instants. Il me répéta qu'il me trouvait bizarre, ce qui m'énerva : étais-je donc un livre ouvert ?

— Je suis fatigué, je te dis, et malade !

— Certainement, oui, et c'est pour ça que tu t'excites ? Je ne t'ai encore jamais vu susceptible comme ça !

Il rit, mais je le sentis intrigué, inquiet peut-être.

— Max, s'il y a quelque chose, tu m'en parles, non ? Tu ne me sembles pas très bien aller, c'est tout... Tu veux venir à la salle de sport avec moi ?

Les gens sensibles, généreux, ce qu'ils m'énervaient tout à coup ! Ce que j'avais ? Je ne le savais même pas. Et mon meilleur ami qui s'adaptait, ne se vexait pas de mon silence ou de mon impatience, qui me proposait même de venir soulever des poids avec moi pour ne pas m'effrayer à l'idée d'une conversation directe, profonde. Cette sollicitude m'exaspéra. Pas à cause de lui, à cause de moi, de l'image qu'elle me renvoyait de moi-même. Je me contrôlai et lui dis calmement, sinon gentiment :

— Merci, c'est sympa, mais je vais me mettre au lit, avec un bouquin. Je me sens vraiment patraque...

— D'ac. Comme tu veux. Mais tu m'appelles si... hum, s'il y a quoi que ce soit ou si tu as envie de discuter. Donc tu vas lire ? Il hésita. Cool ! C'est bien. Mais tu me permettras de m'étonner un peu, non ?

Il rit et moi aussi.

– Ouais, bon je suis fatigué, ça doit être pour ça. Je n'ai envie de rien. Je vais sûrement m'endormir au bout de deux pages... On se voit demain. Bonne soirée et bonne nuit, et essaie donc de ne pas lire toute la nuit toi-même !

– Entendu. Ciao !

Il raccrocha.

J'allumai une cigarette et je commençai à passer en revue les ouvrages dans la bibliothèque du salon et du bureau de mon père sans trouver ce que je cherchais. Dans la chambre de ma mère, je finis par trouver un petit livre d'à peine deux cents pages, à la couverture noire, avec un visage féminin, triste. *Bonjour tristesse.* Françoise Sagan. Un « charmant petit monstre » selon un certain Mauriac, me dit le résumé au verso. Curieux. On n'y dit rien de l'histoire, on parle seulement et très brièvement de l'auteur, de sa liberté, de son hédonisme. Il faudrait que je cherche dans le dictionnaire le sens exact du mot. On sent que le livre a été lu et relu. Par qui ? Il sent les vieux bouquins, cette odeur reconnaissable entre mille, que j'ai toujours aimée. Pour moi, la plupart des livres, des vieux livres, se résumaient à les ouvrir et à les sentir. Pourquoi ai-je si peu connu l'envie de les découvrir et de me perdre dans leurs mots ? Bien sûr, à l'école j'avais lu les classiques, enfin, des classiques : Zola, Balzac, Maupassant, tout ça. Ils ne m'avaient laissé aucune empreinte profonde, presque rien. J'avais bien aimé *The Glass Menagerie* et surtout *The Catcher in the Rye,* même s'ils étaient trop liés, dans mon esprit, au cours où l'on m'en avait imposé la lecture. Par contre, *Le rouge et le noir* et *Les liaisons dangereuses* m'avaient passionné, et je ne les ai pas oubliés. Mais n'était-ce pas bien peu, en dix-huit ans d'existence, bientôt dix-neuf? Et les avais-je bien comprises, ces œuvres ?

Je me déshabillai, me mis au lit, m'allumai une autre cigarette malgré l'interdiction formelle de fumer à la maison, et j'ouvris le livre. Après la page de garde, un poème d'Éluard :

Adieu tristesse
Bonjour tristesse
Tu es inscrite dans les lignes du plafond
Tu es inscrite dans les yeux que j'aime
Tu n'es pas tout à fait la misère
Car les lèvres les plus pauvres te dénoncent
Par un sourire

Je restai longtemps à relire le premier paragraphe. On dit qu'il n'y a rien de plus détestable pour un auteur que ces gens qui se présentent à eux en disant : « Je me suis retrouvé dans votre livre. » Eh bien, n'en déplaise à Françoise Sagan, ce paragraphe et le début du second me semblèrent familiers. Je ne m'y suis pas tout à fait « reconnu », bien sûr, mais j'eus la fugitive impression de me trouver brutalement face à un miroir quelque peu déformant. Joseph avait raison; la personnalité de l'héroïne, à peine esquissée, et son détachement me parlaient. Et comment ne pas se sentir ému devant l'éloquence désinvolte de ces quelques phrases ? Je me surpris à penser que si, par le plus improbable, le plus absurde des hasards, je me mettais un jour en tête d'écrire un roman, je chercherais à tout prix à commencer mon œuvre par de tels mots, un aussi joli paragraphe :

« *Sur ce sentiment inconnu dont l'ennui, la douceur m'obsèdent, j'hésite à apposer le nom, le beau nom grave de tristesse. C'est un sentiment si complet, si égoïste que j'en ai presque honte, alors que la tristesse m'a toujours paru honorable. Je ne la connaissais pas, elle, mais l'ennui, le regret, plus rarement le remords. Aujourd'hui, quelque chose se replie sur moi comme une soie, énervante et douce, et me sépare des autres. Cet été-là, j'avais dix-sept ans et j'étais parfaitement heureuse.* »

C'était bien comme cela que je me sentais : soudainement séparé des « autres » et, jusque-là, j'étais moi aussi parfaitement « heureux », ou en tout cas plein d'insouciance. Il est aussi vrai que si je connaissais bien l'ennui, j'ignorais ce qu'était la tristesse, la vraie. Je pensais, sans pouvoir m'expliquer pourquoi, qu'Adrien la connaissait, lui, et qu'il la connaissait bien.

Je lus le livre d'une traite et m'endormis pensif et, oui, vaguement triste.

5

LES GARÇONS

La semaine qui suivit, je ne croisai pas Adrien, je ne le vis nulle part. Mais peu à peu, je ne pensai qu'à lui. Les cours, les jours me semblèrent longs et les gens ennuyeux. Mais cela n'avait pas d'importance: j'avais la tête dans les nuages et rien ne m'atteignait vraiment. Je pensais à lui comme sans y penser, retenant mon souffle, en attente. Ce n'était pas précis ni très clair. Ce mélange de confusion, d'incertitude et d'excitation ne me rendait pas malheureux. Il continuait à régner une agitation inhabituelle au lycée: il y avait toujours des caméras, des projecteurs, des techniciens et, bien sûr, des acteurs. Par curiosité, j'abordai l'un d'eux, un garçon qui semblait avoir une vingtaine d'années, vêtu d'un pull rouge tranchant sur la lumière grise ambiante et d'un manteau beige au col brun. Je lui demandai de quoi il s'agissait; il me répondit gentiment et nous parlâmes un moment. Il était charmant; ses yeux brillaient, son sourire était sincère. D'ailleurs, en entendant sa voix, je me rappelai l'avoir déjà vu ou en tout cas aperçu, mais je n'osai pas lui demander ce qu'il avait fait auparavant.

— C'est, me dit-il, une adaptation libre de *La princesse de Clèves*, de Madame de La Fayette. Tu connais ?

— Oui, mais je ne l'ai pas lu... Je n'osai pas lui dire que j'avais toujours vaguement pensé que ce livre devait être d'un ennui assez profond.

— Tu devrais : c'est un très beau livre. Peut-être un peu aride...

— Ce n'est pas à propos de ce livre que Nicolas Sarkozy a fait tout un plat ? Négativement, j'entends. Il me semble que j'ai entendu ou lu quelque chose là-dessus... ?

— Tout à fait. C'est d'ailleurs ce qui a donné à Christophe – Honoré, c'est le réalisateur que tu vois là-bas – l'idée de ce film. Montrer que c'est une œuvre encore vivante, nécessaire, moderne... Et que celui qui la critique ainsi ne devrait peut-être pas se le permettre...

On lui fit signe, il me salua et me quitta. Je restai songeur et je finis par me dire qu'il me faudrait lire ce livre-là aussi. Et voir éventuellement le film, quand il sortirait. Cette même journée, dans la cour intérieure du lycée, je fis, sans trop savoir ce que j'en pensais, de la figuration, éprouvant peu à peu un mélange d'intérêt, de plaisir et d'intimidation. Il faisait très humide et je frissonnais; j'avais l'impression que les vieilles pierres suintaient tout autour, que les nuages denses et l'air plus que lourd allaient nous étouffer. Peut-être était-ce la faute d'une chanson terriblement mélancolique, interprétée d'une voix à la fois rauque et haut perchée par le garçon au pull rouge à qui j'avais parlé et que l'on entendit plusieurs fois lors du tournage de cette scène qui devait culminer par une chute. Un suicide.

Comme la nuit nous manque parfois
Le noir serait plus à mon goût
Ses étoiles comme autant de croix
Tout un ciel en deuil de nous
Comme la nuit nous manque parfois
Comme elle tarde à venir
Quand elle tombe, trembles-tu de ça
Toutes ces nuits à venir[1]...

J'avais froid. Sous le ciel glauque et gris, l'atmosphère morbide me prenait à la gorge, me faisant penser au suicide d'un camarade l'année précédente. Mais il ne s'était pas jeté dans le vide. Il s'était arraché à la vie dans la poussière et l'obscurité d'une sorte de placard, près de la loge du concierge. Pendu. Le cou cassé. Jeu ? Intention réelle ? Personne n'avait su la vérité. L'horreur du moment, figé pour toujours, du dernier souffle dans l'obscurité sans doute illuminée de lueurs délirantes dans les yeux de l'agonisant et qui nous avait tous pétrifiés à l'époque me revint et fondit sur moi en vagues angoissantes. Moi, je préférerais faire comme ce garçon fictif et me jeter dans le vide, me fracasser contre le sol, tué par la chute et la pierre, les os brisés, disloqué, vaincu et la tête éclatée et noyée dans le sang.

---

[1] *Comme la pluie*. Paroles et musique d'Alex Beaupain

Je repoussai ces idées sombres. Il était intéressant de voir comment cela se passait, se fabriquait, se mettait en place, un film, l'illusion de la réalité. Que de travail, que d'artifices, que de rôles tenus par de faux adolescents ! Mais il fallait bien qu'il existât une vérité dans toute cette entreprise, ne serait-ce que dans la tête de celui qui la réalisait. L'impression était troublante. Toute cette technique au service d'une magie encore invisible aux yeux des profanes me fit penser au théâtre, à cette impression bizarre que j'y avais eue les quelques fois où il m'avait fallu m'y rendre et où j'avais attendu en vain que cet enchantement se produise, déçu, puis distrait soit par les dialogues plats et quelconques d'une pièce moderne, soit par un jeu artificiel auquel je n'avais pas cru. Pétri d'ennui, je n'avais pas pu m'empêcher de songer aux coulisses, à l'envers du décor, aux loges et à tout cet univers caché derrière la scène. Tous ces personnages évoluant dans mon propre lycée, au cœur de mon existence quotidienne, me semblaient beaucoup plus crédibles et réels. Je trouvais l'héroïne étrange, plutôt quelconque, ou en tout cas un peu terne, avec sa moue continuelle, enterrée sous d'épais cheveux bruns et un manteau bordé de fourrure. C'était sans doute voulu, car son visage était intéressant; simplement je ne trouvais pas que son allure générale évoquait une princesse ou la belle personne donnant son titre au film.

Cette même semaine, j'entraînai plusieurs fois Joseph et les autres de la bande au café en face duquel Adrien était resté immobile sous les flocons qui tombaient. Il n'y eut d'ailleurs plus de neige, mais de la pluie. J'aurais préféré de la neige.

Impression d'inéluctable. Se cacher. Finir enterrés vivants. Ces idées désordonnées me venaient alors que je regardais les passants à travers la vitre. Je ne me souvenais pas d'avoir été aussi influencé par le temps qu'il faisait. Ou alors je n'y avais jamais prêté attention. Je ne sais pas si cette conscience, si aiguë soudain, me plaisait. J'avais en tout cas le sentiment qu'une fois éveillée à ce monde qui évoluait autour de moi, elle ne s'arrêterait plus. Je n'en étais pas nécessairement fâché, mais plutôt dépassé; je me sentais surtout vulnérable, perdant le contrôle sur tout. Pour quoi? Des espoirs aussi neufs que vagues. Je ne veux pas souffrir, me répétai-je. Pourquoi penser à souffrir? Je ne le savais pas, alors qu'être conscient c'était aussi avoir la possibilité de jouir de tous les plaisirs à fond? La souffrance physique, mêlée de volupté, oui. Mais avoir mal de l'intérieur, décidément, non.

Nous allâmes donc plusieurs fois à ce café, en bande dans la journée, Joseph et moi le soir. Nous parlâmes de *Bonjour tristesse*; je lui dis que le livre m'avait plu, mais sans réussir à exprimer ce que j'avais ressenti à sa lecture. Je sentais bien qu'il aurait voulu que je parle et qu'il était déçu. Vaguement mal à l'aise, je me demandai combien de fois je l'avais chagriné ainsi sans même le soupçonner? Il semblait de plus trouver bizarre mon envie continuelle d'aller dans ce café et j'avais l'impression qu'il se doutait que je cherchais ou que j'attendais quelque chose. Mais il ne me dit rien et moi non plus, je ne dis rien. Nous nous étions toujours compris sans trop parler de nous, m'avait-il semblé. Ou en tout cas sans que je parle de moi. Il me parlait de livres, j'écoutais, j'apprenais certainement plus que je n'en avais conscience. Souvent, je restais silencieux. Cela ne semblait pas important. Il me posait des questions auxquelles je répondais laconiquement, il me racontait ses hauts et ses bas. Mais j'avais maintenant l'impression que cela changeait, qu'il nous fallait partager plus, mais en parlant de quoi ? Je ne pouvais rien lui dire. Ou si ? Je ne savais pas comment exprimer tout ce qui m'agitait et peut-être n'en avais-je pas envie. Je devinais confusément qu'il m'en voudrait de ne rien lui révéler, de ne pas lui dire pour Adrien. Je ne pouvais pas comprendre comment et pourquoi il pourrait m'en garder rancune tout en étant presque sûr qu'il aurait raison. Mais qu'y avait-il à raconter, à part des fantasmes, des impressions, ces cogitations intérieures qui n'en finissaient pas ? Malgré ces aléas nous étions proches, nous nous soutenions.

Un jour, nous étions plusieurs et tentions sans enthousiasme d'étudier, quand, je ne sais trop comment, quelqu'un mentionna Adrien. Il y avait là Joseph et quatre autres copains, Anouar, Lionel, Sacha et Louis, que vint rejoindre un de ses amis, ce Nicolas que je n'aimais pas beaucoup, l'ayant toujours considéré comme un petit roquet agressif. Le fils de deux profs, de physique et de maths. Ce fut Louis qui parla d'Adrien, disant que les cours qu'il avait donnés lui avaient semblé bien plus intéressants que ceux du professeur habituel. Cette irruption brutale me déstabilisa et j'eus la désagréable impression de rougir comme une fillette. Un comble ! Je feignis de m'étouffer et ne dis rien. J'écoutai. Les autres, enfin ceux qui l'avaient connu, acquiescèrent. C'est alors que Nicolas, de sa voix trop haut perchée, dit :

– Ouais. C'est vrai que pour un pédé il n'était pas mal. De toute façon l'espagnol, le cinéma, c'est de la merde. Je me demande comment une personne normale peut perdre son temps à enseigner des trucs pareils. Ça prend bien un type comme ça pour vouloir faire ça.

Il y eut un silence. J'étais stupéfait de la vacuité, de la violence que le terme de « pédé » prenait tout à coup à mes yeux. Je serrais les poings sous la table. Plus jamais, me dis-je, plus jamais je ne dirai ce genre de choses, quoi qu'il arrive. Parce que, certainement, ce terme ou d'autres du même genre avaient déjà franchi mes lèvres et pas pour des raisons plus essentielles que celles de cet idiot. Les autres réagirent mollement.

– Tu dis n'importe quoi, Nico, répondit Anouar. Il était sympa ce type.

– C'est vrai, dit Sacha.

– Et ce genre de détail, vraiment..., commença sèchement Joseph.

– Et puis pourquoi tu dis ça, le coupa Sacha, qu'il est pédé ?

– Ah ! Quel sale suceur de bites, continua Nicolas. D'ailleurs ça vous dérange que je dise qu'il est pédé ou qu'il le soit ? Ça vous dégoûte, hein ?

– Pas exactement, non, répondit Joseph, encore plus sèchement. Je ne vois pas le rapport. D'abord je voudrais bien savoir d'où tu tiens ce genre d'information?

– Bon, ça va, ça va, mais j'en sais des trucs sur votre petit monsieur; il était élève au lycée il y a quelques années, sept ou huit ans, ou un peu moins, et mes parents l'ont bien connu, et aussi son copain.

— De quoi tu parles ? dis-je avec impatience.

Joseph se tourna vers moi, me regardant avec curiosité. Je commençais à enrager. Sous la table, mes jointures étaient blanches.

— Ben de son type, un autre ancien élève avec lequel il est sorti quelque chose comme huit ans, une espèce de génie, paraît-il, maintenant professeur lui aussi, mais à Henri-IV, je crois. Mes parents s'en souviennent très bien, tous les professeurs étaient en adoration devant lui, paraît-il. Il a un nom espagnol, justement, Alejandro ou quelque chose comme ça, bref un nom débile. Ils se sont séparés, il paraît. Dégueu, si vous voulez mon avis. Aucune morale ! En tout cas... Il paraît qu'ils ne sont plus ensemble.

— En tout cas, comme tu dis... Tu en sais des choses sur ce mec qui te dégoûte, répliqua Joseph. Je ne savais pas que tu aimais autant les ragots... Et que tu étais aussi rétif envers les Espagnols.

Je dis, avec tout le mépris dont j'étais capable et découvrant avec joie que j'en avais une bonne réserve :

— Ton avis, je ne sais pas pour les autres, mais moi je m'en contrefous, ça ne m'intéresse pas, pas plus que tes préjugés et tes pensées de merde, d'ailleurs. Il ne t'a rien fait, ce mec-là, et je me demande bien ce que tu peux avoir contre les homos, et ceux-là en particulier. Quoi ? Savoir que d'autres mecs couchent ensemble ça t'énerve parce que tu n'y connais rien, c'est ça ? À coucher en général, je veux dire...

Les autres me dévisageaient, bouche bée et stupéfaits, mais d'accord avec moi, je le sentais bien. La bouche ouverte, lui aussi, Nicolas ne trouvait rien à répondre. Quelqu'un, je ne sais plus qui, rompit le silence et remarqua d'un ton moqueur que pour quelqu'un qui avait toujours triché, déconné, menti, il avait un certain culot pour parler de morale ainsi. Les rires fusèrent de part et d'autre. Il posa ses mains sur la table, se leva, me fit face. Je me levai aussi et je poursuivis :

– Je n'ai pas envie d'être assis à la même table qu'un connard qui sort ce genre de conneries, alors soit tu te la fermes, soit tu te casses, soit tu t'expliques.

Nous avions la même taille. Mais j'étais plus musclé, plus baraqué, plus sportif et certainement plus fort que lui. Je savais qu'il n'oserait pas poursuivre, ce morveux qui devait certainement se sentir en position d'infériorité. La bande faisait bloc derrière moi, sauf le pauvre Louis, qui ne savait où se mettre. Nicolas n'avait aucune chance et il le savait.

– Ça va, c'est bon ! Je disais ça comme ça, marmonna-t-il de mauvaise grâce. Je ne pensais pas à mal. Mais si ça me dégoûte, c'est mon affaire et tu n'y peux rien, Maximilien. Je ne dirai plus rien sur ton petit chéri. Et je m'en fiche, de toute façon.

– Tant mieux, lui dis-je en me calmant. C'est ton opinion, et moi je la juge stupide. Donc si tu restes, tu parles d'autre chose.

– Ça va, mec, ça va... J'ai compris. Et t'inquiète, ne put-il s'empêcher d'ajouter d'un air boudeur, je m'en suis fait, des meufs, ça va, je connais !

— C'est bon, s'interposa Joseph, on s'en fiche un peu. Et on parle d'autre chose...

La conversation devint générale et dévia je ne sais comment vers le Real Madrid, sujet beaucoup moins périlleux. Joseph se tourna vers moi l'air étonné.

— Qu'est-ce qui t'a pris ? me chuchota-t-il. C'est tellement étonnant de ta part : tu te fiches toujours de tout ! Remarque que je suis bien d'accord avec toi...

Il me regarda d'un drôle d'air et avec quelque chose de neuf dans le regard. De son côté Nicolas ne dit plus rien et ne tarda pas, mal à l'aise, à enfiler son blouson et à se lever, accompagné de Louis, qui me fit presque pitié avec ses regards éplorés et ses joues rouges. En partant, Nicolas me dit :

— Tu sais, c'est vrai que je m'en fiche, je disais ça comme ça... Entre mecs on peut bien se dire ce genre de trucs, non ? Ça ne porte pas à conséquence ! Mais... si ça te touche comme ça... je m'en souviendrai.

Et merde, pensai-je. Je me contins et me retins de lui répondre que ça ne me touchait pas, que je m'en fichais.

— J'aime pas qu'on insulte les gens gratuitement, dis-je calmement, c'est tout. Et j'apprécie encore moins qu'on insulte ceux que j'aime bien ou mes amis. Oublie ça, mec.

Quand ils furent partis, les autres me dirent en chœur que j'avais bien fait, qu'ils étaient d'accord avec moi, mais que cela ne voulait rien dire et que Nicolas ne pensait sans doute pas ce qu'il disait, comme d'habitude.

– Ah oui, dis-je en m'adressant à Joseph et Anouar, et quand vous n'êtes pas là et qu'il casse de l'Arabe, métaphoriquement parlant, ça ne veut rien dire non plus ? C'est inoffensif ? C'est un crétin fini, ce type ! Quel con !

Personne ne me contredit, mais Joseph serra les dents et échangea un regard entendu avec Anouar. Lionel, qui était resté muet jusque-là, conclut la conversation en se demandant s'il fallait considérer que Louis, qui passait quand même pas mal de temps avec Nicolas, risquait la contagion. Il ajouta, avec l'air de ne pas y toucher :

– Tu l'aimes bien, alors ? Le remplaçant, je veux dire. Je ne savais pas que tu le connaissais...

– Ouais... je le connais. Enfin comme ça, quoi. C'est quelqu'un de très intéressant, un mec cool... On a discuté, après son dernier cours...

– De cinéma ? Ou de drogue... ou de sexe, je suppose ? me dit Joseph, hilare, mais très attentif à mes réactions.

– Vraiment ! répondis-je en riant, mais un peu fâché. N'importe quoi ! J'ai un peu parlé avec lui, c'est tout ! Il est cool, répétai-je. Que l'autre idiot se permette...

– Oh, répondit Joseph en riant, mais en me fixant, ce n'est pas si grave... Il n'est pas très intelligent, le pauvre, mais il n'est pas vraiment méchant, non... ?

– Je me demande. Je m'en fiche. Mais je ne sais pas comment Louis fait pour passer autant de temps avec lui...

– On sait bien ce qu'ils ont en commun, s'esclaffa Lionel.

Tout le monde éclata de rire. C'était une étrange conversation; nous n'avions pas l'habitude de nous parler de ce genre de chose. Les déficiences sexuelles du pauvre Louis étaient bien connues, tout comme ses multiples expériences avortées dans le domaine, le tout étant sujet à plaisanteries, mais de là à s'en parler aussi clairement il y avait un pas que nous n'avions jamais franchi. Joseph regarda sa montre. Presque 15 h 30. Il avait cours, les autres aussi; je restai seul au café, pensant étudier ou du moins essayer. J'avais au fond de mon sac un livre à lire pour le bac, un roman que tous qualifiaient d'assommant, qui était prétendument follement original et où l'on suivait les tribulations d'une fille au nom vaguement scandinave et de musiciens polonais, et un autre roman de Sagan, *Un certain sourire,* très mince, avec une couverture rouge sang. *Bonjour tristesse,* je m'en étais bien imprégné et Cécile m'apparaissait comme une copine, comme la sœur et le frère que j'aurais voulu avoir.

Son prénom[2] même me semblait familier, à moi qui étais passé à travers l'adolescence en ayant une vision trop étroite du monde, sans même en avoir conscience, aveugle sans l'avoir voulu. Faire ce genre de lien ne me ressemblait pas, mais cela ne représentait qu'un infime changement parmi tous ceux qui me secouaient. Alors que les autres étaient déjà sortis, Joseph revint vers moi, posa sa main sur mon épaule et me dit :

– Max... je ne sais pas ce qui t'arrive, mais...

Il hésita.

[2] N.D.A : Le prénom Cécile vient du latin *Caecilius* ou *caecus,* qui pourrait signifier aveugle.

— Je suis content. Quelles que soient les raisons qui t'ont poussé à lui parler comme ça, je suis fier de toi. Je t'appelle ce soir.

— Aucune en particulier, je t'assure, si ce n'est qu'il m'ennuie et que j'ai du mal avec l'imbécillité.

J'ajoutai plutôt puérilement en riant :

— Et il est tellement moche !

— Je sais. Mais, avant, tu aurais laissé dire et le silence ou un haussement d'épaules auraient été ta seule réponse.

Que lui répondre ? Il avait raison. Je baissai les yeux vers ma tasse à café vide.

— J'attendrai ton appel, finis-je par dire en le regardant.

— À ce soir, Max. Je file !

Je commandai un café au lait au serveur qui débarrassait la table voisine en me regardant; j'étais vaguement embarrassé, parce que je me rendais compte que la fin de l'altercation avait été échangée à voix assez haute. Heureusement, il n'y avait presque personne dans l'étroit café. Je changeai de place et m'installai à une petite table au bord de la fenêtre. Je sortis mon livre et je regardai le ciel, maintenant couvert de nuages gris pâle striés d'argent, gonflés par la pluie qui s'apprêtait à tomber à nouveau. Le serveur m'apporta mon café. Je me perdis dans mes pensées, un peu secoué malgré tout par ce qu'il venait de se passer, perturbé par les raisons qui m'avaient poussé à parler ainsi. Bien sûr, le terme « pédé » est stupide, vulgaire; bien sûr, ce type me tapait sur les nerfs. C'était un abruti. Mais après ? M'étais-je senti visé ? Non. Pas du tout. Je n'y avais pas pensé, ça n'a rien à voir avec moi, me dis-je en toute sincérité. Et même si cela m'avait concerné personnellement, éclaboussant ma personne, mes idées ou ma chair, je ne l'aurais pas pris ainsi, sûr que j'étais de pouvoir me défendre et de n'avoir honte de rien, surtout pas de mes penchants, quels qu'ils eussent pu être. Non, j'avais voulu protéger un absent, quelqu'un qu'on insultait et qui, sans que je le connaisse encore, me touchait et m'attirait. Cela m'était-il déjà arrivé de m'impliquer avec autant d'émotion pour quelqu'un d'autre? Non. Oh, bien sûr, si quelqu'un s'était avisé de m'insulter, d'insulter Joseph ou un des copains, bien sûr que je les aurais défendus, mais avec les poings, sans implication émotionnelle. Je n'aurais pas ressenti autre chose que de la colère ou de l'agacement, et certainement pas ce choc qui m'avait fait sursauter et m'avait tétanisé un bref instant en entendant les inepties proférées par Nicolas, et qui me donnait l'impression lancinante d'être blessé, ou en tout cas insulté, à la place d'Adrien. Et voilà que j'étais assis à cette table, devant la fenêtre, et que j'aurais bien voulu qu'il passe et me voie, pour que, comme l'autre soir, il se plante en face du café, immobile de l'autre côté de la rue, et que ce soit moi qu'il découvre. À la place de qui, d'ailleurs? Mystère. Que guettait-il, ce soir-là, à qui et à quoi pensait-il? À ma grande stupéfaction, je me sentais presque jaloux de cette énigmatique présence; c'était comme une bouffée âcre qui montait en moi, désagréable et brûlante. La jalousie? Je trouvais qu'il était tout de même un peu tôt pour découvrir ce sentiment.

6

L'INVITÉ

Cette prise de conscience de moi et des autres, et plus précisément de tout ce qui se passait autour de moi, me donnait effectivement l'impression d'être un aveugle arraché à l'obscurité la plus totale, et qui recouvre ou plutôt découvre brutalement la vue. Un dormeur délivré de son sommeil de noyé et tiré d'abysses sans rêves alors que le silence se déchire. Cet éveil, c'était Adrien qui l'avait bien involontairement provoqué. Dès lors, j'avais tout simplement besoin de m'intéresser à ce monde auquel nous appartenions l'un et l'autre, d'y jouer un rôle actif, sans doute pour me convaincre que peut-être une hypothétique histoire pouvait s'y inscrire, nécessairement ancrée dans cette réalité à laquelle je n'avais jamais pris la peine de songer. Avant, j'aurais vaguement eu conscience de tout cela, mais ne m'y serais pas attardé, comme si cette vie autour de moi ne devait pas me concerner.

Plus tôt, en rejoignant les autres, j'avais remarqué, assis à quelques tables de nous, un jeune homme en train d'écrire, ou de corriger des copies, je ne savais pas trop. Il était à la fois élégant et décontracté, costaud mais gracieux; il se tenait très droit et des bras musclés saillaient de son polo blanc. J'avais admiré sa dégaine, cette impression de santé et de vigueur qui émanait de lui. Il m'avait fait penser à une peinture aperçue lors d'une visite scolaire au Louvre; je ne me souvenais ni du titre de l'œuvre ni du nom de l'artiste, mais le sujet, chevalier ou aristocrate au sourire ironique et au visage sensuel, je ne l'avais pas oublié. Il se dégageait de ce portrait quelque chose d'à la fois viril, raffiné et lascif, et voilà que cet inconnu me restituait cette impression dont je n'avais parlé à personne, un peu gêné et, surtout, n'ayant pas les mots pour la décrire.

Sans m'en rendre compte, j'avais dû regarder l'inconnu avec insistance en m'asseyant, car il avait levé les yeux, me fixant avec attention un bref instant. Il m'avait souri, et ses yeux marron pleins de vie m'avaient accroché et intrigué. Il était tout à coup et sans raison logique presque vital pour moi de faire bonne figure. N'ayant pas l'habitude de détourner le regard quand on me fixe, je continuai à le regarder et je lui rendis son sourire. Après quelques longues secondes, je finis par me retourner vers les autres, qui parlaient d'une soirée quelconque et du *shit* qu'on pourrait y trouver, en levant intérieurement les yeux au ciel. Quel ennui, pensai-je, n'ayant plus du tout envie d'être là, avec la bande, à parler de ces choses qui me paraissaient désormais sans intérêt. J'aurais préféré être seul ou parler à ce mec qui semblait mille fois plus intéressant et intrigant que mes meilleurs amis. J'étais injuste, mais c'était ainsi. Je ne l'avais plus regardé, mais je sentais qu'il m'observait de temps en temps. Peut-être se moquait-il de moi intérieurement ? De nous ? Nous trouvait-il immatures, si jeunes, incomplets ?

À présent j'étais seul et je pouvais rêvasser, mais le souvenir de la dispute avec Nicolas me dérangeait; nous avions parlé fort et le café n'était pas grand : il avait certainement entendu, comme le serveur, ce qui me parut ennuyeux, car je détestais me donner en spectacle. Penser qu'il pouvait nous trouver ridicules du haut de ses, quoi, peut-être vingt-cinq ou vingt-six ans m'énerva, et le fait qu'il puisse juger nos préoccupations très « jeunesse dorée » encore plus.

J'ouvris mon livre.

L'amour, c'est ce qui se passe
Entre deux personnes
Qui s'aiment.

Effectivement. Banale vérité. Qu'ajouter de plus ? Ensuite, le début, étrangement d'actualité, sauf pour le nom de la rue et la saison, bien sûr :

« *Nous avions passé l'après-midi dans un café de la rue Saint-Jacques, un après-midi de printemps comme les autres.* »

Prenant une gorgée de café et grimaçant parce qu'il était déjà tiède, je levai la tête et vis le beau mec qui se levait avec nonchalance et se dirigeait vers moi, un certain sourire aux lèvres. Cela me frappa à nouveau : superficiellement, nous

nous ressemblions un peu, même taille, même musculature, mêmes cheveux châtains foncés coiffés en brosse ou en l'air, un peu à la James Dean, mêmes traits réguliers et fermes, même couleur de peau, plus hâlée que la moyenne, très « Européen du Sud ». Il y avait dans les yeux du garçon qui s'approchait quelque chose d'indéfinissable, pas vraiment de l'admiration, plutôt une tranquille appréciation. Avant, autrefois, me semblait-il, aurais-je remarqué cela ? Sans doute pas. Et moi, était-ce ainsi que j'avais regardé les filles qui m'avaient plu ? D'un regard appréciateur ? Évaluateur ? Et lui, Adrien ? Je baissai les yeux en espérant ne pas lui avoir donné cette impression.

Le jeune homme vint à côté de moi et saisit un journal sur une table basse placée à côté de ma chaise. Il commençait à retourner à sa place quand il se tourna vers moi, toujours en souriant.

— Excuse-moi, je n'ai pas pu m'empêcher d'entendre une partie de votre conversation et je voulais te dire qu'à mon humble avis ta réaction était très bien. J'espère que cela ne te paraît pas trop déplacé de la part d'un inconnu, précisa-t-il devant mon air sans doute un peu méfiant. Il avait une belle voix grave, bien timbrée.

— Je vous remercie, lui dis-je. Enfin, je te remercie, et non, ça ne me gêne pas. Ce qui me gêne, c'est plutôt de m'être donné en spectacle. Quant au reste...

Je haussai les épaules.

Il rit :

– On peut se tutoyer, je crois, et si ça peut te rassurer, il ne doit pas y avoir tant d'années que ça entre nous !

Il regarda autour de lui. À part une femme blonde plongée dans la lecture d'un journal et un couple tout au fond du café, il n'y avait plus personne.

– Je peux m'asseoir un instant ?

– Bien sûr... Oui, bien sûr. Je crois que je vais reprendre un autre café, celui-ci est froid et je déteste ça, déclarai-je très vite, seulement pour dire quelque chose.

Il fit signe au garçon et le commanda, ainsi qu'un verre de vin pour lui.

– Je m'appelle Maximilien, dis-je en lui tendant la main. Max.

Il me tendit la sienne et se présenta :

– Alejo. Enchanté de faire ta connaissance. Et content de faire une pause dans mes corrections !

– Oh ! dis-je. Tu es Espagnol ?

– À demi seulement. Par mon père. Je me sens plus Français qu'autre chose en réalité. Ou ça dépend des jours et de mon humeur...

– Moi, ma mère est Italienne. J'espère que notre conversation ne t'a pas trop dérangé ?

Il me regarda avec amusement, comme s'il devinait ce que je cherchais à savoir par là.

– Pas du tout. Je n'ai pas compris de qui vous parliez, si c'est ce que tu veux savoir, mon cher ! Il avait prononcé ces deux mots avec une légère ironie qui me fit rire.

— Tant mieux. Enfin, je veux dire, non, mais... Bref, ça n'a pas d'importance. Tu corriges quoi, lui dis-je pour changer de sujet.

— Les copies de mes élèves ! Eh oui, je suis prof ! De littérature, dit-il devant mon étonnement spontané.

Il paraissait si jeune !

— Moi je suis à Molière.

— C'est là que j'ai été moi aussi. Mais je suis maintenant à Henri-IV. Enseigner là où j'ai passé toute mon adolescence, merci bien !

Nous nous tûmes un instant : le serveur nous apportait le vin et le café. Je jetai un coup d'œil dehors. La nuit n'allait pas tarder à tomber et la pluie se changeait en neige. Je portai soudain attention à la musique, plus ou moins électronique jusque-là. Mais voilà que s'élançaient les cuivres d'une chanson d'Ella Fitzgerald que j'aimais bien. Je le regardais rêveusement. Lui, par contre, me regardait curieusement, et je crus, à l'aide de ma conscience toute neuve, deviner que son assurance cachait une curiosité ou une émotion quelconque, sur laquelle je n'arrivais pas vraiment à mettre le doigt. Parce que nous nous ressemblions un peu physiquement ? Non, ce n'était pas ça. Peut-être me trouvait-il simplement séduisant, ou – plus improbable – intéressant ? Je posai mes mains sur le livre. Il me demanda aussitôt :

— Qu'est-ce que tu lis ? Je peux voir ?

— Bien sûr, répondis-je avec une certaine réticence contredisant mes paroles.

Il me prit le livre des mains, lut le titre et me regarda.

— C'est marrant, dit-il sans m'expliquer pourquoi ça l'était. Tu as lu *Bonjour tristesse* ?

— Oui. Tout récemment. J'ai aimé, dis-je simplement. Ça me plaît cette manière d'écrire, un peu lapidaire... et puis c'est très court, ce qui ne gâche rien, en ce qui me concerne !

— C'est un beau livre. J'ai connu quelqu'un qui adorait ces deux livres... C'est comme ça que je les ai lus moi aussi. Puis-je me permettre de te dire quelque chose, au risque de passer pour un original ?

— Bien sûr, dis-je en riant.

— Comme je te l'ai dit, j'ai bien aimé la façon dont tu as engueulé le petit roquet boutonneux et c'est pour ça que j'ai eu envie de te parler. Mais pas seulement. D'une certaine façon, tu m'as fait penser à quelqu'un, quelqu'un avec qui je suis souvent venu ici. Pas physiquement, bien sûr, parce que de ce côté-là nous sommes tous les deux plutôt du même genre; mais quelque chose dans ton allure : tu as l'air d'être ailleurs. Il était comme ça, lui aussi. Et puis vous êtes tous à Molière, non ? Nous aussi, nous y étions ensemble...

— Était ? Il est... ?

— Non, me dit-il, il n'est pas mort... Il est juste... ailleurs, conclut-il assez vaguement. On ne se voit plus, quoi.

— C'est lui, qui aimait *Bonjour tristesse* ?

— Oui. Il l'aimait beaucoup, répondit-il d'un ton dégagé.

Il fit une pause, alors que commençait une nouvelle chanson, et il écouta la voix douce émanant des haut-parleurs accrochés au plafond, juste au-dessus de nous.

J'écoutai. Je reconnus la voix de Charlotte Gainsbourg.

I read a magazine,
That said by seventeen
Your life was at an end
I'm dead and I'm perfectly content...[3]

The Songs That We Sing, me dis-je. Je pensai que je n'avais jamais vraiment voulu mourir, mais il est vrai que vivre ne m'avait jamais semblé passionnant non plus, ou exceptionnel, ou digne d'attention. Je pensai aussi, mais très brièvement, que j'avais été bien inconscient et bien égoïste sans le vouloir. Que je n'avais jamais rien fait d'autre que tenir les choses pour acquises, sans états d'âme, sans questions et sans réponses, donc. Je sortis de ma rêverie quand il reprit la parole.

– En ce qui concerne *Bonjour tristesse*, continua-t-il, je ne sais pas combien de fois il l'a lu et relu, et aussi celui-ci, dit-il en déposant mon livre sur la table. Je suis certain qu'il s'y est replongé récemment...

Il prit une gorgée de vin, moi de café. Il m'intriguait, tout comme cet inconnu amateur de Sagan. Je pensai à Adrien. Alejo, Alejandro... Était-il possible que ce soit ce « génie » dont parlait Nicolas avec tant de morgue, et surtout l'ancien copain d'Adrien? Ce n'était pas impossible: le 16e est un microcosme, après tout, comme l'est chaque arrondissement parisien. Je ressentis une sorte d'excitation et il fallut me contrôler pour ne pas montrer la fébrilité qui m'envahissait devant une telle éventualité.

---

[3] *The Songs That We Sing*. Paroles et musique de Jarvis Cocker et Neil Hannon

Je dis :

– Pourquoi dernièrement ?

– Je ne sais pas, comme ça.

Il trempa à nouveau les lèvres dans son verre.

– Parce que je sais qu'il est malheureux, voilà.

Son regard se fit lointain, sa voix s'altéra, et c'est avec quelque chose qui ressemblait à de la tendresse qu'il poursuivit.

– Je sais comment il réagit quand il est triste ou bouleversé. Il s'enferme en lui-même, plus que jamais, il... s'échappe, à sa façon. Une façon d'être qui est bien souvent très désagréable pour les autres, d'ailleurs.

Il s'interrompit, sûr de lui à nouveau, souriant. La parenthèse était terminée.

– Mais bref, ce n'est pas ce dont je voulais parler, dit-il.

Je n'avais rien à perdre, et je voulais le voir perdre sa contenance et cette assurance aussi fascinante qu'irritante. Il avait été extraordinairement attirant quand son regard s'était voilé. Quelque chose de vulnérable était brièvement apparu, tranchant avec sa superbe, le rendant plus émouvant.

Je dis :

– Comment tu sais ? Pourquoi est-il malheureux ? Que lui est-il arrivé ?

Il se figea, le visage vidé de toute expression. Je détournai le regard; dehors, les passants n'étaient que des ombres mouvantes sous leur parapluie, silhouettes anonymes à peine éclairées par les réverbères. Je me tournai vers lui. Il vida son verre, soupira, se raidit comme pour se lever et me dit avec une sorte d'intensité :

— Quelle curiosité, dis donc ! Je le sais parce que je lui ai fait du mal, que je l'ai trahi et que je l'ai perdu. Nous nous sommes perdus; et lui aussi m'a fait du mal... un beau gâchis, quoi. Je n'en aurais parlé pour rien au monde... Mais à un inconnu, va savoir pourquoi, ça ne me dérange pas.

Cela me donna un coup quelque part à l'intérieur. C'était dit avec une telle simplicité, sans aucun embarras ! Je me sentis coupable et déplacé. Il se leva. Je réussis à articuler une dernière question :

— Et toi, tu n'es pas malheureux ?

— Ce n'est pas la question, me répondit-il, un peu sèchement.

Il s'adoucit cependant et poursuivit :

— Bien sûr que je suis malheureux. Mais chacun réagit à sa manière. Oui, je suis malheureux, et je suis triste. Je l'aimais et il m'a quitté. Mais je continue à vivre. Ce qui me tourmente, parfois, c'est sa réaction à lui. Je me fais confiance pour continuer, pour avancer, pour vivre. Mais lui...

— Vous deviez être de très grands amis pour que tout ça soit si difficile...

Il éclata de rire comme si je venais de faire une plaisanterie particulièrement réussie. Toute vulnérabilité envolée, c'est d'un ton léger et ironique qu'il me dit :

— Oui, je suppose qu'on peut appeler ça comme ça. De très grands amis.

Il me fit un sourire éblouissant.

– Eh bien, mon cher, de toute évidence je ne m'attendais pas à discuter de ce genre de choses avec un étudiant aperçu dans un café ! Ça fait plusieurs fois que je t'aperçois, ici ou dans les environs.

Il soupira, jeta un coup d'œil à sa table, où trônait une pile de copies.

– J'ai malheureusement encore beaucoup de travail... Ce fut éminemment distrayant et intéressant.

Il sourit à nouveau.

– J'espère que cela ne t'a pas été trop désagréable, conclut-il.

Quelque chose en lui me disait que, malgré son charme et son affabilité, c'était quelqu'un capable de faire souffrir, et beaucoup. Je l'observais avec un détachement étudié et je lui souris avec complicité tout en rangeant mon livre et en posant la monnaie des cafés sur la table.

– Pas du tout, ce fut un plaisir de te rencontrer. J'espère que nous nous reverrons. C'est assez exaltant, avouai-je, ça ne m'était jamais arrivé de parler ainsi à un inconnu, d'être abordé...

– Vraiment ? Au risque de détruire tes illusions, tu n'as pas l'apparence de quelqu'un de très timide. Abordé directement peut-être pas, mais avec des regards, des invitations muettes certainement, non ?

Je boutonnai mon manteau, haussai les épaules, et je répondis platement :

– Peut-être.

Je lui fis face, debout. Il était un peu plus grand que moi, mais à peine. Je voulus lui répondre autre chose, mais j'y renonçai : après tout, il avait raison et il ne faisait que constater ce qui était. Le nier aurait été inutile et stupide. Je ris.

— Tu as raison. À la prochaine, alors !

— Oui, me dit-il en me serrant la main. Au plaisir...

L'empreinte de son sourire resta présente alors que je sortais du café, passablement étonné par le charme de cet inconnu avec lequel j'avais passé un étrange, mais agréable moment. Ce sourire aux mille nuances, qui passait de la plus sincère gentillesse à l'expression d'émotions ambiguës que je décortiquais mal, m'intriguait. Ce n'était pas banal, comme sensation, que celle de se sentir charmé, oui, mais aussi légèrement exaspéré. Peut-être était-ce ce mélange d'amabilité et d'ironie ? Je soupçonnais aussi chez Alejo une grande franchise mâtinée de félonie parfaitement assumée. Le plaisir de succomber à cette séduction équivoque, tout en sachant que derrière la façade souriante se cachait probablement une volonté de fer et un désir de manipuler les autres, je le concevais fort bien, et cela me parut curieux d'y songer, mais au fond, c'était sans importance ni consistance réelles : cette rencontre ne se reproduirait pas, en tout cas certainement pas dans ces mêmes circonstances exceptionnelles. Il n'en restait pas moins que je ne pouvais m'empêcher d'admirer son aplomb et son assurance, que l'on sentait vraie et sans la moindre feinte. Je me sentis soudain imparfait, vulnérable. Une sensation passablement déplaisante.

• • •

En passant devant chez Adrien, je levai les yeux vers les fenêtres et je me demandai une fois de plus quelles étaient les siennes. Je rentrai chez moi et je lus. Je n'avais rien à faire de précis. Et je n'avais envie de voir personne. Ce n'est que deux heures plus tard, en début de soirée, que je me rendis compte que j'avais oublié mon portefeuille au café. J'y retournai précipitamment. Le serveur avait changé, l'éclairage aussi, plus doux. Ce n'était plus Ella Fitzgerald ou Charlotte Gainsbourg que l'on entendait, mais Miles Davis ou peut-être Duke Ellington. Je remarquai le rouge profond des murs, le comptoir en zinc brillant, les miroirs aux cadres dorés : c'était différent le soir, plus élégant, intime. J'approchai une serveuse particulièrement désagréable, au regard buté, qui me dit ne pas avoir entendu parler d'un portefeuille trouvé. J'avais dû le perdre dans la rue. Le café s'était rempli; balayant la salle du regard, j'aperçus Alejo installé à une grande table au fond, entouré d'amis, quelques garçons, plusieurs filles. Il me regarda et murmura quelque chose à l'oreille de sa voisine, une fille brune aux longs cheveux, très belle, qui se tourna vers moi. Comme s'ils n'avaient attendu que ça, tous les autres se retournèrent en bloc et me fixèrent. Anciens de Molière, eux aussi ? Je me demandai l'espace d'une seconde si Adrien les connaissait; en fait, j'étais certain que certains d'entre eux étaient ses amis. Pourquoi non ? Ils me semblaient en tout cas être du même âge. Et si Alejo... Mais comment savoir? Remerciant la serveuse, je me détournai et sortis du café. Pourquoi ne l'avais-je pas salué ? Ce n'était pas mon genre de me conduire ainsi. Je n'étais pas timide et on ne m'intimidait pas facilement. Mais je m'étais senti mal à l'aise sous les regards inquisiteurs des amis d'Alejo. Sans la moindre raison, d'ailleurs. Je ne me reconnaissais plus : en temps normal, j'aurais eu du plaisir à affronter ce genre de regards, à m'imposer, à me moquer d'eux. Ah, quel type ! pensai-je. C'est lui qui me fait des aveux, lui qui se dévoile brusquement mais en ne perdant rien de sa force, et c'est moi, moi qui me sens embarrassé en le voyant ! Que m'importait ce qu'il pensait, ce qu'il croyait, ce qu'il était, de toute façon ? Tout de même, je ne me sentais pas tranquille, pas satisfait. Ce portefeuille perdu stupidement et cette idée soudaine qui me venait : et si Alejo avait pensé que j'étais revenu pour le voir ? Je me demandai pourquoi cette éventualité m'exaspérait autant.

Je passai à nouveau devant chez Adrien. Cette fois j'eus le choc de le voir surgir, manteau déboutonné qu'il serrait contre lui et écharpe au vent, et s'engager sur le trottoir, sans me voir, dans la direction du café. Qu'allait-il faire ? Sans même y penser, je me mis à le suivre. Il traversa la rue, entra dans un bureau de tabac. J'hésitai à entrer, puis m'y décidai : « Oui, j'y vais, me dis-je résolument, j'entre. » À l'intérieur, aucune équivoque; Adrien, qui s'achetait des cigarettes, me vit tout de suite. Je lui fis un signe de la main, il me sourit, paya et, après avoir salué le mec au comptoir, se dirigea vers moi. J'étais resté près de la porte, regardant avec une fausse attention un magazine quelconque, puis feignant d'hésiter entre *Le Monde*, le *Figaro* et *Libération*. Je levai les yeux vers lui, je lui trouvai l'air fatigué. Je laissai là les journaux et j'allai m'acheter un paquet de Marlboro, tandis qu'Adrien m'attendait près de la porte. Nous sortîmes. Il ne neigeait presque plus. Le vent s'était levé, ainsi qu'un léger brouillard, apportant avec eux une odeur de terre, de feuilles mortes et de bois mouillé. Je lui souris joyeusement et lui demandai comment il allait depuis le dernier cours, la semaine précédente.

– Mais... très bien, merci, me répondit-il, et toi ? Heureux d'être presque en vacances ?

Le jour suivant était un vendredi, dernier jour de classe avant les deux semaines de vacances d'hiver. Deux semaines à passer seul parce que j'avais refusé d'accompagner la bande au ski à Courchevel pour de vagues raisons qui ne semblaient pas avoir abusé Joseph, mais peu importait : je voulais être seul, rester chez moi, être libre de déambuler, de rêver aussi, sans doute. Je balbutiai :

– Bien sûr ! Très content !

– As-tu écouté le film, finalement ? Visconti, tu te souviens ? me demanda-t-il avec malice. Je me sentis rougir.

– Non, je n'ai pas eu beaucoup de temps. Je, hum, devais étudier, et puis je lisais, alors...

– *Bonjour tristesse,* toujours ?

– Terminé ! dis-je avec une absurde fierté. Je suis maintenant dans *Un certain sourire*. Bref, tout sauf ce que je dois lire pour le bac, quoi !

Il me regarda avec attention :

– Et ça te plaît ?

– Oui. Beaucoup. J'aime son écriture, j'aime ce qu'elle raconte et comment elle le fait. C'est bref, concis, un peu sec...

— Moi aussi j'apprécie cette façon d'écrire. Tu m'étonnes, tu sais ! Je n'aurais pas pensé... Bref tu as de la chance... J'aimerais bien en être encore au moment de la découverte de ces livres-là. Il rit. Maintenant, tout ce que je peux faire, c'est les relire de temps en temps, les retrouver comme de vieux amis qu'on connaît par cœur. L'avantage, c'est que je peux ouvrir les livres que j'aime à n'importe quelle page et m'immerger dans l'histoire sans attendre !

— C'est bien aussi, répondis-je platement.

— Oui... hésita-t-il. Pour le film, si tu veux, je te le prête, je l'ai chez moi. En fait j'ai les deux, le Bolognini et le Visconti...

— Oh, oui, ça me ferait plaisir ! répondis-je avec joie.

J'étais ému : j'allais tenir entre mes mains quelque chose qui lui appartenait ! Même s'il était ténu, il y aurait un lien momentané entre lui et moi. Il interrompit mes réflexions :

— Tu as envie de prendre un café ? Ensuite je monterai chez moi chercher les films.

— Oui, d'accord, répondis-je avec enthousiasme.

Il me montra du doigt le bistro où j'avais passé l'après-midi.

— On va là ? Ça fait une éternité que je n'y suis pas allé...

— Cool.

Nous n'étions qu'à quelques mètres. Il ouvrit la porte vitrée et entra le premier. J'étais encore sur le trottoir quand il s'immobilisa. Je regardai par-dessus son épaule. Juste devant nous, tout au fond de la salle se trouvaient toujours Alejo et sa bande. Alejo regardait dans notre direction, fixement. Il ne pouvait pas vraiment me voir; ce regard était donc destiné à Adrien, dont je ne pus voir la réaction immédiate. En revanche il fit volte-face, alors que je reculais sur le trottoir et que la porte se fermait derrière nous. Un air hagard passa sur son visage, puis s'évanouit par un effort de volonté douloureusement visible.

— Tu sais quoi, dit-il précipitamment, il n'y a pas vraiment de places libres... Je vais te chercher les films tout de suite.

— Bien sûr, dis-je avec la même précipitation tant son agitation soudaine me désarçonnait.

Je n'osai manifester ni déception ni contentement et, d'ailleurs, je n'aurais pas su quoi choisir entre ces deux extrêmes.

Je le suivis en silence et je me demandai si je n'avais pas eu raison de penser qu'Adrien connaissait certainement les amis d'Alejo et, plus important encore, Alejo lui-même. J'acquis la conviction qu'Adrien était l'ami dont m'avait parlé Alejo et que le terme même d'ami ne pouvait qualifier cette relation encore hypothétique, ou pas entièrement en tout cas. Je ne savais que penser; peut-être interprétais-je ces coïncidences avec un peu trop de fantaisie. Comment savoir? Je sentais que je ne pouvais pas le lui demander, comme j'avais senti l'effort qu'il avait dû faire pour agir vite et pour masquer les émotions qui l'avaient assailli lors de cette brève scène, quelles qu'elles aient pu être.

Arrivé devant chez lui, je croyais qu'il allait me demander d'attendre pendant qu'il irait chercher le film, aussi eus-je du mal à contenir mon excitation quand il me proposa tout bonnement de monter et de prendre un café chez lui. J'acceptai avec empressement, oubliant tout le reste. Tout cela s'était fait avec beaucoup de simplicité et me soulageait de l'atmosphère trop complexe dans laquelle je me complaisais récemment et dont j'entourais la personne d'Adrien. Allons, me dis-je, soyons léger, insouciant comme d'habitude. Je me sentis serein, calmé. Comme une pause bienvenue dans un univers soudain trop agité et auquel je ne comprenais pas grand-chose.

• • •

Il habitait au cinquième étage. Il m'ouvrit la porte en bois sombre et verni, et me laissa entrer. Devant moi s'étendait un très grand appartement, une enfilade de pièces remplies de meubles cirés, de statues, de plantes. La lumière des lustres éclairait avec une sorte de douceur les murs couverts de livres et de tableaux. Cela ressemblait un peu à chez moi, mais en plus vivant, en plus, comment dire, sympathique et désordonné. J'étais surpris, tout de même, et comme s'il lisait dans mes pensées il me dit en riant qu'il ne s'était certainement pas payé tout ça et qu'en réalité il vivait avec ses parents, sa sœur, ses deux frères et la copine d'un d'entre eux. Il était seul, parce que tous étaient partis quelque part au soleil, profitant à l'avance des vacances scolaires.

—Moi, je suis resté, pour en finir avec ma thèse, que je dois rendre bientôt et dont je veux me débarrasser avant de devenir cinglé ! D'autant plus que la suite, un postdoctorat, est déjà prévue pour la rentrée, alors si je prends du retard, ce sera fichu. Or, je tiens très fort à ce projet : finir mon parcours universitaire en Italie. M'installer à Rome, recommencer...

Ou en tout cas passer à une autre étape. Avant ça, j'irai en Suisse pour un autre stage, en juin-juillet, mais c'est vraiment l'Italie qui m'enthousiasme.

— C'est vrai ? C'est marrant, moi aussi je vais étudier à Rome l'automne prochain. Enfin, si je réussis le bac; je ne me suis jamais posé la question, mais ça me semble évident. Il est vrai qu'on ne sait jamais, ajoutai-je en pensant à ma récente indifférence par rapport à ces choses. Bref, quelle coïncidence !

— En effet. Et pourquoi l'Italie? me demanda-t-il avec intérêt.

— Pour plusieurs raisons; déjà, quitter la maison, sortir de Paris me semble intéressant. D'après ce qu'on me dit, l'université romaine où je me suis inscrit a une très bonne réputation dans le domaine qui – j'hésitai sur le verbe à employer – m'intéresse. Économie, journalisme, tout ça, ajoutai-je vaguement. Enfin, je parle la langue couramment, grâce à ma mère, bien qu'avec un peu d'accent. Je ne me rends pas trop compte. Ce sera en tout cas l'occasion de la perfectionner... Et puis c'est aussi mon pays, en quelque sorte, et je ne le connais pas si bien que ça. Ah ! mais j'ai l'impression d'expliquer mes projets au proviseur, ajoutai-je en riant, surpris de mon propre ton guindé. Désolé.

— Bah, dit-il, c'est très sympa. J'ignorais que tu étais à moitié Italien. Il est vrai que physiquement...

— Oui, j'en ai assez le type, dis-je en riant.

— Oui... enfin de ma part, c'est un compliment, répondit-il. Combien de fois ai-je rêvé d'un teint pareil, ajouta-t-il en riant, et pas seulement pour des considérations esthétiques !

Presque par décence, dirais-je : ce n'est pas marrant de devoir s'exposer aux regards des autres, tous les jours d'hiver, aussi blême qu'un fantôme !

— Tu n'es pas si pâle, dis-je, un peu étonné par ces remarques, et ça te va bien, je trouve.

Je disais la vérité. Mais je n'ajoutai pas que cela lui donnait un air fragile et fatigué qui m'émouvait, me donnait envie de le serrer dans mes bras. Il me prit mon manteau et mon écharpe des mains, les accrocha dans un placard. Je le suivis dans une grande pièce couleur café, aux murs couverts de bibliothèques. Il alluma et m'invita à m'asseoir; je choisis un fauteuil crème, très confortable.

Je continuai :

— Mais et toi ? Si tu pars terminer tes études là-bas, c'est que tu parles italien aussi ? Que tu le parles vraiment bien, ajoutai-je en songeant qu'il devait au moins le comprendre puisqu'en classe il nous avait traduit certains passages des films que les sous-titres n'expliquaient que sommairement.

Je me souvins de plus qu'il nous avait mentionné l'avoir étudié quand il s'était présenté pour la première fois devant la classe.

— Oui, mais assez imparfaitement, ajouta-t-il en riant. Mais avec le français et l'espagnol, je devrais me débrouiller !

— Et pourquoi l'Italie ?

— Un vieux rêve... J'ai toujours aimé ce pays, son histoire, sa langue... Et son cinéma ! J'ai l'occasion de le réaliser. Je suis célibataire, je peux partir, je termine ma thèse et, par chance, mon sujet – le fascisme, pour être précis – a pu intéresser un professeur à Rome. Je pourrai poursuivre sur le même thème, mais relativement à l'histoire italienne. Je dois le rencontrer cet été pour en discuter, mais je l'assisterai probablement, ce qui me permettra de gagner assez pour m'éviter d'avoir à me mettre à la recherche d'un boulot quelconque...

– Et après ?

– Je ne sais pas. Peut-être resterais-je là-bas ? Je n'en sais vraiment rien. J'ai bien aimé l'expérience au lycée, mais je ne crois pas que je serais heureux si je devais exercer ce métier... En tout cas pas tout de suite et pas à ce niveau. Je ne sais pas très bien ce que je veux. Ce que je sais, par contre, c'est que, pour l'instant, j'ai envie et j'ai besoin, moi aussi, de quitter Paris et de changer d'air. Une sorte de fuite organisée, précisa-t-il en riant.

Il hésita, changea de sujet :

– Je ne sais pas trop ce qu'il y a à boire. Comme je te l'ai dit, je suis seul en ce moment et l'organisation de la maison n'est pas mon fort. Je vais voir ce que je peux t'offrir.

– Je suis seul moi aussi. Mes parents sont à San Francisco en ce moment.

– J'espère pour toi que tu t'en sors mieux que moi ! Je suppose qu'ainsi tu peux inviter tes copains à faire la fête ?

– Oui... Mais ça ne m'amuse pas en ce moment. En fait, je suis content d'être seul. Je ne connaissais pas vraiment ça, la solitude. En général, j'ai toujours quelqu'un avec moi. Joseph, mon meilleur ami, d'abord, puis d'autres... C'est vrai que je pourrais en profiter pour faire des conneries, dis-je avec une once de regret, mais... cette fois non, je n'en ai pas vraiment envie. Joseph part aux sports d'hiver demain avec toute la bande de toute façon, alors...

— Tu ne les accompagnes pas ?

— Non. Je voulais rester. J'aime bien la Savoie, les montagnes et la planche, c'est vrai... Mais je préférais rester à Paris.

— Pourquoi ? Tu me parais sportif, pourtant.

— Oui, j'aime bien le sport, notamment le ski et surtout la planche, justement. Je ne sais pas trop. Parce qu'il y a des choses qui ne peuvent se faire qu'ici.

Il me regarda avec surprise et j'eus peur d'en avoir trop dit. Il ne sembla pas tiquer.

— Que veux-tu dire ?

— Je ne sais pas trop. J'ai besoin de faire le point, de me retrouver face à moi-même, enfin ce genre de choses...

— Je comprends très bien. Je ne pensais pas, par contre, et sans vouloir t'insulter, que tu étais du genre introspectif !

Il me regardait avec attention.

— C'est intéressant...

Cependant, il poursuivit sur un autre sujet :

— Tu veux un café, un verre de vin ?

J'optai pour le vin et j'enlevai mon pull, car il faisait très chaud. Il ouvrit une fenêtre et s'alluma une cigarette. Il me servit un verre ainsi qu'à lui-même et me fit visiter. Que de livres ! Dans sa chambre, j'eus l'impression qu'il n'y avait que ça. La pièce était si remplie que je me demandais comment il avait pu y faire entrer autant de choses – meubles, bibelots en plus des bouquins – dans un espace somme toute assez restreint. Il me désigna un fauteuil.

— Installe-toi, je reviens tout de suite : j'ai un coup de fil à donner.

Je l'entendis distraitement demander à parler à une certaine Ariane. Une amie proche, certainement, puisqu'il riait avec elle, semblait organiser un projet de sortie quelconque. Il mentionna un endroit proche des Champs-Élysées, rue Marbeuf. Il s'éloigna. Je regardai autour de moi, fasciné. Outre divers petits meubles, les bibliothèques, le fauteuil et un divan, il y avait une grande armoire, pleine de films, de disques, un bureau couvert de livres et de papiers. Un lit défait, immense, trônait au milieu de la pièce. Je me sentis troublé et je rougis à l'évocation de mes pensées nocturnes, de ces récentes séances de masturbation en pensant à lui. Je serrai les poings. Je vis mon reflet dans une glace, étonné, puis énervé : je me trouvais une gueule de con. Je contemplai les murs, littéralement recouverts de cadres de toutes les tailles, de peintures, de gravures, d'innombrables photos, d'affiches, de miroirs, d'étagères débordant de bibelots. Dans cette incroyable abondance, je ne savais où poser les yeux. Je remarquai notamment un petit narguilé, des icônes, des objets en céramique. Un cendrier en verre grenat brillait dans le cercle de lumière d'une lampe verte au socle de marbre rectangulaire. La présence de deux skates appuyés contre le mur me fit plaisir : ce serait un sujet de plus à aborder et un sujet que je connaissais à fond. Je me levai et j'examinai les photos : en couleur, en noir et blanc. Que d'amis, que de moments heureux, de souvenirs rassemblés en désordre! me semblait-il. Je me retournai: je n'avais pas encore examiné le mur contre lequel était placé le fauteuil et je reçus un choc peut-être pas si inattendu: parmi les tableaux et les diverses photos se trouvait un agrandissement en noir et blanc où Adrien, peut-être légèrement plus jeune, posait en souriant avec Alejo, tous les deux très proches, avec un air de bonheur, de complicité. Un air d'amoureux, rayonnant. C'était donc vrai. Je me raidis comme si j'avais été surpris en train de fouiller dans un tiroir et d'y découvrir je ne sais quels secrets. Je fis le tour de la pièce à la recherche d'autres images semblables. En vain: c'était la seule. Je la regardai encore, fasciné. J'entendis des pas, mais je ne bougeai pas tout de suite. J'étais figé. Quand je me retournai, Adrien était derrière moi, son regard indéchiffrable posé sur moi. Il ne dit rien, s'assit sur le divan en face de mon fauteuil, prit son verre, trinqua avec moi. Nous restâmes silencieux un moment et je songeai que jamais, au cours de ma vie, je n'avais connu autant de situations à la fois embarrassantes et agréables, et surtout pas en une seule journée. Finalement, il rit et me dit:

— Dis donc, heureusement que ce stage et ce remplacement sont terminés, parce que je ne sais pas si ce serait bien prudent de recevoir ainsi un élève du lycée chez moi et de lui servir à boire!

— En effet, dis-je, mais bon, ce n'est pas comme si nous faisions quoi que ce soit de répréhensible...

J'éclatai de rire.

— Évidemment. Tu... euh...

Il hésita comme s'il ne savait plus quoi me dire. Il s'éclaircit la gorge et changea de sujet :

– Tu lis pas mal, non ? C'est pas ce que tu disais la dernière fois ?

– En fait, non... Enfin oui, je lis, mais pas tant que ça, quoi. Les classiques enseignés au lycée, bien sûr, mais par moi-même, pas beaucoup. *Les enfants terribles.* Ça, je l'ai lu très jeune, enfin vers douze ou treize ans. Je n'ai peut-être pas tout compris... Mais après l'avoir terminé, j'ai eu l'impression qu'aucune autre lecture ne pourrait me faire un tel effet. Les souvenirs qu'il me reste de l'histoire sont flous, c'est plus une question d'images, de sensations. La neige, l'écharpe fatale...

J'avais été étonné que mes parents aient pu lire ce livre, mais sans m'y attarder. Maintenant, j'y repensais et c'était curieux : je les considérais avec une distance nouvelle et je découvrais, en quelque sorte, qu'ils étaient faits de chair et de sang, qu'ils avaient des pensées, des désirs et des aversions qui leur étaient propres. J'eus soudain l'impression que je ne les connaissais pas.

– Ah oui, j'ai beaucoup aimé aussi. Un de mes livres favoris pendant longtemps.

Je changeai de sujet :

– Il y a tant de choses dans cette pièce !

– Oui. C'est peut-être trop. Mais je m'y sens bien, je... c'est mon univers à moi. Un refuge, quoi.

– C'est vrai, dis-je avec une conviction qui me parut excessive.

Il me regarda avec surprise et je tentai de m'expliquer :

— Je veux dire que j'aime beaucoup une chambre remplie comme ça et je suis bien content de voir la tienne. On s'y sent bien, quoi.

— Vraiment ? Merci. J'admets que j'ai une certaine tendance à l'accumulation...

— Je trouve qu'on y est à l'aise, protégé, pas du tout oppressé malgré l'abondance d'objets. Quelle accumulation, en effet, il y aurait de quoi meubler plusieurs pièces !

Il regarda autour de lui.

— Tu te dis peut-être qu'à mon âge, qu'à vingt-six ans, pour être précis, je devrais avoir un appartement à moi, où mettre toutes ces choses ? me demanda-t-il plus froidement. Peut-être que ça te paraît étrange ?

L'amertume qui perçait dans sa voix me figea et je ne sus que répondre de prime d'abord. Quelle étrange personnalité, difficile à saisir ! Mais il m'aurait fallu être bien étourdi ou insensible pour ne pas le sentir à vif, un peu à cran et soudain méfiant. L'atmosphère, influencée par ce mouvement d'humeur, par le léger raidissement de son corps, basculait.

— Mais, répondis-je, troublé, il n'y a pas une si grande différence d'âge entre nous et je n'ai rien pensé de pareil, je...

Ne sachant plus quoi dire, je me retournai vers le mur derrière moi et mon regard, malgré mes efforts, fut accroché par la photo, celle où il était avec Alejo, ce qu'il dut remarquer. Je me tournai vers lui résolument, prêt à trouver n'importe quoi à dire pour que cette minute soit oubliée, mais il me devança. Il se détendit d'un seul coup et me dit d'un ton aimable et confus :

— Je sais bien, excuse-moi, dit-il en souriant. J'ai dû trahir ce que je pensais de moi-même ! Ou ce que je crains que les autres pensent de moi. Qu'ils se disent que je suis un éternel adolescent, qu'il serait temps que je me casse de chez mes parents... Eh bien en septembre, ce sera chose faite ! On verra bien, alors, ce que ça changera.

Une pause et il poursuivit :

— C'est une photo avec mon copain, mon ancien copain plutôt. Un ami d'enfance, d'abord, et ensuite...

Le sourire un peu crispé, il conclut :

— Elle date de quelques années, déjà, comme tu peux t'en apercevoir sans trop de difficulté. Je... il y en avait d'autres, mais celle-là en particulier, je n'ai pas pu l'enlever, ajouta-t-il assez obscurément. L'enlever après notre séparation, je veux dire.

— C'est une belle photo...

Très ressemblante, pensai-je, en sentant le rouge me monter aux joues. Mon embarras devait être évident aux yeux d'Adrien, mais sa cause certainement pas.

— Nous devions nous installer ensemble cette année, continua-t-il sans relever, mais nous avons rompu il y a quelques mois; et comme j'ai décidé ensuite de partir en Italie cet été, cela ne valait pas la peine de quitter mes parents, de m'installer ailleurs pour quelques mois. Et je suis bien ici, alors...

Il haussa les épaules en souriant. Je ne le trouvais pas vieilli : il me semblait exactement le même, Alejo aussi. Il y avait pourtant une différence, mais laquelle ? Il y avait dans l'atmosphère de la photo quelque chose d'estival, d'insouciant. Le bonheur? C'était certainement ça. Cette image me troublait, parce qu'elle allait au-delà du désir, effleurait autre chose, s'élevait et faisait surgir en moi bien des questionnements. Devant ce débordement intérieur et subit, j'eus soudain envie de m'enfuir, de rentrer chez moi, d'appeler Joseph, de partir au ski, de retrouver ma peau habituelle, confortable, connue, sans incertitudes. Sans réelle excitation, aussi. Mais, en même temps, je regardais Adrien et j'avais envie de l'attirer dans mes bras, de sentir sa peau contre la mienne, de coller mon sexe contre le sien. J'avais envie de lui et j'avais envie de l'aimer, et je sentais bien que si je me laissais aller, là, à ce moment, je n'aurais pas à me poser de questions, je saurais quoi faire. J'avais aussi envie, assez obscurément, qu'il me rassure, qu'il me fasse aussi toutes ces choses. Je ne sais pas ce que devina Adrien de mes pensées et s'il lut quelque chose sur mon visage que j'imaginai impassible, mais il dut sentir quelque chose d'insolite, car il se leva brusquement.

— Je dois me préparer, je dois sortir. J'aurais bien aimé que tu restes plus longtemps. Une autre fois, j'espère. Je te remercie d'être venu, ça m'a fait plaisir ! Je vais te donner les films.

Il ne pouvait plus clairement me signifier mon congé.

— Mais, dis-je, paniqué, sans trop savoir pourquoi et sans trop savoir quoi dire, et, mon regard s'arrêtant à nouveau sur les photos et les visages, parmi lesquels je crus reconnaître la jolie fille brune qui parlait à l'oreille d'Alejo au café, mais sans en être sûr, je balbutiai n'importe quoi : mais sur ces photos, ce sont tes amis ? Tu les vois souvent ? Je...

Il me sourit, ne s'impatienta pas.

– Non… Enfin, oui, ce sont mes amis et, oui, naturellement, je les vois, moins souvent récemment, d'ailleurs. Mais comme tu disais plus tôt, il y a des moments, plus ou moins longs, où l'on a besoin de se retrouver seul.

Je me demandais, en cherchant quoi lui répondre et en repassant en revue ces visages inconnus, si j'avais pu en apercevoir certains autres avec Alejo plus tôt au café. Si c'était le cas, qu'avait pu ressentir Adrien en les voyant ? Mais ma mémoire s'embrouillait ; je me trouvais absurde : pour l'instant, tout cela était inutile. Je repris mon calme.

– Oui. Enfin, je ne te retiendrai pas plus longtemps. Je te remercie pour tout, le vin, les films ; je suis content d'être venu chez toi.

– Un plaisir pour moi.

J'hésitai :

– Échangeons-nous nos numéros ?… Pour les films, dis-je précipitamment.

– Bien sûr, je veux bien, répondit-il en souriant.

Il me tendit un stylo et un papier, et, après une infime hésitation, écrivit aussi le sien sur un autre papier qu'il me tendit. Je l'inscrivis tout de suite dans mon portable. Comme s'il sentait mon désarroi ou comme s'il craignait de s'être montré trop brusque, il ajouta :

– Ça m'a fait très plaisir de passer un moment avec toi et de te connaître un tout petit peu plus. Il faudra qu'on refasse ça plus longuement !

– J'aimerais beaucoup.

— N'hésite pas à m'appeler, surtout.

— D'accord.

Je lui serrai la main et, après une hésitation, lui fit la bise, qu'il me rendit. J'eus la tentation irrésistible de poser ma tête sur son épaule et de rester là à respirer son parfum, l'odeur troublante de sa peau. Mais je me contins et m'écartai.

Une fois dehors, je respirai à fond, troublé et content, et, pour la première fois, réalisant à quel point j'étais jeune et sans expérience. Je me sentais désemparé, mais aussi très joyeux, le cœur battant. Quel bonheur d'avoir passé ce court instant avec lui, chez lui ! Quelle journée ! Ce n'est qu'à ce moment-là que je pensai à cette drôle de coïncidence : deux rencontres et chacune d'elles interrompue plus ou moins brusquement. Vu ma sensibilité exacerbée, j'aurais pu y voir une insulte personnelle, ou un signe, en tout cas. Mais quelque chose me disait que ce n'était pas le cas, que je n'étais pas concerné personnellement. Et puis, c'était de ma faute, tout de même : j'avais parlé de choses délicates et qui ne me regardaient pas, posant d'invraisemblables questions à Alejo et, plus tard, attirant l'attention d'Adrien sur cette photo, l'obligeant presque à m'en parler. Il n'avait cependant pas semblé m'en vouloir. Je me répétai ses dernières paroles : « N'hésite pas à m'appeler, surtout » et je gardai ces mots au fond de ma mémoire comme un trésor, un précieux secret.

Rentré chez moi, j'eus Joseph au téléphone, mais je ne lui racontai rien, ce qui me plongea dans de vagues remords vite évanouis.

7

LA CHAMADE

Au cours de la nuit, je m'éveillai en sursaut, trempé, bouleversé. Je ne me souvenais pas à quoi j'avais rêvé, mais il m'en restait une forte impression, un sentiment étrange de malaise et de bien-être à la fois. Je me sentais mal dans mon corps, ou en tout cas mal à l'aise, paniqué par cette sensation nouvelle pour moi, alors que les idées paradoxales qui éclataient dans ma tête et dans mes pensées m'intriguaient et envahissaient tout mon être. J'avais l'impression de toucher du doigt quelque chose de vrai et de tangible, ou plutôt de l'avoir senti fugitivement entre mes mains, avant que cela ne m'échappe, ne s'écoule de mes poings serrés comme du sable. J'allumai la lampe de chevet, me levai et sortis de ma chambre. L'appartement silencieux, sombre et chaud me rasséréna un peu. En cette heure nocturne et incertaine, comme suspendue, il semblait y régner une vie secrète et intime, rassurante. Ce je ne sais quoi d'imprécis et de mystérieux me rappela certaines soirées d'automne où l'on a l'impression que tout retient son souffle et s'affaire avant le long engourdissement hivernal.

Je m'assis sur une chaise dans l'entrée. S'échappant de ma chambre, une lueur diffuse, qui me permit de m'apercevoir dans la glace accrochée sur le mur en face de moi, de me voir flou, nu et tellement jeune, désespérément jeune. Aucune marque, aucune ligne ou affaissement. En apparence, aucun abîme non plus ne semblait menacer l'équilibre d'une âme qui devait paraître saine et simple, aussi claire et évidente que cette apparence physique qui était la mienne cette nuit-là, et tous les jours avant, tous les jours après. C'était étrange de me voir là, de me dire « je suis si jeune ». Cette impression d'être intact, mais déjà lassé par ces quelques années qui me séparaient de n'être rien du tout, du néant. Deux décennies et je n'étais pas, je n'étais rien du tout, pas même une idée, ou peut-être si, dans la tête de ma mère, dans sa jeunesse, là-bas en Italie ou dans son pensionnat suisse, une idée sans visage ni âme. L'idée abstraite, commune et naturelle d'avoir un jour un enfant. Et elle m'avait eu. En avait-elle été heureuse? Jamais je n'avais pensé à une chose pareille. Et ce corps que je voyais, ces muscles, il me semblait que tout ça, cette anatomie, ma tête un peu lourde, mes idées confuses, tout était sur le point de pénétrer en désordre dans un monde dont je n'avais jusqu'ici pas soupçonné l'existence. En désordre, mais avec une sorte de sérénité sur laquelle je n'avais d'ailleurs aucune influence, un sentiment qui s'imposait à moi sorti de je ne savais où. L'angoisse qui m'avait assailli pendant ces quelques heures de sommeil et qui maintenant me semblait sans but, irréelle, cette angoisse, j'avais le sentiment qu'elle se tapissait tout de même dans cet univers inconnu vers lequel je glissais irrémédiablement, vers lequel je me sentais inexorablement entraîné. Une joie subite monta en moi, bienheureuse et inattendue : je me sentais vivre comme jamais, j'avais une fois de plus l'impression de sortir d'un grand sommeil et d'en sortir à temps, jeune et beau, pas encore lancé dans la vie. Je me levai, m'approchai de la glace, m'y collai. Mon apparence physique m'apparaissait à nouveau comme une arme, un atout, un outil pouvant m'aider à parvenir à mes fins et non comme un objet de tranquille satisfaction indifférente comme cela avait été le cas jusqu'ici. Mais quelles fins ? Quand, et comment ? Encore le flou, le vague et une détresse imprécise qui réapparaissaient face à ces questions. Je m'affalai, m'étendis par terre sur le bois verni, sentant le froid sur ma peau, fermant les yeux, paupières serrées. J'aurais tant voulu parler à quelqu'un, mais à qui ? Et de quoi ? Je pensai à Adrien, et même à Alejo. À eux, je pourrais peut-être parler. Mais c'était impossible.

Je pensai à eux, à leur histoire que je ne connaissais pas, mais qui, je l'avais compris, avait créé une gamme entière de sentiments, du bonheur et des projets d'abord, de la rancune et de l'amertume ensuite. Ils s'étaient aimés. « Des années ! » Pour moi, cela semblait incroyable. Des années ensemble. Des années, pour finalement se quitter. Des années ! Des années à s'aimer ? Autant dire une éternité. Je me sentais dévoré de curiosité et envahi d'une sorte de jalousie, d'envie. Et je comprenais mal pourquoi. Peut-être parce que conjuguer allègrement ce verbe éculé au passé ne convenait pas et que je m'en doutais. Qu'en était-il du présent ? Malgré la fêlure, malgré la séparation, s'aimaient-ils encore ? Des années ! La désunion n'est certes pas une garantie de la mort des sentiments, partagés ou non. J'avais immédiatement admis que je désirais Adrien, comment aurais-je pu le nier, en le voyant apparaître avec insistance dans mes pensées et mes fantasmes ? Mais de commencer à désirer sa présence, sans raison précise, pour le voir, lui parler, l'écouter, le prendre dans mes bras, pour simplement ne pas être sans lui, cela me faisait peur. Aimer. Était-ce donc ça ? Cette douleur sourde en moi parce que je n'étais pas avec lui, parce que je ne savais pas comment le conquérir ? Et comment admettre, à côté de ce qui me semblait innocent et pur, la présence de ce désir de lui, de son corps, de ces images ardentes de sexes mêlés, de corps qui se confondent, en sueur, et de jouissance ? Et aussi cette curiosité malsaine, sale, me semblait-il, par rapport à lui et à l'autre. Je voulais savoir ce qu'il s'était passé, je voulais apparaître, je voulais faire du mal à quelqu'un s'il le fallait, je voulais exister.

Personne pour m'aider, pour me raisonner. « Pas mal, pour un pédé », avait dit Nicolas stupidement. Ridicule ! Arriéré ! Mais pourquoi sentais-je cette insulte me blesser plus qu'elle n'aurait dû ? Je n'étais pas dupe, je n'essayais pas de changer les choses : j'avais moi-même des désirs pour quelqu'un du même sexe que moi; des désirs homosexuels, voilà, oui. Mais ce que je ne voulais pas admettre, ce que je n'arrivais pas à m'expliquer, c'était le lien entre moi, mon désir et cette classification mécanique, sans âme. Comme si elle entachait et tentait de banaliser quelque chose de beau, de clair, de vrai. Je le voulais lui. Cela était un problème en soi, si l'on veut. Mais c'était lui et personne d'autre.

J'hésitais; je sentais qu'il me fallait choisir. Je pouvais encore changer d'idée, de chemin, décider à quoi accorder une importance, même feinte, mais qui pourrait simplifier les choses. Cela ne m'aidait pas, quoi qu'il en soit, à me situer dans tout ça. Prendre conscience de ce que je voyais de neuf autour de moi, tenter de ne pas m'en vouloir d'avoir vécu tant d'années en aveugle, c'était une chose. Mais de là à me remettre en question, à me voir, moi, Maximilien, comme un homosexuel, un « pédé »? Le mot me frappa par sa violence soudaine. Je voyais brusquement clair en moi, et je comprenais que mon éveil brutal avait un rapport avec cette question. « Non, non, me dis-je, je ne veux pas. Ce serait trop compliqué. » Des images confuses se succédèrent en moi; des images de rejet, d'intolérance, de mépris, d'incompréhension. La laideur et la boue. « Non ! » criai-je dans l'appartement vide et silencieux. C'était très vague; je ne savais plus où j'avais pu glaner ces impressions si désagréables. Dans mes propres opinions, tapies très loin, dans un lieu si obscur et si peu exploré que je n'en avais jamais eu conscience?

Et comment faire le lien avec les filles avec qui j'avais baisé? Que j'avais désirées, utilisées? J'avais eu du plaisir. Je ne cherchais pas des sentiments, une histoire, inutile d'essayer de le croire. Je voulais baiser. Je l'avais donc fait. Je n'avais jamais vraiment aimé personne. Garçon ou fille, cela n'aurait pas été différent. Cette capacité récemment révélée de désirer mon propre sexe ne changeait rien au fond, elle ne faisait qu'ajouter une nouvelle facette au plaisir, promettre de nouvelles sensations. Cette nouvelle facette faisait partie d'un tout et je n'y pouvais rien. Je me levai, retournai dans ma chambre, m'étendis sur mon lit. Je ne changeais pas, j'étais moi. Je me sentais seulement vulnérable parce que, comme ça, ivre de sommeil, en pleine nuit, j'essayais de m'expliquer, seul, le désir et l'amour, l'amour que deux êtres peuvent ressentir l'un pour l'autre. Je n'avais qu'à me jeter dans ce tourbillon de sensations neuves, non pas pour changer d'identité, mais pour les vivre, sans hésitations et sans remords. Comment? Je ne le savais pas trop. Seule chose certaine, lui, Adrien, je le désirais et je voulais aller ailleurs avec lui. « Je le veux, j'en ai envie », me répétai-je. Très prosaïquement, je n'avais qu'à constater l'état de mon sexe douloureux pour confirmer que ce désir m'habitait littéralement. « Quand je serai contre lui, je saurai quoi faire, et je saurai ce que j'aime ou pas. » J'éteignis la lumière et je me glissai entre les draps. Peut-être à tort, je me sentis rassuré : la crise était passée. J'avais failli tomber dans le piège de l'apitoiement narcissique, la pseudo-crise d'identité qui aurait tout expliqué, ramené à des idées simples, concrètes et précises. Rien n'avait changé, mais tout était différent. Ce qui surgissait et me bouleversait, c'était que j'étais tombé amoureux d'Adrien et que j'avais peur de ce qui allait ou n'allait pas advenir. Que j'avais peur de souffrir. Que j'avais le cœur qui battait la chamade. Que tout en moi, à l'unisson, était prêt à se rendre. Pas de résistance, pas de surprise. Quant à ces considérations philosophico-sentimentales, jusqu'ici jugées avec dédain, ou en tout cas avec une profonde indifférence, je les avais assimilées dans la hâte et le chaos, avec impatience. Tomber amoureux, désirer plus que tout la présence d'une personne en particulier, je croyais que ce n'était pas pour moi. Pas à cause d'un quelconque désir d'indépendance ou d'une révolte contre une ou des conventions, non. Parce que je croyais sincèrement que je n'en étais pas capable. Pour moi c'était *Moderato* presque toujours, *cantabile* parfois, ou *adagio,* à part quelques brèves parenthèses plus *allegro,* artificielles ou sexuelles. Et pourtant, ce n'était plus ça, et je n'avais même pas l'envie ni l'idée de résister. Je ne savais pas ce que c'était. Cela s'emballait, affluait. Ce n'était pas discordant, mais indéfinissable, irrésistible, d'une force pareille à celle des rapides ou de ces vagues qui vous entraînent vers le large, caressantes, tentantes, impitoyables. Irrésistibles, oui. Pourquoi, d'ailleurs, vouloir les combattre ? Je dis à voix haute « Je l'aime », et ma voix me sembla différente, inconnue, nouvelle. Et ce verbe, dit et redit, ces mots qui ne m'avaient jamais intéressé, ringards, banals, ennuyeux, ces mots sonnaient vrais, évidents et clairs comme le son d'une cloche. Mais une fois formulés, ils ne me donnaient plus envie de rêver ou d'en rire. Il me fallait donc agir.

8

LA NUIT AVEC ADRIEN

J'eus un mal fou à m'extraire du lit le lendemain matin et je m'encourageai en me répétant que c'était la dernière journée de cours avant les vacances d'hiver. Une journée interminable. Encore et toujours ces mêmes salles de classe étouffantes, toutes pareilles, ces mêmes cours monotones et cette même impression de dormir les yeux ouverts sous la lumière irritante des néons ou des lampes poussiéreuses. Lorsque la cloche sonna, signalant la fin de la dernière heure, je me sentis à la fois soulagé et plein de remords. Enfin libre de sortir. En revanche, j'avais à peine parlé à Joseph, qui semblait soupçonner qu'il se passait quelque chose sans pour autant oser me demander ce que c'était. Et nous n'allions pas nous voir pendant presque dix jours ! À ce moment-là, février toucherait à sa fin et le décompte commencerait avant la fin de l'année scolaire et, surtout, avant le bac. Je le rejoignis devant son casier. Il m'accueillit avec un coup d'œil qui me parut triste et je me sentis coupable. Peut-être n'était-ce que mon imagination. Peut-être n'y avait-il rien du tout, peut-être n'avait-il rien remarqué. Il n'y avait rien à remarquer. C'est en tout cas ce que je tentai de croire.

— Je vais m'ennuyer de toi, Max, soupira Joseph. Tu vas nous manquer à tous... C'est dommage que tu ne viennes pas. J'avoue que je ne comprends pas trop...

— Je sais. Je vais m'ennuyer aussi. Je... je ne sais pas, je ne me sens pas très bien en ce moment. Ça va me faire du bien de rester seul, de ne pas voir la bande. Et puis je n'ai rien fichu récemment, il faut que j'étudie et que je rattrape un peu ce retard. Mais, ajoutai-je avec regret, j'aurais bien voulu que toi tu restes. Je... je pourrais avoir besoin de toi. C'est vrai que les sports d'hiver, la planche, ça me fait envie... Mais pas assez cette fois.

Un regret subit m'étreignit. Avais-je eu raison de décider ainsi de rester seul à Paris, de tout manquer ? Mais manquer quoi ? Non, pensai-je avec résolution, je préfère rester.

— Tu adores ça, normalement ! Écoute, Max, je ne sais pas ce que tu as et je n'arrive même pas à penser à ce que ça pourrait être. Mais je te sens comme enfermé en toi-même, préoccupé... Pas malheureux, mais, oui, préoccupé. Ébranlé... Tellement différent. C'est bien toi qui es là en face de moi, mais tu es aussi... différent. Je ne trouve pas d'autre mot. Je ne veux pas t'arracher des confidences...

— Je voudrais bien te parler, tu sais, mais il n'y a rien, et en même temps, il y a beaucoup. Je ne sais pas. Mais si je dois parler, si j'y parviens, c'est à toi et à toi seul que je me confierai. Tu le sais, non ? C'est aussi simple que ça : quand je saurai quoi dire, je te le dirai.

Il sourit, puis reprit d'un air soucieux :

— Oui, enfin je veux le croire ! Mais écoute : je ne m'en vais pas au bout du monde, j'aurai mon portable et, bien sûr, je vais t'appeler. Et je veux qu'au moindre besoin tu m'appelles, tu m'écrives et que tu me dises de revenir. Si tu as besoin de moi, je reviendrai. Je pars avec Manu, Lionel et Lola, avec la voiture de mon père. Ce sera très facile.

Il posa ses mains sur mes épaules.

— Promets-moi de le dire, si tu as besoin de moi !

— Oui, je te le promets.

Je le regardai silencieusement, puis, étrangement ému, je le pris dans mes bras. Je répétai « je te promets ». Je ris. C'était drôle d'être sensible à tout et à rien.

— J'espère, ajoutai-je, que tu n'auras pas à regretter cette offre !

— Tu sais bien que non, idiot. Je ne sais pas ce que tu as en tête, mais ne fais pas de conneries ! Pas trop, en tout cas... Et si tu changes d'avis, tu te bouges et tu viens, nous te ferons une place...

Nous sortîmes bras dessus, bras dessous. J'étais heureux tout à coup. Je savais bien qu'il serait là pour moi. Et moi pour lui, bien sûr. C'était évident, mais jamais je ne me l'étais formulé aussi clairement. Ce qui était moins évident, c'était de me sentir coupable de lui cacher ce qui m'obsédait, de lui mentir presque, de lui faire croire qu'en cette minute même j'étais à ses côtés, alors que je ne pensais qu'à rentrer pour retrouver mes pensées et mes espoirs confus, et à rôder entre chez moi et chez Adrien, ne serait-ce que pour l'apercevoir.

Je baissai la tête; Joseph parlait, je ne l'écoutais plus. Je sentis mon cœur se serrer parce que je me sentais loin de lui et que je n'arrivais pas à le regretter sincèrement. J'étais ailleurs. Mais en même temps, j'étais bien là, j'étais, j'imagine, touché par sa bienveillance. Alors pourquoi ces remords ? Ces questionnements, ces sensations m'épuisaient et m'énervaient. Je peinais à contenir mon agacement par rapport à moi-même. Joseph devait rentrer se préparer. Nous nous séparâmes et je me dirigeai vers chez moi, sous un ciel encore lourd de nuages. C'était étrange, tout de même, cette indifférence que j'éprouvais et dans laquelle se perdaient ces personnes que je voyais presque tous les jours depuis des années, que je connaissais, que j'appelais mes amis, que je devais aimer à ma façon : Joseph, Manu, mais aussi Lola, Anouar et les autres. C'était étrange, mais évident, mais aussi sans importance, croyais-je, puisque, apparemment, j'étais incapable d'en ressentir un regret durable.

De retour à la maison, même chambre, même ennui. Il me fallut répondre à une avalanche de textos incrédules : je ne vais donc vraiment pas aux sports d'hiver ? Étendu sur mon lit, je regardais autour de moi avec mauvaise humeur : soudain tout me dégoûtait, le décor qui me semblait étriqué, mon adolescence présente partout, inutile et vaine. Agonisante. Je me révoltais. Même sans but précis, contre tout et contre rien. « Fuir », me dis-je avec passion, quitter cette existence vide, isolée du monde, de tout. Je n'avais envie de rien, pas de sport, pas de plaisirs, pas de cinéma. J'allai à la fenêtre : il s'était mis à pleuvoir. Je ne pouvais même pas empoigner mon skate et partir la tête vide, dans le vent. Hiver de merde ! Je me sentais impuissant, prisonnier. Mais non, il fallait rester dans cette vie, continuer à être le même, tenir le même rôle, aller en classe, étudier, attendre. Attendre quoi ? Je me recroquevillai et je souris, malgré tout, en pensant que j'exagérais, que tout viendrait en temps et lieu. Que c'était les vacances.

L'évocation du visage d'Adrien m'apaisa. Là, au moins, et sans être le moins du monde certain des résultats, je pouvais faire quelque chose. Le voir, lui parler. L'appeler d'abord. Je restai longtemps avec mon portable dans la main, hésitant, composant le numéro, mais raccrochant avant d'avoir la ligne. Le téléphone sonna plusieurs fois; à chaque fois j'avais l'espoir que ce soit lui. Mais non. Je ne répondis pas. À quoi bon ? Pour devoir expliquer *ad nauseam* que je restais à Paris et que je ne changerais pas d'avis ? Je somnolais quand la sonnerie retentit encore une fois. Un coup d'œil distrait à l'écran et mon cœur s'emballa : c'était lui ! Je me secouai et je répondis joyeusement, quoiqu'avec une certaine nervosité qu'il ne sembla pas remarquer. Il m'invita simplement et très gentiment à passer le voir dans la soirée. En raccrochant, j'eus l'impression d'avoir bu un euphorisant puissant qui, bizarrement, me fit sombrer dans un profond sommeil.

• • •

J'entrai dans le vestibule en marbre. Avant même d'avoir posé mon doigt sur la sonnette, la porte d'entrée s'ouvrit et une fille aux longs cheveux châtains apparut, élégante, pressée, se battant avec son sac à main, ses clés, manquant de laisser tomber son téléphone et son parapluie. Je lui tins la porte, elle me sourit, me remercia et sortit dans la rue où la pluie tombait doucement, presque invisible dans l'obscurité, mais révélée par la lueur des lampadaires et la brillance des trottoirs, des voitures et de la chaussée. Je restai immobile un instant, humant son parfum acidulé flottant dans l'air tiède et tenant toujours la porte ouverte. Je jetai un coup d'œil à l'intérieur; la première fois, je n'avais pas remarqué les moulures, les portes en acajou verni, les dorures au plafond, le lustre du vestibule. Comme ces vieux immeubles se ressemblent! pensai-je distraitement. J'aurais presque pu me croire chez moi. Seule différence notable: ici, le sol en marbre était plus clair et la couleur du tapis était non pas d'un vert profond comme chez moi, mais rouge sombre. Sans trop réfléchir, je ne sonnai pas et j'entrai. Dédaignant l'ascenseur, j'entrepris de gravir le large escalier couvert en son centre du même tapis rouge. Quelques éclats de voix étouffés et le tic-tac du minuteur étaient les seuls sons qui troublaient la quiétude et le silence.

Je montai lentement les marches. Je m'arrêtai entre le troisième et le quatrième étage, intimidé soudain, et comme effrayé, sans trop savoir pourquoi, d'ailleurs: par ce que je désirais et souhaitais qu'il se produise ou par la possibilité que, justement, cela ne se produise pas? Un peu des deux, sans doute. Peur d'une déception presque inévitable, peut-être. En même temps, cette appréhension imprécise, mêlée d'excitation, me soulevait et me donnait l'impression d'être drogué; cela me montait à la tête comme des bulles de champagne. Je flottais, indécis, et je retardais le moment pour faire durer ce plaisir incertain, mais bien réel, presque aussi physique que la masturbation, mais plus dense, plus profond, plus fébrile et prometteur. Je fixais le tapis pourpre et les larges marches brillantes à force d'être cirées quand le minuteur s'éteignit, faisant passer la cage d'escalier du rouge au noir et m'abandonnant dans une obscurité presque totale. Je m'assis et allumai une cigarette, malgré l'interdiction formelle, ultime prétexte pour ne pas gravir le dernier étage et enchaîner des gestes qui, me répétais-je, pourraient ne mener qu'à une déception, quelle qu'elle soit.

Une porte s'ouvrit quelque part, quelqu'un parla, une autre voix répondit; j'entendis un bruit de clés, un refrain résonner, que je chantonnai à voix basse en tentant de me rappeler ce que c'était. *Fly Me to the Moon.* Je me redressai, me demandai par où aller, honteux d'être là, dans les escaliers, comme un voleur sur le point d'être pris. Par bonheur, je réalisai que les voix venaient d'un étage inférieur. La lumière jaillit dans les escaliers des premiers paliers et avec elle la reprise du bruit familier de la minuterie. Une porte se ferma. Des gens descendaient les marches quatre à quatre, me semblait-il, en discutant et en riant. Je crus reconnaître une des voix, masculine, sans deviner à qui elle appartenait. Je me penchai par-dessus la rampe, mais je ne vis rien. Je levai la tête; les étages du dessus étaient toujours plongés dans une noirceur grise, statique. J'attendis que les pas diminuent, que la porte d'entrée claque et que le silence revienne. Je gravis alors les dernières marches, j'atteignis le cinquième étage. J'allai à la porte d'Adrien et collai mon oreille sur le bois verni. Rien. Peut-être, là aussi, de vagues notes de musique. Je me demandai si j'allais frapper, j'effleurai le heurtoir de bronze, je changeai d'avis, puis je redescendis, tenant mon mégot éteint du bout des doigts. Je traversai le vestibule, revins dans l'entrée, ouvris la porte et me débarrassai de la clope. J'eus presque envie de partir, puis je décidai d'arrêter de me faire languir moi-même et je sonnai chez Adrien. Il m'ouvrit presque aussitôt. Je remontai les mêmes marches, quatre à quatre, et je me retrouvai quelque peu essoufflé devant sa porte et je frappai. J'eus à peine le temps de penser à ce que j'allais dire qu'il était déjà devant moi. Les cheveux en bataille, il avait les yeux brillants, légèrement cernés, et les joues rouges; c'était la première fois que je le voyais habillé de manière plus négligée, ce qui lui allait bien: un simple t-shirt blanc, un pantalon de sport gris pâle. Il me sourit, me fit la bise. Je respirai son parfum et, brièvement, l'odeur de son cou, de ses cheveux. Il paraissait de bonne humeur.

— Entre ! Je fumais une cigarette à la fenêtre... Piètre tentative pour garder un peu d'air pur dans la maison, dit-il en riant. Comment vas-tu ?

— Bien, merci, répondis-je. À part ce temps...

— Je sais : cette humidité, la pluie... Mais il fait chaud ici, tu vas voir; débarrasse-toi, pose ça n'importe où. Tu veux boire quelque chose? Je suis au whisky, mais je peux t'offrir autre chose. Voyons... un café ? Quelque chose de rafraîchissant ?

— J'aimerais bien un whisky moi aussi.

— Suis-moi.

Je le suivis au salon. Sur une petite table, contre le mur, il y avait des verres et des bouteilles; Adrien alla chercher de la glace et me servit un verre. Nous trinquâmes et je bus une longue gorgée qui me brûla un peu la gorge, comme chaque fois. La seconde me parut plus douce; décidément j'aimais cet alcool : c'était aussi facile à boire que de l'eau.

– Je ne te dérange pas, j'espère, demandai-je maladroitement.

Maintenant que j'étais là, mon assurance vacillait, je me mettais à appréhender la suite. Et si nous ne trouvions rien à nous dire ? Et si...

– Pas du tout, répondit-il. C'est moi qui t'ai invité ! Je traînais, je m'ennuyais... J'ai passé la journée enfermé, à écrire. J'espérais pouvoir me changer les idées, répondit-il en m'adressant un grand sourire. Je n'espérais pas que tu sois libre...

Je le regardai avec attention, me demandant s'il n'y avait pas une indéfinissable nuance d'ironie dans sa voix. Mais non : ses yeux riaient, il souriait joyeusement, semblait vraiment heureux de me voir. Il était sans façon et si accueillant que je me sentis très rapidement à mon aise, frappé par cette incroyable capacité qu'il avait, sans faire grand-chose, d'influer fortement sur l'atmosphère. Nous nous assîmes et discutâmes. Je me sentis rapidement coincé, aux prises avec un dilemme imbécile : me laisser aller et boire beaucoup pour perdre le contrôle ou, au contraire, garder ce contrôle pour ne rien perdre des moindres sensations que me procurerait cette soirée, la proximité d'Adrien, mes incertitudes ? Je décidai de commencer par être raisonnable. Je verrais après. Je prenais un réel plaisir à la conversation; il était léger, plein d'esprit, charmant et même sans ce trouble qu'il faisait naître en moi, dans une autre situation, une autre vie, j'aurais sans doute eu beaucoup de plaisir à le connaître, sans la moindre arrière-pensée, et ne ressentir pour lui qu'une affection simple, sans dilemme. Était-ce une erreur de vouloir autre chose? J'eus une pensée pour Joseph et quelques regrets aussi: il m'était précieux, il avait beaucoup à offrir; mais que lui avais-je donné en échange? Je revins à Adrien. Il captivait mon attention sans problème. Mais parallèlement, je ne pouvais m'empêcher d'être obsédé par mes inavouables projets et mes sentiments changeaient à chaque instant; je l'observais avec une attention maniaque, tentant de lire en lui, de deviner ce qu'il pouvait penser. Ce n'était qu'un jeu de dupes et de faux-semblants: je ne pouvais qu'imaginer, car il ne laissait rien passer dans ses gestes et son regard, si ce n'est une grande sympathie et, peut-être, une possibilité d'amitié. C'était sans doute suffisant, c'était sans doute là tout ce que je pouvais espérer. Il ne laissait rien transparaître d'autre parce qu'il n'y avait rien de plus à laisser transparaître. En clair, rien ne permettait de penser qu'il me trouvait attirant et qu'il pourrait vouloir me séduire. Ou se laisser séduire. Mais j'ignorais alors, il est vrai, que c'est aussi une ruse de séduction, une sorte de manipulation de l'autre dans l'attente. Une apparente innocence. Je m'imaginais malin, mais j'étais encore bien naïf. Et quoi qu'il en soit, et bien probablement à son insu, il m'avait déjà séduit. Le savait-il? Je me posais la question tout en profitant de sa présence, sentant avec joie le charivari de l'alcool envahir mes veines.

Adrien se leva et alla mettre un disque de Gainsbourg. Il revint s'asseoir en fredonnant. « Élisa, Élisa... »

Je m'abandonnai, puis je retrouvai mes coupables pensées aussitôt qu'un regard ou la tonalité changeante de sa voix me paraissait cacher quelque chose. En vain. Nous restâmes dans la plus totale respectabilité, tout à fait neutres, et je finis par abandonner mes projets, avec mélancolie, mais sans tristesse, parce que j'étais tout de même heureux d'être là et de constater que, peut-être, nous pourrions partager une belle amitié. C'était épuisant, cette accumulation de questions, d'hésitations. Je profitai donc résolument du moment présent. Il nous apporta quelques assiettes garnies de pain, d'olives, de fruits et nous discutâmes un bon moment de tout et de rien, de littérature, ce qui m'intéressa plus que je ne l'aurais cru, du lycée, de cinéma, de l'Italie, et nous bûmes pas mal, mais pas trop, pensai-je.

Il jeta un coup d'œil à sa montre : déjà presque minuit. Il étouffa un bâillement. Je me levai, presque à regret :

– Je vais rentrer, tu sembles fatigué.

Il ne répondit pas tout de suite, me fixa, puis déclara d'un ton léger :

– C'est vrai, je suis épuisé ! Trop ou pas assez d'alcool... Je t'accompagne en bas. Ça me fera du bien de bouger un peu. Tu vas rejoindre des copains quelque part ?

Je ne répondis rien d'autre qu'un vague acquiescement auquel il ne sembla pas prêter attention. Il passa un pull à capuche bleu marine, ce qui lui donna un petit air de voyou, et se dirigea vers la porte. Je boutonnai ma veste, entourai mon écharpe autour de mon cou. Je trouvai gentil de sa part de m'accompagner. Il ouvrit la porte, me laissa passer devant lui. J'étais un peu déçu : sans doute parce que je n'avais pu m'empêcher d'attendre autre chose de son silence. Quelqu'un avait dû sortir ou rentrer tout récemment dans l'immeuble, car la lumière inondait le palier. J'aurais voulu descendre les marches plus lentement, faire encore une fois durer le moment, espérer que quelque chose se produise. Mais nous arrivâmes au rez-de-chaussée sans encombre et sans surprise. Dans le vestibule, au pied de l'escalier, il me serra la main et nous nous fîmes la bise.

— Bonne nuit, dis-je.

Je me détournai alors qu'il me répondait et j'ouvris la porte vitrée menant à l'entrée.

— À bientôt, on s'appelle... Tu peux passer quand tu veux, c'était chouette de passer du temps ensemble, comme ça, simplement. Et un peu plus longuement que la dernière fois !

Je le regardai et je lui souris en acquiesçant. Et soudain, sans raison particulière, alors que, comme plus tôt, le minuteur cessa de tourner et que la lumière s'éteignit dans le vestibule, je ne doutai plus; le désir irradiait partout en moi alors que chaque parcelle de mon corps s'enflammait. Je lâchai la porte et me retournai vers lui, pensant en vrac que j'étais content qu'il me dise ça, que j'avais toujours un de ses films dans mon sac, que j'avais oublié de le lui rendre, que je le désirais trop pour partir comme ça. Je revins vers lui, regardai son visage, énigmatique et fantomatique à la lueur de la lumière chiche éclairant l'entrée derrière moi. Je ne dis rien, et lui non plus. Dans le silence, je sentais ses yeux rivés sur moi, son souffle suspendu, et j'imaginais son corps en attente de quelque chose. Il se colla dos au mur et je ne sais quel bras fit le premier mouvement, lequel fut le plus rapide, mais nous nous retrouvâmes emmêlés, pressés, maladroits, l'un contre l'autre. Je ne pensais plus, il me semblait être à vif et n'être plus que sensations. Je me souviens que je le trouvais à la fois menu et fort, et que ses lèvres étaient gonflées et chaudes. Que j'aimais le goût de sa bouche. Je pensais stupidement que ma vie c'était ça, l'embrasser dans un vestibule obscur. Plus de limites, de distance, de frontières. Temps suspendu, ou inexistant. Plus d'indécence, rien n'était trop ou pas assez. Je le serrais à lui faire mal et il n'était pas moins ombrageux, ou violent, peut-être cet adjectif convient-il mieux, ses bras comme un étau de fer autour de mes épaules, mes hanches. Malgré mon jeans et à travers le tissu souple de son pantalon, je sentis son sexe contre le mien, gonflé lui aussi, raide, vivant. J'étais éperdu de désir, je ne savais pas par où commencer et, en même temps, mes mouvements se faisaient d'eux-mêmes. Je ne me posais plus de questions. J'étais à la fois possédé et guidé par mon envie de lui. La tête me tournait, je perdais pied et il me semblait que cet étourdissement et cette chute ne cesseraient jamais, comme le sang qui me montait à la tête et agitait mon sexe, comme mes tempes qui bourdonnaient. Ce que j'avais espéré et voulu, je l'avais et je n'étais pas déçu. J'avais chaud, j'avais envie de pleurer de plaisir. Nous respirions avec bruit; je glissai ma main entre ses jambes, baissai son pantalon, collai mon visage à son sexe et avant que je n'aille plus loin il s'accroupit, colla à nouveau sa bouche à la mienne, me força à m'étendre sur les marches. Il était sur moi, nous étions soudés, je chavirais et sa voix me parvint comme d'un autre monde, étouffée, essoufflée :

— Viens. Montons...

Il corrigea, avec une sorte de rire étouffé :

— Remontons...

Ce que nous fîmes, dans l'obscurité, en trébuchant, en nous arrêtant cent fois, tous les deux ivres d'un plaisir violent et total, impatients d'en avoir plus encore, mais, je pense, tentant aussi de faire durer l'instant et de faire croître l'impatience de nos corps, notre excitation parallèle et commune à la fois. Il n'y avait plus de distance, nous avions tous les deux dix-huit ans, ou vingt-cinq, ou trente. Mon cœur, ma tête, chaque partie de mon corps se remplissaient d'un bonheur brutal et entier quand je réussis à penser, l'espace d'une seconde, que j'avais fait la même chose, au même endroit, quelques heures plus tôt, mais seul, et incertain, sans y croire : retarder le plaisir. Une telle jouissance, une joie aussi nouvelle, farouche et vraie, aussi puissante, ça ne devait pas être fréquent dans une existence. Ce n'était pas possible. Une espèce de satisfaction animale du corps, mais aussi du cœur, de l'âme. La communion des sens. La gratitude du moment qui surgit, sans déception, alors que chaque découverte, sa peau, ses gestes, sa langue, la totalité de son corps, son odeur et celle de son sexe, la forme de ce dernier, son désir, aussi brutal et insensé que celui qui m'enivrait, chaque chose se présentait comme un enchantement nouveau, inédit, inespéré. Je pensai étouffer devant ce chapelet infini de délectations, devant cette faim de lui qui me dévorait, sûre d'être satisfaite et renouvelée.

Tout alla très vite, les clés qui se bousculaient avec un bruit argentin dans sa main, la porte qui claqua, les vêtements arrachés et jetés à même le sol et enfin le lit, enfin le plaisir, tous les plaisirs que je peinais à imaginer, et, longtemps après, quand se retenir n'était plus possible, la montée à l'infini, jusqu'au râle et au cri. J'eus la joie d'atteindre le sommet de ce plaisir, justement, dès cette nouvelle première fois, et de l'atteindre avec lui, ému par cette indestructible complicité, par sa voix basse et rauque, son souffle, son visage défait par la jouissance. Je ne sais plus combien de temps ni comment. Posséder, être possédé, échanger les rôles. Quelle importance ?

Nous sombrâmes dans un sommeil profond presque immédiatement, nus, enlacés, dans le désordre des draps chauds, humides et froissés. J'avais la tête qui tournait, le cœur et le sexe brûlants, mais le responsable de cet état n'était indéniablement pas l'alcool. Une drogue puissante, certainement; je ne pouvais savoir à quel point, mais j'en avais une vague idée, déjà en manque de lui alors même que je m'endormais dans ses bras.

• • •

La lumière du jour filtrait à travers les rideaux rouges quand je m'éveillai, seul dans le lit. J'entendais Adrien aller et venir dans l'appartement, je me sentis rassuré d'être là où j'avais le souvenir de m'être endormi. Il y avait longtemps que je n'avais pas dormi aussi profondément, d'un sommeil animal, brut, exalté et épuisé tout à la fois. Je m'étais réveillé une fois dans la nuit et, passant la main sur le visage d'Adrien, sur sa bouche, ses joues, puis sur son torse, ses bras, je fus bien obligé de croire que ce qui venait de se passer était réel. Il était là, tout près de moi, beau et vulnérable, offert et secret. Je me sentis libéré d'un poids et empli d'une sorte de reconnaissance envers lui. Peut-être parce que j'étais bien, tout simplement. Heureux. Il s'éveilla à son tour, me caressa les cheveux et m'embrassa; je me souviens d'avoir tenté de parler, mais je doute que ma voix, embarrassée de sommeil et de restes de volupté, ait été audible. Je tentais de lui dire que c'était ma toute première fois. Ce qui, malgré les apparences, n'était que l'expression de la vérité.

9

LE ROUGE DANS LE GRIS

C'était comme si je savais à peine quel jour nous étions, quelle heure il pouvait être. Samedi, fin de matinée. Plus rien n'avait d'importance, me semblait-il; je me sentais comme un dimanche, au milieu de nulle part. Derrière moi, du plaisir, de la chaleur. Devant : rien du tout, rien à quoi m'accrocher. J'avais pensé que le réveil, le petit-déjeuner matinal avec Adrien m'auraient tout naturellement donné une idée, même vague, de ce que la suite pourrait être. Mais non : ce qui pendant la nuit m'avait semblé clair et tellement évident n'avait plus aucune consistance. Il avait été agréable, attentionné, non pas distant, mais lointain, inaccessible. Ne restait que le souvenir du plaisir, soudain lourd à porter au milieu de toutes ces incertitudes.

Je m'en voulus, encore une fois, de me sentir ainsi, vaguement méprisant envers moi-même. Je ne me reconnaissais pas. Ç'avait été agréable, pourtant, ce réveil avec Adrien. J'avais contemplé avec émotion son visage encore marqué par la nuit, ses traits doucement défaits, ses cheveux en bataille. Puis il m'avait accueilli en souriant dans la cuisine; nous avions petit-déjeuné tranquillement. Ensuite, ayant un rendez-vous, il m'avait laissé chez lui. « Ne te presse pas, m'avait-il dit. Refais-toi du café si tu veux... » Nous nous retrouvions face à face dans la lumière matinale, comme deux amis, semblait-il, et je crus presque qu'il me tendrait la main, quand il vint me dire au revoir en boutonnant sa veste et en ajustant son écharpe. C'est le seul moment où je le sentis quelque peu troublé, où il laissa échapper de lui autre chose que de la gentillesse. Il y eut brièvement dans son regard une lueur que je discernai à peine et que je ne sus pas interpréter. J'étais assis; je me levai et me retrouvai tout près de lui, plus grand, plus massif que lui, mais aussi avec un sentiment de faiblesse qu'il ne pouvait sans doute même pas imaginer. Il hésita, me sourit timidement et m'embrassa très vite, à la commissure des lèvres et donc ni sur la bouche ni sur les joues. « Ferme bien derrière toi. À bientôt... » Je restai muet, n'osai rien dire, et surtout pas lui demander quand nous allions nous revoir.

Il allait sortir, se retourna, revint vers moi et me fixa d'un air songeur, d'un air sombre, d'un air étrange, presque crispé. Immobile, il laissa la tension disparaître de son visage et son regard s'adoucit, très triste, comme s'il apercevait en moi quelque chose dont je ne connaissais pas l'existence. Je ne sais pas ce qui me prit; je l'enlaçai brusquement, plaquai violemment mes lèvres sur les siennes, les forçant de ma langue. Il se laissa faire, me répondit puis s'écarta, les yeux sombres et troublés. Il me caressa légèrement la joue, se détourna et sortit sans un mot.

La porte claqua; j'y courus et je m'arrêtai. J'aurais voulu ouvrir, sortir, me pencher dans la cage d'escalier et lui demander en riant, légèrement: « Et maintenant? Quand allons-nous nous revoir, qu'allons-nous faire? » J'en fus incapable. Je restai le visage appuyé contre la porte, à écouter ses pas qui décroissaient, faisant place à un lourd silence. Étrangement, je ne fis rien d'autre. Je bus une autre tasse de café et, au lieu de profiter de l'occasion pour mieux observer le décor où Adrien évoluait jour après jour, je me passai le visage à l'eau froide, me coiffai sommairement, m'habillai rapidement et sortis. Quand la porte claqua derrière moi, j'eus un pincement au cœur: je ne pouvais plus y retourner, et peut-être que cela ne se reproduirait-il plus. Je ressentis un manque qui m'effraya.

J'avais cru que le Soleil était sorti, mais je m'étais trompé: le ciel était effectivement clair, mais nuageux et brouillon, avec ici et là des nuances plus sombres. Il pleuvait, de cette sorte de crachin qui, tout comme l'humidité de l'hiver parisien, pénètre partout, quelles que soient les précautions que l'on ait prises, la boisson chaude avalée avant de sortir ou les écharpes et diverses couches de tissus superposées. La rue, les pierres, les habits des passants, tout était gris et terne sous cette lumière blafarde, et mes pensées se perdaient dans le même désordre que ce ciel indécis. Je n'étais pas mélancolique, pourtant, au contraire même. Je ressentais à nouveau, malgré mes doutes et mes appréhensions, une chaleur intérieure, une joie et une satisfaction fébriles, et par rapport à un objet précis; sentiments nouveaux pour moi. Le rouge dans le gris, la précision coupante de l'éclat dans le vague. Mais j'étais aussi perplexe et je me demandais ce qu'il adviendrait, si cette nuit aurait des suites et quelle était sa signification. Ces pensées fondaient sur moi comme autant de doutes et me torturaient l'esprit. J'étais malgré tout quelque peu étonné : j'avais eu ce que je voulais et ce qui n'avait été jusqu'ici qu'un songe, un rêve – un rêve très récent – s'était accompli. Alors pourquoi ces interrogations, ce vague à l'âme qui m'empêchait de goûter pleinement mon bonheur, le souvenir même du plaisir et de la volupté ? Pourquoi ne pas me sentir bêtement, béatement satisfait ? Comblé ? Pourquoi vouloir encore plus et être tenaillé par une soif grandissante ? Cette légèreté supposément inhérente à de tels moments, il me semblait pourtant la sentir, tout près de moi, mais elle s'écartait, inatteignable; aussitôt que je tentais de la saisir, de la vivre pleinement, elle m'échappait, remplacée par d'innombrables questions, et là, tout au fond du cœur, une sorte de détresse latente, insaisissable elle aussi, mais bien présente. Je trouvai ça lassant et décidai d'être sensé et raisonnable. Léger aussi. Assez de ces surprises, de ces sentiments détestables : je n'avais qu'à les ignorer. J'écartai donc ces pensées indésirables et, pour l'instant, sans réponse.

Je passai chez moi, me changeai, mais ne me douchai pas. Je voulais garder l'illusion de son odeur, l'impression de sa peau sur la mienne. Je regardai mon lit avec étonnement, comme s'il s'était passé des mois depuis la dernière fois que j'y avais dormi. Dans la glace, je m'attendais presque à me trouver changé, à contempler l'image d'une tout autre personne, nouvelle et inédite; mais non, j'étais toujours le même, plus cerné, bien sûr, et comme alangui, mais sans plus de différences. Si, pourtant: dans mes yeux, et contre ma volonté, que d'interrogations, d'espoirs non formulés, de reproches envers moi-même ! Je haussai les épaules. Je pris mes affaires de sport et sortis à nouveau; il pleuvait fort maintenant et le ciel s'était encore assombri. Je soupirai en constatant que j'avais oublié de prendre un parapluie et je cachai mes cheveux sous ma capuche. Délaissant mes indécisions, je me rendis compte que j'étais tout de même heureux, heureux comme on peut l'être après une victoire quelconque. J'étais heureux, je me sentais triomphant, j'avais soudain envie de parler de ce que j'avais obtenu et je regrettai que Joseph ne soit pas là, car il était bien le seul à qui j'avais envie de me confier. Je pensai à mes autres amis, tous près de chez moi ou en tout cas à Paris, mais les voir, leur parler, les écouter me semblait au-delà de mes forces. Je regardai autour de moi et, soudain, j'eus envie d'être ailleurs, loin du 16e, à la Bastille ou dans le Marais, pourquoi pas ? Je peux bien y aller, maintenant, pensai-je stupidement, comme si d'avoir couché avec un garçon changeait quoi que ce soit, me donnait soudain une permission jusque-là refusée ou un désir qui, jusqu'ici, avait été inexistant. Mais depuis toujours j'avais été, comme la plupart de mes amis, de mes connaissances, plutôt sectaire et reclus dans ce qui était « notre » Paris. Par paresse, par esprit de clan, peut-être. Soudain, ce n'était plus assez : j'étouffais. Cet univers familier me paraissait brusquement étriqué, affreusement limité et vain. Je me promis de nouvelles découvertes pour les jours à venir : j'avais le temps, j'étais seul et je n'allais pas passer mon existence ou en tout cas les vacances enfermé à la maison, à étudier ou à rêver. Et puis j'avais mon secret, ma délectation toute neuve à promener, et à utiliser, peut-être, pour tenter d'avoir un regard différent, plus en accord, espérais-je, avec les changements imprécis, mais définitifs, je le sentais, qui donnaient à ma vie une autre saveur, et à l'avenir, à tous ces jours à l'horizon, une autre dimension. J'eus une brusque envie d'activité physique, de dépassement. Je me hâtai vers la salle de sport, indifférent au crachin et aux passants qui se hâtaient, tête baissée.

Je passai devant le lycée désert ou plutôt vide d'élèves, mais, comme je pus m'en apercevoir, toujours occupé par l'équipe du film. C'était là, je m'en souvenais, un des derniers jours de tournage. Je me demandai ce que j'allais ressentir en découvrant ce long-métrage dans une salle obscure et si les images, le décor du lycée et de ce Paris d'hiver allaient me rappeler ces jours d'incertitude, inquiétants, mais aussi plus passionnants que tout ce que j'avais vécu. La fin définitive de mon adolescence. Allais-je la regretter ? Où en serais-je à ce moment-là ? Où en serions-nous ? Serais-je encore là ?

J'en redevenais morbide. Je tombais allègrement dans tous les clichés possibles. Des choses concrètes, la musculation, l'action, m'empêcheraient, en tout cas je l'espérais, de me laisser aller à ces réflexions stériles et malsaines. Surtout de ne pas m'y complaire, de m'en détacher au plus vite. « Comment agir si je ne me reconnais plus ? » pensai-je. Cet onanisme intellectuel ou sentimental m'épuisait et mon corps entier me paraissait plus lourd, indolent : « Penser à des choses simples, me répétai-je, me concentrer sur mon corps, mes muscles, mes mouvements. » J'eus une féroce envie de sexe, là, tout de suite. Impossible à assouvir. J'arrivai avec soulagement à la salle de sport : la course et la musculation me remettraient les idées en place.

Je m'épuisai avec conviction pendant deux bonnes heures, puis je passai un long moment sous une douche brûlante, engourdissant mon corps et mes muscles exténués. Ces séances d'activité physique avaient toujours le même résultat : me détendre, me distraire, mais aussi me plonger dans une sorte de vague lascivité, d'indécise mais entêtante sensualité. Ce fut le cas encore une fois et je m'attardai, amolli et alangui par l'eau chaude, incapable de sortir, de me sécher, de me retrouver encore devant rien, sinon une journée vide de sens, ennuyeuse et morne. Adrien ne me quittait pas. J'eus l'embarras de me mettre à bander; je me plaçai face au mur, attendant que ça passe. J'y prenais un plaisir trouble, j'avais envie de rire. « Au fond, quelle importance », me dis-je, cela doit arriver souvent, et je me demandai brusquement si d'autres garçons, dans ces douches communes, se jaugeaient, se désiraient et, peut-être, se draguaient. Je pensai avec amusement que cela m'était peut-être déjà arrivé, à mon insu bien sûr, et je fus étonné de l'espèce de regret imprécis que je ressentis de ne pas en avoir eu conscience avant. Je regardai autour de moi; il y avait là six ou sept garçons, chacun sous son jet d'eau. Celui qui était le plus près de moi me regardait et son regard fixe me parut sans équivoque, d'autant plus que, profitant de ce que je le fixais, il me détailla des pieds à la tête. Son visage était banal sous ses cheveux bruns coupés en brosse, mais son corps de sportif était superbe. J'eus une brusque montée de désir, irréfléchie, animale. Pour lui, pour Adrien qui n'était pas là, pour moi-même. Ce plaisir me rappelait celui, narcissique et sans complexes, que je ressentais devant une glace chez moi, dans ce même vestiaire, n'importe où. Je pensai sans déplaisir que m'isoler avec ce type dans un coin perdu ne m'aurait pas déplu. Lui ou une fille quelconque, quelle différence? Mais ce n'était pas important; ce qui l'était, c'était mes yeux enfin ouverts et aussi cette pensée: comme mon attirance pour Adrien était différente! Bien sûr, l'impulsion instinctive du désir était la même dans les deux situations, mais ô combien plus profonde et aiguë avec Adrien et, surtout, accompagnée par tant d'autres sensations plus riches et complexes.

C'est ainsi que, nu sous une douche, sous le regard d'un autre, entouré de garçons et d'hommes indifférents ou pas à leur présence mutuelle, je réalisai, ou plutôt j'admis définitivement et sans équivoque que j'étais tombé amoureux comme je ne l'avais évidemment jamais été, mais aussi comme je ne croyais pas possible de l'être. Je n'y avais jamais pensé précisément, mais il faut croire que, bizarrement, j'avais imaginé l'amour et le désir comme étant conjoints – pourquoi pas? –, mais pas liés à ce point. Ces images lumineuses, mais aussi troublantes, pornographiques, se mêlaient aux sentiments, à l'espoir, à une faim abyssale, à un désir frénétique d'en avoir plus, plus de tout : son corps, son âme, sa voix, sa présence. Je me sentais pourtant très seul. Ces élancements, ces déchirements, ces spasmes, les ressentait-il aussi ? Je pensai que non et, comme une chape de plomb, l'angoisse et l'incertitude pesèrent sur mes épaules à m'en faire mal. Je sortis des douches sans me retourner et je me contrôlai pour afficher un visage sinon paisible, du moins neutre, indifférent. Je ne bandais plus.

Dans le vestiaire, pris d'une impulsion subite, je n'allai pas à mon casier, mais dans une rangée éloignée, où il n'y avait personne. L'autre garçon m'y suivit, comme je le pensais. Il s'approcha, sa serviette autour de la taille. Il la laissa tomber, se colla à moi, et son sexe dur chercha le mien. Nous nous embrassâmes un moment; ça faisait un peu mal et c'était bon; il était maladroit et moi aussi sans doute, tendus par le désir et par le risque d'être découverts. Je ne ressentais rien à l'intérieur, sauf, bien sûr, une soif de plaisir, une impérieuse envie de me soulager et de jouir. Mais avec ou sans lui, cela n'avait aucune importance. Les deux mains crispées sur mes fesses il me mordilla l'oreille et me murmura : « Je t'avais déjà remarqué ici et au lycée... Je n'aurais jamais pensé que toi aussi... avec toutes les filles que tu te fais... Tu n'as jamais répondu à mes regards. » Et pour cause ! Je ne l'avais jamais remarqué. Moi aussi ? Moi aussi quoi ? Il avait raison, je suppose, à sa façon, mais il existait entre nous un décalage qu'il ignorait, une distance qu'il ne saisissait pas et que je peinais moi-même à définir. Ces filles dont il me parlait à tort comme si je m'en étais servi pour mieux cacher ce que j'étais, je les avais désirées; elles ne faisaient pas partie d'une mascarade quelconque. Peut-être n'avait-il pas pensé à tout ça; j'étais probablement injuste, mais je m'en fichais. Je le regardai sans passion, décidai qu'il ne se passerait rien de plus entre nous. J'avais envie de lui, pourtant. De lui ? De sexe, plutôt. Il n'était qu'accessoire, un moyen d'action parmi d'autres. Je pensai brièvement que nous pourrions quand même nous amuser ensemble et je regrettai fugitivement de ne pas l'avoir connu au lycée avant; il m'agrippa la queue et continua : « On va chez moi ? Ou chez toi, si tu préfères... »

Je ne m'étonnai pas de ce manque de préambule. Je m'écartai lentement de lui, le regardai dans les yeux, fis « non » de la tête. Il me demanda, avec un regret dans la voix : « Ah, tu as quelqu'un ? » mais je ne répondis pas. Sans plus d'explication, je le quittai, allai m'habiller. Il dut me prendre pour un dingue qui ne savait pas ce qu'il voulait. J'éclatai de rire tout seul, plutôt content de cet épisode, sans trop savoir pourquoi. Je pensai à mes cours de littérature, à ce qu'on appelle les liens entre diverses œuvres qui, à travers le temps, dialoguent entre elles. Le terme m'échappait; il me revint tandis que j'attachais mes baskets : intertextualité. Je me demandai quel détour bizarre de mes pensées m'y faisait penser; ce n'était certainement pas la perspective du bac qui approchait. Je me souvins soudain du petit livre rouge de Sagan et la scène me revint nettement en mémoire : Dominique entrant dans un cinéma, choisissant une salle au hasard et, au cours de la séance, embrassant un garçon inconnu avec un plaisir léger, avant de se détacher et de partir, en se posant cette même question : « Qu'a-t-il dû penser de moi ? » Je me demandai avec amusement ce que Sagan aurait pensé de ça, un garçon s'identifiant à son héroïne ou plutôt à un moment précis vécu par cette dernière. Ces personnages dans lesquels on peut apercevoir un reflet connu, rassurant, ne jugent du moins personne, ne se demandent rien, et surtout pas ce que sont les autres, ce qu'ils veulent. Je repensai au garçon du vestiaire et je me dis que, décidément, je n'avais vraiment pas l'air de savoir ce que je voulais.

Cette petite errance me fit réfléchir une fois de plus à quel point, par son irruption dans ma vie, Adrien m'avait dévoilé une solitude dont je n'avais même pas conscience tellement j'étais occupé à la fuir, et il l'avait mise en pleine lumière, sans équivoque. Il m'avait aussi indiqué, sans le savoir, un moyen d'y échapper, en me tournant vers quelqu'un d'autre; je pensai qu'il n'avait pas le droit de me l'enlever en me laissant hors de sa vie et de m'abandonner dans ce vide maintenant bien évident pour moi, et que je ne pourrais plus ignorer ou combler par des artifices précaires. Quant à la fidélité, la complicité indestructible entre deux personnes, je pensai que c'était là des notions très ambiguës et qui, à cet instant, me dépassaient, même s'il faudrait bien que je tente de les comprendre et de les maîtriser. Je regardais mes pieds en avançant sur le trottoir inégal, évitant les flaques. Mais ma raison intervint encore en m'assénant d'une voix sèche que pour celui qui semblait tant compter pour moi, je n'avais sans doute été qu'une agréable aventure, un corps de plus où trouver, une nuit durant, chaleur, volupté, oubli. Rien de plus, rien de moins. Il en avait certainement connu bien d'autres, et combien à venir? La pluie tombait toujours, drue et franche, glacée, s'infiltrant dans mes cheveux. Je ne m'en préoccupais pas. Je ne sentais rien qu'un grand froid intérieur. Le constat pénible de mon impuissance n'avait d'égal que la certitude grandissante de n'être rien pour lui.

10

ALEJO OU LA SÉDUCTION

J'étais de nouveau sous la douche, mais chez moi, et l'eau, extrêmement chaude, m'enlevait peu à peu toute énergie et toute velléité, négative ou positive. Comme dans le vestiaire, plus tôt dans la journée, je n'arrivais pas à en sortir et je tournais sans cesse le robinet pour augmenter la chaleur, le gaspillage et mon indolence. J'étais rentré de la salle de sport frissonnant et d'humeur maussade. Je m'étais branlé et j'avais passé le reste de la journée à traîner et à somnoler. Par la fenêtre ouverte sur le soir et le ciel couvert entrait un air frais qui se changeait en buée sous mes yeux, sans m'atteindre. Je promenais mes mains sur mon corps et je sentais avec une satisfaction et une excitation grandissante mes muscles saillir, fermes, ronds, découpés. Cette attitude narcissique ne l'était qu'à demi, parce que c'est sous le regard d'Adrien que je m'imaginais et c'est cette idée-là qui, précisément, créait ce désir brutal en moi, parallèlement à cet éveil ou plutôt ce réveil sexuel qui m'émerveillait. J'étais innocent, mais aussi, d'une certaine façon, perverti, comme on l'est quand on a grandi avec la pornographie, beaucoup d'argent et le sexe facile; j'étais terriblement inexpérimenté, mais aussi j'en savais trop. Depuis mes douze ans, j'étais allé trop vite, fébrilement, voulant toujours plus, sans jamais être comblé tout à fait et sans échapper à la férule de l'ennui. Et voilà que je m'imaginais déjà usé, lassé. C'était évidemment n'importe quoi. Je fermai les robinets et sortis de la douche, puis m'essuyai frénétiquement.

Toutes mes pensées étaient désormais centrées sur Adrien, encore plus depuis la nuit précédente. Et je n'étais pas seulement obsédé par la volupté, le sexe et les fantasmes de toutes sortes qu'il suscitait en moi. Mes pensées tournées vers lui, sans entraves, c'était aussi ce bonheur douloureux ressenti en songeant à lui, c'était vouloir être avec lui. Je m'inquiétais de ce que je ressentirais quand il remarquerait mon immaturité, ma nature de jouisseur, mon ignorance de toutes ces choses qui constituaient une partie importante de sa vie et de lui-même : la culture, l'esprit, les grandes idées. Étais-je ridicule ? Comment savoir ? Si c'était le cas, je ne le réalisais d'ailleurs pas tout à fait, et je sentais en moi une méfiance instinctive qui me soufflait de lui cacher certains aspects de ma personne pour mieux le conquérir.

Il faisait bon dans l'appartement silencieux. Je n'avais pas mis beaucoup de lumière et il y régnait une atmosphère intime, chaleureuse. J'étais une fois de plus heureux d'être seul, sans mes parents. Je ne savais pas trop pourquoi ni ce que cela changeait en réalité puisque nous menions une existence en quelque sorte parallèle. Ils me laissaient libre, m'aimaient à leur façon, je pense, et n'exigeaient de moi que ce que je considérais comme le minimum : des notes satisfaisantes, de bonnes manières, une affection polie. Ma vie secrète, intime, si elle existait, ne les intéressait pas et secrète elle devait rester. Il aurait peut-être mieux valu que je me rebelle et m'occupe de politique et de conscience sociale plutôt que de chercher des sensations fortes partout pour me désennuyer.

Je passai un caleçon et m'étendis sur un des divans du salon. J'avais pris *Un certain sourire* avec moi. Je retrouvai ma page et replongeai dans ma lecture.

« *Qu'est-ce que tu risques ? De t'attacher à moi, de souffrir après ? Mais quoi ? Ça vaut mieux que de t'ennuyer. Tu aimes mieux être heureuse et malheureuse que rien, non ?* »

Je fermai les yeux. Oui, c'est ce que j'aurais voulu moi aussi. La félicité, le malheur, tout sauf le néant et cette recherche paniquée de sensations éphémères. Je me redressai brusquement. Les battements de mon cœur s'accélérèrent, mes muscles se raidirent, mon souffle devint court, une envie de crier, de hurler me prit à la gorge; j'étouffais. Non ! Non, plus de cet ennui, de cette crainte de la quiétude. Je voulais me sentir exister, me sentir à vif à chaque instant, désormais, toujours. Moi, Maximilien. Pas seulement en ayant le sexe bandé, en train de prendre une fille ou de me branler, de boire, de me droguer ou de sculpter mon corps. Le livre tomba par terre, je me calmai. Pourquoi cette révolte, cette crise, ce désarroi ? Je constatai que dès le départ j'avais envisagé une histoire avec Adrien, mais une histoire qui ne pourrait pas bien finir. Au moins, dans mon esprit, elle existait, cette histoire, et c'était déjà un début. Non, ce n'était pas possible qu'il n'y ait rien après ces premiers pas, cette première nuit. « Je ne l'accepterai pas. »

Je me servis un verre de whisky et m'allumai une cigarette en pensant d'abord que je fumais trop depuis quelques jours, que c'était stupide et que je m'en fichais; je réalisai ensuite que j'avais fait beaucoup moins de sport récemment et que ça, je ne m'en fichais pas du tout. Culture physique, beauté, séduction, sexe, comment les séparer les uns des autres? Impossible. Je ramassai le livre et repris ma lecture.

Je sursautai quand on sonna à la porte d'entrée de l'immeuble; je m'étais assoupi sans m'en rendre compte. Le livre avait glissé par terre, une fois de plus. J'allai appuyer sur le bouton ouvrant la porte du vestibule de l'immeuble en me demandant qui cela pouvait bien être. Je me frottai les yeux, passai ma main dans mes cheveux, jetai un œil sur ma tenue quasi inexistante: un slip moulant et dont la blancheur immaculée, sur le velours rouge du divan et ma peau mate, me parut plaisamment indécente. Il faisait une telle chaleur dans l'appartement que je n'avais pas pris la peine de revêtir autre chose. Je commençais à me dire que le coup de sonnette avait dû être une erreur quand elle retentit à nouveau, mais à la porte de l'appartement cette fois; je me levai, traversai le couloir sombre menant à l'entrée et me dirigeai vers la porte. Je regardai par l'œil-de-bœuf: je ne vis tout d'abord qu'une nuque rasée, brune et masculine, qui laissa presque aussitôt place au beau visage impatient d'Alejo. Encore mal réveillé, j'eus un moment d'ébahissement avant de comprendre comment il pouvait être là. Le portefeuille! Il l'avait trouvé. Ça ne pouvait être que ça. Et dire qu'entouré de ses amis, il m'avait parfaitement vu revenir dans le café, qu'il l'avait certainement avec lui à ce moment-là et qu'il n'avait rien fait ! Devais-je être fâché, indigné, intrigué ? Je ne savais pas et je décidai de le trouver un peu tordu, ce qui me réjouit et me donna envie de lui ouvrir la porte ainsi, presque nu, ne serait-ce que pour voir sa réaction. J'abandonnai l'idée, courus à ma chambre passer un sweat short gris et revins lui ouvrir, à peine essoufflé.

– Salut, dis-je.

– Bonsoir, répondit-il en souriant.

Je m'installai tranquillement dans le cadre de la porte alors qu'il me détaillait de la tête aux pieds, sans aucune gêne, puis remontait tranquillement jusqu'à mon visage. Il haussa les sourcils et son sourire se teinta d'une imperceptible ironie.

– Comment vas-tu ? Excuse-moi de venir ainsi... Je n'interromps pas quelque chose d'important, j'espère ?

C'est à la fois avec plaisir et avec une légère exaspération que je retrouvais ce mélange de gentillesse et de rouerie que je n'avais jamais rencontré chez quelqu'un d'autre auparavant. Je lui rendis son sourire.

– Pas du tout, je t'assure !

Il sembla chercher ses mots un instant.

– Je suis venu pour te rendre le portefeuille que tu as oublié l'autre jour au café, me dit-il finalement, sans pour autant me rendre quoi que ce soit.

Je me demandais si je devais le faire entrer et, si oui, ce que je ferais.

— C'est gentil. Je pensais bien l'avoir oublié là, dis-je. Je suis revenu le soir même pour demander... D'ailleurs tu y étais, mais tu ne m'as rien dit !

— Effectivement, dit-it en haussant les sourcils. Tu ne m'as rien dit toi non plus, d'ailleurs, préférant me tourner le dos et sortir comme un bel animal fier, mon cher, ajouta-t-il d'un ton légèrement mordant, sans pour autant cesser de sourire.

— Bof, ouais... répondis-je. C'est vrai. Je n'avais aucune envie de... Je n'avais pas envie d'être un animal de foire, justement, devant tes amis qui me fixaient, ou devrais-je dire... ta cour ? Et puis, je n'avais pas envie de parler à des inconnus et de rencontrer du monde, conclus-je d'un ton boudeur, un peu étonné de cette combinaison inattendue de familiarité et de provocation qui colorait notre dialogue.

Il éclata de rire, un rire agréable, fort et franc. Il émanait de lui un charme paradoxal, une vraie gentillesse, mais comme cernée de férocité. Je ne sais pas pourquoi cette image s'imposa à mon esprit, mais il me fit penser à un loup. Je ne pus m'empêcher de rire à mon tour. Il dit :

— Ah, oui. Alors tu t'es rendu compte de ça ? Je ne m'étais pas trompé sur toi, alors, ça fait plaisir ! Par contre, toi, tu me fais marrer avec tes « envies ». J'avais pas envie de ci, de ça...

— Trompé sur quoi ? demandai-je d'un ton badin. Sur le fait que je possède une cervelle et que, par le plus grand des hasards, je sais m'en servir ?

– Quelque chose comme ça... Je me comprends. Je plaisante, d'ailleurs...

– Je sais bien... mais ça ne me dit pas pourquoi tu ne m'as pas rendu mon portefeuille ce soir-là, insistai-je.

– Tout simplement parce que ça n'entrait pas dans mes plans. D'ailleurs, je te ferai remarquer que – d'après ce que j'ai vu ce soir-là – tu ne semblais pas particulièrement anxieux de l'avoir perdu, je me trompe ?

– Non, c'est vrai. Bon, ça m'ennuyait d'avoir perdu ma carte du lycée, quelques photos souvenirs ou un peu embarrassantes et l'argent, mais il ne contenait rien de particulièrement important, ma carte bleue était dans la poche de mon jeans, mes cartes de crédit aussi...

Je m'interrompis.

– Ah ça, quel culot ! Tes plans ? Tu es gonflé !

Impossible de ne pas être séduit et intrigué par sa désinvolture.

– Et je peux savoir en quoi ils consistaient, tes plans ?

– Venir te le porter au moment choisi par moi, pour te voir, te voir chez toi, et, éventuellement, pour te surprendre. J'avais bien sûr ton adresse grâce à tes cartes. Je dois dire que c'est d'ailleurs pas mal réussi !

– Et ensuite, d'autres... plans ?

– Tout dépend des circonstances, répondit-il avec nonchalance. Poursuivre notre discussion de l'autre après-midi, ou alors coucher avec toi, ou, si tu préfères, faire l'amour avec toi, en toute légèreté, pour le simple plaisir de jouir avec quelqu'un qui me plaît.

— Rien que ça ! Tu es bien présomptueux...

Il ne doutait vraiment de rien. Ni de lui, ni de moi, ni de mon éventuelle attirance pour quelqu'un de mon propre sexe. Et même si j'avais du mal à l'admettre, ça me plaisait. Mais qu'en aurais-je pensé quelques semaines plus tôt ? Je tentai avec un vague succès de prendre comme lui un ton agréable, léger, à peine sarcastique. Intrigant, déstabilisant... Impossible de savoir s'il plaisantait ou pas. Oui et non, pensai-je... Mais cette assurance qu'il dégageait naturellement, car rien en lui ne sonnait faux, ça m'épatait.

Un silence. Son regard recommença à se promener sur mon corps sans aucune gêne. Cela me plaisait et je ressentais un certain trouble, un trouble prometteur et excitant, en me voyant ainsi devenir à nouveau un possible objet de désir. Je ne sais pas pourquoi je pensai furtivement à Lina. Je me repris, évitant de faire allusion à son offre. D'ailleurs, en était-ce vraiment une ? Quoi qu'il en soit, il fallait que je me décide : nous ne pouvions pas rester ainsi devant la porte d'entrée.

— Si tu veux, dis-je. Enfin, si tu le vois ainsi, tant mieux. Tu veux entrer ? Je prenais un verre.

— Mais je ne veux pas déranger, dit-il en me toisant.

— Je suis seul. Je suis en vacances. Tu ne me déranges pas.

— Tes parents ne sont pas là ?

— Non. Ils sont en voyage... Ça tombe bien, n'est-ce pas ?

Je m'effaçai pour le laisser passer, conscient de son sourire éclatant, carnassier, et je fermai la porte derrière lui. Je m'amusais d'une certaine façon, car je sentais bien que, malgré tout, il m'aurait voulu un peu moins à mon aise. Je sentais aussi que c'était un dominateur, mais que cela ne lui déplaisait pas non plus qu'on lui résiste ou qu'on le surprenne. Je n'avais par contre aucun mérite à cela : je n'avais pas prévu sa venue et je ne faisais rien d'autre qu'être moi-même. Et je ne choisissais pas de ressentir cette forte attirance pour lui. C'était ainsi. Il regarda autour de lui avec intérêt.

— C'est très beau, chez toi. C'est élégant, en fait, et raffiné.

— Mes parents... dis-je vaguement.

Maintenant qu'il était entré, je revenais à moi-même et, tout à coup, me sentais inconvenant et vulnérable, à peine vêtu devant quelqu'un que je ne connaissais pour ainsi dire pas. Mon amusement avait disparu, laissant place à une sorte de gêne. Je n'étais plus certain de vouloir la présence de cet inconnu chez moi, près de moi. Je me sentais vidé de toute énergie, d'avance perdant, d'avance muet, d'avance découvert. Qu'y avait-il à découvrir ? Je ne le savais même pas. Je ressentis une immense lassitude : je n'en pouvais plus, de cette instabilité dans laquelle je semblais être jeté à corps perdu et à mon insu. Je ressentis un bref vertige, une brusque nostalgie de tranquillité, de paix et d'indifférence. Mais il était là et il me fallait faire face. Me restaient toujours la politesse et le savoir-vivre, pour faire bonne figure, et cette envie toujours dévorante de sexe, familière et rassurante. Je me repris, souris vaguement et d'un geste, lui indiquai le salon :

— Assieds-toi, je reviens tout de suite.

Je filai dans ma chambre, passai un t-shirt noir, m'arrêtai devant la glace et me vis, décoiffé, encore alangui de sommeil, un peu lourd. « Ça, me dis-je, c'est le whisky. » Je passai mon visage à l'eau froide, lissai rapidement des mains mes cheveux hirsutes, hésitai, puis m'appliquai un peu de parfum derrière les oreilles, m'étonnant presque moi-même de ce geste de coquetterie. Je revins au salon. Il examinait un livre qu'il avait tiré d'une petite bibliothèque à côté de laquelle se trouvait un guéridon en cuivre, et sur lequel étaient posées, pêle-mêle, diverses bouteilles. Il se tourna vers moi et je lui proposai quelque chose à boire. Son visage s'éclaira, il me sourit gentiment :

— Volontiers, je prendrais bien un peu de vodka. Sans glace.

— Tiens, bonne idée; je vais t'imiter.

J'allai chercher de la glace pour moi, des verres. Je versai l'alcool et lui tendis son verre.

Il sortit mon portefeuille de son blouson et le posa sur la table.

— J'espère quand même que tu ne t'es pas trop inquiété. Il y a une certaine somme...

— Non... t'inquiète. Ç'aurait été ennuyeux d'avoir à refaire les cartes et puis ces infos sur ma vie entre les mains de n'importe qui... Bref. En tout cas, merci. À ta santé !

— À la santé, répondit-il d'un ton tranquille en portant le verre à ses lèvres. Et merci, dit-il en retirant son manteau et son écharpe, qu'il déposa à côté de lui.

Il ne portait en dessous qu'un polo gris pâle. Je le détaillai sans trop en avoir l'air, mon regard s'attardant sur le crocodile vert brodé sur son pectoral gauche. Il continua après avoir bu une longue gorgée :

– J'ai pensé t'appeler, puisque ton numéro se trouvait dans le portefeuille avec ton adresse, mais je ne sais pas, j'ai préféré tenter ma chance. Ça me fait plaisir d'être ici.

– Ça me fait plaisir aussi, tu sais. C'est juste... bizarre. On se connaît à peine, mais pourquoi pas ?

Quelque chose d'indéfinissable passa dans son regard direct.

– Pourquoi ? Tu n'as pas l'habitude de ce genre de... préliminaires ?

– De préliminaires ? À quoi donc ?

– Tu me poses sérieusement la question ?

– Je te la pose, oui.

Il s'approcha de moi en me regardant et, assailli par des impressions contradictoires, je sentis les battements de mon cœur s'accélérer. Je le regardai : il était beau, très beau. Non, impossible de nier l'attirance que je ressentais face à lui, c'était comme un aimant, ça me dépassait, je n'y pouvais rien. Et j'aimais ça. Je pensai aux filles que j'avais connues, enfin si, dans tous les cas, on peut appeler ça connaître, et je réalisai qu'une aventure du même genre, sans lendemain, serait tout à fait possible avec lui. Seulement, cette fois, si cela se produisait, nous serions deux à jouer le même jeu, à désirer la même chose, à ne pas vouloir s'embarrasser de sentimentalité. Je pensai à nouveau à Lina, avec qui, pour la première fois, j'avais vraiment connu cette liberté dont je n'avais pas alors saisi complètement la valeur. Ne rien se demander d'autre que du plaisir. Mais cette fois, ce serait avec quelqu'un du même sexe que moi. Cela ne me serait jamais venu à l'esprit avant. Avant Adrien. Évidemment, ça n'avait rien à voir; l'envie physique que j'avais d'Adrien n'était qu'un des aspects des émotions qu'il me faisait ressentir.

Analysant froidement la situation, il me fallut bien admettre que malgré mes sentiments exaltés pour Adrien, je n'hésiterais pas un instant si l'occasion de coucher avec Alejo ou quelqu'un d'autre se présentait. Je ne voyais pas pourquoi je m'en serais privé. Je savais que je n'aurais pas dû penser ainsi, que ce n'était pas « bien », que c'était anormal et peut-être pervers, mais ça m'excitait d'y penser et l'élément « interdit » ne faisait qu'augmenter la tentation. Je savais aussi que je n'aurais ni remords ni regrets. Qu'Alejo soit l'ancien copain d'Adrien, Adrien que j'aimais et qui souffrait de cette rupture et de la trahison qui l'avait amenée, tout cela ne changeait rien à la situation. Paradoxalement, cette absence d'état d'âme m'accabla, et la violence de cet émoi pesa sur moi comme une pierre: quelque chose manquait donc en moi qui m'aurait freiné, fait repousser de toutes mes forces ces idées amorales qui m'envahissaient l'esprit et le corps tout naturellement. J'observai Alejo du coin de l'œil; il répondait à un texto. Que pourrais-je vouloir de lui, me demandai-je? Le connaître, pourquoi pas: il était de toute évidence brillant, séduisant. Intrigant. Mais dans l'immédiat, c'était son sex-appeal qui déclenchait un tumulte en moi, qui, me sortant de ma léthargie quasi mélancolique aussi brutalement que j'y étais entré, durcissait de plus en plus mon sexe et me faisait considérer comme plus que possible de coucher avec lui là, sans attendre, immédiatement. C'était brutal, jouissif avant même d'avoir commencé. Quelque chose me parlait, me libérait momentanément de ce que je tentais de considérer comme des émois de puceau, du romantisme pour midinette. Mais pourquoi m'en libérer ? Adrien... Cette impression de recommencer à nouveau et de tenir entre mes mains ou caché sous ma peau un trésor, un secret que je ne pouvais éventer à la légère, et la conscience que j'avais de la préciosité, de la délicatesse, de la fragilité de l'occasion qui m'était offerte de m'engager vers quelque chose d'incertain mais de différent devaient-elles me retenir ? Cette voix qui parlait à mon cœur, je ne pouvais l'ignorer. Mais elle m'ennuyait. « Des conneries, pensai-je. Où est Adrien maintenant ? Avec qui ? » Je ne savais même pas si nous nous reverrions, si je l'embrasserais à nouveau. Cette incertitude me mettait en colère. Je me sentais brimé et la révolte montait en moi comme une vague d'eau brûlante, violente, qui m'éclaboussait, me lavait de tout et ne laissait derrière elle qu'un corps affamé, une soif de jouissance implacable. Baiser. Là, tout de suite. Je n'en pouvais plus de bander et je me redressai, en tentant de placer mes jambes pour que ça ne se voie pas. Je maudis ce short de sport, qui me laissait vulnérable et exposé. Peut-être n'était-ce que pour la forme, parce que, parallèlement à cette réaction prude, je m'en balançais tant il me tardait de me déshabiller et de passer aux choses sérieuses. Le sourire ironique d'Alejo, le mouvement de son corps, le son de sa voix, tout était sexuel en lui et cela ne m'étonnait pas – ou plus – que son histoire avec Adrien se soit achevée sur une infidélité. Nous étions de la même race tous les deux, j'en étais sûr. Des jouisseurs, obsédés par le sexe, la conquête, le plaisir.

Je revins à la réalité, embarrassé : il y avait un moment déjà que j'étais silencieux. Alejo m'observait sans rien dire. Son regard à la fois sombre et lumineux, dans lequel miroitaient mille promesses et tentations, me fit, l'espace d'une seconde, envisager toutes ces nouveautés qui s'offraient à moi à travers une lorgnette purement hédoniste : cette chance de désirer les deux sexes, combien de plaisirs, d'occasions de délectations sexuelles représentait-elle ? N'était-ce pas mieux que de se perdre dans une confusion peut-être stérile de sentiments et de bonnes intentions ? Ma queue me faisait mal tant elle était raide, mais un coup d'œil à mes cuisses me rassura : ça ne se voyait pas vraiment. Juste un peu... juste assez. Ce qui me convenait très bien. Je m'éclaircis la gorge et repris la conversation là où elle s'était arrêtée :

— Bien, des préliminaires, si l'on veut. C'est vrai que je n'ai pas l'habitude de recevoir des inconnus chez moi, enfin, un inconnu, pour discuter avec lui et partager quelques verres, surtout un *inconnu,* j'insiste sur le terme, rencontré un jour auparavant dans un café !

Je ris et lui aussi.

— Bien sûr, dit-il. Je n'en doute pas... C'est marrant.

Toujours ce ton sympathique et mordant à la fois, ces yeux pleins d'ironie. Nos verres étaient déjà vides, je les remplis à nouveau.

— Quoi donc ? Qu'est-ce qui est marrant, demandai-je sans savoir de quoi il parlait.

– Quoi ? Mais tout ce temps à réfléchir pour me faire cette réponse tout à fait raisonnable et logique, certes, mais, il faut bien le dire, un peu convenue, tu ne trouves pas ?

– Si tu veux.

Il y avait entre nous comme une opposition, une sorte de paravent transparent qui nous séparait et donnait à notre conversation cet aspect aimable, mais teinté de sarcasme et d'acidité. Il poursuivit :

– Je ne voulais pas être chiant ou désagréable. J'apprécie le silence, ajouta-t-il gentiment, et j'ai l'impression que toi non plus un moment de quiétude verbale ne t'effraie pas.

– C'est vrai. Au contraire : j'aime.

– Et puis, continua-t-il d'un ton tranquille, ça m'a permis de confirmer ce que j'avais constaté au café... Tu sais que tu es assez, comment dire, affolant sur le plan esthétique ? D'ailleurs, tes photos...

J'éclatai de rire, à la fois flatté et embarrassé, non pas par le compliment, mais parce que je ne savais pas quoi répondre. Je balbutiai :

– Ah bon ? Eh ben...

Ce n'était pas brillant, mais je ne trouvai rien de mieux. Il éclata de rire aussi. Je continuai, sincère, mais un peu guindé :

– Tu es très séduisant aussi. Beau mec, quoi...

Cette réponse banale ! Je me serais frappé de mes deux poings.

– Je sais ! C'est ça la différence entre toi et moi, je pense. Moi je suis parfaitement conscient de mon allure et j'en jouis sans complexes; pas toi. Pas autant en tout cas. Par contre, je ne dis pas qu'elle te gêne non plus : j'ai l'impression que tu y es indifférent et que si tu n'es pas capable de dire spontanément « je sais, je suis beau », ce n'est pas vraiment parce que ça t'embarrasse ou parce que tu te dis que ça ne se fait pas. D'ailleurs, ce mot de « beau » est d'une pauvreté ! C'est banal. J'ai une copine éditrice qui y est allergique. Elle morigène toujours ses auteurs afin qu'ils lui dénichent des adjectifs plus... riches ! Non, tu n'es pas embarrassé par ta beauté et tu l'utilises très bien... Mais de là à dire que tu en profites et que tu en tires du plaisir, je ne sais pas.

—Peut-être. Je n'y accorde pas trop d'importance, du moins ça m'importait peu ou pas jusqu'à tout récemment. Tant que ça me permettait d'avoir ce que je voulais... Mais, non, ça ne m'embarrasse pas de constater ce qui est, du moins à mes yeux et à ceux de certaines autres personnes. Constater, apprécier, en profiter... Pourquoi pas, en effet ? Tout ça va se flétrir et disparaître inévitablement, alors... Pourquoi s'embarrasser ?

J'écartai les bras en haussant les épaules et poursuivis :

— Je pense que tu dis vrai... Par contre, si j'y pense, j'admets qu'au fond de moi je trouve un peu indécent cette jouissance de soi ! Je n'ai jamais connu personne qui en parlait ainsi, publiquement, sans aucune gêne !

—Et ça te dérange, tu trouves que c'est trop, peut-être ? demanda-t-il avec curiosité.

—Ah non, pas du tout, ça me laisse songeur, c'est tout. En fait je trouve ça plutôt admirable et franc. C'est agréable.

Mais je crois que pour bien des gens cela serait insupportable : ça les agresserait, je pense. Personnellement, je n'ai aucune raison d'en ressentir un déplaisir quelconque. Tu dis ces choses incroyables, que l'on peut penser, mais sans les exprimer, et tu le fais sans aucune pédanterie. Et c'est... reposant. Et tout à fait nouveau pour moi.

Il rit :

– J'accepte le compliment ! C'est vrai, je suis bien dans ma peau. Je n'ai pas besoin de l'afficher, mais je ne vois pas de raisons de m'en cacher non plus; pourquoi faudrait-il se sentir coupable d'aimer et d'apprécier sans complexe la vie, son corps, son visage ou son intelligence ? Ça n'empêche pas d'être réaliste et ça ne veut pas dire que, parallèlement, il n'existe pas certaines fragilités, des points sensibles, plus obscurs...

– Tu as raison, je pense...

Quelque chose me frappa et je continuai :

– Mais je suis sûr que parmi les personnes que tu as connues et aimées, certaines, peut-être, n'ont pas pu supporter une telle assurance.

Il se rembrunit légèrement et l'espace d'une seconde son visage se ferma :

– C'est vrai. On veut croire que tu vas trop bien, que ce n'est pas possible, que tu caches des faiblesses... Pour d'autres, c'est le contraire. Ça les galvanise. Mais tôt ou tard, et surtout quand on est en couple, c'est comme si chacun pouvait ressentir cette tentation : changer l'autre, se sentir gêné ou agressé, oui, par ce qu'on considère soudain comme des défauts, oublier en quoi ils peuvent aussi être des qualités, en quoi ils l'ont attiré et séduit même... On y échappe, ou pas. C'est dommage.

Je ne répondis rien : je sentais bien que derrière l'apparente clarté des mots, derrière le constat raisonnable se cachait autre chose, une faille, justement, et peut-être une blessure. Cicatrisée ? Ou pas ? Béante ? Comme s'il balayait d'un geste une pensée sombre ou un souvenir trouble, celui d'Adrien, peut-être, son visage s'illumina de ce sourire si particulier qui lui venait régulièrement et lui donnait un air gamin. Je ne savais pas quoi dire : j'avais envie d'en savoir plus, mais je n'osai pas aller plus loin. Il s'approcha un peu de moi, me caressa la joue du revers de la main. Je me reculai et, l'alcool aidant, je lui demandai finalement en riant, mais un peu fâché aussi, ce qui lui permettait de croire que ce genre de geste me plairait et que je pouvais être attiré non seulement par lui, mais par son sexe, c'est-à-dire le nôtre.

— Rien et tout. Je ne sais pas. Une impression, comme ça. Une sensation. Mon corps se verrait bien contre le tien; c'est là une raison suffisante. Je ne pense pas plus loin, ce genre de question ne m'intéresse pas. Toi si ?

— Non, dis-je avec défi, ça ne m'intéresse pas. Prendre le plaisir quand il se présente, c'est la moindre des choses, et ça, c'est quelque chose que je ne veux pas me refuser. Après, il peut y avoir d'autres possibilités, des sentiments, l'envie de s'engager... je suppose. C'est peut-être ça, le plus important.

Je haussai les épaules :

— Je comprends que pas mal de gens puissent analyser les choses comme ça. Moi... je ne sais pas. Mais personnellement, le sexe de la personne capable de me faire vivre de telles émotions, durables ou juste pour une nuit, m'importe peu, finalement.

Je bus une longue gorgée, finis mon verre :

— Je ne sais pas ce que tu en penses ?

— Je pense que je pense comme toi. Ce n'est pas toujours facile, par contre, parce que parfois les gens attendent des explications, des justifications, presque. Enfin : on aime ou on n'aime pas, on a envie ou pas de quelqu'un, c'est clair, il me semble ! Bref...

Il posa son verre vide sur la table. Je le lui remplis à nouveau, hésitai un instant et fis de même avec le mien. Ça commençait à faire beaucoup, mais j'aimais ce bien-être que me faisait ressentir l'alcool, ou plutôt cette aisance bien particulière; j'avais la tête qui tournait légèrement, mon corps se laissait bercer par une chaleur diffuse et, simplement, je me sentais bien. Il dit :

— En fait, je trouve ça génial que tu penses ainsi, si jeune, quand même... Tu es libre.

— Peut-être, répondis-je, étonné.

J'avais au contraire la sensation de l'être de moins en moins, moins jeune, moins libre... ou était-ce le contraire ? Je m'y perdais. Adrien et, là, dans l'immédiat, l'alcool, le charme complexe d'Alejo... Je ne savais plus trop où j'en étais, mais je n'allais certes pas lui parler de ça.

— C'est amusant, avouai-je ingénument. Jamais je n'avais vraiment prêté une attention particulière à tous ces mouvements, ces mécanismes, ces réactions du cœur, ou de l'âme, et même du corps. Puis ils me sont apparus, complexes, étourdissants et, depuis, c'est tout un monde qui s'est offert à moi. C'est... terrifiant de me dire que pendant presque vingt ans je suis resté enfant, inerte et lisse, laissant tout glisser sur moi sans que cela me touche... Utilisant fiévreusement n'importe quoi pour me désennuyer et passer le temps sans penser plus loin. S'il n'y avait pas eu une suite de hasards, ou d'éléments déclencheurs, combien de temps cette indifférence aurait-elle duré ? Toujours ? C'est dingue...

— Ces mouvements, ces mécanismes... il me semble que c'est là l'essence même de ce qui nous anime... Difficile de s'en passer. Comment peut-on penser, désirer, vouloir, aimer quand on n'accorde aucune attention à ces choses, quand on ne se connaît pas soi-même, ne serait-ce qu'un minimum ? Et en restant soi-même libre...

Je le fixai avec attention, un peu étonné par la passion qui agitait sa voix profonde et même bouleversé par ses propos. Peut-être était-ce parce que j'y puisais de manière inattendue certains éléments explicatifs qui me manquaient ? J'avais peur et pourtant j'étais aussi rassuré, j'avais l'impression que ce que je vivais depuis peu avait un sens et que j'avais raison de suivre mon penchant, c'est-à-dire de découvrir ce que je ressentais pour Adrien, mais aussi pour ma propre personne, et que l'un était impossible sans l'autre. Je pensai bien sûr, et avec une amertume confuse, que très possiblement rien n'adviendrait jamais entre lui et moi, mais qu'au moins je ne pourrais jamais l'oublier totalement, lui, Adrien, le premier dont je serais tombé amoureux, lucide et conscient. Alejo m'observait avec attention. Au bout d'un moment, il me demanda doucement :

– Tu parles d'un élément déclencheur...

– Tu poses trop de questions, répondis-je d'un ton léger. Je ne suis pas certain d'avoir envie de parler de ça. Je ne saurais même pas quoi te répondre !

Je n'ai pas compris tout de suite et je ne crois toujours pas avoir compris parfaitement de quoi il s'agissait.

– Que veux-tu dire ?

– Je ne sais pas comment me l'expliquer à moi-même : quelqu'un... un mec m'a fait ressentir tout ça. En même temps, c'était comme si je me découvrais moi-même et c'est ça qui m'a étonné, cette impression de deviner mes propres possibilités, mes envies profondes, la liberté à laquelle je suis convaincu d'avoir droit, cette impression de me retrouver, pour la première fois, face à moi-même, mais aussi face à quelqu'un d'autre avec qui je voudrais partager cette nouvelle existence, ouverte à moi grâce à cette rencontre. Deux entités séparées, indépendantes, mais intimement, étroitement, irrémédiablement liées : elle – la personne – et moi...

– C'est là, à mon avis ce que devrait être une relation amoureuse, une vie à deux, un couple, quoi. Ne pas être ensemble par besoin, rester soi-même malgré les liens et les concessions... Pas évident, bien sûr... Mais sans s'aimer soi-même, ce doit être encore plus difficile d'y arriver.

— Je pense comme ça aussi… Mais je n'y connais rien dans la pratique, dis-je avec un peu d'amertume. Je suppose que ça viendra… Enfin tout ça pour dire que non, je ne me suis pas posé de questions par rapport au sexe de la personne capable de déclencher de tels sentiments en moi. Quelle importance ? Il y a tant d'autres questions à se poser ! C'est peut-être immoral, ou amoral, je n'en sais rien, conclus-je, dubitatif, en jetant un coup d'œil à une icône grecque accrochée sur le mur en face de moi.

— Mais tu n'y crois pas une seconde ! Je suis bien d'accord, soit dit en passant.

Il éclata de rire. Son regard était chaud, presque doux, complice. Il émanait maintenant de lui un charme différent, depuis quelques minutes, très fort, chaleureux, et comme un rayonnement de compréhension, dénué de tout sarcasme, qui m'apaisa. Il reprit la parole :

— Effectivement, quelle importance, par rapport au reste ? Il hésita, puis continua. Je suis tombé amoureux d'un garçon, un jour, il y a des années, amoureux à en devenir cinglé. C'est de lui que je t'ai parlé quand nous nous sommes rencontrés dans ce café… J'avais aimé des filles, couché ou sorti avec elles, trouvé d'autres mecs attirants sans aller plus loin. Mais avec lui…

Sa voix s'altéra. Je retins mon souffle.

— Pas une seconde, pas un instant le fait que ce soit un mec ne m'a arrêté. Bien sûr, il y avait les autres, il y avait ce que les gens penseraient, les explications à donner, la peur d'être catalogué, les conventions, tout ça, mais c'était tellement naturel et irrésistible que toutes mes hésitations ont été balayées avant même de m'atteindre. Homosexualité, bisexualité, les autres pouvaient bien appeler ça comme ils le voulaient, moi je ne doutais pas, je ne remettais pas en question ce que j'étais, ce que j'avais vécu, ce que je voulais. Parce que c'était lui, parce que c'était moi, c'était tout, c'était assez. Comme Montaigne, mais avec en plus un érotisme assez échevelé... ou en tout cas sans aucune ambiguïté. C'était le premier garçon qui me faisait cet effet, et le premier avec qui j'ai couché. Avant lui, il y avait eu une fille en particulier... J'en ai été très amoureux. Mais c'était plus facile, dans l'ordre des choses; ça m'a marqué, mais ça ne m'a pas fait autant réfléchir sur moi-même...

Il se tut, comme plongé en lui-même, dans cette histoire qui, visiblement, l'avait marqué. Je le sentais soudain très sincère, à fleur de peau; une fébrilité passait dans son regard si vivant. L'espace d'un instant, je me sentis odieux. Je repoussai cette impression. Ne sachant comment poursuivre ni que dire, je me jetai à l'eau :

– Que s'est-il passé ?

Il baissa les yeux et un sourire furtif éclaira son visage.

– Tellement de choses... Impossibles à résumer. Des années de complicité et de déchirements, avec toujours l'espoir d'un avenir commun, compagnons jusqu'au bout. Mais une incompréhension s'est érigée entre nous et un fossé s'est creusé... Nous nous sommes séparés. À chacun sa solitude, maintenant. Je ne m'inquiète pas trop pour lui, il a toujours aimé la solitude. Je sais que dans les pires moments, la souffrance a dû le submerger presque entièrement... mais au moins, cette solitude l'a peut-être, malgré tout, consolé, enveloppé. Protégé...

Il ne dit plus rien et son visage resta composé. Pourtant, j'eus l'impression qu'il avait soudain une envie folle de partir et peut-être de se réfugier dans cette solitude même dont il parlait. Mais il resta assis à mes côtés. Il fallait que je dise quelque chose, que je continue, même si je n'étais plus sûr du tout de mon absence de scrupules ni de mon envie d'en savoir plus.

— Vous ne vous aimiez plus ? finis-je par demander.

Il me fixa un instant, puis me répondit d'un ton las et, me sembla-t-il, vaguement agacé :

— Ce n'est pas ça. Ça n'a rien à voir.

Il soupira.

— Ne pense pas que je nie quelque chose ou que je refuse d'admettre la vérité. Mais je le connais si bien que j'affirme savoir ce qu'il pense encore aujourd'hui, des mois après notre séparation... Non, nous n'avons pas cessé de nous aimer : nous nous sommes égarés. J'ai eu des aventures... Ça s'est mal passé... Il l'a découvert, l'a très mal pris. Avec le temps, ça ne s'est pas arrangé, au contraire. Il se méfiait, ne le supportait pas. Nous étions comme deux adversaires, il me regardait comme un ennemi dont il fallait se protéger... Je l'ai perdu. C'est de ma faute, sans doute... Je ne faisais qu'être moi-même, pourtant... C'est ce qui l'a fait partir : il ne pouvait pas concevoir de me demander de changer. Et je ne pouvais pas le concevoir non plus, pas autant, même si...

Il haussa les épaules. Se rendait-il compte de l'écho que ses paroles provoquaient en moi ?

– Enfin bref, c'est compliqué, poursuivit-il. Et très simple. Ce qui l'est moins, c'est d'oublier, de se remettre...

Je sentais une colère chez lui, comme une stupéfaction encore vive face à ce qu'il avait peut-être considéré comme une absurdité : se séparer alors qu'on s'aime. Je ne savais pas trop qu'en penser, mais je devinais que s'il ressentait un certain plaisir à en parler, il n'avait pas envie d'en dire plus. Cette constatation fit disparaître les doutes qui m'avaient assailli.

– C'est fini maintenant, conclut-il, même si c'est encore très à vif...

Il soupira, but une longue gorgée de vodka, revint à moi.

– Et toi ? me demanda-t-il. Ce mec, il se doute de quelque chose ?

Une chaleur me monta aux joues et j'espérai qu'elles ne rougissaient pas

– Non. Certainement pas ! En tout cas pas que mes sentiments vont plus loin que l'envie de coucher avec lui, et peut-être de passer du temps avec lui, comme ça...

– Mais tu le connais bien, c'est un ami ?

– Ce n'est pas un ami et je le connais très peu. Mais je lui ai déjà parlé, si c'est là ce que tu veux savoir. Je... l'ai vu plusieurs fois. On a passé un moment ensemble, on a baisé, aussi.

– Ah, quand même... Et il ne se doute vraiment de rien ?

– Je n'en sais rien. Je ne sais plus ce que j'ai dit, après avoir couché avec lui, sous le coup du plaisir, de l'émotion; quand j'y pense tout me paraît lumineux et flou à la fois, je suis encore transporté, mais pas plus fixé, bien au contraire...

— Mais comment, je veux dire... commença Alejo.

Je lui coupai la parole, pressé d'en dire plus :

— Ce n'était pas juste une baise minable de quelques minutes; j'ai passé une soirée et toute la nuit avec lui, chez lui, dans son lit...

— Je vois. Et ça t'a plu de coucher avec un mec ?

La question me choqua, sans que je sache trop pourquoi, sans doute parce qu'elle ramenait ce qu'il s'était passé à quelque chose de simple, de prosaïque : une histoire de cul sans lendemain, rien de plus. Je tentai de prendre un ton indifférent pour lui répondre, sans trop y parvenir, il me semblait que le souffle me manquait, que mon cerveau fonctionnait au ralenti.

— Bien sûr. C'était... indéfinissable. Je n'avais pas soupçonné qu'on pouvait avoir autant de plaisir, en tout cas pas comme ça, entre mecs. J'étais... émerveillé. C'était bizarre parce que tout en étant fasciné par lui, je réalisais l'existence d'un monde inconnu, peuplé de toutes ces occasions à prendre que je n'avais pas remarquées auparavant, avec cette certitude que je n'hésiterais pas à en profiter si l'occasion se présentait et sans ressentir de regrets par rapport à mes propres sentiments, si l'envie était assez forte... Encore aujourd'hui, j'y ai pensé. On en revient à cette liberté dont on parlait...

L'image du garçon du vestiaire se présenta à moi et me fit sourire. Je poursuivis :

— Je ne sais pas si le plaisir a été si intense à cause de lui ou de la nouveauté. Je ne pense pas pourtant que ce soit le côté inédit qui m'ait tant excité. C'était... naturel, il y avait une suite logique avec ce que le sexe était pour moi auparavant : les gestes s'enchaînaient, je n'avais pas à penser, mon corps, mes mains savaient quoi faire sans que j'intervienne... Ah ! C'était juste... bon.

— Et maintenant, vous en êtes où ?

— Mais... nulle part : je te l'ai dit, il ne sait rien de tout ça. Il m'a dit, avant qu'on couche ensemble, qu'il n'était pas intéressé à être la première fois de quelqu'un, je veux dire de quelqu'un avec qui il pourrait avoir une relation sérieuse, parce que, selon lui, ça ne peut que déboucher sur des histoires de tromperies, parce que chacun doit bien vivre ses expériences...

Alejo me fixa, sembla vouloir dire quelque chose, mais resta silencieux. Je continuai :

— Je ne lui ai pas dit qu'il était mon premier mec et il sait que je me suis fait pas mal de nanas, mais je n'ai pas pu m'empêcher de le prendre de façon personnelle. Même sans ça, je le sens tourné vers lui-même, aux prises avec son monde intérieur. Je crains qu'il n'y ait pas beaucoup de place pour moi dans sa vie, mais je ne peux m'empêcher d'espérer que tôt ou tard...

— Ce n'est pas nulle part, ça, me dit-il gentiment. C'est un début...

Je commençais à me sentir mal à l'aise à nouveau; Alejo était trop charmant et trop intelligent pour que je continue, en pleine connaissance de cause, à lui parler ainsi de son ex-copain sans qu'il le comprenne. Et pourquoi ? J'avais besoin de parler et d'en savoir plus sur Adrien, mais je n'arrivais qu'à répondre maladroitement aux questions d'Alejo. Quand je sentais poindre le sarcasme ou l'ironie dans sa voix, ça allait et je n'avais pas l'impression d'être un salaud; mais depuis un moment il n'était que compréhension, attention, compassion. Tout était moins drôle et ne servait à rien. Il fallait passer à autre chose et vite; il fallait que je me concentre sur mon envie de baiser avec lui et que je laisse Adrien de côté. Je repris la parole, bien décidé à passer à autre chose.

— Peut-être. En tout cas je suis libre, je veux dire trop libre, assez malheureux, et en manque de sexe grave, conclus-je comiquement – ou en tout cas en essayant d'être drôle.

— Moi aussi, de temps en temps, c'est ainsi que je me sens, répondit-il simplement.

Cet aveu nous lia brusquement. Nous étions face à face et si proches, soudain; le fardeau qui pesait sur mes épaules l'instant d'avant n'était plus, mes pensées tourmentées s'étaient évaporées, le physique reprenait ses droits. Il n'y avait plus rien d'autre que le moment présent, personne d'autre que nous deux, deux corps vivants, à la fois détendus et galvanisés par l'alcool, recherchant encore plus de chaleur. Nous nous retrouvâmes dans les bras l'un de l'autre, c'était simple, comme une évidence. Malgré moi, des images, des réflexions me revinrent en cascade. Je pensai que j'aimais ses lèvres, qu'il embrassait bien; je me redis qu'Adrien et lui aient pu être ensemble n'avait aucune importance et que je me fichais bien de savoir si c'était pervers ou immoral. Tout au fond, très loin, je ressentais une colère sourde envers Adrien, lui qui ne m'avait rien promis, lui et ses histoires de première fois, sa réserve, son côté insaisissable. C'était comme ça? Eh bien pourquoi n'accumulerais-je pas les mecs – et Alejo parmi eux – comme je l'avais fait avec les filles? Peut-être qu'alors il me considérerait différemment? C'était illogique, mais c'était ainsi; loin de m'arrêter ou de me freiner, ça me stimulait. Je repoussai toutes ces considérations qui me gênaient jusque dans mes mouvements et m'abandonnai. Je ne sentais plus rien d'autre qu'une forte attirance pour ce visage, ce charme, ce corps galbé et solide qui se pressait contre le mien, cette sensualité exacerbée. Ne restait que l'envie de jouissance, de connaître une autre peau, une autre bouche, d'autres cheveux, une autre intimité. Me perdre en elle, en profiter pour ce qu'elle était et y laisser se dissoudre le manque terrible que je ressentais. Nous ne nous devions rien. Il n'y avait qu'à prendre et profiter. Je ne sentais pas mon cœur vibrer, il me laissait en paix. Fièvre, sexes, moiteur, fluides: il n'y avait plus que ça. Il n'y aurait pas de conséquences, nous le savions tous les deux. C'était très clair. Ce qui l'était moins, mon excitation, la vodka et la très forte sensualité d'Alejo, ses gestes experts m'aidèrent à l'oublier momentanément alors que l'odeur de son corps me faisait chavirer, que nos langues se mêlaient inlassablement et que le désir, impérieux, anéantissait toute solitude et nous faisait glisser des coussins veloutés au sol, perdus dans les motifs du tapis persan.

Quand je me détachai de lui, le corps fourbu et humide, et que je me redressai, il resta étendu sur le dos, les yeux clos. Qu'il était magnifique, pensai-je, ainsi abandonné, confiant, goûtant ces instants suspendus qui suivent le plaisir ! Cette volupté que nous venions de partager. Qu'en aurait-il été si nous nous étions rencontrés quelques semaines plus tôt, avant que je ne connaisse Adrien ? Qu'aurait-il pu naître de cette complicité animale d'un instant qui nous avait liés ? Aurait-elle seulement eu la possibilité d'exister ? Je ne le saurais jamais. Alors qu'Alejo se redressait à son tour en s'étirant et que nous nous levions, j'éprouvai un regret furtif à l'idée de ce qui ne serait pas. Être amants, *fuck friends* n'était même pas envisageable sans risquer de perdre Adrien avant même d'avoir tenté de le conquérir. À moins que... ? Mais non : c'était aller trop loin, c'était stupide de même y penser. De plus, Alejo, à sa façon, m'avait charmé; je n'aurais pas pu continuer à le tromper ainsi très longtemps ni à le laisser dans l'ignorance plus qu'il ne l'était déjà par rapport à Adrien, à ce que je savais et à ce que je voulais. Un irritant sentiment de culpabilité me gagna ensuite, mêlé d'une non moins bizarre satisfaction, qui l'emporta, avant de refluer. J'ignorais posséder cette subtile capacité : mêler sincérité et perfidie.

Maintenant que nous étions satisfaits, que nos corps et nos sexes s'apaisaient, l'image, la présence d'Adrien m'envahissaient. Non, c'était faux, puisque même en gémissant et en soupirant de délectation contre Alejo, l'idée m'était venue que cette bouche, cette langue, cette peau, ce corps tout entier, cette queue qu'Adrien connaissait si bien, je les avais bien à moi et cette pensée n'avait sans doute pas été étrangère à l'orgasme qui avait violemment conclu nos ébats, nous laissant repus et béats. Et après, face à la glace de la salle de bains où Alejo et moi contemplions nos reflets, côte à côte, dans toutes leurs similitudes et leurs différences, j'eus la certitude que cette ressemblance entre nous deux avait troublé Adrien, qu'elle l'avait peut-être porté à venir vers moi ou en tout cas à me laisser aller à lui. Elle m'avait servi, mais pouvait-elle jouer contre moi? Expliquer une certaine distance, des hésitations, peut-être même lui faire ressentir de la méfiance à mon égard? Il était trop tôt pour le dire. Il fallait attendre, attendre la prochaine fois s'il y en avait une. Je m'aspergeai le visage d'eau froide tandis qu'Alejo s'habillait, me regardai à nouveau dans la glace. Non, décidément, me dis-je, je n'avais aucun remords par rapport à ce qui venait de se passer. Je ne devais rien à personne. J'allai m'habiller à mon tour. Devais-je dire quelque chose à Alejo, lui laisser deviner? Mais alors, Adrien saurait-il?

Il finit son verre, s'approcha de moi et me caressa doucement la nuque. Comme si nos pensées se croisaient, il me demanda, d'un ton léger, mais où perçait de l'ironie et aussi quelque chose d'autre de plus indéfinissable :

– Et il s'appelle comment, celui qui a la chance d'être aimé sans le savoir par un aussi charmant garçon?

Je ressentis brusquement une sorte de honte mêlée d'une violente flambée de colère irraisonnée et je me sentis pâlir. Je me repris et répondis légèrement, en feignant d'être étonné :

— Je ne te l'ai pas dit ? Il a un beau prénom pourtant : il s'appelle Adrien.

Si la sorte de complicité qui avait émergé de nos ébats était encore présente jusque-là, elle s'atténua à cet instant précis, sans disparaître tout à fait, mais laissant derrière elle une empreinte déjà passée. Et dans les yeux d'Alejo, sur cette bouche sensuelle soudain figée, je lus quelque chose qui ressemblait à de l'ébahissement d'abord, à un questionnement éperdu vite réprimé, puis à une méfiante hostilité. Cela ne dura qu'une fraction de seconde et l'instant passa. Son sourire charmeur réapparut, la lueur railleuse de son regard s'intensifia. Il dit d'un ton détaché :

— En effet... Très beau prénom. Pas très courant, non ?

11

VARIATIONS CLIMATIQUES

Après le départ d'Alejo, je restai étendu dans la pénombre rougeâtre et je terminai mon verre tranquillement, égrenant mes pensées sans me presser. J'oscillai entre la paix et une certaine excitation, aussi imprécise et insaisissable que les couleurs chatoyantes de l'alcool dans le cristal. De me sentir vibrer, les sens en éveil et à l'affût de tout, n'était pas qu'une simple satisfaction égocentrique purement narcissique. Je me laissais porter par un émerveillement qui n'en finissait pas de me réjouir. Je me sentais à vif, perméable, et cela rejaillissait sur tout : la moindre sensation, le plus infime reflet, tous les détails de cette vie frémissante et prometteuse qui me cernait, de cette vie bouillonnante dont je n'avais trop longtemps fait que soupçonner la présence. Ce corps à corps avec Alejo, par exemple, il m'en restait plus qu'une satisfaction déjà passée, un souvenir lascif parmi tant d'autres. Il m'en restait quelque chose à savourer, et je n'étais pas prêt, comme d'habitude, à passer à la sensation suivante, celle qui me distrairait un instant encore. Coucher avec Alejo, je l'avais voulu, tout comme lui, et j'en avais profité pour ce que c'était, du plaisir, et non pas comme un rempart contre la morosité des jours. Le quotidien, l'existence elle-même se paraient soudain à mes yeux éblouis et incrédules de richesses et de mystères que jamais je n'aurais pu imaginer. Par le seul fait de vivre, de respirer, d'être, Adrien m'avait ouvert les portes d'un univers aux multiples possibilités. Le plaisir charnel avec Alejo, ironiquement, n'en avait été que plus intense. C'était fascinant et intimidant; ce que j'entrapercevais, tout près, mais encore indéfinissable, provoquait en moi des fissures et des effondrements, bouleversements auxquels je n'étais pas préparé. C'était douloureux, exaltant, bizarre, révolutionnaire. Envisager quelque chose à deux, par rapport à quelqu'un d'autre que moi-même, c'était incroyable. Me sentir prendre possession de moi-même, me découvrir de vrais désirs l'était encore plus. J'hésitais devant cette impulsion : assister, succomber à cette débâcle de la banalité de mon adolescence, débâcle définitive de tout ce que j'avais cru immuable, soit la perspective d'une existence monotone et infertile, rythmée par les convenances et les obligations bourgeoises, avec pour seule perspective de liberté et de fuite une double vie étriquée, amalgamée de drogues, de baises furtives ou de liaisons clandestines, et de désespoir intérieur devant le gaspillage honteux de ce temps que j'avais à moi, de ce corps et de ce cerveau qui m'appartenaient et qui valaient peut-être mieux que ce genre d'avenir misérable, mais financièrement et socialement enviable. Ce n'était plus possible. D'un seul coup, ce qui importait, c'était de vivre, et vite. Tout de suite. Ne plus attendre. Provoquer la suite. N'importe quoi, mais qu'il m'arrive quelque chose. Je ne doutais plus, il y avait vraiment plus que les joies immédiates et brèves, la lutte sournoise et entêtée contre l'ennui.

Je pensai que, inévitablement, je souffrirais. Sensation neuve, jamais connue, jamais vécue, jamais combattue; elle ne m'effrayait pas, mais me laissait dubitatif. Dix-huit ans, ce n'était peut-être pas grand-chose, mais pour moi c'était long: toute une existence. Mais que m'avaient apporté ces années, quelles armes m'avaient-elles fournies, hormis cette apparence physique, fruit du hasard ou de la génétique ? Je n'avais aucun point de repère; jusque-là, la réalité des autres, opulente ou pauvre, n'était qu'une notion abstraite, qui ne pouvait rien m'apprendre et ne m'avait pas appris, en effet, que la confusion des sentiments existait, et que l'on pouvait s'y plonger. Et s'y oublier peut-être. Mais pour combien de temps ? Certainement, ce que je ressentais était commun à tant d'autres personnes, passées ou présentes; cela signifiait-il que c'était destiné à ne pas durer, à s'étriquer, se banaliser ? À se perdre ? Que faire ? Devais-je me métamorphoser ? À quel point ? Pourquoi, pour qui ? Moi-même ? Adrien ? En serais-je même capable ? Un seul être saurait-il me retenir, me satisfaire et me combler ? Je pouvais à peine imaginer posséder de telles capacités de fidélité et de persévérance moi-même : il me semblait que je n'avais pas de morale, pas de limites; que certaines différences et subtilités n'existaient pas pour moi. Cela aussi devait-il changer? Ce n'était pas nécessairement être mauvais, c'était être moi. Satisfaire mes désirs sexuels ne m'avait jamais semblé une action négative ou décisive, ni même réfléchie. Il le fallait, c'était tout. Cette faim de sexe qui me tenaillait constamment, il me semblait qu'elle ne pourrait jamais s'assouvir. Cela ne changerait pas. Un seul être me suffirait-il? Peut-être pas. Mais pour la première fois, même sans trop y croire, j'envisageais cette possibilité. Cependant, si le flot de sang dans mes veines charriait autre chose que des pulsions, s'il nourrissait aussi des sentiments, ces derniers m'appartenaient et devraient s'adapter à ce que j'étais. Tout ce dont Adrien me faisait prendre conscience, faudrait-il que je m'en passe pour éventuellement le garder, lui? C'était absurde. Était-ce normal? D'ailleurs, toutes ces questions l'étaient-elles, normales? Les énigmes et les mots s'agitaient, agressants, dérangeants, pressés, mais personne n'était là pour répondre à mes questions.

Le lendemain de cette soirée avec Alejo, Adrien me texta; nous convînmes de nous retrouver chez lui le soir même. Nous ne nous embarrassâmes pas de bavardages : quand j'entrai chez lui, la porte était à peine refermée que nous étions l'un sur l'autre. J'y passai la nuit. Le lendemain matin nous refîmes l'amour. Je ne soufflai pas mot de mon aventure avec Alejo.

Nous commençâmes à nous voir souvent et si je restais, sans le lui dire, dans un état de confusion sentimentale, l'aspect très sexuel de nos relations prévalait. J'y trouvais au moins d'intenses satisfactions physiques. J'aurais pu passer les jours et les nuits à baiser avec lui. Cette soif de lui semblait ne jamais devoir s'étancher, plus extrême au fur et à mesure que nous nous éloignions de ce soir d'hiver où j'étais venu le rejoindre chez lui, m'éternisant dans l'escalier, sans trop y croire, plein d'espoir et d'appréhension à la fois. Il n'y avait plus personne, homme ou femme, à part lui. Contre son corps, plus rien n'avait de réalité que cet état sensuel qui me manquait dès l'instant où nous nous séparions et où le charme se rompait.

Je comprenais confusément que dans son désir, dans son plaisir même n'entrait aucune considération particulière pour cette première fois que vous avions vécue et qui m'avait tant secoué. J'avais l'impression que cela ne lui plaisait pas particulièrement d'y penser, sans que je puisse deviner pourquoi. Je ne dis pas qu'il fut insensible à cet aspect des choses; il sentit certainement mes angoisses ou en tout cas mes émotions devant l'inconnu, soucieux de mes réactions, habile et délicat par rapport à mes maladresses, dont je n'avais même pas conscience. Je le sentais réceptif aux moindres nuances de mon plaisir et, pourtant, je le savais très attentif au sien. Ce mélange de partage et d'égoïsme dans lequel nous nous ébattions ne cessait de me surprendre et m'électrisait. Cet éblouissement, érotique, profond, infini, me marqua comme au fer rouge.

Je ne savais rien, je ne savais pas ce qu'il se passait ou ne se passait plus entre Adrien et Alejo. Je ne posai aucune question. Je me disais encore et encore que peut-être j'aurais dû me taire et ne pas nommer Adrien en me séparant d'Alejo. Avais-je commis une erreur que je regretterais ?

Car je comprenais très bien, au milieu de mes émerveillements ingénus, que tout était une question de tactique et de calcul. Je pouvais influer sur les événements, agir. À long terme. Pour la première fois, je le réalisais et je le voulais. Mais pour cela, il me fallait être prudent, réfléchi. L'avais-je été suffisamment ? Au fur et à mesure que les jours passaient, absorbé par ma passion grandissante pour Adrien, qui menaçait de se transformer en obsession, rassuré par le silence et l'absence d'Alejo, mes craintes s'atténuèrent et disparurent tout à fait.

Mais l'autre soir, alors qu'Alejo enfilait son blouson, mettait ses chaussures et s'apprêtait à partir, j'avais ressenti une angoisse qui m'avait pétrifié.

Pourquoi cette provocation inutile, m'étais-je demandé, ennuyé et peut-être injuste avec moi-même. Je n'avais pas seulement voulu provoquer Alejo; j'avais aussi tenté, un peu tard, d'être honnête avec lui. Mais peut-être se parlaient-ils encore et qu'Adrien serait mis au courant. Peut-être qu'Alejo se ferait un plaisir de lui en parler ou d'utiliser ce qu'il s'était passé entre nous pour quelque mystérieuse raison. Qu'en penserait Adrien ? Comment lui expliquer qu'après lui, après le type de la douche et surtout après Alejo, après tous ceux ou celles qui sont encore à venir, parce qu'il y en aura d'autres, c'est certain, qu'après le plaisir sans sentiments ou sans attaches, je sais maintenant que je l'aime et qu'il me faut me l'attacher, coûte que coûte ? Je ne dirai rien. J'attendrai. Le temps jouera pour moi, j'en suis sûr. Après tout, cela devrait lui convenir: ne m'a-t-il pas fait comprendre que les premières fois ne l'intéressent pas, qu'être le seul ou le premier est le dernier de ses soucis? Que c'est au contraire un poids, une angoisse? Un appel à de futures trahisons, à de la souffrance? Je ne comprenais pas très bien ce qu'il voulait dire par là, mais l'important était qu'il le pensait, lui, très sérieusement.

Mais quand Alejo fut prêt à partir, nous comprîmes tous les deux, sans rien nous dire, que nous ne nous reverrions sans doute plus. Toute la colère qui m'avait submergé et poussé en partie à mentionner le nom d'Adrien s'était évanouie presque sans une trace, ne laissant derrière elle qu'une mélancolie indécise qui me donna envie de gémir et de le retenir. J'étais appuyé contre la porte, il était déjà sur le palier, c'était fini. Plus bas, quelqu'un descendait précipitamment les escaliers. Une odeur de cigarette flottait dans l'air, ce qui m'étonna sans que je m'y attarde. Pendant qu'Alejo boutonnait son manteau, je comptai machinalement le bruit des pas jusqu'au moment où la porte d'entrée claqua. Alejo me tendit la main, nous nous embrassâmes. Je ne sais plus ce que nous trouvâmes à nous dire; nous échangeâmes un long regard plein de non-dits et il me tourna le dos, s'engagea dans l'escalier d'un pas dégagé, sans se retourner. Je fixai ses larges épaules, sa nuque rasée avec une émotion qui me prenait à la gorge. Regrets fugitifs, inutiles. Son corps et le plaisir que nous avions partagé me manqueraient, mais je ne pouvais ni ne voulais y penser. Il m'avait ému, ce qui était peut-être encore plus inattendu et curieux que cette drôle de soirée, que ce hasard qui nous avait amenés à coucher ensemble. Je revoyais dans son regard cette interrogation troublante, vite maîtrisée, apparue après que j'eus prononcé le prénom d'Adrien : il s'était demandé si j'étais innocent ou manipulateur, ingénu ou perfide, j'en étais sûr. Il m'avait touché, oui, et je luttais contre une tristesse qui fondait sur moi alors que je refermais la porte. Mais je n'avais pas de remords : j'avais trop peu d'importance pour lui faire du mal, et s'il souffrait, ce n'était pas de ma faute, c'était à cause de cette histoire qui s'était mal terminée.

Maintenant, un sentiment froid, implacable, presque haineux m'envahissait; je me demandai l'espace d'un instant comment écarter Alejo, comment l'empêcher de me trahir, de tout gâcher peut-être. L'explosion de violence dans ma tête ne m'étonnait même pas; il était évident, soudain, que depuis toujours j'avais considéré que personne ne devait se mettre en travers de mon chemin. Jusque-là, rien de sérieux n'avait été à écarter. Mais qu'y avait-il là d'extraordinaire tant ce que j'avais désiré avec tiédeur était entaché de banalité ? C'était différent maintenant : je *voulais* quelque chose, et ce que je voulais, il me le fallait. Je pensai avec un vague malaise à ce jour de classe où, en cours de sciences, nous avions parlé de folie et particulièrement de la définition de ce qu'était un psychopathe. Un bref instant – quelques secondes – je m'étais senti démasqué, ausculté comme un rat de laboratoire, presque paranoïaque alors que personne ne me regardait, et, bizarrement, presque satisfait. Je n'étais pas un psychopathe, bien entendu, j'avais certainement des sentiments, et si je ne les sentais pas, c'est qu'ils étaient endormis; mais quelque chose m'avait interpellé. J'avais attendu quelques minutes pour demander à sortir, avant de me précipiter aux toilettes. Enfermé dans une cabine, dans la salle déserte, je m'étais branlé et le plaisir ressenti était tel qu'en éjaculant j'avais presque crié. C'est léger et soulagé que j'étais retourné en classe. Épuisé. Souriant.

Innocence, calcul, perfidie... Ce mélange de contraires, la monotonie hivernale ou je ne sais quel accord du hasard et du plaisir me permirent en tout cas de m'infiltrer peu à peu dans la vie d'Adrien. Il s'ennuyait, il était malheureux surtout : c'était facile. Je ne le savais pas et j'angoissais, je faisais des plans de conquête, comptais des points imaginaires. Quoi qu'il en soit, nous nous rapprochions. Les semaines s'écoulaient, la mauvaise saison passait, le printemps était imminent et il me semblait que je le tenais de plus en plus solidement. Mais entre réalité et illusion, je ne faisais aucune différence et c'était là, sans doute, ce qu'il y avait de plus ingénu en moi.

DEUXIÈME PARTIE

1

BALBUTIEMENTS

Le temps passait, ainsi que l'hiver; la neige se transforma en pluie glaciale. Bientôt le ciel sale et déchiré par les branches des arbres nus comme seul horizon au-delà des immeubles élégants figés dans la grisaille et l'humidité ne fut plus qu'un souvenir. Le tournage du film terminé, le lycée avait repris son aspect normal. Je travaillais beaucoup, mais sans conviction. Je n'avais pas vraiment le choix, de toute façon, et l'idée ne me venait pas de remettre en question cet ordre des choses. Penché sur mes manuels d'économie, j'étudiais, pensant périr d'ennui, et les autres matières ne m'enthousiasmaient pas davantage. Par chance, mon entêtement portait ses fruits : j'assimilais et retenais formules, dates et noms; il suffisait que ça dure jusqu'au baccalauréat. Je me révoltais parfois, je me disais que certainement il y avait quelque chose de plus intelligent et de plus intéressant à faire que d'apprendre des équations vides et des théories qui, à la fin, se ressemblaient toutes. Il y avait bien là-dedans des éléments susceptibles de retenir mon attention, pensai-je, mais rien à faire. J'avais la tête ailleurs; en moi s'était définitivement installée l'obsession de fuir la lassitude, de ne faire que ce que j'aimais, de n'écouter que mes désirs. Mais quels étaient-ils ? Je mourais d'envie d'en avoir fini, d'en être à *après*. Je restais cependant assez raisonnable et le passage du bac ne m'angoissait pas réellement. Je m'étais mis à lire avec frénésie; les livres me permettaient de m'oublier et d'oublier tout le reste, même cet *après* si prometteur en apparence, mais qui restait vague, même quand je pensais à l'été à venir et à la vie qui serait la mienne à Rome.

De son côté, Adrien était plongé dans sa proposition de thèse. Il avait quelque chose d'émouvant quand, penché sur sa feuille, sur un livre, ou immobile devant son écran d'ordinateur, il avait cet air concentré, presque enfantin. Dans ces moments-là, ou quand il lisait un de ses livres favoris, écoutait une chanson qu'il aimait particulièrement ou quand il parlait à certains de ses amis, il m'échappait. Je ne voulais pas, bien sûr, qu'il ne pense qu'à moi, ç'aurait été absurde, et impossible; pourtant une sorte de jalousie m'étreignait dès qu'il avait la possibilité de s'éloigner et qu'il avait ces moments d'absence qui l'arrachaient à moi. Malgré tout, quand je pouvais le regarder vivre, ce que je ressentais était neuf, différent de tout ce que je connaissais; je m'attendrissais pour des riens, des détails insignifiants pour n'importe qui d'autre que moi : sa manière d'allumer une cigarette, sa moue annonciatrice de mauvaise humeur, son regard qui se voilait quand il était ému, qui brillait quand il me parlait de quelque chose qui le passionnait.

Quand il s'emballait, il m'emportait avec lui vers des mondes inconnus, des lieux auxquels je n'aurais jamais pensé m'intéresser. Me pencher avec attention sur la vie de Manuel Comnène ou sur celle de Catherine de Médicis, par exemple, m'étonna assez. À travers les mots d'Adrien, ses gestes et toute la passion qui y était contenue, l'empereur au double visage et la reine noire des manuels d'histoire s'humanisaient, se rapprochaient, fascinants, et prenaient vie sous mes yeux. Devenaient des amis, témoins de notre complicité. C'était tout à fait irréel et je pensais que jamais, avec un mec comme ça, je ne pourrais m'ennuyer tout à fait. Cet univers dans lequel il se mouvait me fascinait, me montrait à quel point le mien était étroit et limité. Moi qui n'avais jamais eu de passions ni d'inclinations particulières. Hormis pour le skate, le culte du corps et le sexe, à quoi avais-je donc pensé depuis l'âge de raison ? Tout cela me paraissait brutalement terre à terre et dénué d'une certaine noblesse. Je ne reniais rien, pourtant, et je ne songeai pas plus d'un instant à me dénigrer ou à détourner mon intérêt de ce qui m'avait procuré plaisirs, satisfactions et distractions. Je ne réalisais d'ailleurs pas que cet aspect plus physique de mon tempérament et mon narcissisme, même, pouvaient provoquer chez lui une forte excitation; je ne comprenais pas non plus que cette facilité à rêver, à s'échapper et à s'investir aussi totalement dans des mondes révolus pouvait traduire un aspect plus sombre de la personnalité d'Adrien, ou en tout cas insaisissable : fuite, fragilité et, peut-être, incapacité à vivre complètement dans la réalité.

Je ne songeais évidemment pas à le changer ni à le vouloir autrement; je l'embrassais dans toute sa complexité, dans sa grandeur, sa poésie, ses faiblesses, éléments épars de sa personne qui se dévoilaient un peu plus chaque jour. Je savais bien qu'il était un peu prématuré de penser à tout ça ou de ressentir de la jalousie, mais, à mes yeux il m'appartenait déjà, ce que je me gardai bien sûr d'exprimer. J'étais parfois ébloui, parfois agacé, pris au dépourvu, mais je comprenais que ce clair-obscur, cet ensemble de contradictions étroitement reliées entre elles, interdépendantes, formait un tout, un entrelacement byzantin de lumière et de ténèbres, de félonie et d'innocence qui portait le nom d'Adrien et dont je ne pouvais me passer. C'était pour moi le garçon le plus extraordinaire, la personne la plus merveilleuse du monde.

Au fur et à mesure que passaient les jours, la nécessité d'être avec lui devenait plus forte, m'obsédait. Je pensais sans cesse à baiser avec lui, et lui seul, mais à cet impératif besoin charnel s'ajoutaient d'autres éléments plus complexes, neufs. Le passage entre une violente attirance sexuelle et l'attrait irrésistible de la nouveauté et de l'inconnu à quelque chose de plus profond s'était fait rapidement, à la fois subtilement et brutalement, sans réelle transition préalable. Comment lui être aussi nécessaire qu'il l'était pour moi, comment m'y prendre pour me l'attacher définitivement et finir par le tenir, et le tenir bien, pour qu'il ne choisisse pas de partir un jour ? Je voulais qu'il me donne non pas tout, mais au moins tout ce qu'il était capable de donner. Pour cela, je sentais qu'il me fallait percer ses secrets, savoir ce qu'il avait vécu avant moi.

Il le fallait. Il me le fallait. C'était exaltant, mais décourageant aussi, car je voyais mal comment y parvenir. Bien sûr il semblait heureux avec moi et il me consacrait beaucoup de temps. En apparence, il faisait autant de gestes et de pas vers moi que moi vers lui. Son attirance physique ne faisait aucun doute. Mais il n'était pas question pour lui d'engagement sentimental, de possession. Je rongeai donc mon frein, je m'accrochais, instinctivement, convaincu que je ne devais pas trop me dévoiler et lui laisser le temps d'être séduit plus profondément. Je me consolais aussi en constatant que le désir que je provoquais en lui était profond, passionné; en cela, au moins, nous étions sur la même longueur d'onde. Croyant pouvoir mesurer la différence de sentiments entre lui et moi, j'étais parfois déstabilisé de reconnaître en lui, au-delà du plaisir charnel, une émotion qui répondait un peu à la mienne. Je me disais alors qu'il y avait de l'espoir et que cette tendresse qui accompagnait, à un moment ou à un autre, la symbiose de nos corps me prouvait que je n'hallucinais pas, que tout était possible, et que, peut-être, il en était parfaitement conscient. Mais alors que chacun reprenait possession de son corps et de son esprit, la confusion me submergeait de nouveau. J'avais à nouveau en face de moi un ami.

Nous travaillions souvent ensemble, chez moi, chez lui surtout, mais aussi dans les cafés. Parfois même, je le rejoignais à l'université, dans le petit bureau où il venait rendre ses corrections ou assister un professeur, et j'étais absurdement fier de l'entendre me présenter tout naturellement à d'autres étudiants ou à certains de ses collègues que nous croisions.

« Maximilien. » De l'entendre prononcer mon nom me réjouissait, comme si chaque fois c'était là la confirmation que ce que nous vivions n'était pas une illusion, un fantasme destiné à se conclure brutalement à tout instant. J'avais de nouveau, dans ces moments-là, l'impression si forte et imprécise que c'était *possible*. J'avais alors la sensation d'exister, comme avant de le connaître, mais en mieux. Je ne sais pas ce que ces gens que nous rencontrions pouvaient penser. Que j'étais son frère, peut-être ? Un ami, sans doute. Il ne précisait ni ne cachait rien. Cela n'avait pas d'importance. Je ne m'étais pas non plus donné la peine d'expliquer ce qu'était Adrien pour moi à mes amis ou à mes parents. Il était là et c'était tout. Inexistant hier, partout aujourd'hui. Ce que pensaient les autres, la famille, les copains, m'importait peu. Je les voyais moins, mais après tout nous étions tous très occupés avec le bac à préparer et aucun d'entre nous n'avait envie de passer une année de plus au lycée, à reprendre les mêmes matières, à se sentir décalé et en retard par rapport aux autres de la bande.

Le mouvement irrésistible qui me portait continuellement vers Adrien m'exaspérait parfois. Alors je me révoltais, je lui disais ne pas pouvoir le voir pour passer la soirée avec Joseph et les autres, ce que je faisais effectivement, en m'ennuyant ferme, en ne pensant qu'à lui, tout en sachant que, de son côté, il se trouvait parfaitement bien et que mon absence ne l'affectait aucunement. Je le retrouvais avec soulagement, tant la sensation de manque provoquée par son absence me rongeait. Ce besoin de le voir, de l'étreindre ne me quittait pas. De l'écouter, aussi, et de lui parler; jamais je n'avais ressenti un tel besoin de m'exprimer. Sans pour autant escompter ou désirer me transformer en intellectuel, je me rendais compte qu'au-delà de l'intérêt que je prenais à sa conversation, il prenait de son côté un plaisir sincère à ces échanges. Il m'épuisait souvent, car il passait si vite d'un sujet, d'un état à l'autre, de la joie la plus enfantine à la mélancolie la plus farouche, que j'avais bien du mal à garder moi-même un certain équilibre. Quand c'était trop, je m'échappais à nouveau, je courais à la salle de sport ou je sautais sur ma planche, retournais traîner avec la bande ou voir Joseph, qui me regardait en souriant, comme s'il devinait ce qui m'arrivait, mais ne posait aucune question. Il savait très bien que je voyais sans cesse Adrien et que sa présence dans ma vie avait déclenché un tumulte irrépressible en moi. Mais aussi étrange que cela puisse paraître, à lui non plus je n'avais rien dit, rien expliqué. Adrien était là et c'était tout. Mais Joseph me connaissait parfaitement et il savait sans doute à quoi s'en tenir. S'il était blessé par mon silence, il se gardait bien de me le dire. Simplement, dès que je voulais le voir, il était là, disponible et présent, comme toujours, et inquiet peut-être de la fébrilité contenue qu'il devinait certainement en moi. Il ne changeait pas. Moi, de mon côté, je restais muet, mais je mourais d'envie de lui crier, à lui et à n'importe qui, ces questions qui me tourmentaient et restaient bloquées dans ma gorge.

Il aurait été facile, parmi ces interrogations sans fin, de sombrer dans le pessimisme. J'essayais pourtant d'être objectif, de me dire qu'Adrien fuyait souvent les gens, les conversations oiseuses, l'ennui. Il me fallait donc admettre qu'il se plaisait en ma compagnie, qu'il l'acceptait, mieux, qu'il la recherchait. S'il n'en avait pas été ainsi, il me l'aurait fait savoir sans hésiter, en mots ou en non-dits. D'une manière ou d'une autre, j'occupais une place dans sa vie et c'était beaucoup, même si je n'arrivais pas à la définir. Je me sentais coupable de ne pas m'en satisfaire, de vouloir plus, d'aller d'angoisses en rêveries au lieu de profiter de l'instant présent. Je ne pouvais m'empêcher de penser qu'une partie de lui m'échappait complètement. Cette tristesse que je sentais en filigrane, jamais il n'en parlait vraiment, jamais il ne me l'expliquait. Il ne se cachait pas, ne feignait pas, mais il gardait la clé de son univers par-devers lui et se protégeait maladivement. Ça m'énervait; je n'avais pas l'habitude des contrariétés. Je voulais tout, la mélancolie comme le reste, je voulais tout recevoir en pleine figure, partager son existence. Mais cette attitude fermée qu'il avait m'en empêchait. Je restais donc impassible, du moins le croyais-je. Nous nous dupions mutuellement et je dois avouer qu'à ce moment-là, cela nous réussissait assez bien.

Malgré ma confusion et les nombreuses incertitudes qui me tourmentaient, face à lui je n'étais ni soumis ni vulnérable. Je me découvrais un côté impérieux qui semblait lui plaire et qui convenait tout à fait à notre dynamique. Car il était, lui aussi, malgré sa douceur, sa gentillesse et sa sensibilité, assez cassant parfois, autoritaire à l'occasion. Il n'avait pas toujours très bon caractère, il était lunatique. Je me sentais donc libre d'être moi-même et de me laisser aller à mes penchants plus égoïstes. C'était, je le sentais très fort, d'une importance capitale, et la seule façon d'obtenir son respect, à défaut d'autre chose.

Chaque rencontre était une gageure : impossible de savoir à l'avance ce qu'il en ressortirait. Je me souviens d'un samedi soir de mars; j'avais dîné à la maison avec mes parents, Adrien était au restaurant avec des amis. Il m'avait donné une clé de son appartement; ses parents étaient encore en voyage, ses frères sortis, il n'y avait personne. Je m'étais servi un whisky et je l'attendais dans sa chambre en lisant un livre trouvé sur sa table de chevet, un roman dont il m'avait parlé brièvement, mais avec passion : *L'invitée* de Simone de Beauvoir. J'accrochai tout de suite, même si les passions compliquées des personnages m'étourdissaient quelque peu. J'étais bien et je crois que c'était ça le bonheur, cette sorte de plénitude paisible et immédiate, à l'orée d'une soirée pleine de promesses. Nous devions sortir dans une boîte dont il m'avait parlé et que je ne connaissais pas; il tardait et je commençais à me dire que nous n'aurions pas beaucoup de temps à nous avant de partir quand j'entendis la porte s'ouvrir. J'étais étendu sur le lit, tout habillé; il n'y avait que la lampe de chevet d'allumée. Il vint à la porte, s'appuya à l'encadrement et me regarda. Je distinguai mal son expression dans la semi-pénombre, mais je pensai qu'il n'avait pas l'air particulièrement tranquille ou heureux, ce qui m'étonna. Je me demandai ce qui avait bien pu se passer; je le regardai avec attention et je ne pus me retenir de lui adresser un grand sourire tant je le trouvais adorable : il avait l'air d'un enfant fâché, un peu triste et vaguement boudeur. Il resta immobile un moment, puis ce fut comme si un poids quittait ses épaules. Il vint vers le lit, pénétra dans le cercle de lumière et s'étendit doucement sur moi. Je jetai le livre de côté. Il m'embrassa, posa sa tête sur ma poitrine et d'une voix mi-rêveuse mi-songeuse il me dit :

– Ah... je suis bien avec toi. Tu sais, parfois, je voudrais, je me dis que je pourrais...

– Quoi ?

– Rien...

– Dis ! Je veux savoir !

– Non, rien de particulier. Je pensais que j'étais bien avec toi. Que le reste, ce n'est pas important.

– Moi aussi, je suis bien.

J'hésitai.

– Je suis heureux avec toi ici, et j'aimerais bien que tu m'en dises plus...

Il se redressa et me regarda longuement. Je le sentais un peu ailleurs, je n'osais pas insister même si mille questions se bousculaient en moi. Il me sourit, mais n'ajouta rien. Il se souleva sur ses bras, approcha son visage du mien. Je sentis son haleine chaude, l'odeur de son corps mêlée à celle de son parfum et, bien sûr, je ne pus m'empêcher de bander immédiatement, ce que d'ailleurs je tentais d'éviter depuis le moment où, encore appuyé au chambranle de la porte, il me regardait avec tant d'attention. J'en eus honte, brusquement, sans trop savoir pourquoi, et ce fut très désagréable, comme une petite aiguille enfoncée sournoisement quelque part en moi. Il jeta un coup d'œil à la table de chevet, aperçut mon verre, encore à moitié plein. Sous l'abat-jour rouge de la petite lampe, le liquide prenait une couleur ambrée.

– Qu'est-ce que tu bois ?

– Whisky... Je te sers un verre ?

Je me préparais déjà à me lever, à fuir pour cacher mon état. Je me sentais comme un animal, un obsédé. Déplacé. Mais il s'appuya de tout son poids sur moi, plaqua mes bras en arrière et m'embrassa avec passion, violemment. Ce fut une libération brutale dans mon corps; ma respiration s'accéléra en duo avec la sienne et j'oubliai tout, la honte, la panique; je plongeai dans la sensualité et laissai le plaisir s'abattre sur moi et me posséder, en même temps que lui, en une longue montée entrecoupée de plateaux où la jouissance restait comme en suspens, me coupant le souffle, me provoquant et me donnant envie de crier, d'en demander encore. Je m'agrippai au lit, à son torse, à ses jambes, à ses fesses. Il y avait de la colère dans nos ébats et c'est sans doute pour cela que nous fûmes particulièrement bruyants et agressifs jusque dans la montée finale. Après quoi je fermai les yeux alors qu'il se détachait de moi et sortait de la pièce, rompant abruptement le charme âpre qui nous avait liés jusque-là. Il me semblait que je m'évanouissais, le corps en sueur, encore vibrant et comme engourdi par le plaisir partagé et l'anéantissement progressif de ces ondes de colère et d'hostilité que j'avais senties entre nous. Après quoi, ce fut le vide, le noir et je m'assoupis.

Quand je me réveillai, à peine un quart d'heure plus tard, il n'était pas revenu. Quelques notes de jazz ou de big band me parvenaient et je l'entendais aller et venir au loin. J'écoutais, jouant machinalement avec ma queue, la tête vide et lourde. Je m'égayais insensiblement quand cette atmosphère d'avant-guerre céda le pas à l'acte 4 de *Rigoletto*. Je sifflotais; *La donna è mobile...*, je connaissais et cela me rassura, me rappela mon père, mon enfance, et je me laissai glisser à nouveau dans une sorte de bonheur sans consistance, très léger, avant de me redresser, interdit, en réalisant que c'était bien la première fois que ce genre de pensée me venait et que jamais l'évocation de souvenirs partagés avec mon père ou ma mère ne m'avait fait ressentir quelque chose de semblable. Au loin, dans l'appartement, Verdi se tut; un bref silence, puis ce fut l'ambiance d'une boîte de nuit qui lui succéda. Je songeai que cette folie des contrastes musicaux trahissait quelque instabilité chez Adrien et cela, bizarrement, me découragea. Ma joie retomba. Je me rappelai tout ce qu'il y avait d'obscur chez lui, d'inavoué, d'inexpliqué, et toutes ces parcelles de lui auxquelles je n'avais pas accès, qui vivaient sans moi, hors de moi et de ma portée, inatteignables. Cette phrase inachevée qu'il avait prononcée me restait en tête. Mes propres réponses aussi, trahissant peut-être mon intérêt, et qui m'avaient valu ce regard ambigu, mais aucune réponse précise. Je remontai les draps, dérangé par ma propre nudité. Mon corps nu m'apparut comme quelque chose d'indécent. Je me sentis pris en faute, ridicule. Je détestais cette impression contre nature. Le sentiment de honte imprécise me revint, fondit sur moi à nouveau. Je lui en voulus. Quelque chose d'acide et de froid s'insinuait en moi et m'enserrait le cœur. Je reprenais connaissance. Je reprenais pied dans la réalité. Du moins le pensais-je. Mais comment savoir, avais-je envie de crier. Il m'avait eu par le plaisir, plaisir réel mais calculé, et dont il s'était cyniquement servi pour me cacher ses pensées, ne pas me répondre. Voilà donc tout ce qu'il me fallait, à ses yeux : du sexe. Après, plus de problèmes, d'interrogations. J'étais satisfait, inoffensif.

Je donnai rageusement des coups de poing dans les oreillers; j'avais envie de pleurer d'énervement, de colère : je me sentais affreusement humilié.

2

THÉÂTRE

Un soir de printemps. Il y avait quelque chose de tiède, de léger et de prometteur dans l'air mauve de la nuit. Il avait plu et les trottoirs étaient brillants, la chaussée comme du vinyle. Nous devions aller au théâtre; faire une pause dans notre travail. Comme nous disposions de deux bonnes heures devant nous, nous allâmes prendre un verre dans un petit bistro du 9e arrondissement dont les murs étaient couverts d''affiches de vieux films et de portraits en noir et blanc de Bogart, Mastroianni, Gabin, Dietrich ou Brando. On y entendait Duke Ellington, Édith Piaf, des vieux boléros mexicains, du twist et des romances italiennes: Johnny Dorelli, Nilla Pizzi. J'aimais le comptoir en zinc, les miroirs encadrés d'or, les murs d'un rouge profond; tout cela ressemblait d'ailleurs beaucoup au théâtre où nous allions après, mais je ne le savais pas encore. J'étais heureux de cette sortie proposée par Adrien, mais le théâtre en tant que tel ne m'enthousiasmait guère; bien sûr j'avais vu des pièces avec le lycée ou, plus rarement, avec mes parents. Mais les souvenirs que j'en gardais étaient mitigés; images en vrac d'acteurs grandiloquents, trop maquillés. Avec les copains, nous nous étions plus intéressés aux cigarettes fumées à l'entracte, aux baisers échangés dans l'obscurité. Avec mes parents, c'était une obligation et je m'étais ennuyé ferme, avec mon père qui bâillait discrètement et ma mère heureuse de venir voir ses amis sur scène. Mais cette fois c'était différent. Adrien m'avait parlé en bien de la pièce, de l'auteur, et il m'avait assuré que les comédiens étaient excellents. Pourquoi pas ? Au bar, sous un portrait de Sophia Loren, nous rencontrâmes quelqu'un qu'il connaissait, un acteur justement, dont le visage et la voix ne me disaient rien. Adrien me chuchota qu'il faisait beaucoup de télé et de scène, mais pas encore de cinéma. C'est curieux, la mémoire et les choses dont on se souvient : alors qu'Adrien et lui conversaient, je me souviens d'avoir entendu une chanson de Frank Sinatra que j'aimais bien et une autre de Catherine Spaak, d'avoir bu un martini au citron, puis un dry... Mais le nom de ce type à qui nous avons parlé au moins une vingtaine de minutes m'échappa à la seconde où il se présenta. Il me regardait d'un drôle d'air, à la fois appréciateur et calculateur, comme s'il essayait de m'évaluer, de deviner qui j'étais ou plutôt quel était mon rôle dans la vie d'Adrien. Je commençais à m'habituer : ça faisait plusieurs fois que des regards semblables m'auscultaient. Invariablement, Adrien me présentait, avec naturel mais sans explications. Il ne changeait rien à son attitude. Le mystère, aurait-on pu dire, restait entier, y compris pour moi.

Une fois au théâtre, j'avais la tête qui tournait : le barman n'avait pas lésiné sur la quantité d'alcool de nos drinks. Je souriais et j'avais la tête pleine de mélodies anciennes. Nous montâmes les escaliers couverts d'un tapis rouge en courant presque; les dorures, les lustres et les lambris me donnèrent l'impression de n'avoir pas changé d'endroit. Nous arrivâmes à nos places à l'instant même où les lumières diminuèrent d'intensité. Elles s'éteignirent. Dans l'obscurité de la salle ne filtraient que de vagues lueurs vermeilles venant de la scène ou des loges en hauteur. Frôlant le velours cramoisi de mon fauteuil, je pressai la main d'Adrien dans la mienne et fermai les yeux un instant, étourdi par l'alcool et le bonheur. Je pensais que, vraiment, j'étais heureux, en ce moment, suspendu hors de tout, sans passé ni futur, sans questions. Ensemble. J'ouvris les yeux et me redressai : on tirait le rideau, la pièce commençait. J'y plongeai et tentai de m'y intéresser sérieusement.

À l'entracte, nous fumâmes une cigarette devant le théâtre. Nous parlions du jeu des acteurs quand, surgissant de la foule, une jeune femme aux épais cheveux bruns ondulés se jeta – littéralement – sur Adrien, heureuse, semblait-il, de le voir, « après tant de temps ». Elle était accompagnée d'un type assez effacé, plutôt négligé, aux cheveux et à la peau ternes, et dont les yeux d'un bleu très pâle n'exprimaient pas grand-chose. Il nous salua, serra la main d'Adrien et ne dit plus rien. De son côté, la fille babillait d'une voix nasillarde; elle me parut affectée et je me demandai ce que cachait sa comédie. Elle semblait soit jubiler, pour quelque mystérieuse raison, ou alors se débattre avec un malaise tout aussi incertain. C'était bizarre. Son mec ne réagissait pas; il devait être habitué à ses minauderies. Elle paraissait pourtant assez sympathique, et jolie aussi, malgré son étrange accoutrement, sorte de superposition de pulls et d'écharpes, surmontant une jupe assez longue et qui ne lui seyait pas, tout comme les bottines vernies dont je la crus assez fière. Je finis par penser qu'elle était effectivement mal à l'aise, et, observant Adrien, je compris pourquoi : son attitude dénonçait sans équivoque la distance qui les séparait. Tout en me demandant qui était cette « chère Régine », dont elle lui parlait maintenant, j'observais la fille et, vraiment, elle m'épatait, car je la sentais artificielle un instant et tout à fait sincère à un autre. Par exemple, quand Adrien me l'avait présentée, elle m'avait regardé avec sympathie et son regard franc m'avait plu. Mais un terrible sourire avait succédé à cette simplicité, dont le but avoué était de séduire à tout prix, ce qui donnait une envie très forte de partir en courant. Était-ce une folle ? Et le sourire un peu figé, la vague froideur qui émanait d'Adrien me donnaient l'impression qu'il y avait un abîme de non-dits entre eux. Un bref instant, très furtif, Adrien me regarda et dans ses yeux je vis une sorte de panique, de désarroi; j'eus l'impression qu'il se tournait vers moi comme on appelle au secours. Je lui souris, ce qui parut le rasséréner. Encore une fois, je me sentais à la fois heureux parce que j'avais cru sentir qu'Adrien avait besoin de moi et misérable parce que j'avais l'impression d'un torrent souterrain de sentiments auxquels je n'avais pas accès. Je me sentis très seul brusquement, accablé par le découragement. Heureusement l'entracte se terminait : nous rentrâmes et nous séparâmes de la fille aux pulls, qui se prénommait Marie-Laure, ainsi que me l'apprit Adrien alors que nous nous dirigions vers nos places. Je dis en riant :

— C'est quoi cette fille! Tellement bavarde...

Il sourit en levant les yeux au ciel. Je continuai :

— Et quelle drôle de tenue ! Qui est donc cette « chère Régine » dont elle te rebattait les oreilles ?

— L'actrice qui tient le rôle principal de cette pièce... répondit Adrien. Il ajouta sèchement : tu n'as pas lu le programme ?

— Bien sûr, mais... je n'avais pas fait le lien. J'aurais dû ? Excuse-moi, ajoutai-je d'un ton maussade, tu ne m'avais pas dit que tu la connaissais.

Je le trouvai injuste, tout à coup.

— Mais non, dit-il en souriant. C'est moi qui m'excuse. Elle m'a un peu énervé avec ses manières bidon et sa fausseté. Elle est tellement artificielle, parfois !

— Tu es dur. Elle est sympathique, quand même...

— Peut-être. Mais ne me dis pas que tu l'as trouvée simple et naturelle !

— Pas vraiment, répondis-je en souriant. Mais il m'a semblé qu'il y avait autre chose; qu'elle était surtout embarrassée. Heureuse de tomber sur toi comme ça, mais embarrassée, quoi. Tu la connais bien ?

Il hocha la tête affirmativement et leva comiquement les yeux au ciel.

— Tu n'as pas semblé enchanté de la rencontrer, dis-je.

— Pas vraiment, répondit Adrien. En fait si, continua-t-il, j'étais quand même content de la voir. C'est compliqué : c'est une amie d'enfance avec qui je n'ai plus de contacts depuis quelques années. En fait, dans ce qui constituait autrefois « la bande », nous sommes beaucoup à avoir cessé de lui parler.

— Pourquoi ? Tiens, c'est vrai, quand j'y pense : je n'ai pas vu de portrait d'elle sur tes murs...

— Bof... commença-t-il. Pour tout et pour rien... Elle est charmante et tout, et, quand elle le veut bien, intelligente, amusante. Mais aussi tellement égoïste et menteuse en même temps. En fait, elle est très lâche... C'est, enfin c'était très difficile, pour ne pas dire impossible de la cerner, de l'obliger à voir certaines choses en face. Dans cette période, nous avons tous vécu pas mal de drames – ou en tout cas ce que nous considérions comme des drames – en peu de temps, ça n'a pas toujours été drôle. Mais c'était impossible de compter sur elle pour un peu de soutien, de franchise. Bref. Voilà, c'est ça : c'est quelqu'un qui ne s'implique jamais, sur qui on ne peut jamais vraiment compter. Et, le pire, c'est qu'elle était convaincue du contraire. Peut-être a-t-elle changé, ajouta-t-il, dubitatif. Toutes ces histoires sont loin, à présent.

Je le regardai d'un air interrogateur, mais il ne précisa pas en quoi consistaient ces « histoires ».

— Elle a des excuses, bien sûr, continua-t-il, car ça n'a pas été facile pour elle, l'enfance, l'adolescence... tu sais : l'histoire typique de la « bonne » famille qui éclate, l'adultère, les parents qui divorcent et le raz-de-marée fangeux qui éclabousse les enfants... Elle a ensuite perdu sa mère très jeune. C'était affreux. Horrible. Mais cela n'excuse pas tout, à la longue. Elle était comme ça *avant*. Enfin bref, on s'en fout, mais ce qui me met toujours un peu mal à l'aise et qui me surprend, quand je pense à elle ou que je la croise par hasard, c'est que ne plus lui parler ne m'a pas fait grand-chose : pas de tristesse précise, pas de regrets, pas de colère... Tu te rends compte ! Quelqu'un que je connaissais depuis des années ! C'est là que je me suis rendu compte que sa présence continuelle avait été une présence vide, très souvent. En fait, oui, c'est triste, en fin de compte. Dommage...

Il haussa les épaules :

– Après tout, tant pis pour elle : c'est elle qui aura le plus perdu dans cette histoire.

– Tu crois ?

– Peut-être pas, peut-être a-t-elle saisi l'occasion pour évoluer un peu... Mais j'en doute quand je pense à son cinéma de tout à l'heure. Je l'aimais beaucoup et tout, mais, à la longue, c'est comme si c'était à sens unique. Même pas, en fait : je sais qu'elle tenait à moi elle aussi... Mais c'était stérile. Elle était enfermée dans son égocentrisme... On se fatigue à vouloir tirer les gens de là, à la longue.

Il ajouta assez obscurément :

– On a assez à faire avec soi, alors...

Il haussa les épaules à nouveau. Le silence se fit dans la salle, l'obscurité nous entoura. Je n'avais pas eu le temps de lui demander comment il connaissait Régine. « Tant pis, pensai-je. Après. »

La pièce recommençait et je songeais que certainement des personnes de mon entourage, des gens que je pensais connaître et apprécier, pourraient disparaître de ma vie sans que cela me bouleverse. Et si je disparaissais ? Que laisserais-je derrière moi ? Pour qui ? Pourtant je pensais, je sentais, je respirais : j'étais vivant. Et j'en avais une telle conscience désormais que j'en étais presque à le dire à haute voix, quand j'étais seul dans mon lit la nuit ou à côté d'Adrien endormi la tête appuyée sur mon bras. Je suis vivant, vivant ! J'existe. Comment avait-il pu jamais en être autrement ? Quant à ces visages qui appartenaient à ma vie d'avant, comptaient-ils encore vraiment pour moi ? Et moi, qu'étais-je pour eux ? Je ne m'étais jamais posé la question. Comment nous étions-nous rencontrés, liés ? Par quel hasard ?

Adrien, comme ami, comme amant, comme « autre » était bien autre chose qu'un simple hasard au gré duquel je me serais laissé aller sans trop y penser, parce que cela me convenait, parce que c'était agréable, sympa, pratique. Non. Il y avait peut-être là une part de hasard, mais certainement pas la passivité indifférente qui, toute ma vie, avait teinté mes rapports avec les autres. Il y avait eu un bouleversement, un émerveillement, et, en fin de compte, une décision. Mais ce n'était pas tout : c'était aussi le premier que j'avais choisi, le premier vers qui, enthousiasmé, angoissé, perturbé, j'avais choisi d'aller et de suivre. J'étais convaincu que ma volonté y était pour quelque chose, que j'aurais très bien pu décider d'ignorer tout ça, de ne pas m'y jeter à corps perdu, à mes risques et périls. C'était le premier et le seul. Je préférais me dire « le seul », car « premier » sous-entend deuxième, troisième, pensai-je avec une tristesse haineuse face à ces autres hypothétiques qui pourraient lui succéder, sans penser que là aussi, tout autant qu'un hypothétique hasard, mon cœur pourrait être responsable de sa propre versatilité, de cette défaite que je prévoyais déjà. Voilà que, tout à coup, je comprenais ce qu'avait voulu dire Adrien, quand il m'avait dit que, pour lui, être la première personne qui comptait dans la vie de quelqu'un était un poids, une fin annoncée. On n'en sortait pas; je tentai tant bien que mal de me concentrer sur la pièce, histoire d'éviter de décevoir Adrien. Pour une fois, ce que j'avais à faire pour le contenter était simple, cela me fit sourire dans l'obscurité et je réussis tant bien que mal à ne pas m'endormir.

Après les salutations et les applaudissements, nous nous retrouvâmes debout avec les gens qui commençaient à se diriger vers la sortie. Adrien semblait hésiter à partir et il finit par me dire qu'il avait envie d'aller dans les loges saluer quelques-uns des comédiens. J'étais étonné qu'il ne m'ait pas dit avant qu'il connaissait certains des comédiens, à part Régine, mais j'acceptai volontiers de l'y accompagner, intrigué, et refusant énergiquement sa proposition de l'attendre au bar. Il semblait parfaitement heureux de m'entraîner dans les coulisses; il était joyeux et souriant alors que nous longions d'étroits couloirs encombrés, aux murs couverts d'affiches. Cependant, il y avait quelque chose d'ambigu dans son attitude que je n'arrivais pas tout à fait à déchiffrer. Mon enthousiasme semblait lui faire plaisir et pourtant, même si c'était à peine tangible, je sentis qu'y aller seul ou en tout cas sans moi ne lui aurait pas déplu. Cela ne fit que renforcer mon envie de l'accompagner.

Dans le dédale, en arrière de la scène, il régnait un incroyable désordre; nous passâmes devant plusieurs portes tout en nous frayant un chemin à travers une véritable cohue, acteurs, machinistes, journalistes, admirateurs. Tous ces visages souriants, ces mains qui se tendaient, ces rires et ces voix qui portaient me donnèrent le tournis. Un serveur passait; il nous offrit du champagne. Nous nous retrouvâmes alors momentanément immobilisés au milieu de la foule. Je regardai autour de moi. À ma droite se trouvait une femme petite et mince, aux cheveux sombres et très ondulés, au visage non pas laid, mais entièrement dénué de beauté qui me fit penser à celui d'une gargouille. Elle devait être relativement connue; cela se sentait par cette sorte de détachement confiant qu'elle dégageait, une sûreté de soi cachée derrière un large sourire figé. Elle discutait avec une femme blonde plutôt forte, au visage mobile, et qui possédait par contre une assez belle voix grave. Il me semblait les avoir déjà vues quelque part. Sans doute des actrices, pensai-je vaguement. La blonde fixa Adrien, qui l'ignora ou plutôt ne sembla pas la voir. La connaissait-il? Son interlocutrice ne s'était aperçue de rien, elle continuait à parler et, soudain, elle éclata de rire. Drôle de spectacle: la bouche, le sourire prenaient vie, mais les yeux bleus restaient froids et plutôt antipathiques, attentifs à l'effet produit autour d'elle. À cet instant, une troisième femme les rejoignit, plutôt courtaude et d'un certain âge, aux cheveux mi-longs tirant sur le roux, habillée très « bohème » et d'une laideur remarquable, celle-là, une caricature; Adrien ne me prêtant aucune attention et ne sachant trop que faire, j'écoutai leur conversation plus ou moins distraitement. La blonde semblait féliciter la nouvelle venue qui lui répondait d'un air important. Je constatai que la satisfaction n'adoucissait pas ses traits ingrats; grâce à ce qu'elle disait, j'en déduisis qu'elle devait être metteuse en scène. Elle m'inspira une antipathie immédiate et féroce. Son regard se posa sur moi; je me détournai avec indifférence et suivis Adrien qui réussissait enfin à avancer. Il s'arrêta devant une porte sur laquelle une affichette était fixée. Le nom était celui de l'actrice principale. Régine Ségali. Il frappa.

— Un instant, cria de l'intérieur une voix fraîche et nuancée dans laquelle je reconnus celle entendue quelques instants plus tôt sur scène.

La porte s'ouvrit sur une belle et grande femme brune aux grands yeux de velours marron, frangés de longs cils très noirs. Une inconnue qui, même physiquement, n'avait rien à voir, ou presque, avec celle qu'elle venait d'incarner pendant deux heures. Derrière elle, la loge était tendue de vieux rose, il y avait des fleurs partout. Débarrassée de sa perruque et de son costume peu flatteur, elle n'avait pas encore enlevé son maquillage de scène qui accentuait ses traits réguliers, mais elle avait passé une robe légère, décolletée et fleurie. Elle me fit penser à une de ces actrices italiennes des classiques de Cinecittà. Vu de près, son visage m'évoqua aussi une autre actrice, dont je ne retrouvai pas le nom, l'héroïne de *Roman Holiday*. Elle sourit, s'exclama « Adrien ! » et lui dit à quel point elle était contente qu'il soit venu. Il la félicita, ils s'embrassèrent, elle le serra dans ses bras, puis, se détachant, me regarda. Rarement un regard, aussi chaud, magnétique et charmeur fût-il, me donna cette incroyable impression de me traverser de part en part et de lire en moi. Elle me sourit, à moi aussi, puis se retourna vers Adrien, transpercé à son tour par le tendre regard acéré. Il me présenta.

— Enchantée, répondit-elle de sa voix profonde.

Elle me serra la main fermement, me fit la bise sur les deux joues. Son parfum était à la fois léger et entêtant. Je lui dis mon plaisir de la rencontrer et la félicitai, ne sachant pas trop quels termes employer, ce qui ne sembla pas l'agacer.

— Ça vous a plu ? Merci d'être venus, tous les deux. Elle sourit. C'est un plaisir, ce rôle.

— Je te remercie pour l'invitation, dit Adrien. Je n'allais pas manquer ça !

— C'était important pour moi, vraiment, répondit-elle. Je ne savais pas si tu pourrais...

Elle hésita, me jeta un coup d'œil et ne poursuivit pas.

— Je sais, répondit Adrien d'une voix atone, et avec amertume : c'est compliqué. Tout est compliqué. Comme si ce n'était pas assez difficile comme ça.

Ils se regardèrent et, me sembla-t-il, se comprirent sans rien ajouter de plus.

— Enfin voilà, je suis très heureux de t'avoir vue, continua Adrien. J'espère que tout va bien, sinon. Et Clotilde ?

À mon adresse :

— Clotilde est la fille de Régine.

— Ça ne va pas mal ! Clotilde aussi, elle part pour l'Espagne dans deux semaines pour suivre un mois de cours; elle est ici, tu ne l'as pas vue ? Elle voulait t'embrasser.

Elle hésita :

— Nous pourrions prendre un verre, dans les prochains jours, si tu veux. Je ne sais pas si tu as du temps...

— J'adorerais !

Il changea de ton et rit :

— Ce serait plus confortable que de rester sur le pas d'une porte, alors que tu dois mourir d'envie d'enlever ce maquillage, et avec Max qui doit s'ennuyer !

Je rougis :

— Oh non, pas du tout, affirmai-je, un peu embarrassé.

Un homme entra, car la porte était entrouverte, portant un immense bouquet de fleurs, qu'il déposa sur une coiffeuse. Régine prit la main d'Adrien et lui demanda d'une voix précipitée :

— Tu vas bien, tu... fais attention à toi ? Je suis là, tu sais, s'il y a quelque chose.

— Je sais, dit Adrien, d'une voix altérée. Je sais. Mais c'est compliqué, n'est-ce pas ? Je sais que je peux compter sur toi. Et ne t'inquiète pas : ça va. Je suis bien entouré.

Régine se tourna vers moi et me regarda d'un air songeur, mais ne dit rien. J'eus mal, vaguement, sans raison précise – ou peut-être parce qu'il y en avait trop – et j'eus envie de prendre moi aussi la main d'Adrien dans la mienne. Des gens se pressaient à la porte. Il fallait partir. Elle serra longuement Adrien dans ses bras et l'embrassa. Elle me fit la bise et me regarda à nouveau, hésitant, me sembla-t-il, à ajouter quelque chose, mais elle resta silencieuse. Une foule bruyante et décidée se déversait dans la petite loge encombrée; nous sortîmes.

Devant le théâtre, retrouvant avec soulagement l'air printanier et chaud malgré l'heure tardive, je dis à quel point j'avais trouvé Régine charmante. Adrien acquiesça. Nous nous installâmes sur un banc de pierre sur la petite place.

— Oui, dit-il d'un ton ému. Vraiment. C'est quelqu'un de très bien. Je voudrais bien la voir plus souvent. Mais avec toutes ces complications, plus rien n'est évident. Je me sens tellement... fatigué.

Il me regarda, désemparé.

— Je suis désolé. Je voudrais bien ne pas t'infliger ce vague à l'âme. C'est une chouette soirée, sinon, et je suis heureux que tu sois venu avec moi.

— Tu ne m'infliges rien du tout, dis-je vivement. Je suis bien avec toi.

J'ajoutai à voix basse :

— Je voudrais pouvoir faire quelque chose.

— Il n'y a rien à faire de particulier, tu sais.

— Je le voudrais pourtant.

— Cette amitié, ça compte beaucoup, pour moi. Beaucoup. Avec toi, je vis des moments de joie, de bonheur, je m'enthousiasme. C'est énorme.

Mon cœur s'accéléra : c'était si inattendu !

— Mais je voudrais bien, continua-t-il, que tu ne me voies pas dans ces états mornes, gris, incohérents. Je ne suis pas que cela, tu sais.

— Évidemment que je sais ! Et je ne te trouve pas morne ou gris. Et... l'amitié, ça sert à ça, aussi, non ?

J'avais fait un effort pour ne pas buter sur le mot.

— Oui, n'est-ce pas ? L'amitié...

Il prononça le mot de manière bizarre et soudain ce fut tout un monde de non-dits entre nous. D'une voix plus altérée, il ajouta :

— En tout cas l'amitié, l'affection, ce n'est pas un pis-aller ni un palliatif. Avec d'autres, peut-être.

Il hésita, voulut continuer, mais se tut.

— Pas avec toi, prononça-t-il enfin, sans plus d'explications.

Je ne sus que répondre et dis avec précipitation :

— Je suis très heureux d'avoir rencontré Régine... Elle a beaucoup de charme. Et un de ces regards !

— N'est-ce pas ? C'est vraiment quelqu'un de génial, que j'aime beaucoup. Et, oui, elle a énormément de charme. Comme lui. Alejo. C'est de famille...

Je sursautai, je comprenais.

— Oui, continua-t-il d'une voix neutre que démentait son regard figé, c'est sa sœur.

Les yeux devenus douloureux, un vague sourire sur les lèvres, il me regarda. Je soupirai intérieurement. C'était lui tout craché, ne rien dire et en souffrir ensuite.

— Je m'étais demandé... mais je ne comprends pas ! Pourquoi ne me l'as-tu pas dit avant ? Pourquoi ces cachotteries ?

J'avais encore l'impression d'avoir été manipulé. Je lui en voulus un peu de ce mystère inutile et je le soupçonnai de masochisme.

— Je ne sais pas. J'ai honte. Je voulais que tu viennes avec moi voir cette pièce, mais je ne voulais pas que tu t'imagines je ne sais quoi, que tu te mettes à essayer de deviner les pensées chaotiques qui se bousculaient en moi, la peur que je ressentais, l'espoir de le voir, peut-être...

— Mais je n'aurais pas... J'aurais compris !

— Tu en es sûr? me coupa-t-il. Parce que oui, évidemment, je me suis demandé s'il serait là, si d'autres membres de sa famille ou des amis y seraient. Je me demandais aussi ce que ça me ferait de revoir Régine après tous ces mois. Et, oui, continua-t-il avec de l'amertume dans la voix, j'ai fait attention à mon apparence, à mes vêtements au cas où. Et puis c'est compliqué, je voulais m'organiser tout seul. C'est ça aussi, une rupture : une toxine qui s'infiltre partout, qui sévit et qui pervertit tout ce qui entoure les deux personnes qui se tournent le dos. Ainsi, Régine, par exemple. Je l'aime beaucoup, j'y suis très attaché. Pour elle, pour ce qu'elle est. Une amie. Mais c'est aussi sa sœur. Avant tout. Il y a donc un fossé qui s'est creusé : c'est normal, je suppose. Et on ne peut pas vraiment le franchir, par pudeur, par respect, par fidélité... En tout cas, je me suis énervé pour rien, il n'y avait personne. Régine est sensible aux autres, elle a beaucoup de tact. En m'envoyant une invitation, elle a dû veiller à ce qu'Alejo, leur famille et certains de nos amis n'y soient pas.

— Je vois, dis-je, ne sachant trop quoi répondre ou penser. C'est difficile, comme situation.

Il me regarda, paniqué :

— Et c'est comme ça avec tant d'autres personnes ! Il y a ceux qui disparaissent et ceux qui me restent, je n'ai pas envie de leur parler. Ça ne m'apporte rien. Je voudrais mourir, ou plutôt dormir pendant des mois, je voudrais que tout s'arrête...

Il se leva, moi aussi. Je le pris dans mes bras. Il était frêle, fragile, vulnérable. Je ressentis une rage soudaine devant cette souffrance contre laquelle je ne pouvais rien et qui le laissait si démuni. Comme si ma colère se communiquait à lui, il se raidit et en serrant les poings il ajouta :

— Je me sens tellement seul ! J'ai toujours aimé la solitude, j'en ai besoin même... mais celle-là m'est imposée, et ça m'enrage. En même temps, je n'ai pas envie de grand-chose, je n'ai rien à partager.

— Arrête ! Ce n'est pas vrai : tu partages plein de choses avec moi, dis-je.

Il se dégagea et me regarda :

— Il n'y a pas que toi, Max...

— Qu'est-ce que tu veux dire ?

— Toi... C'est différent. Je t'ai connu après et nous sommes devenus proches extrêmement vite. Avec toi, c'est autre chose... c'est parallèle. C'est génial, tu sais, et n'interprète pas mal ce que j'essaie de te dire. Mais ces gens-là...

Il fit un geste vague.

— C'est mon passé, c'est moi avant. Être coupé d'eux, c'est comme être coupé d'une partie de moi-même. Déjà que sans lui... Il y a aussi cette tentation d'envoyer tout balader, de ne plus voir personne, de changer de vie, mais avec quelle énergie, quel enthousiasme, quelle passion? Peut-être que l'automne prochain, à Rome, j'en aurai la force et l'envie.

— Ça passera, j'en suis sûr, dis-je en m'en voulant tout de suite d'avoir proféré une telle banalité.

Il ne releva pas et dit simplement d'une petite voix :

— Alors, tu vois... c'est pour ça que je ne t'ai rien dit. Excuse-moi. Toute cette absurdité, ce temps passé devant la glace à me vêtir, me coiffer, pour créer une illusion de bien-être, pour recouvrir la laideur et la sécheresse du chagrin, tout ça pour la lui offrir... si je le rencontrais, et la lui offrir à elle aussi, je suppose, puisqu'elle y est liée, qu'elle lui dira certainement qu'elle m'a vu, sans mauvaise intention bien sûr, mais lui voudra en savoir plus, il posera des questions, il lui demandera comment j'étais... Oui, c'est absurde.

Il se mordit les lèvres.

C'était comme si on m'avait frappé: ça faisait très mal. Mais je ne pouvais rien dire, rien faire. Je me concentrai sur Adrien. Je ne le trouvais pas différent ou mieux. Pour moi il était toujours aussi beau, bien mis, émouvant. Je ne trouvais rien à dire. Je me sentais terriblement impuissant. Je détournai le regard, m'attardai mélancoliquement sur un couple qui passait, bras dessus, bras dessous. Il poursuivit :

— Et puis, plus raisonnablement, je voulais que tu rencontres Régine, oui, je le voulais, répéta-t-il devant mon air sceptique, c'est vrai, même si j'ai hésité un instant. Je voulais que tu la rencontres sans préjugés.

Je réfléchis un instant et décidai de le croire.

— Je comprends. Mais je ne suis pas une tête vide, j'arrive à saisir ce genre de subtilités, tu sais, dis-je plutôt sèchement.

Il me regarda presque timidement.

— Je sais.

Quelque chose me vint furtivement à l'esprit et je mis un instant à comprendre ce que c'était et à oser le formuler à haute voix. Je m'y résolus finalement.

— Mais je me demande... comment dire ? Si tu n'as pas voulu que je sache ou que je voie tout ça, ce n'est pas par fierté uniquement et ce n'est pas non plus parce que tu ne voulais pas ennuyer un... ami, non ?

Il réfléchit et dit :

— Non, pas uniquement.

— Parce que cela t'aurait été indifférent devant un ami, n'est-ce pas ?

— Je suppose... plus ou moins. Qui peut prendre plaisir à se montrer ridicule ? Mais, oui, j'aurais sans doute été moins dissimulé. Mais puisque je n'ai pas envie de les voir, les amis en question...

— Alors c'est donc qu'avec moi, enfin avec cet ami que je représente, c'est différent en quelque sorte, non ?

Il ne dit rien et nous commençâmes à marcher en silence dans les rues en pente du 9e arrondissement. Autour de nous, une foule compacte, le bruit des voitures, beaucoup d'agitation, comme si le printemps et l'imminence de l'été avaient décidé toute la ville à sortir en ce soir d'avril, à remplir les terrasses, les bars, les restaurants. Au bout de quelques minutes, il reprit sans me regarder :

— Oui, c'est différent. C'est peut-être là tout le problème. Un autre problème...

Je restai silencieux un moment, incapable de poursuivre, et je changeai lâchement de sujet, comme je l'avais fait quelques minutes plus tôt. Je déclarai d'un ton dégagé :

— Il y avait tellement de monde, dans ces loges ! Je n'y connais pas grand-chose, mais il devait y avoir plein d'acteurs connus, non ?

— Oui, je pense... Il y avait un comédien très sympa que j'aime bien, il est très copain avec Régine. Tu l'as peut-être remarqué ? Un beau mec brun...

— Je crois, oui. Ce n'est pas lui qui se tenait adossé à une colonne, près de trois femmes qui discutaient ?

— Exactement. Celles-là aussi, d'ailleurs, sont comédiennes. La blonde, la brune et lui ont un rôle dans une émission à succès.

— Tu les connais ?

— Plus ou moins, la blonde surtout... c'est aussi une copine de Régine.

— Mais je croyais que tu ne l'avais pas vue ! Elle t'a regardé, un moment...

— Je sais. Mais je n'avais pas envie de discuter avec elle. Et puis, je crois qu'elle m'a toujours cordialement détesté, sans raison valable, d'ailleurs. Maintenant, je n'ai plus à lui parler.

J'éclatai de rire :

— Mais alors tu l'as snobée !

— Ouais ! Ça fait du bien parfois, tu sais.

Il rit à son tour.

— Et la rousse ?

— Metteuse en scène. Insupportable, se prend pour Dieu le Père, très gauche caviar... Ça te donne une idée ?

— Une femme intéressante, en somme ?

— Selon elle, ça, c'est sûr !

À cette idée, ses yeux gagnèrent un peu d'éclat et un sourire plutôt primesautier commença à s'épanouir sur ses lèvres. Il s'alluma une cigarette et nous tentâmes de décider ce que nous allions faire de notre soirée.

• • •

Après avoir dîné près du théâtre, nous sortîmes en boîte à la Bastille et nous dansâmes beaucoup. Je commandai de nombreux verres pour nous deux, ce qui sembla faire plaisir à Adrien. La terrasse installée sur le toit de la boîte était ouverte et nous y allâmes souvent, pour nous rafraîchir, boire tranquillement et fumer. Nous parlâmes beaucoup, avec légèreté, mais pas de ce qui était entre nous. Je dus me contenter du demi-aveu fait lors de la sortie du théâtre et de ce courant qui passait entre nous. Nous passâmes la nuit ensemble. Il ne fit pas un geste vers moi; et malgré son attitude affectueuse, je sentais de sa part une distance à ne pas franchir. Étendu contre lui, je luttais pour contenir mon désir. Il semblait à la fois ailleurs et bien avec moi. Il s'endormit dans mes bras, image même de l'innocence. Je mis longtemps à trouver le sommeil. Le contact de sa peau me brûlait et des ondes de désir me parcouraient. Malgré cela et malgré les incertitudes et les non-dits, une certaine paix m'avait envahi et j'avais le cœur léger. Lui apporter quelque chose par ma seule présence, n'était-ce pas déjà beaucoup ? Et ce qui nous liait, en fin de compte, n'était-ce pas de l'amitié ? Des sentiments plus fraternels qu'autre chose ? Je trouvais dans cette incertitude un plaisir doux-amer. Faut-il vraiment s'interroger sur les sources du bonheur quand, contre toute logique apparente, il décide à l'improviste de nous tenir compagnie pour un instant, pour une nuit ? Il était plus facile de me contenter de cet instant présent. Je fermai les yeux.

3

LE BAC OU SOUDAIN L'ÉTÉ

Avec l'heure d'été, tout s'accéléra. Lectures et sempiternelles révisions désordonnées, nuits blanches, rencontres au café avec les copains pour tenter de travailler ensemble. Je restais un élève ordinaire malgré la double vie que je menais. Mes parents me trouvaient cerné et plus taciturne que d'habitude, mais ils ne me disaient pas grand-chose : ils me surveillaient discrètement et je suppose que, constatant que je travaillais avec régularité, ils ne s'inquiétaient pas trop de me voir sortir souvent et passer la nuit ailleurs; simplement cette fois c'était chez Adrien et non plus chez Joseph ou Manu que j'allais, ce que je me gardais de préciser sans trop savoir pourquoi. De mon côté, je ne m'inquiétais pas non plus. Bien sûr, j'angoissais un peu, comme tous les autres lycéens. Mais je m'étonnais surtout d'être là, toujours présent dans mon ancienne peau, mon ancienne vie. Je la trouvais étriquée, mais aussi vaguement rassurante.

Adrien fut présent, attentionné. Il me fit réciter, réviser, veilla à ce que je sois raisonnable, que je voie mes amis, que je reste dans l'ambiance de fin d'année et du baccalauréat. « Ça n'arrive qu'une fois », disait-il en riant devant mon air dubitatif. Il m'empêcha de me coucher trop tard, de trop boire, il me défendit la cocaïne et tout le reste, « ces conneries ». Je promettais et je tenais mes promesses. Soudain, tout cela ne m'intéressait plus vraiment. Je n'en avais plus envie ni besoin. Je lui parlais beaucoup, au téléphone ou par textos, et je le voyais un peu moins. C'est lui qui prit l'initiative en me disant qu'il fallait que je me concentre et que, de toute façon, il était débordé par ses recherches et les préparatifs des deux voyages consécutifs qui l'attendaient. Il avait besoin, disait-il, de tranquillité pour réfléchir, de solitude. Malgré cela, je ne vivais que pour nos retrouvailles, retrouvailles au goût de cendre puisque son départ pour la Suisse approchait à grands pas. Tout ce temps à passer sans lui m'angoissait. Comment ferais-je ? Et s'il m'oubliait ? S'il rencontrait quelqu'un d'autre ou réalisait qu'il était mieux sans moi ? Et s'il était malheureux, qui donc serait là pour lui ? Quant à Rome, quand et surtout comment allions-nous nous y retrouver ?

Les chiffres et les tendances économiques me donnaient la nausée; je révisai Maupassant et Zola avec plus de plaisir et je m'amusai beaucoup en relisant *Une partie de campagne,* alors qu'en classe j'y avais à peine prêté attention. Au cours de ces semaines fiévreuses je découvris un très beau livre, qui n'était pas au programme du bac, un court roman qui me fit forte impression : *En l'absence des hommes.* Quelque chose dans la façon d'être et de réagir du narrateur, Vincent, m'intrigua et me toucha. D'une certaine manière, et comme avec

Cécile dans *Bonjour tristesse,* je me reconnus en lui, même si son histoire, qui s'enfonçait dans la guerre et débouchait sur une tragédie, ne pouvait se comparer à la mienne; ces mots que je lisais, pleins de violence et de passion, je n'avais que des bribes éparses et des pages presque blanches à leur opposer.

Les bourgeons s'épanouissaient; la ville entrait dans une effervescence aguicheuse et les terrasses ne désemplissaient pas. La neige n'était plus qu'un souvenir flou et lointain. Dès les premiers jours de mai, la chaleur arriva et s'installa durablement. Début juin, l'air était anormalement lourd et humide, le soleil brûlant alternant avec des pluies diluviennes. Il y avait souvent des orages le soir, que je regardais, étendu nu sur mon lit, en fumant des cigarettes. Et puis Adrien partit pour Genève. Huit semaines de stage dans un organisme international, pour son diplôme de sciences po, avant de rentrer et de repartir pour Rome. Nous passâmes une dernière soirée ensemble. Je le rejoignis à Saint-Germain-des-Prés, où il avait dîné avec des amis en visite à Paris. Après un verre au Café de Flore, nous déambulâmes dans les rues du quartier, avant de nous décider à aller au bord de la Seine. Nous restâmes longtemps appuyés sur le muret de pierre à regarder les reflets de la Lune et des lumières de l'île Saint-Louis dans l'eau calme et profonde, avec derrière nous la silhouette sombre et massive du Louvre et, devant, les tours médiévales du Palais de la Cité. J'étais bien, Adrien souriait et semblait heureux de quitter enfin Paris, de commencer autre chose. Je trouvais naturel qu'il se préoccupe de Genève et de ce qu'il allait y faire, mais l'imprécision qu'il entretenait depuis plusieurs semaines sur ses projets après la Suisse m'agaçait. Après tout, il savait très bien ce que j'allais faire après le bac, soit rester une semaine à Paris et partir pour Rome afin de m'installer, trouver mes repères et profiter de l'été là-bas, tout en revenant de temps en temps à Paris pour voir les copains. Mais lui s'entêtait à ne rien préciser.

— Je serai à Rome début septembre, c'est certain, mais avant, je ne sais pas trop...

— Mais il faudra bien que tu t'installes, tu ne vas pas arriver à la dernière minute, non ?

— Bien sûr...

— Alors ?

— Alors je ne sais pas ! Je viendrai probablement en août... Je te le dirai dès que j'aurai décidé, ajouta-t-il en riant.

Je me sentais morose tout à coup. Une idée me traversa l'esprit, une idée qui rôdait depuis quelques semaines.

— Mouais... On dirait que tu ne veux pas qu'on se retrouve là-bas.

— Qu'est-ce que tu racontes ! Évidemment que nous allons nous retrouver...

Il m'embrassa et répondit :

— Le problème, c'est qu'on ne sait pas trop comment !

— Que veux-tu dire ?

Il m'angoissait, je l'impatientais. Il soupira.

— Rien... Je ne sais pas. Nous verrons après l'été...

Il dit d'un ton léger :

— Tu m'oublieras peut-être !

— Non !

— En tout cas, tu ne me feras pas croire que tu vas pratiquer l'abstinence.

Je ricanai :

— Si tu me le demandais, je...

— Je ne te le demanderai pas. Écoute, nous sommes bien, là, non ? Alors profitons-en ! Pour le reste, on verra. Tu vas me manquer, c'est vrai. Mais je pensais peut-être voyager ou aller sur la Côte après Genève... Je ne sais pas.

— J'aurais pu venir te voir à Genève...

— Je vais travailler tout le temps !

Il me prit les mains et me dit d'un ton pressant, presque paniqué :

— Tu dois comprendre, enfin, que ce n'est pas à cause de toi, mais je veux être seul... J'ai besoin de distance et de solitude. De ne dépendre de personne.

Il m'adressa un sourire si charmant et sincère que je ne pus que tenter d'en grimacer un. Je soupirai :

— Je sais... J'espère que tu ne vas pas te laisser aller, être triste tout le temps, ou...

— Ou quoi ?

— Je ne sais pas moi, ne pas manger, ne voir personne, te laisser dépérir...

— Je n'aurai pas le temps. Et puis nous parlons comme si je partais à l'autre bout du monde, sans portable, sans ordinateur... On va se parler, se texter et tout !

Il ajouta, comme pour me rassurer ou me calmer :

— Et pour Rome, ce sera sans doute à la mi-août, je pense. J'ai déjà hâte de t'y retrouver ! Tu connais la ville mieux que moi, tu y auras passé du temps, tu pourras me montrer plein de trucs ! Après tout, c'est aussi ton pays, ta culture...

— Tu as raison, dis-je sans trop de conviction. Je déconne. Ce doit être le stress... J'en ai marre de ces conneries, je n'en peux plus d'entendre parler de ce putain de bac.

— Parlons-en, dit-il avec une énergie soudaine. Tu es prêt, j'en suis sûr. Tu as bien bossé !

— Grâce à toi.

— Ce n'est pas moi qui me suis tapé toutes ces lectures, ces calculs ! Une seule chose : ne déconne pas trop dans les jours précédant les épreuves, dit-il en souriant. Tu es capable d'être raisonnable même si je ne suis pas là, non ?

— J'imagine, répondis-je avec difficulté.

« Penser à toi, ça m'empêchera de m'ennuyer, comme je me suis toujours ennuyé avant de te connaître », me dis-je sans pouvoir l'exprimer à voix haute. C'est ça le vrai danger : l'ennui... Rien de mieux pour déconner.

Je l'enlaçai et le reste de la soirée se passa sans nuages, comme si nous profitions tous les deux de ces derniers instants ensemble puisque, malgré toutes les belles paroles, il n'y avait devant nous que de l'inconnu. Il était tard quand nous rentrâmes. Il voulut me laisser à ma porte, mais je l'accompagnai chez lui. Nous montâmes en silence. Une fois la porte de sa chambre fermée, dans la pénombre, je l'embrassai lascivement, puis me détournai, car il ne réagissait pas. Pour la première fois, je croyais n'avoir pas vraiment envie de lui.

J'avais la gorge serrée et une nausée montait en moi alors que je luttais pour ne pas pleurer comme un con. Lui ne disait rien, restait faussement passif, si proche, mais en retrait, inatteignable. Je fermai les yeux, posai la tête sur son épaule. Comment, mais comment allais-je pouvoir me passer de lui ? Les pensées qui m'assaillaient me torturaient, le désespoir m'envahissait; mais, soudain, sa bouche, ses mains étaient partout, arrachaient mes vêtements. Ma tristesse passa à l'arrière-plan et la mécanique bien connue se mit en marche, m'entraînant avec elle; des éclats de lumière traversaient la nuit alors que nous tombions sur son lit, nus et enlacés, comme la première fois, ou la dernière. Comme toujours, son abandon total me rassura et m'excita encore plus. Comment cela pourrait-il être sans lendemain ? Impossible. Mais au cœur même du plaisir restait quelque chose d'inerte et de désenchanté, car très loin derrière, mais bien concrets, demeuraient le doute et la méfiance. Il me connaissait bien, maintenant. Il savait comment me distraire. Était-ce ce qu'il avait fait ? Impossible de le savoir. Cette fois, je l'acceptai sans révolte. J'acceptai ce qu'on voulait bien me donner.

Après, il n'y avait plus rien à dire. Je ne restai pas. Devant la porte, il me serra dans ses bras avec émotion, je lui caressai la joue. Je chuchotai :

— Ne m'oublie pas...

Il secoua la tête, les yeux brillants, et resta muet.

• • •

Adrien. Son image ne me quittait pas, elle m'apparaissait partout.

Au cœur de l'absence, à l'extrémité du rebord, le temps s'arrête, les voix du monde s'éteignent, il n'y a plus rien qui compte sinon quelques lettres, un prénom, un cœur qui bat soudain la chamade pour la première fois. Plus fort, plus vite. Trop vite, jusqu'à lâcher. Sans prévenir, des éléments, disparates de prime abord, s'unissent et prennent tout leur sens. Plus rien n'est étrange, plus rien n'est un abaissement; le corps, l'âme se sont trouvés.

L'enfance monotone, l'adolescence morne, le futur indifférent, tout était balayé, neutralisé, transformé sous mes yeux alors que, chaviré, je prenais conscience de ce dont, la veille encore, je ne concevais même pas l'existence. Oui, il y avait autre chose que le temps qui passe et que l'on tue.

Les jours s'écoulaient et je restais à la fois alangui et tendu, assistant aux dernières classes le jour, attendant le soir pour réviser encore et passer des heures étendu la tête dans le vague. Je ne voyais pas grand monde à part Joseph et nous ne parlions que du bac, de chiffres et d'épreuves. Je me secouais parfois et me rendais en traînant à la salle de sport. Adrien semblait se plaire à Genève; nous nous étions parlé plusieurs fois, bien sûr, nous avions échangé des textos tous les jours, mais de plus en plus brefs, et nous avions évoqué Rome avec légèreté. Pourtant, et c'était étrange, puisqu'il ne s'agissait pas de projets en l'air, tout cela me semblait irréel et faux. Comme si ce que nous ne nous disions toujours pas nous forçait à jouer une sorte de comédie. Sa voix même me semblait étrange, pleine de gentillesse, mais lointaine, insaisissable. Une voix blanche. Je le sentais éteint. J'essayais de ne pas m'en soucier. J'attendais l'été, le vrai, et le départ pour l'Italie. Il me semblait qu'alors tout – nous, l'avenir – serait plus simple et que s'il fallait le faire parler et le convaincre, j'y arriverais enfin là-bas. J'en réussissais à me sentir à peu près serein et, finalement, confiant. « Advienne que pourra, je m'en fous », me disais-je avec détachement alors qu'il ne restait que quelques jours avant le début des épreuves.

J'y croyais presque. C'est alors qu'arriva la lettre.

• • •

« Cher Max,

Maximilien. J'ai toujours aimé ce prénom, qui évoque pour moi des livres d'aventure et des récits de guerres, des princes de Bavière, des archiducs, les Alpes, l'aigle impérial, la Révolution. Aujourd'hui ton image se rattache à ces fragments, ces éléments épars qui me rappellent mon adolescence et qui appartiennent à mon univers, à ma vie intérieure. Pourquoi pas ? C'est assez logique, finalement. Que je le veuille ou pas, désormais tu fais toi aussi partie de mon existence. Il y a bien des aspects de ta personne, de tout ton être qui me touchent particulièrement et qui m'émeuvent parfois plus que je ne le voudrais.

« Je sais que j'aurais dû t'écrire ou te parler avant. Il y a des semaines, des mois même. Depuis mon arrivée à Genève, nos échanges ont été agréables et légers, mais sans profondeur. Je sais que cela ne te plaît pas toujours. Peut-être même que cela te fait du mal. Je devine en tout cas, au son de ta voix, que

tu attends autre chose, que tu attends plus, mais que tu ne te décides pas à me le dire. Et je m'éloigne, je ne dis rien, je feins de ne rien savoir, et je sais que cela te dérange parce que tu devines quelque chose d'artificiel ou de forcé dans notre dialogue. Je me trompe peut-être, et il est possible que tu sois seulement agacé par mon manque, disons, de consistance, et par la confusion dont je m'entoure. Ce n'est pas toujours volontaire, d'ailleurs. Peut-être aussi que cette situation à mi-chemin entre amitié et relation amoureuse te satisfait pleinement. Je l'espère, en un sens, parce que cela voudrait dire que tu es heureux et que je ne peux pas te faire de mal, te faire souffrir, en tout cas pas de cette façon, pas comme ça... »

Je déposai délicatement les feuillets de papier fin sur la table devant moi en m'assurant qu'ils ne seraient pas tachés de café au lait. J'étais sur une terrasse, près du lycée; la journée était chaude, sombre et étouffante. Joseph, Lola et les autres venaient de partir; nous avions révisé le français et les langues secondes. Nous commencions tous à être exaspérés par cette attente des épreuves, qui nous semblait inhumaine.

En quittant la maison, j'avais trouvé la lettre laissée là par ma mère en partant. Un timbre suisse, une enveloppe gonflée de feuilles de papier que je serrai contre moi avant de la mettre dans mon sac. Je réussis à me rendre au rendez-vous, à travailler sans la décacheter, mais sa pensée ne me quitta pas. Une lettre ! C'était bien de lui d'utiliser un moyen aussi suranné pour me dire quelque chose. Je trouvais cela charmant et beaucoup plus marquant qu'un simple courriel, un texto, quelques mots sur un écran. Entre mes mains se trouvait un objet qu'il avait touché, manipulé. C'était autrement émouvant que des phrases alignées sur un écran. Et surtout, il me parlait, il m'en disait plus qu'au cours de ces mois passés ensemble. J'avais enfin ce que je désirais.

Je continuai ma lecture, d'abord partagé entre plaisir et fébrilité, avant de céder à l'appréhension et à des sentiments moins agréables. L'attrait que je ressentais pour lui ne sortait pas diminué de cette lecture, mais cette dernière ne m'apportait aucune paix et peu de réponses ou de certitudes. J'en savais plus, mais ce savoir ne faisait qu'augmenter ma confusion, ce sentiment d'impuissance qui me taraudait. Que c'était bête, pensais-je, de ne pas avoir parlé de tout ça avant, quand nous pouvions instaurer un vrai dialogue. Comment le toucher, l'influencer, alors qu'il était loin, hors d'atteinte? C'était ce qu'il avait voulu, bien sûr, me parler tout en me bâillonnant. La colère, comme un fluide brûlant, m'envahissait des pieds à la tête. Je serrai les poings et il me semblait que ce n'était plus du sang que charriaient mes veines avec violence, mais une bile brûlante. Avec une extraordinaire frustration, je sentais qu'en cas de réponse il faudrait me contenir, acquiescer en apparence, et rester en retrait pour ne pas l'effaroucher. S'il avait été en face de moi, je l'aurais frappé jusqu'à ne plus sentir mes poings. Je lui en voulus de cette agressivité qu'il provoquait, qu'il venait chercher en moi. Pourtant cette rancune ne pouvait durer; son image, dès qu'elle me vint à l'esprit, comme toujours m'émut et mon ressentiment reflua, me laissant désemparé et seul, ressentant un grand vide en moi et une tristesse infinie pour lui à la lecture de l'histoire gâchée qu'il me racontait avec pudeur, en mots simples, directs, clairs. « Une histoire simple, m'écrivait-il justement. On s'aime, on se trompe, on se perd... » Je repris la lettre, la lus en entier, la repris, relisant certains passages.

« J'aurais voulu que tout soit différent; j'ai essayé de me montrer digne et raisonnable, d'oublier. Malgré tous mes efforts, je n'ai pas pu. Et au fil des jours, des semaines, des mois qui passaient, je m'enfonçais, et j'avais tort : que pouvais-je lui demander de plus ? Il fallait en finir, ce n'était plus possible...

« Cette sensation d'être mort pour Alejo, ne serait-ce qu'un court instant, d'être dépossédé de ma propre vie, de mon identité, à mon insu, m'a semblé insupportable. Malgré tout, malgré les mots, les gestes, la passion, on reste seul, comme on sera seul après, comme on l'est depuis toujours. Je sais que des histoires de cul, des peccadilles à côté des grands sentiments, ne devraient pas prendre une si grande importance, mais on ne sait jamais quelle corde sensible, quelle secrète angoisse, quel événement quelconque va venir les sortir de leur sommeil artificiel. Pour moi, ç'a été un cataclysme, un révélateur. Bien sûr, tout d'abord, c'est la colère, l'agacement, l'incrédulité, un certain chagrin. C'est pénible, horrible, mais ça passe. C'est banal. Vécu et revécu par tant d'autres.

« Mais après, ce dégoût de soi, de tout, comment s'en débarrasser ? Moi, je n'ai pas pu.

« Pour une tromperie physique sans réelle importance, quelle avalanche de noirceur... Sentiment de trahison, mensonges inévitablement engendrés pour expliquer telle ou telle absence, et cette distance, cet espace indécent, ce mur érigé entre moi et les gens que j'aimais par des confidences qui tout en ne me concernant pas ne concernaient que moi. Au fond, il était bien normal qu'Alejo connaisse d'autres corps, d'autres expériences. Qu'il en parle à certains proches. Après tout, j'étais libre, moi aussi. Comment croire que je serais le premier et le seul ? Toute une vie ? Quand on se connaît à vingt ans, qu'on se lie, qu'on s'aime, est-ce possible ? Mais ce n'est pas si simple et ces belles paroles, traduites en actes, m'ont anéanti. Ce n'était pas, tout compte fait, uniquement une question physique. "Jamais je n'ai voulu te faire de mal, rien de ce que j'ai fait ne devait te faire souffrir, t'humilier, te faire pleurer"... Il disait la vérité et je l'ai cru tout de suite, quand il me l'a dit, écrit et redit. Mais que pouvais-je y faire si pour moi c'était une torture ? Le contraindre ? Le changer ? Mais on ne peut pas changer les autres. Et pourquoi les changer si on les aime ? Qu'allais-je me mettre à faire pour compenser, pour me sentir libre moi aussi, et non bafoué ? Pour rester moi-même ? Accumuler des secrets ? Trahir ? Le trahir, me trahir ? Et je ne pensais pas nécessairement à des aventures, peut-être l'aspect le moins important de tous. Bien sûr je me sentais capable d'agir ainsi moi aussi; je ne suis pas plus vertueux qu'un autre ni moins réaliste. Mais je ne pouvais pas. Un jour sans doute, moi aussi, j'aurais fait la même chose. Mais on ne peut pas prévoir ces choses-là, n'est-ce pas ? À moins de vouloir se venger... Nous

avons tous nos lâchetés, nos mensonges, nos bassesses. Mais toute possibilité m'avait été enlevée de les considérer normalement, de les intégrer dans ma vie.

« Pour Alejo, il n'y avait que nous qui comptions, le reste ne voulait rien dire et j'étais bien d'accord, en théorie; les plaisirs passagers, c'était bien le temps que ça durait, mais ça n'avait aucune incidence sur tout ce qui nous unissait. Pourtant, je ne pouvais cesser d'y penser. Dans la pratique, rien n'est aussi évident. Je ne pouvais plus partager avec lui cette complicité si forte qui dès le départ nous avait liés. Le doute est un poison qui s'infiltre partout. On se met à voir des mensonges, des impostures, des sous-entendus là où il n'y a rien. Insupportable! Le moindre film, l'événement le plus quelconque prennent une importance démesurée, la moindre parole devient prétexte à soupçons, réminiscences, jalousie. Je me voyais changer avec dégoût. Tout ce qui chez lui m'avait séduit, son intelligence, son indépendance, son charme, son énergie, les aspects plus complexes que j'avais acceptés sans même y penser et le prenant pour ce qu'il était, tout ce que j'aimais soudain m'oppressait et me traquait. Ce n'est pas que, brutalement, des aspects de sa personnalité et de sa vision de la vie me déplaisaient, non. En l'observant avec calme, je me disais, stupéfait, que rien n'avait changé, ni lui ni moi. Mais quelque chose dans la dynamique, oui. Sa liberté, l'importance de son image, sa bisexualité – et surtout ce besoin qu'il avait de la rappeler, pour ne pas être réduit à un cliché trop sec et trop précis –, toutes ces choses et bien d'autres qui étaient si longtemps allées de soi n'avaient plus de sens pour moi. J'avais l'impression d'être à côté de ma

propre vie, de notre histoire. De tout. Je ne pensais qu'à ça. Le monde, les autres n'existaient plus, rien n'avait d'importance. Que m'importaient ces milliards de vies étrangères à la mienne ? Je n'existais pas pour elles, comme elles n'existaient pas pour moi. Comme je n'existais pas quand des personnes inconnues jouissaient dans ses bras, partageant une intimité dont j'étais exclu à tout jamais. J'étais sur une pente dangereuse; je commençais à me poser des questions à propos de tout et de rien, à ressentir des curiosités malsaines; je ne savais plus ce qui était essentiel et ne l'était pas, je doutais, je me méfiais... et je me contrôlais, tant bien que mal, tendu, affolé de sentir grandir en moi ces impressions, terrifié de me sentir cerné et prisonnier dans mon propre corps, et derrière ce visage qui offrait aux autres une image de ce qui n'était plus et tentait de masquer ce démon corrosif qu'est la jalousie. Recevoir de manière si violente tout ce qui venait de lui et qui avant me captivait, représentait l'essence même de la vie, c'était un cauchemar. Quoi de plus terrible que de faire du mal à celui qu'on aime ?

« Ces cinq années merveilleuses passées côte à côte, que devenaient-elles ? Elles restaient précieuses, mais elles ne m'apportaient plus rien, elles ne nous aidaient pas. C'était notre passé, mais il n'avait plus de réalité; notre futur, quant à lui, n'existait plus que dans un univers névrosé.

« Nous étions figés dans des rôles qui ne nous convenaient pas. Alors je me suis dégagé, j'ai pris la fuite. Je me suis libéré d'un fardeau, je me suis senti à nouveau moi-même. J'ai cessé de me dire "si seulement...". C'était fini. Mais le chagrin, les

remords n'ont pas de fin. Je l'ai fait souffrir, je lui ai brisé le cœur. Il m'avait fait du mal. Mais pas volontairement. En étant lui-même. Moi, j'ai choisi. Je me suis choisi. Mais il m'aimait... C'est sans fin et c'était sans issue. Peut-être n'ai-je pas été assez grand pour tourner la page, réagir avec légèreté. J'ai été petit, étriqué, médiocre. Mais je n'y pouvais rien. Cette nouvelle image de moi-même était née et je ne pouvais plus l'ignorer ni la cacher.

« Il m'a dit des choses terribles. De le voir atteint, blessé, choqué, c'était affreux. Je ne pouvais lui en vouloir de ces horreurs qu'il me jetait au visage : il en avait le droit. Sa colère et son désespoir, l'orage dans sa voix, la tension de son corps me terrorisèrent par leur violence. Mais l'aspect le plus glaçant et qui me paralysa fut que ces preuves haletantes de son amour ne ravivaient pas le mien. Je ne croyais plus. J'assistais au culte le cœur exsangue et muet, l'âme engourdie, aveuglée par sa cendre et sa propre noirceur.

« À présent je suis seul et j'ai mal, mais je n'ai plus l'impression de le trahir.

« Tu dois penser que ce n'est pas grand-chose. Et tu as sans doute raison. Mais pour moi, c'était tout. Aujourd'hui je n'ai pas grand-chose à offrir. Pas l'envie, l'énergie, la possibilité. Plus tard, tout reviendra... je suppose.

« Une amitié, c'est beaucoup, des intérêts partagés, des joies de toutes sortes, une complicité. Ça m'est égal de céder au désir quand il en vaut effectivement la peine. Avec toi, c'est le cas et je pense que tu as pu t'en apercevoir. Coucher ensemble, partager de chouettes moments, oui. Ça m'a enchanté et j'espère que

nous poursuivrons si l'occasion se présente. Tu m'intéresses plus que je ne le voudrais, depuis les premiers moments, quand en plein hiver nous nous sommes regardés dans une classe du lycée, quand nous nous sommes rapprochés, et, bien sûr, depuis cette première nuit où, je l'ai bien compris, nous avons partagé beaucoup plus qu'un plaisir de passage. Pour le reste, eh bien une peine d'amour, ça n'a rien d'extraordinaire ou de glorieux. Mais elle est là. Il faut attendre. Je dois attendre. Le plus enrageant, même si c'est souhaitable, c'est de se dire que le temps arrangera les choses...

« Non. Je ne serai plus la "première fois" de quelqu'un. Pas à l'aube d'une "histoire" sérieuse. Quelqu'un que l'on aime, mais qui, étant le premier, ne doit pas être un obstacle à d'autres rencontres, d'autres désirs. C'est ce que j'ai été pour Alejo : son premier mec, son premier grand amour, le premier qu'il a vécu pleinement et dans lequel il s'est engagé. Tu dois te dire que c'est une obsession chez moi... Mais peut-être comprends-tu maintenant pourquoi je pense ainsi. Et pourquoi, au-delà d'une certaine limite, je ne veux pas m'engager.

« Pour le plaisir, je prendrai tout ce que je peux, et sans remords, sans arrière-pensées. Mais je trouve juste, parce que je t'aime bien, à ma façon, que je t'aime beaucoup même, de te prévenir qu'il y a des choses que je ne peux et ne veux pas donner. Je veux que nous soyons sur un pied d'égalité et que, sachant mes intentions, tu agisses en conséquence. Tu as tout en main, à toi de décider. Ce n'est pas que je me réserve un rôle passif, en vérité je serais prêt à bien des efforts pour ne pas te perdre. Mais je ne me perdrai plus moi-même.

« Je ne veux pas que tu sois seulement un agréable compagnon, un beau mec dans mon lit, un corps contre lequel réchauffer le mien et des bras pour me consoler; je ne veux pas que tu sois une étape et je ne veux pas de consolations. Bien sûr j'aurais pu continuer avec toi sans te dire tout ça, et peut-être en aurais-tu été heureux le temps que cela aurait duré.

« Je crois pourtant que ça me plairait que ça s'éternise.

« J'ai envie de dire que nous pouvons êtres frères, meilleurs amis, complices, mais je ne sais plus trop où j'en suis parce que tout ça nous l'étions aussi lui et moi, et ça n'a pas empêché les choses de s'approfondir jusqu'à ce que nous décidions que cette vie nous allions la vivre ensemble.

« T'écrire mon histoire, conclure ainsi, c'est, je le crois, te donner la preuve de mon estime, de mon intérêt et du plaisir que je ressens quand nous sommes ensemble. Ne me réponds pas et réfléchis. En Italie, quand nous nous retrouverons, tu me diras. Peut-être n'aurais-je qu'à lire la réponse dans ton regard ou à travers ton attitude.

« Je serai là-bas la première ou deuxième semaine d'août. Je te laisse mon adresse à la fin de cette lettre.

« Tu me trouveras sans doute présomptueux, et peut-être qu'en effet tu n'es pas, comme je l'ai cru, sur le point de tomber amoureux de moi. J'en ressentirai sans doute un petit pincement au cœur, un peu de ridicule aussi. Mais aussi un soulagement. En étant amis, nous pourrions partager des moments formidables, des aventures, toute notre vie, pourquoi pas. Et je n'aurais plus à craindre de te faire du mal avec mes états d'âme,

mes incertitudes. Et je pourrais profiter sans arrière-pensées de ton corps magnifique, de ta bouche, de ton sexe...

« Pour l'instant, je refuse tout engagement, toute responsabilité sentimentale ou morale. Je n'en veux pas. Je ne suis pas une première, une étape, un essai. C'est même plus qu'une simple question de désir ou de volonté : je ne peux pas. Plus jamais me perdre, plus jamais cet air de naufragé, plus jamais cette boue. Je suis seul, mes années sont comptées, je n'ai qu'une vie; j'ai eu le sentiment d'en être dépossédé, je l'ai retrouvée et c'est tout ce qui m'importe, même si c'est une victoire bien amère.

« Je voudrais que tu ne m'en veuilles pas de ces paroles un peu dures. Je te pense parfaitement à même de les lire, de les comprendre et d'en tirer tes conclusions. Tu n'es pas fragile. C'est assez ironique pour moi de constater qu'Alejo et toi vous vous ressemblez. Mais lui c'est lui, toi c'est toi. Et moi... Je sais que tout cela me fait paraître très égoïste, mais c'est ainsi, et c'est sans doute la vérité. Tant pis.

« Tu as mon adresse à Rome, ma date d'arrivée. N'en parlons plus d'ici là. La distance, l'été, les plaisirs, le temps peuvent changer bien des choses. À toi de voir. Je souhaite très fort ne pas te perdre. J'aurais préféré ne pas écrire cette lettre, mais je ne regrette pas de l'avoir fait. Il vaut mieux que tu saches. Mais comment te garder, et pourquoi, pour quelle raison, je ne sais pas. Je n'ai pas de réponse. Je ne suis pas un guide, je ne sais rien. Le plus important, peut-être, serait que nous ne nous causions pas de dommages irrémédiables l'un à l'autre. Je précise,

parce que, quoi qu'on fasse, quoi qu'on dise, d'une manière ou d'une autre, on finit toujours par faire du mal aux autres... »

La pluie se mit à tomber à grosses gouttes tandis que je me levais. Je fourrai la lettre dans mon sac, ramassai mon skate. Les passants se hâtaient, le vent s'était levé. Pour moi, tout s'était tu. Il n'y avait plus rien. Que du silence, un vide vertigineux. Le ciel était sombre. Quelle différence entre le jour et la nuit ? Mon reflet dans une vitrine. Le t-shirt collé au corps, ma planche sous le bras, les cheveux dégoulinants, un visage de noyé. Je ne ressentais rien.

• • •

La veille de l'affichage des résultats, Joseph organisa une soirée pour fêter mon anniversaire. Toute la bande répondit présent, ce qui me fit plaisir. C'était aussi la fin d'une époque que nous célébrions et malgré les rires, la musique et l'excitation des vacances à venir perçait une certaine mélancolie. J'en profitai pour faire mes adieux. Le lendemain me parvinrent de Genève une carte au texte bref et convenu ainsi qu'un colis. Des livres, bien entendu, que je regardai à peine. Ils allèrent rejoindre les valises et tout ce qui devait m'accompagner en Italie. Je me sentais anesthésié, rien ne me semblait réel. C'est la tête plombée de morosité que je me dirigeai vers le lycée.

J'ai passé mon bac et je l'ai obtenu avec mention, à ma grande indifférence et à la joie de mes parents. Je ne pus néanmoins me défendre de ressentir un soulagement rétrospectif. C'était terminé ! L'été arrivait et j'étais libre. Je mourais d'impatience de sortir du 16e arrondissement et de quitter Paris. Adrien n'était plus là; plus rien ne m'attachait ni ne me retenait. Peut-être même plus son souvenir.

TROISIÈME PARTIE

1

ROME VILLE OFFERTE

Rome. Le soleil et la poussière, partout. La beauté. La chaleur, enivrante, accablante. La rumeur incessante, impitoyable; le flot des pas qui résonnent à toute heure. Les gens qui s'interpellent, crient, se bousculent. Les nuits moites, propices au plaisir et à la confusion, à l'absence de sommeil. Les étoiles, le voile corrompu qui les éclipse parfois malgré l'éclat de la Lune. La splendeur des monuments et des palais souvent décrépits, la couleur sable de la ville, la poussière encore, le ciel impérial. La foule agitée, encore, monstrueuse marée bigarrée. Les rues empoisonnées de touristes, les dédales où l'on retrouve une Italie plus authentique et ceux qui vivent en parallèle à cette presque Babel. Le son continu des cloches, les églises partout, les portes monumentales vomissant ici et là des groupes armés d'appareils photo, immortalisant souvent sans voir, sans raison, à part peut-être celle de réussir un selfie, tout cela me donna l'impression d'arriver au terme d'un très long voyage tellement j'avais attendu ce moment. Enfin je me trouvais au cœur d'un autre monde, en pleine effervescence.

Les premières fois, enfourchant la Vespa toute neuve offerte par mes parents, il me fallut lutter contre une sourde inquiétude, un étourdissement, et retenir mon souffle avant de me lancer dans le mouvement hystérique. Paris, avec ses avenues droites et son élégance ordonnée, me parut, comme après Beyrouth, dure et froide, et plus qu'éloignée : étrangère. La vie était pourtant la même; en profondeur elle ne variait pas, et moi non plus. J'allais cependant m'apercevoir peu à peu que la *dolce vita* romaine avait aussi ses codes et ses secrets, et que, malgré les sésames habituels – argent, beauté, charme, absence de scrupules –, il fallait les connaître.

À Paris, les derniers jours de juin étaient passés à une vitesse insensée. Bagages. Courses, préparatifs. Au dernier moment, Joseph pleura et m'émut. Quand je lui fis remarquer d'un ton malgré tout tranquille que je ne partais pas bien loin et que nous pourrions nous parler continuellement, nous texter, et même nous voir souvent à Paris ou à Rome, il soupira en riant, me disant que j'étais tellement terre à terre, que je ne changerais jamais et que c'était peut-être mieux comme ça. Il m'ordonna gentiment de faire attention à moi, se demandant comment j'allais me débrouiller sans lui. J'étais triste de le quitter, et de le quitter la tête ailleurs, ce qu'il savait fort bien sans que j'aie à le lui dire.

Mes parents, à ma grande surprise, m'accompagnèrent quelques jours à Rome afin de m'aider à m'installer. Je découvris avec eux ma chambre, dans un bel immeuble de la piazza di Spagna. Une chambre, ce n'était pas tout à fait exact puisque je disposais d'une cuisinette, d'un salon et d'une salle de bains moderne; du balcon étroit, on admirait les marches de la place et le panorama au-delà. Je réalisai, malgré mon incroyable inconscience, que j'avais une chance folle. Qu'ils avaient tout fait. Que je n'aurais besoin de rien grâce à eux et que la vie serait facile. Je rayonnais et les remerciai avec effusion, promis d'obtenir mon diplôme haut la main. En voyant le plaisir se refléter sur leurs visages et en profitant de ces moments inattendus en leur compagnie pendant ces heures heureuses, je réalisai que je comptais pour mes parents et que je les aimais moi aussi. Je le leur dis maladroitement, ce qui les fit rire, sans paraître les étonner. « Tu deviens sentimental, me dit mon père; n'en fais pas une habitude ! » Rires encore, mais j'avais bien vu qu'il était heureux de cette brève communion, de cette intimité partagée que nous n'avions jamais vraiment connue et que nous ne retrouverions sans doute pas. Sans excès de mots, beaucoup de choses avaient été dites et c'est avec une certaine émotion que nous nous séparâmes tous les trois. « Je suis fière de toi », me dit ma mère, et le souvenir insistant que cette phrase laissa en moi me fit réaliser que, sans le comprendre, je l'avais attendue depuis plus longtemps que je ne le croyais.

Un certain trouble m'envahit encore aujourd'hui au souvenir de cet été qui s'éloigne peu à peu sans pourtant jamais me quitter tout à fait. J'hésite quant au jugement à porter sur mes errances d'alors, plutôt banales pourtant. J'avais dix-neuf ans, je voulais tout avoir, tout connaître, tout posséder, comme galvanisé par cette idée de ne plus être seul parce qu'enfin quelqu'un d'autre que moi-même occupait l'arrière-fond de mes pensées. Je ne voulais plus vivre les événements sans suite, mais en garder quelque chose. Bien sûr, je voulais aussi fuir l'ennui, les questionnements, connaître le plaisir sous toutes ses formes, m'amuser. Frénésie, besoin de m'étourdir et, pour y parvenir, d'utiliser mon corps, cet objet toujours disponible, prêt à m'obéir et à agir à ma convenance. Pour la première fois, je pensai qu'un jour, que j'espérais très lointain, cette soumission ne serait plus aussi totale ni évidente. Cette idée me paraissait impossible, indécente. Vieillir, moi ? Jamais ! Mais c'était aussi un prétexte idéal pour profiter de tout ce qui était à ma portée. Jusqu'à n'en plus pouvoir.

J'avais désormais un but, une envie claire, un objectif à atteindre. Je me soumettais à un double ou triple projet qui m'échappait irrésistiblement tout en concentrant ma volonté tout entière : posséder Adrien et le garder, me venger de lui et de sa distance, et rattraper ce que je jugeais être du temps perdu.

Je voulais être libre, tout connaître. Séduire Adrien, oui, mais ne me priver de rien. Comme si, sortant d'un engourdissement et poussé par l'irruption d'Adrien dans ma vie, et encore plus peut-être par les sentiments contradictoires, mais tenaces que sa lettre avait suscités en moi, je me cherchais et me découvrais avec acharnement, mais à tâtons. À l'aveuglette. C'était pour moi que je le faisais, bien sûr, mais aussi pour lui, et à travers la colère que j'éprouvais encore parfois envers ces mots qui restaient gravés dans ma tête, c'était encore lui qui me dominait. J'espérais, au bout du compte, avoir son approbation. Il ne voulait plus jamais représenter la première étape importante dans la vie sensuelle et sentimentale d'un autre, être celui qu'on abandonne pour vivre autre chose ? Très bien : j'allais m'appliquer consciencieusement, à ma manière, à lui montrer qu'avec moi il n'en serait pas ainsi. Il avait été mon premier mec, soit. Mais avant de le retrouver, je décidai d'accumuler les rencontres et de baiser le plus possible. J'oubliai l'aspect sentimental du problème, préférant m'illusionner et croire que, ainsi, une partie de cette expérience sexuelle serait acquise et qu'Adrien ne pourrait plus craindre le désir que je pourrais inévitablement avoir de la connaître. C'était absurde, et ma conduite était sans doute puérile et digne d'un enfant gâté, mais c'était aussi la réaction de quelqu'un qui, tout au fond de son cœur étroit, se sent impuissant face à la seule personne qui compte vraiment.

J'avais des moments d'exaltation et d'optimisme durant lesquels je ne pouvais m'empêcher de croire que, inévitablement, Adrien capitulerait et s'arracherait au cadre rigide dans lequel il se confinait. Que m'importaient ce chagrin qu'il fallait dépasser, cette trahison d'un autre temps, ces sentiments qui ne me concernaient pas ? Relation passée, espoirs avortés, sentiments torturés : tout cela devait et ne pouvait que s'évanouir dans le néant, témoins déchus d'un temps sans valeur, dépassé. Nous étions jeunes, beaux; il y avait tant à prendre, à vivre ! J'étais tourmenté par un désir incandescent, impérieux; je me rappelais son odeur, sa peau, je m'imaginais collant mes lèvres aux siennes, je le voyais offert, les yeux fermés, ma langue sur ses cuisses, son sexe dans ma bouche, ses mains parcourant mon corps, ses fesses rondes contre mes reins. Je bandais, je me branlais en l'appelant, je gémissais de plaisir. Je m'émouvais en me voyant le serrer dans mes bras, en le protégeant, en le poussant vers un monde solaire, magnifique, le forçant à oublier ces souvenirs à l'ombre desquels il s'étiolait en pure perte. Mais ces instants étaient toujours suivis par d'autres, plus incertains, où je pensais à nouveau à la lettre et aux intentions soi-disant claires d'Adrien qui, après tout, avait déclaré m'aimer beaucoup, c'est-à-dire pas vraiment, mais aussi admis qu'il ne le voulait pas et que cela ne serait pas. J'étais alors repris par la colère : oui, leur histoire était terminée et cette tristesse envahissante, ces sentiments qui ne voulaient pas mourir me concernaient; c'étaient des obstacles à écarter, définitivement, mais je ne pouvais les balayer d'un geste indifférent. Ils me résistaient, maintenaient une distance entre nous, pervertissant tout, et m'empêchaient de goûter pleinement à cette insouciance estivale et à ces plaisirs multiples et proches, si faciles, mais aussi si excitants. Ce n'était pas faute d'essayer, mais chaque fois quelque chose m'échappait. Chaque promenade, chaque découverte, chaque lit n'étaient que des promesses d'un bonheur incomplet. C'est peut-être là que se cachaient d'éventuels regrets : ce que je fis, ce que je vécus en son absence, c'était sans joie complète et avec une inégale légèreté : je m'y appliquais comme si on m'avait lancé un défi, avec, au bout de chaque nuit, les mêmes questions lancinantes. Étais-je en train de tout détruire, de compromettre mes seules chances auprès d'Adrien et d'anéantir ce qui pourrait être ?

Je ne relus pas la lettre; c'était inutile, il me semblait que je la connaissais par cœur. Il ne me restait qu'à attendre la mi-août ou en tout cas le bon vouloir d'Adrien. Mais combien de matins ou de soirs la sortis-je du tiroir où je l'avais rangée et, avec une sorte de crainte superstitieuse, la laissant dans son enveloppe, la contemplai-je en silence ? Cette enveloppe me paraissait un rempart contre les mots qu'elle masquait, toute tachée d'alcool, de café et de sperme puisque, souvent, après m'être branlé, je la saisissais avec rage, mais n'osais aller plus loin. Parfois, je l'emportais avec moi et j'avais alors l'impression qu'avec toutes ses contradictions, sa tendresse, sa vulnérabilité, mais aussi sa dureté et son entêtement, Adrien était présent à mes côtés. Je me sentais moins isolé dans cet univers vicié et pornographique où je sombrais dans d'ambigus délices.

Le jour comme la nuit, Rome n'était que magnificence; la ville m'éblouissait, et la découvrir avec des yeux neufs, y vivre même, était un plaisir de tous les instants. J'étais seul et cela me faisait du bien; je me sentais libéré de ma vie parisienne, morne et répétitive, de ma jeunesse dorée et stérile. Tourner le dos à mon milieu d'origine était le dernier de mes soucis; simplement, je prenais conscience à la fois de ma chance et de mon immobilisme. Toutes les possibilités offertes par mon existence favorisée, pensais-je, il me fallait en profiter au même titre que celles me venant du hasard ou de la génétique. Peut-être étais-je désincarné, superficiel, vide, insolent d'inconstance ou d'inconscience. J'avais simplement découvert que ma vie m'appartenait et qu'il m'était possible, du moins en partie, de la diriger comme il me convenait. D'aller plus loin qu'un hypothétique avenir de richesse matérielle, de succès professionnels ou sexuels, un avenir guidé et façonné par des codes sociaux bien précis. Plus loin que la drogue, l'alcool et le sexe. Non pas que je pensais un instant y renoncer, mais un autre chemin se profilait, sans exclure ces plaisirs dont je ne pensais pas pouvoir me passer. Mais cette autre route inconnue arborait le visage, l'âme et le corps d'un autre, un seul être, précis.

Joseph me manqua soudain à m'en faire mal. Depuis notre enfance, j'avais toujours compté sur sa présence rassurante; j'avais cru pouvoir m'en passer, mais ce n'était pas si facile et son absence me pesait. Je pensais à lui avec un peu de remords et aussi une certaine tendresse; le sentiment n'était certes pas neuf, mais la conscience aiguë que j'en avais me paraissait complètement inédite. Je me disais, sans pour autant avoir encore l'idée ou la capacité de me confier à lui, de l'appeler ou de lui écrire sérieusement, qu'il me comprendrait, lui. Pourtant, malgré ses mails et ses messages, je ne lui avais envoyé que de brefs textos, volontairement crus, détaillant avec autant de froideur une soirée sexe qu'une visite du Vatican.

Je n'osais pas en faire autant avec Adrien, malgré l'envie confuse de le faire souffrir par certains de mes actes. Qu'il réagisse, que son indécision bascule enfin. Pulvériser ses raisonnements, toute cette stupide raison qui nous séparait, nous éloignait et nous projetait en solitaires dans un avenir incertain. « Pourquoi souffrir si on peut l'éviter? m'avait-il écrit. Pourquoi me demander, même si ce n'est que par des sous-entendus, ce que je ne peux te donner ? Une belle amitié, quelques souvenirs torrides, une complicité, ça ne pourrait pas te suffire ? » L'enculé ! Une belle amitié ? Et quoi encore ? Je le détestais. Je détestais ses mots. Je refusais de les accepter. Et je me détestais d'y rester suspendu comme une midinette, d'y rester accroché jusqu'à n'en plus dormir, n'en plus jouir. Je restais un mois entier sans presque lui donner de nouvelles. Un mois entier à vivre seul. À ne penser qu'à lui et à tenter de me faire croire que je vivais pour moi.

Je prenais malgré tout plaisir à essayer d'être léger et à y réussir parfois; je ne m'imposais rien, sauf quand, tout à coup, je décidais de planifier studieusement la visite d'un monument ou d'un quartier que je ne connaissais pas du tout. J'achetais des piles de journaux, des livres, des cahiers où je notais mes impressions, pour moi, mais aussi pour ne pas oublier des petits détails qui m'avaient charmé et que, bien sûr, j'allais vouloir communiquer à Adrien. Cela me fit une curieuse impression de passer sous les voûtes de Saint-Pierre en me disant « tu es un pécheur ». Je n'y croyais même pas. Je ne croyais à rien.

Je passais donc mes journées à flâner, sans but précis sinon celui de me distraire, à aller de café en café, en passant par les églises, les bars, les places, les musées, les boutiques. J'achetais livres, films, affiches, tout ce qui pouvait rendre ma chambre plus accueillante et chaleureuse. J'y étais bien et je passai plusieurs nuits torrides et sans sommeil à écouter des vieux films italiens en noir et blanc, séduit par Vittorio

Gassman, Marcello Mastroianni ou Sophia Loren, et ébloui par Catherine Spaak, dont je tombai amoureux avec un demi-siècle de retard en la découvrant dans *I dolci inganni*, *La noia* et, surtout, *La calda vita*.

J'allais traîner autour de l'université, je rêvais en pensant à la rentrée. Nous retrouver entre les cours, étudiants tous les deux, presque égaux, je l'imaginais déjà. Les copains viendraient me voir, Joseph avait déjà prévu de me rendre visite à l'automne. J'engageais ici et là des conversations avec facilité, je retrouvais avec une joie inattendue la langue maternelle et me plongeais avec délices dans des souvenirs d'enfance, oubliés jusque-là, je redécouvrais cette partie de mon identité trop longtemps négligée. Si les plages d'Ostie me déçurent tout d'abord, de jour comme de nuit, je ne regrettais pas la Côte d'Azur et la mer. Les vacances en famille, Cannes, Èze, j'y pensais parfois avec nostalgie, mais sans regrets véritables, heureux que j'étais de ne plus dépendre des autres et de leurs horaires, tout à la joie simple de pouvoir faire ce que je voulais, de savoir que, dans les années à venir, je pourrais décider de mon succès et de mes échecs, réussir ou tout gâcher. Cette pensée ne m'angoissait plus : elle m'enivrait. Peut-être parce que tout cela ne me semblait pas réel; tout était flou, secondaire, sans consistance : je passais le temps en me préparant des programmes compliqués, que je savais déjà n'avoir aucune intention de suivre malgré certaines tentatives. J'attendais. Et je me sentais comme dans un rêve, j'oubliais presque pourquoi j'étais là, feignant de croire que, l'automne venu, je retrouverais Paris, l'appartement familial, ma chambre, le lycée, mes amis. Quand je me rendais compte que tout ça était bien terminé, du moins en ce qui concernait le lycée, ses cours, ses horaires et ses intrigues immuables, une angoisse diffuse se mêlait à mon allégresse. Je préférais donc rester confortablement alangui dans de vagues fantasmes, faisant durer l'instant, étirant le plaisir et jouissant de ces instants suspendus qui n'appartenaient qu'à moi.

S'il me fallait parfois lutter contre des vagues subites d'exaspération, en cette saison qui s'éternisait, et contre ce sentiment d'impuissance qui devenait familier, il m'arrivait de sentir en moi comme une douceur, une vulnérabilité, que j'acceptais sans réserve. Je passais ensuite à l'exaltation. Puis me revenaient la colère et la rébellion. Heureusement, il suffisait que j'ouvre les yeux, que je me plonge dans la ville chauffée par le soleil et dans la beauté, que je me laisse porter par la foule, distrait par cette sensualité envahissante, lourde comme l'air de l'été et qui exigeait une satisfaction sinon immédiate, du moins rapide et, si possible, multiple. La révélation que j'avais eue de moi-même et du monde, ainsi que de l'existence de cet être qui me torturait sans le vouloir m'avait sorti de ma désinvolture. Il y avait les autres, filles ou garçons, et il y avait lui. Comment m'y retrouver ?

J'écrivis quelques lettres à Adrien. Puisqu'il l'avait fait, pourquoi pas moi ? Je n'en terminai pas beaucoup, n'en envoyai aucune, les déchirai toutes. Elles étaient sans aucun doute très confuses, mal rédigées, remplies de ratures et de contradictions, ces missives. Il y avait une part de confession dans ces pages; je lui expliquais ce que je faisais et pourquoi.

Je lui énumérais les raisons de ma conduite, mais cela devait être passablement embrouillé parce que je ne connaissais pas mes motivations. Je passais d'un extrême à l'autre : je suppliais, j'ordonnais. C'était insupportable.

Malgré mon absence d'hésitation devant l'inconnu, ma recherche éperdue de sensations fortes, mon indifférence à ce que les autres pourraient penser de ma vie et de ma conduite, et l'impression sincère que ma sexualité, ou en tout cas sa complexité, ne représentait qu'un aspect minime de ce que j'étais, j'éprouvais un vague malaise, très imprécis, face à ces notions dont l'importance ou la futilité m'échappaient : virilité, orientation sexuelle, identité, ghettoïsation, convenances. Je ne m'attardais cependant pas beaucoup à ces questions d'étiquettes, de repérage dans lesquelles je ne me retrouvais pas. Adrien les mentionnait dans sa lettre, semblait y accorder une certaine importance pour moi. Était-il sincère quand il m'imaginait en butte à des préjugés, des insultes, du rejet ? Je ne sais. Mais quand il me parlait de filles, des autres, de ce que j'aimais, de ce qui ne pourrait que me manquer, il se démasquait certainement, avouant qu'il ne pouvait pas croire que je puisse ressentir dès maintenant des sentiments sérieux alors que je ne faisais que découvrir ma bisexualité. Était-ce donc ma sexualité qui le rebutait ? Ou le fait qu'à ses yeux tout moi était une première fois ? Premier mec, première esquisse d'attachement, d'amour aussi peut-être ? Cela servirait-il vraiment à quelque chose de lui avouer mes aventures, de lui dire « tu vois, j'en ai connu d'autres après toi, le plus possible, alors maintenant tu n'as plus rien à craindre, tu peux me croire quand je te dis que je sais ce que je veux et que c'est toi » ? Lui jeter à la figure de telles paroles, ne serait-ce pas l'éloigner définitivement de moi ?

Je regardais passer les belles filles avec indifférence; cela resterait-il ainsi pour toujours ? Je ne le pensais pas vraiment. Je m'en fichais, sentant instinctivement que le jeu de bascule entre les deux sexes ne pouvait être égal en permanence. Au fond, à mes yeux, ils ou elles étaient englobés à la fois dans le même détachement et le même intérêt. Attirance, jouissance. Si je ne rêvais à ce moment que de corps, de bras et de sexes masculins, c'est qu'à travers eux, d'une certaine façon, je retrouvais Adrien, ou en tout cas l'impression de ne pas trop m'éloigner de lui. J'étais donc décidé à accumuler les conquêtes, à multiplier les aventures, les sensations diverses à défaut d'être nouvelles. Rester fidèle à moi-même, et croire qu'ainsi il ne serait plus le seul, le premier. Que je perdrais ainsi cette impression pénible d'inexpérience, impression que je pensais ne plus jamais connaître après m'en être débarrassé avec ma virginité et qui m'empêchait de lui répondre avec fermeté. Prétexte, bien sûr, mais à ma manière j'étais sincère. Admirer la beauté, sentir le charme de passants ou de rencontres éphémères, pourquoi pas ? Se sentir agréablement troublé en s'abandonnant au désir violent que l'on ressent pour une femme inconnue ou pour un homme qu'on ne reverra jamais, cela n'avait rien à voir avec la fidélité ou avec l'amour et l'intérêt vrai ressentis pour une seule personne.

Alors après la langueur et la paresse, ou en tout cas la régularité des jours, venaient les nuits de désordre; avec une sorte d'exaltation et une touche de désespoir et de frustration, je me jetai avec passion et sans retenue dans un tourbillon sexuel, une frénésie charnelle sans fin. Mon corps m'appartenait, j'allais l'utiliser et en jouir. Je mettais une sorte d'application studieuse à rechercher le plaisir et je le trouvai souvent. Une certaine lassitude, un dégoût passager pointait parfois quand il me semblait que je n'arrêterais jamais, que ce ne serait jamais assez. Je traînais dans les rues achalandées, me laissais guider par le mouvement de la multitude, la musique. Un soir j'aboutis par hasard au bar d'un hôtel chic près de la Villa Borghèse, je m'y plus et y revins quelquefois; j'y fis plusieurs conquêtes d'une nuit. Cela m'amusa de faire le grand écart entre les générations. Certains m'attiraient, d'autres moins, mais j'aimais l'idée de venir après tant d'autres. Cela m'excitait sans que je comprenne tout à fait pourquoi. Je ne poussais pas la perversion à coucher avec ceux que je trouvais moches ou qui m'étaient simplement indifférents. Je découvrais aussi une curieuse solitude, née de discrétion obligée, de doubles vies, de refus de s'assumer, ainsi que de l'infinie variété des raisons qui poussent de parfaits étrangers à se chercher ainsi, à ne connaître que des rencontres, des accouplements de passage, clandestins. Quel étrange plaisir je ressentais en me glissant ainsi dans un rôle ambigu ! Je m'amusais à m'inventer des scénarios, à me voir comme un mec entretenu. Bien sûr ce n'était là qu'un avatar de l'ennui, une excitation supplémentaire. J'étais bien naïf de n'avoir pas compris de prime abord que ces bars de grands hôtels sont le terrain de chasse privilégié des gigolos et que bien des « rencontres » étaient rémunérées. Le terme de gigolo me paraissait plus convenable que « prostitué ». Pourtant, y avait-il une différence ? Et y avait-il une différence entre eux et moi ? Sans doute. Je tuais le temps, ils gagnaient leur vie. Ils faisaient là quelque chose de concret, moi je m'avilissais, ce qui me faisait ressentir une imprécise jubilation. C'était peut-être très imprudent, mais l'excitation, la fièvre de ces moments entre deux mondes, ces sensations nocturnes qui s'évanouissaient avec l'aube me distrayaient tout comme la terrible légèreté que je ressentais tout au fond de moi en sachant que l'effroyable solitude masquée par ces étreintes, d'une intolérable tristesse pour certains, ne me concernait pas. Dans certains regards, je sentais parfois quelque chose d'imprécis qui me mettait mal à l'aise et je fuyais instinctivement ceux que je ne sentais pas à égalité avec moi, qui espéraient autre chose sans l'avouer. Je les observais de loin, ignorais leurs attentions fuyantes et pleines d'un désir muet. Je les trouvais pathétiques, indécents, effrayants avec leur quête désespérée et cet espoir inavoué : trouver plus que d'éphémères étreintes, même si ce plus n'était qu'artifices dûment rémunérés.

Cette insondable tristesse inégalement partagée entre des clients et certains gigolos qui parvenaient mal à la masquer ne me paraissait rien de plus qu'une tare gênante; elle était pourtant d'une noirceur épouvantable. Je l'ignorai, puis l'oubliai longtemps. Aujourd'hui, parfois, elle me revient et, sans raison apparente, j'en ai le cœur serré. Il faut alors que je fasse quelque chose, n'importe quoi, que j'éloigne par des paroles, un geste quelconque, cette ombre qui menace de s'étendre et que je serais bien en peine d'expliquer à quiconque.

Chaque étreinte me permettait de penser que je m'éloignais du corps d'Adrien, de son corps autant que de son cœur, me permettait de croire l'oublier et d'éprouver la perverse satisfaction de me dire que quand nous nous retrouverions, il serait trop tard, je serais allé trop loin. Las ! Au plus profond de ma frénésie, il n'y avait encore que lui. Et c'est son corps, son sexe se glissant sur mon corps, dans ma bouche, me pénétrant que je cherchais. C'est son corps que je voulais posséder et c'est en lui que je voulais emprisonner mon propre sexe. Ce qui ne m'empêchait nullement de profiter de ces moments pour assouvir cette lascivité qui me tenaillait comme toujours.

C'était l'été. En France, on fêtait la prise de la Bastille. Tous ces jours de vacances devant moi. C'était, pensais-je, la *dolce vita,* j'avais dix-neuf ans et je m'amusais. Je tentais très fort de le croire et j'y parvenais sans trop de mal. Il suffisait de m'occuper.

2

LA CALDA VITA

Fin juillet. J'étais assis à une terrasse au soleil sous un parasol rayé, aux couleurs de Campari, les pensées vagues et le regard fixé sur le liquide doré remplissant mon verre étroit. Un garçon d'assez petite taille, aux larges épaules, aux muscles qui saillaient sous son t-shirt noir passa en me faisant une œillade appuyée tout en s'excusant de bousculer ma table. Il devait avoir mon âge, peut-être quelques années de plus. La croix en or qu'il portait au bout d'une fine chaîne étincelait au soleil, contrastant avec sa peau mate; ses yeux sombres riaient, une veine battait à son cou. Je souris vaguement et le suivis distraitement du regard; il s'installa à quelques mètres, rejoignant sans doute des amis, un groupe important de garçons et de filles qui avaient rapproché tables et chaises et conversaient bruyamment. Je les observai avec une brusque nostalgie. Mes copains, que je négligeais avec tant de désinvolture, me manquaient. Joseph, après avoir passé plusieurs semaines au Liban, était venu me voir, par surprise, et à ma grande joie. Pendant les quelques jours où il resta, il me sembla que je redevenais moi-même. Sa présence me rasséréna. Nous parlâmes beaucoup et, pour la première fois, je me dis que je le tenais depuis toujours pour acquis, que je profitais de son influence apaisante et protectrice sans rien offrir en contrepartie. Je le lui dis et il me regarda avec douceur en me disant qu'il me connaissait plus que je ne le croyais, et que je lui donnais plus que je ne l'imaginais. Pour la première fois, comme si de rien n'était, je lui parlai en détail d'Adrien, de notre liaison, de mes sentiments, mais aussi de l'attente, de mes questionnements. Comme toujours il sut comment me prendre sans m'effaroucher; il n'y eut pas de questions excessives, de surprise trop affichée, de « je le savais » ou de remise en question de ma vie jusqu'alors. Je pus ainsi m'exprimer sans contrainte, en ressentir une joie inattendue et, brièvement, me sentir moins seul aux prises avec ces torrents émotionnels qui m'échappaient. Je ne lui mentionnai que très brièvement mes escapades nocturnes, sans y attacher d'importance, escapades que je comptais bien reprendre à son départ. Ce fut le seul moment où Joseph me fixa brièvement avec ironie, comme s'il était sur le point de me persifler, mais rien ne vint. Le troisième jour de son séjour, Lola nous rejoignit pour un week-end d'insouciance et de fête. Elle nous quitta ensuite pour rejoindre sa famille en Corse et deux jours après Joseph rentra à Paris, un peu inquiet pour moi. Nous convînmes qu'il reviendrait aux premières vacances automnales. J'étais ému :

— Tu vas me manquer...

— À moi aussi, tu vas manquer... Fais attention à toi et réponds à mes textos. Et quand je t'appelle, secoue-toi, réponds !

Nous éclatâmes de rire, mais c'est avec une indicible mélancolie que je le vis partir.

Autour de moi des gens partaient, d'autres arrivaient; cette terrasse semblait ne jamais devoir désemplir. Jetant de temps en temps un coup d'œil au mec à la croix, j'égrainais mes pensées avec une morne tristesse. Une radio qui diffusait du hip-hop se tut. Un chanteur de rue installé une ou deux terrasses plus loin en profita pour repasser son répertoire de classiques. Des conneries pour touristes, pensai-je avec agacement avant de changer d'avis; sa voix chaude se posait sur d'autres mélodies que les sempiternels *O sole mio*, *Piove* et autres classiques habituels. J'écoutai avec joie *Il ragazzo della via Gluck*, qui me rappela en vrac ma mère et mon enfance, les vacances italiennes, la vieille maison familiale, ma grand-mère tout en noir comme sur les vieilles photos, les premiers interdits, cigarettes, verres ou baisers avec les filles du village, les nuits à bavarder avec mes cousins qui se moquaient de mon accent français. La grand-mère était morte depuis longtemps, le grand-père aussi, la maison habitée par des parents éloignés. Je me disais que j'étais ridicule de n'avoir contacté personne, de n'avoir fait aucun effort pour me rendre au village, voir les miens. Mais qu'avions-nous en commun ? Et ce n'était pas ma mère, trop prise par sa vie parisienne, trop indifférente et lointaine, et comme étrangère à sa propre famille, qui les aurait prévenus de mon arrivée ou aurait insisté outre mesure pour que j'aille les voir. En tout cas, pas dans l'immédiat. Plus tard, il le faudrait bien. À l'automne, pensai-je sans enthousiasme. C'était maintenant *Pregherò* et jusqu'à la fin de la chanson je dus me retenir pour ne pas chanter en chœur avec ce type, sans doute aidé en cela par l'effet de l'alcool et de l'atmosphère torride. J'eus soudain envie de rire et je sentis qu'un sourire béat flottait sur mon visage sans que je puisse le masquer ou le réfréner. Je ne reconnus pas toutes les chansons qui suivirent, mais je le soupçonnai d'être un inconditionnel d'Adriano Celentano.

Mon verre vide, j'en commandai un autre. La lumière et la chaleur, l'alcool peut-être, me montaient à la tête. Cette joie que je ne pouvais contrôler, je la devais à Adrien. Il m'avait texté une dizaine de jours plus tôt; il avait terminé son stage à Genève à la mi-juillet et passé une huitaine de jours sur la Côte avant de revenir à Paris. Il m'annonçait son arrivée pour la dernière semaine de juillet. Nous y étions. Il était à Rome, j'en étais sûr ! Ainsi nous allions enfin prendre contact, nous revoir incessamment. Mais pas tout de suite, m'avait-il expliqué, car il était arrivé avec sa meilleure amie, venue d'Espagne où elle étudiait; elle venait pour l'aider à s'installer et il voulait lui consacrer tout son temps. « Je te contacterai après son départ », avait-il conclu. Je ne voyais pas en quoi la présence de cette fille pouvait nous empêcher de nous voir; toujours cette dureté, ce mystère, ces imprécisions, cette méfiance sous-jacente, ces tentatives de tuer toute impulsivité. Pourquoi ? Que pensait-il vraiment ? Ma joie se mêlait d'appréhension et d'agacement, mais je ne pouvais m'empêcher de la ressentir profondément. Cependant, il me suffisait d'y réfléchir pour que le découragement m'envahisse. Et malgré cette vie bruyante qui fourmillait autour de moi à cet instant même, et en dépit du mouvement incessant, des allées et venues des passants, des serveurs, malgré toute l'activité qui m'entourait et par laquelle je me laissais happer avec plaisir, un frisson me parcourut. J'étais sans énergie, sans ressort. J'allais souffrir. Peut-être. Déjà, dans mon ventre, une pression m'accablait; j'avais la gorge serrée, la bouche sèche. Envolée l'insouciance des chansons, évanouie la joie simple d'être là, en vie, pour rien. Brusquement, exaspéré, j'en eus assez. Assez de ces réactions de malade, de dépressif. Assez de cette impatience à deux faces, angoisse et excitation. « Je vais aller le trouver, me dis-je avec irritation, et cette fois il va parler. » De ce que nous allions devenir, dire ce qu'il attendait vraiment de moi, sans la distance du papier et des mots choisis, sans le rempart de souffrances passées, de ces prétextes iniques, de cette mauvaise volonté. J'étais d'une humeur massacrante tout à coup; j'en aurais pleuré d'énervement. Nous étions dans la même ville, mais nous aurions aussi pu errer sur deux continents différents. À son texto avait succédé un silence complet. J'avais son adresse, mais depuis l'annonce de son arrivée, j'avais prudemment et puérilement, peut-être, évité la rue où il devait s'installer, a Campo de' Fiori, non sans mal d'ailleurs puisque de nombreuses promenades m'amenèrent comme par hasard dans ce quartier. J'évitais tout de même, j'allais beaucoup à la plage, que j'avais fini par apprécier; je flânais dans le Trastevere, n'importe où. N'importe quoi pour penser à autre chose.

Le serveur m'apporta mon verre, aussi doré que le premier, que le deuxième. C'était le dernier. Après... après quoi? Je me lèverais, je rentrerais. Vraiment? Buvant à grandes gorgées, je poursuivis mon idée: non, je devais aller chez lui et s'il n'était pas là, lui laisser un message, fixer un rendez-vous, quelque chose de précis. Il allait bien venir, non? Je m'égarais, le considérais comme un adversaire, avec une presque haine, soudain, alors que nous nous étions quittés avec une certaine tristesse, car c'était après tout la fin de quelque chose, mais aussi très affectueusement. Pour la première fois, je regrettais Paris et cet hiver de neige, de découverte. Étais-je injuste? Après tout, s'il m'avait énervé avec ses imprécisions, avec son désir de séparation momentanée, j'en avais profité pour « vivre ma vie », comme je m'étais d'abord dit rageusement, avant d'en profiter à outrance. Il ne m'avait rien fait de sérieux. Il était fragile, il était perdu. Je me calmai, regardai ma montre: nous n'étions qu'au début de l'après-midi. J'allais attendre quelques heures, me détendre, puis me diriger vers chez lui. Je me sentis apaisé et confiant. Cette attente ridicule était terminée. Je pouvais agir, désormais. Je pensai qu'après tout, si vraiment ce n'était pas possible entre nous, s'il ne m'aimait pas, était-ce si important? Nous passerions quand même la fin de l'été ensemble, pensai-je, peut-être coucherions-nous ensemble à l'occasion, nous nous raconterions nos aventures en riant et en buvant un verre, nous chasserions tous les deux, nous épaulant, comme deux frères, deux alliés, détaillant les mecs et les filles... J'étais de très mauvaise foi.

Absorbé dans mes pensées, je n'avais pas remarqué que l'Italien à la croix d'or se trouvait maintenant seul à sa table et que, malgré le petit groupe de touristes qui nous séparait – des Anglais très bruyants et assez vulgaires –, il me regardait avec insistance en buvant ce qui me semblait être un Martini. J'eus envie de lui sourire tant il semblait sympathique. Attirant. Bronzé, bien habillé : t-shirt noir, jeans ajusté, baskets, cheveux gominés, avec quelque chose d'un peu voyou ou mauvais garçon dans son allure, à la Rocco. Il me fit penser aux jeunes révoltés de *La notte brava*, ce film qu'Adrien aimait tant. Je lui souris donc en avalant d'un trait ce qu'il me restait d'alcool, sans le quitter des yeux. Il se leva en prenant son verre avec lui, se dirigea vers la chaise libre en face de moi et me dit en faisant un grand sourire à son tour :

– *Posso* ?

Je répondis par l'affirmative, il s'assit, l'air très à son aise. Sa voix était rauque, grave. Je ne devinai pas d'où venait son accent, je pensais au sud, à Naples, ce qui me sembla possible tellement il était typé. Soudain, je me dis que c'était avec lui, s'il le voulait, ce dont je ne doutai pas vraiment, que j'allais fermer la parenthèse de ces quelques semaines vécues sans Adrien. Son sourire était éblouissant, ses dents régulières, carnassières et blanches. Nous échangeâmes tranquillement des propos banals, mais nous savions très bien le sous-texte que masquait cette vacuité dictée par la politesse. J'avais la poitrine oppressée d'envie, ma gorge se libérait, mes vêtements me semblaient lourds, grossiers, et mon jeans trop étroit. Que j'aimais, que j'aime cet assaut du désir ! Face à lui plus rien ne tient, plus rien ne compte. Plus d'ennui, plus d'interrogations. Je dus me retenir pour ne pas m'approcher de lui et l'embrasser en fermant les yeux sur tout : les autres, le reste, Adrien.

• • •

Atteinte des hauteurs, descente inévitable. Accélération, désordre, arrêt brutal, lenteur. Respiration de Cheyne-Stokes. Mélancolie, petite mort, régénération. La canicule n'avait pas diminué à la fin de l'après-midi, bien au contraire, comme si les pierres de la ville avaient été chauffées à blanc, comme chaque muscle de mon corps, alangui et comme étourdi par l'exaltation physique, la moiteur, l'alcool, l'inconnu, l'excitation. Après le lit, après l'éjaculation commune, nos corps humides et luisants luttant, se cherchant et se trouvant sans peine dans le désordre des draps, il y eut une vraie complicité, un moment partagé sans artifice, sans séduction ou geste calculé.

Nous restâmes nus sur le lit de sa petite chambre, parlant, fumant et buvant. Comme deux gamins, nous comparions la taille de nos sexes, il me caressait les hanches, le dos, la tête posée sur mon ventre. Cela me faisait rire et me troublait en même temps, cette sorte de camaraderie virile mâtinée de sexe. Je ne trouvais pas ça étrange, pourtant, ni anormal. J'avais au contraire l'impression que c'était très naturel et je pensai aussi que couper court, partir sans un mot ou presque après la jouissance pouvait être dommage et stupide. Je songeais à nouveau à tout ce qu'une orientation sexuelle, somme toute privée, pouvait susciter de haine et d'incompréhension, et à quel point c'était absurde ça aussi.

Je partageai ces réflexions avec lui; il comprit ce que j'essayais d'exprimer, mais m'avoua en riant n'en avoir rien à faire, être tout entier à son plaisir, n'hésitant pas à masquer ou à cacher ce qui, dans son entourage, devait l'être. Je comprenais très bien, mais ce secret imposé me parut déplaisant; je ne l'enviais pas. « Je n'ai pas le choix, me dit-il, mais je ne suis pas malheureux, donc... » Il ajouta cette remarque qui me stupéfia :

– Toi comme moi, on n'a pas à s'en faire; on peut faire ce qu'on veut avec un peu d'adresse : ça ne se voit pas. Ce n'est pas comme d'autres.

Tant mieux, me dis-je, si ça peut écarter des ennuis ou des complications. Mais qu'il était étrange de penser ainsi !

– Tout de même, répondis-je, à quoi cela servira-t-il quand, toi ou moi, nous voudrons vivre au grand jour une vraie histoire, quelque chose de solide, de profond, qui ne se cache pas ? Pas une aventure sans lendemain, sans avenir ?

– Tu es trop ingénu, me dit-il en riant. À rien, en effet ! Je n'envisage pas ce genre de futur.

Puis, plus sérieux, soudain :

– Tu as de la chance, tu es différent; et peut-être qu'en France c'est plus facile ou plus évident. Moi, je n'attends pas grand-chose de ce côté-là.

Nous continuâmes à discuter de choses plus légères, puis ce fut l'eau fraîche de la douche sur nos corps calmés, rassasiés. Nous nous habillâmes, avant de descendre boire un café à une petite terrasse d'où l'on voyait les volets mi-clos des fenêtres de son minuscule appartement. À gauche, des hibiscus masquaient la fenêtre d'un voisin. À l'étage en dessous, une vieille femme s'appuyait à la rambarde et secouait une nappe aux couleurs provençales. Devant des lattés très forts, nous avons continué à parler de tout et de rien, de ce que nous voulions faire du temps qu'il nous restait. Il était effectivement Napolitain, voulait être journaliste et surtout gagner assez d'argent pour ne jamais retourner dans le quartier populaire où il avait vécu une enfance et une adolescence à mille lieues des miennes. Je lui parlai d'Adrien, lui racontai tout. Je n'aurais peut-être pas osé, mais il me posait des questions, montrait un réel intérêt. Et avec un presque inconnu, les mots sortaient facilement, plus aisément même que quand je les tournais et retournais dans ma tête, et même plus volontiers qu'avec Joseph. Je me sentis pourtant un peu mal à l'aise, tout à coup, d'être en train de parler de sentiments à un mec avec qui je venais de baiser. Et de lui demander s'il pensait que je devais parler à Adrien de mes aventures ou si, au contraire, je devais les taire parce que leur révélation serait une catastrophe.

—N'importe quoi! me dit-il en riant. Ce n'est pas parce qu'on vient de baiser qu'on ne peut pas parler, non? Quand tu seras avec lui, et tu seras avec lui, je suis sûr qu'il ne pourra pas te résister, ce petit mec, tout ça s'arrêtera. Peut-être qu'il n'adorera pas, mais il devrait être rassuré; d'accord il a été le premier, mais là je pense que tu as rattrapé le temps perdu. Eh bien! Vous vous créez des problèmes avec pas grand-chose...

Il rit et moi aussi. Il poursuivit:

— D'ailleurs l'amour et le cul ça va ensemble, mais ça se sépare aussi, et le premier n'empêche pas le second, non ? Ce n'est pas parce qu'on couche à droite et à gauche qu'on ne peut pas éprouver des sentiments sérieux pour une seule personne, non ? Il me semble, mais c'est vrai que je n'ai pas beaucoup d'expérience côté sentiments. Mais ce n'est pas juste un truc de pédés, je t'assure... un truc de mecs tout au plus... les *ragazzi*, c'est toujours partant pour le sexe. J'oublie que tu es Français : tu dois trouver que ça fait macho de dire ça, n'est-ce pas ? Disons alors que tout le monde peut être ainsi... Je connais certaines filles qui...

Il me fixa d'un air entendu. J'avais envie de rire parce que tout était d'une simplicité confondante dans sa bouche, mais j'étais assez d'accord avec lui. Je lui dis en riant que moi aussi je connaissais de très près « certaines filles qui... ». Mais il revint à l'essentiel :

— Donc tu vas lui dire ou pas ?...

Je pensai que, certainement, j'allais le dire à Adrien, mais que je ne saurais quoi répondre ni quoi faire s'il me demandait de ne plus le faire. De changer. Le pouvais-je ? L'idée même d'exclusivité me faisait peur et m'attirait. D'ailleurs, pensai-je avec amertume, pour qu'Adrien en arrive à me demander une chose pareille, il faudrait qu'il ait pris la décision de s'engager lui-même, ce qui semblait hors de propos et de question.

— Bien sûr, finis-je par répondre, sinon cela n'aurait servi à rien. Je ne sais même pas pourquoi je me suis posé la question. Oui, je le lui dirai.

J'hésitai.

— Enfin, je veux dire, ça n'aurait servi à rien en ce qui nous concerne, lui et moi. Je ne veux pas que tu penses que...

— Je ne pense rien... Toi et moi, ça a servi à quelque chose, du moins dans l'instant !

Il éclata de rire devant mon air soulagé.

— Bien sûr, dit-il d'un ton plus sérieux, c'est dommage, peut-être, pour moi. J'aimerais bien rencontrer un mec comme toi. Les aventures, c'est bien comme ça, mais à la longue ça devient monotone. Je t'ai dit que je n'espérais rien, mais on ne peut pas tout à fait s'en empêcher, n'est-ce pas ? Je n'y crois pas vraiment, mais je n'ai pas envie d'avoir une vie solitaire comme ces vieux homos qui s'incrustent encore dans les boîtes et lorgnent les jeunes, ces sales pervers. Bon, ils sont utiles parfois et si ça peut aider à payer le loyer ou à acheter de nouvelles pompes...

Il soupira.

— Pourtant, je ne me vois pas partager ma vie avec un homme, être ce qu'on appelle « un couple », avec tout ce que ça sous-entend. Les forces me manquent quand je pense à tout ce qu'il me faudrait affronter. Mais peut-être qu'avec un mec bien, tout ça me paraîtrait moins irréalisable.

— Oui. Et ces vieux, ils sont très seuls, je suppose, répondis-je.

Je devenais peut-être sentimental à l'excès, mais j'eus le cœur brusquement serré en pensant à ces hommes anonymes et solitaires, réduits à payer des petites frappes sexy pour oublier un instant leur isolement et trouver un peu de plaisir.

Je repensai à ces luxueux hôtels que j'avais hantés pendant quelques semaines pour le simple plaisir de côtoyer ce que j'imaginais être le stupre ou la débauche avec un insaisissable – et illogique – sentiment de culpabilité. Je poursuivis :

— C'est triste, en fait. À moins que pour certains d'entre eux, ce ne soit un vrai choix... Pourquoi pas ? Ce n'est d'ailleurs pas une question de sexualité, je veux dire d'orientation sexuelle, au contraire... C'est équitablement partagé entre tous, non ? Femmes, hommes, en vrac...

— Peut-être. C'est clair que des vieux qui se payent des filles, c'est plus que fréquent. Des femmes seules, sur le retour ou même pas, qui cherchent désespérément quelqu'un avec qui passer la nuit aussi. Sinon, pour ce qui est du plaisir... Oui, je suppose que certains aiment le glauque, la domination... À chacun ses fantasmes et ses saletés. Mais moi, ce n'est pas ce que je veux.

Il me regarda :

— Dommage... mais c'est comme ça. Tu es amoureux, alors... et si ça marche avec ton type, tu ne seras plus disponible non plus !

Il sourit.

— Tant mieux pour toi. On devrait rester copains. Ce serait bien, que pour une fois...

— Bien sûr, j'aimerais bien.

Ça me semblait possible. Pourquoi pas ? Il sourit quand j'ajoutai :

— En plus, comme « ça » ne se voit pas ! ...

— Ne te moque pas de moi ! Tu n'as pas vécu en Italie. Ici...

Il haussa les épaules avec fatalisme.

— Rien à faire pour changer les choses. *Ad ogni modo,* va voir ton mec ! Ce soir ! Insiste. Cette séparation que vous vous imposez pour des raisons qui me dépassent, c'est n'importe quoi. Tout le monde le sait : les Français, c'est compliqué ! Mais là, c'est trop bête. Ensuite, si tu veux, on pourrait se rencontrer à cette terrasse demain vers 14 h. Tu me raconteras. Si tu n'es pas là, je saurai que, quoi qu'il se soit passé, tu as choisi de ne plus me voir. Peut-être que tu n'en auras tout simplement plus envie.

Il haussa à nouveau les épaules. Fragile mouvement d'indifférence. De protection.

— Mais, non, je...

— Ne dis rien, tu ne sais pas ce que tu penseras après l'avoir vu ni ce que tu ressentiras. Si tu sautes le pas vers ce que tu désires, peut-être voudras-tu non pas oublier, mais laisser tout ça en arrière, tout ce que tu nommes justement « ta parenthèse ». Je comprendrai. J'y suis habitué... Et si c'est pour une bonne raison, alors tant mieux.

Je ne le trouvai plus « adorable et un peu stupide », mais simplement sensible, et je me sentis injuste de l'avoir pensé ne serait-ce qu'un bref moment après avoir baisé. Et je compris que je voulais vraiment le revoir.

— Je comprends. Mais je serai là. Tiens : échangeons nos numéros. On se textera avant. Si j'ai un empêchement, je te préviendrai.

— Tiens. Je t'invite.

Il laissa de la monnaie sur la table, se leva.

— Je t'accompagne sur quelques rues.

J'enfourchai ma Vespa, il se colla à moi. Nous traversâmes ainsi le pont Garibaldi. Pendant ces quelques minutes, j'étais bien, avec ses bras autour de mon torse, le soleil et le vent sur le visage; demain n'existait plus, il n'y avait plus que cet instant hors du temps et ce bonheur éphémère. Il s'appelait Stefano et je le remerciai en silence. Quand nous atteignîmes l'autre rive, il descendit et je l'embrassai en lui serrant la main. La parenthèse se refermait.

Le lendemain à 14 h, j'eus une pensée pour lui, mais je ne me rendis pas au rendez-vous.

3

LA FILLE D'ESPAGNE
(*LA RAGAZZA CHE SAPEVA TROPPO*)

Arrivé via Florida, je garai la Vespa et je marchai lentement, tournai à droite, puis à gauche, suivant les adresses qui défilaient. J'étais maintenant seul, seul et hésitant. Via dei Barbieri. Comment, connaissant son adresse, avais-je pu résister à la curiosité de venir voir pendant toutes ces semaines ? Devant le vénérable immeuble de quatre étages correspondant au numéro qu'Adrien m'avait donné, je m'arrêtai, incertain. Difficile d'avoir une vue d'ensemble tant la rue était étroite. Je n'étais plus sûr de rien. Peut-être m'étais-je abusé ? Peut-être ne serait-il pas enchanté de me voir et, pire encore, peut-être allais-je au-devant d'une catastrophe, d'un rejet. Je ne pouvais pas rester planté là, bousculé par les passants. Je passai la large porte cochère, qui était entrouverte, et traversai un obscur couloir en pierre, passai une autre porte, grillagée et joliment ouvragée, ouverte elle aussi, et débouchai dans une cour intérieure pavée ou s'épanouissait une luxuriante verdure; des lauriers et autres plantes méditerranéennes y cohabitaient avec une vigne et du lierre. Il y avait dans l'air une odeur agréable, un parfum que je ne reconnus pas. Je levai la tête : les étroits balcons bordés de fer forgé noir débordaient de fleurs. Maintenant que j'y étais, plus question de faire demi-tour. J'eus un moment de panique; j'avais très chaud, j'étais en eau. Tout se mêlait dans ma tête. J'avais l'impression de traîner avec moi la moiteur et l'odeur du lit que je venais à peine de quitter, ainsi que l'odeur de nos deux corps emmêlés. J'eus brusquement honte de moi et la tentation de partir en courant, d'aller me cacher dans ma chambre, de me réfugier loin de tout, persiennes closes, l'ombre des lattes faisant comme des barreaux sur mon visage en signe de culpabilité, comme dans un film d'Hitchcock. L'idée que l'on pouvait m'apercevoir d'une des fenêtres m'arrêta. Je levai la tête à nouveau : la plupart des volets étaient mi-clos, sans doute pour garder un peu de fraîcheur à l'intérieur des vieux appartements. Mais j'avais les mêmes à ma fenêtre et je savais que, de l'intérieur, on pouvait assez bien observer entre les lattes de bois sans être vu. J'allai à la porte et je sonnai.

J'attendis à peine : à travers la vitre de la porte, malgré l'obscurité du hall d'entrée, je vis une silhouette qui descendait les escaliers. Je ne distinguai presque rien et je n'osai pas coller mon visage à la vitre pour mieux voir, mais quelque chose me disait que ce n'était pas lui. Je ressentis à la fois déception et soulagement. L'ombre avait atteint le palier et s'approchait de la porte. Non, ce n'était pas lui. Quand la porte s'ouvrit, je vis que c'était une fille, une jeune femme plutôt. Elle était ravissante. Ses épais cheveux noirs étaient coupés court et de façon savamment inégale; sa peau paraissait comme satinée; elle avait d'immenses yeux sombres à la couleur indéfinissable; une bouche fraîche et charnue, les traits à la fois fermes et fins. Elle était de taille moyenne, mince, et vêtue simplement d'un jeans, de baskets blanches et d'un t-shirt rouge vin. En souriant légèrement, mais en restant distante, elle m'adressa la parole dans un italien correct, mêlé d'un accent prononcé qui me parut français, mais avec quelque chose d'indéfinissable en plus. Arabe ? Grec ? Espagnol ?

– *Ciao... Che cosa vuole ? La...* Elle hésita et dit en espagnol en haussant les épaules : *El timbre está roto.*

Pris d'une inspiration subite, et sans trop savoir pourquoi, je lui demandai :

– Parlez-vous français ?

– Bien sûr, me répondit-elle en riant. Je ne trouvais pas les mots italiens. Je ne le parle pas très bien. Je n'ai pas pu ouvrir la porte d'en haut, le système d'ouverture électrique est assez capricieux.

– Excusez-moi. Je suis désolé de vous importuner et j'espère ne pas m'être trompé d'adresse... J'aurais voulu parler à Adrien. Je suis au bon endroit ?

Elle me regarda sans rien dire et, l'espace d'une seconde, je me demandai si je n'imaginais pas une lueur vaguement hostile dans ses yeux. Son parfum, très agréable, emplissait délicatement l'atmosphère et recelait quelque chose d'ambigu, oscillant entre féminité et masculinité. Féminine et virile, délicate et dure.

— C'est bien ici, oui, finit-elle par me répondre d'un ton plutôt froid. Vous aviez… le bon numéro.

Je me sentis rougir et ne pus m'empêcher de sourire. J'étais encore hésitant, mais de le savoir si proche, peut-être, m'emplissait d'une joie que je n'arrivais pas à réfréner ou à dissimuler. Cela dut lui plaire, ou en tout cas ne pas la choquer, puisqu'elle me sourit avec moins de contrainte.

— Mais il n'est pas ici. Vous, enfin, tu es un de ses amis ? me demanda-t-elle plus gentiment.

— Oui. Oui ! répondis-je résolument malgré ma déception. Je m'appelle Maximilien.

— Enchantée.

Elle me tendit la main, fermement.

— Myriam.

Le ton était redevenu non pas hostile, mais distant et plus froid. Avec un soupçon d'interrogation, une méfiance si forte que je la sentis aussi bien que si elle m'avait frôlé la joue ou pris la main. Le regard n'était pas mauvais, cependant. Comme si elle ne savait que penser et tentait de m'évaluer. C'était donc elle, Myriam, une ancienne de Molière elle aussi, exilée à Madrid, sa meilleure amie, celle qui avait toute sa confiance, ses confidences. Ce visage fier, je me souvenais l'avoir vu en plusieurs exemplaires sur le mur d'Adrien. Lui avait-il parlé de moi ? Et comment ? Cela expliquait certainement cette attitude plutôt méfiante. Je me sentais rougir à nouveau, sans énergie. J'étais aussi furieux contre moi-même;

comment n'avais-je pas pensé à tout cela avant, obsédé que j'étais par mes envies, ma personne ? Ce fut la première fois que je soupçonnai que l'égocentrisme ou le narcissisme pouvaient, si on n'y prenait pas garde, confiner à la stupidité. Je me sentis très jeune, sans défense. Misérable. Il n'était pas là. Il n'y avait que cette fille protectrice, hostile. Que faire ? Elle reprit la parole, avec une certaine hésitation qui tranchait avec son assurance.

— Il est allé faire des courses et il avait un rendez-vous à La Sapienza... Il m'a parlé de toi, je sais qu'il s'attendait à ce que tu le joignes... Il a ton numéro de portable, non ?

Bien sûr qu'il l'avait. Et quoi encore ? Je me contins.

— Oui, et de toute façon j'ai aussi mon téléphone français, mais... je préférerais lui laisser un message. Je pourrais lui en laisser un ?

— Bien sûr, dit-elle en me souriant. Suis-moi. C'est au dernier étage.

• • •

J'entrai et la suivis dans les escaliers jusqu'au quatrième étage où l'une des portes était entrouverte. Une fois à l'intérieur de l'appartement, je regardai autour de moi avec curiosité. C'était beau et désuet, un peu dépareillé. Grâce aux volets à peine entrouverts, il régnait une agréable fraîcheur. Les plafonds étaient hauts et un lustre énorme, auquel il semblait manquer quelques pendeloques, régnait sur les lieux. Il y avait beaucoup de livres, d'affiches et de vieux cadres dorés sur les murs, de meubles disparates ici et là. La peinture s'écaillait à certains endroits, mais cela n'entamait pas l'allure de l'ensemble. Des choses inconnues, partout; à qui appartenaient-elles ? Sur une large table en bois verni, je notai avec une émotion bizarre la présence de quelques bibelots que je reconnus sans peine : une icône rapportée d'Istanbul, des livres, un cendrier arabe, des cadres empilés en désordre. Une partie de son univers, de sa chambre parisienne qu'il avait emportée avec lui. Je m'approchai, je saisis un cadre en argent, le premier sur la pile, et reconnus Adrien sur la photo en noir et blanc, un peu plus jeune de quelques années, vêtu d'un pull à rayures comme ceux des marins bretons et d'un short sombre, de baskets blanches, accroupi contre un mur, serrant un skate entre ses jambes, la tête entre les mains, les yeux baissés. Il avait sur le visage un air mélancolique qui me transperça. C'était un magnifique portrait, c'était lui, lui comme s'il était présent dans la pièce, comme s'il était dans mes bras. Myriam s'approcha, alluma une petite lampe posée en équilibre précaire au bord de la table, me désigna une chaise capitonnée et branlante et me dit :

— C'est une photo que j'ai prise de lui il y a sept ans, le soir des résultats du bac; nous étions heureux d'en avoir fini avec le lycée Molière et terriblement tristes de nous séparer. Je partais pour l'Espagne, il restait à Paris... Une soirée magique, et triste aussi, passée à traîner au bord de la Seine, avec nos skates et de l'alcool plein nos sacs. Adrien n'avait jamais vu cette photo, que j'ai redécouverte récemment. Je l'ai fait agrandir et la lui ai offerte...

— Elle est magnifique. C'est tellement... lui.

— Oui, c'est ce que j'ai pensé moi aussi, dit-elle en me prenant le cadre des mains. Autrefois il ne se séparait pas de sa planche, il portait souvent ce genre de pull. Et cet air...

— Pour le pull, dis-je en souriant, ça n'a pas changé. Mais il ne fait plus de skate...

J'ajoutai, avec une amertume que je tentai en vain de contrôler :

— D'ailleurs, il ne m'a jamais dit qu'il avait aimé ça...

— Un de nos amis a fait une chute et ne s'en est pas tout à fait remis. Séquelles à vie. Après ça, Adrien a laissé tomber.

Elle haussa les épaules, reposa le cadre sur la table.

— Je vais chercher de quoi écrire, je reviens.

Je la remerciai et m'assis avec précautions sur la chaise ridicule de fragilité qu'elle m'avait désignée. Je me sentis grossier, déplacé. Sensation inhabituelle qui me déplut. Je pouffai de rire en me trouvant bête, tournant la tête pour voir si elle m'avait entendu, me prenant pour un cinglé. Mais non, elle ne dit rien. Je regardai à nouveau autour de moi. C'était un de ces vieux appartements romains, entretenus tant bien que mal, passés et défraîchis, mais encore très élégants. Richesses passées, charme qui perdure, décrépitude inéluctable. Il y avait des boiseries, des lambris. Devant moi une porte double au-dessus de laquelle trônait une croix en bronze. J'aurais voulu chercher la nouvelle chambre d'Adrien, l'explorer, voir où il dormait désormais, où il travaillerait, veillerait le soir en buvant et en lisant, voir cette chambre en désordre peut-être, où il rentrerait après des nuits passées en boîte, et peut-être pas seul, d'ailleurs. Avec moi ? Avec un autre ? Je lui interdirai de me raconter, pensai-je, soudain furieux et sentant des vagues de jalousie et de colère me parcourir les veines, tout en sachant la vanité d'une telle réaction. Et moi alors? Je ne m'étais privé de rien; comment aurais-je pu lui reprocher quoi que ce soit? Il n'était à Rome que depuis quelques jours et déjà je lui imaginais une vie de fêtes et de débauche, mais c'était là quelque chose qui me concernait plus que lui. Il n'était pas comme ça. Vraiment? Malgré ses airs d'angelot blessé, il y avait en lui, derrière ce visage ingénu, quelque chose de discordant, je m'en rendais soudain compte; quelque chose, un détail inconnu qui faisait que cet aspect immaculé, sincère certainement, sonnait aussi faux. Était-ce son abandon total face au plaisir qu'il prenait soin de masquer entièrement quand il parlait, écrivait? Étaient-ce les opposés incroyables de sa personne, cette dualité qui l'habitait, que je définissais avec peine, mais que je sentais instinctivement? Innocent et pervers. Noir et blanc. Rouge et noir. Ombre, éclaircies. Était-ce pour ça, pour toutes ces contradictions que je ressentais cette attirance folle envers lui? Il parlait de grands sentiments, et les ressentait certainement, mais aussi de droiture, de principes auxquels il se rattachait et qu'il tenait à appliquer. Mais derrière cette volonté implacable, cette force de l'image et des principes, je devinai une âme aussi amorale que la mienne, attachée à des plaisirs crus et tourmentée par l'ennui et le vide. Pourquoi, mais pourquoi, si telle était son âme, n'en avions-nous pas parlé avant? Pourquoi ces apparences? De penser à tout ce que, complices, amoureux, nous aurions pu accomplir afin de profiter de ce que nous avions: nos corps, notre jeunesse, cette soif de jouissance. Et cette fille... sa meilleure amie. Son âme sœur, m'avait-il dit sans que j'y accorde une attention particulière. Elle était comme lui, alors. Comme moi. Vivante. Ennuyée. Amorale. Passionnée. Désespérée. Si je pouvais lui crier, lui dire: « Nous sommes de la même espèce! Tu dois m'aider à le conquérir, à le garder. » Était-ce vraiment ce que je désirais? Je ne le savais même pas. La sensation imprécise que cette image créait en moi me troublait, Adrien dans les bras d'un autre, des ondes de plaisir sur son visage, vision offerte au regard d'une ombre anonyme. Sensation de colère, mais aussi de défi. Excitation. Je m'y perdais.

Je levai les yeux; Myriam était revenue dans la pièce et m'observait. Toujours cette lueur dans les yeux, indéfinissable. J'étais un peu mal à l'aise, pourtant il me semblait deviner que cette attention n'était pas tout à fait négative et qu'elle avait même une certaine envie de me parler, de me dire quelque chose. Devinait-elle ce que nous avions en commun? La peur, l'incertitude, la lâcheté me bâillonnèrent. Je ne dis rien. Je ne pensai plus rien. Dépassé. Je rassemblai mes forces et tout ce qui pouvait m'aider à constituer un sourire pour mettre autant de chaleur que je le pouvais dans mon regard en baissant légèrement la tête. Ça ne ratait jamais. Mais cette fois j'en fus pour mes frais. Elle me fixa sans rien dire elle non plus, sans faire un geste ou se sentir obligée de réagir d'une façon ou d'une autre. Elle sembla hésiter, puis changea d'avis et haussa les épaules. Elle me tendit un papier et un stylo.

—Voilà.

Je la remerciai. Ne sachant trop quoi écrire, je regardai autour de moi.

— Vous... êtes nombreux dans cet appartement ?

— Oui. Enfin, nombreux... ils sont quatre. Outre Adrien, il y a Luisa, une Espagnole, en vacances chez elle en ce moment, qui étudie elle aussi à La Sapienza. Sinon il y a deux autres garçons, étudiants eux aussi, qui travaillent le plus souvent le soir et la nuit dans une boîte et un bar pas loin d'ici. Très sympathiques, tous les deux.

Elle me fixa et continua avec une indéfinissable ironie :

— Adrien s'entend bien avec eux. Une chouette ambiance, quoi !

J'eus un bref pincement de déplaisir. Je me secouai : je voyais des sous-entendus partout, c'était stupide. Mais n'était-ce pas ce qu'elle voulait ? Elle continua :

— Moi, je ne suis que de passage. J'habite à Madrid, tu le sais peut-être. Adrien et moi, nous nous sommes connus enfants, quand nos parents à tous les deux étaient en poste au Canada. À Montréal... Et nous nous sommes retrouvés à Paris ensuite.

— Je sais, lui dis-je, tout heureux de lui montrer que je la connaissais, que je n'étais pas un inconnu, du moins pas totalement. Adrien m'a montré des photos du voyage que vous y avez fait ensemble il y a deux ans...

— Oui... répondit-elle. C'était marrant de se retrouver là-bas. Émouvant, aussi. Revoir le lycée français, Outremont, le quartier bourgeois sur les flancs du mont Royal où nous vivions, le Plateau-Mont-Royal et le Mile-End voisins, plus bohèmes, les rues et l'architecture chaotiques, cette laideur mêlée d'une beauté inattendue, le langage bariolé...

Elle plongea son regard dans le mien :

— Il m'a aussi parlé de toi. En fait, je t'ai reconnu, bien sûr... d'après sa description, disons. Et j'ai vu des photos, moi aussi ! J'espère...

Elle s'interrompit, se reprit.

— Il sera très heureux de te voir. J'en suis sûre, tu sais.

J'hésitai :

— Vraiment ? Je ne sais pas trop quoi écrire; est-il occupé ce soir ?

— Eh bien... oui. Il y a un repas, ici, et je suppose que nous allons – sans succès – tenter de nous coucher tôt, car je pars demain matin et, bien sûr, il va m'accompagner... Déjà une semaine que je suis là. Ça va trop vite. Enfin bref, je ne sais pas trop ce qu'il fera après tout ça, conclut-elle vaguement, sans trop s'avancer et en jetant un coup d'œil vers la porte.

Je compris qu'ils allaient bien sûr passer la soirée ensemble, la dernière... Quoi de plus naturel ? Ce pincement subit, qui m'agaça, venant de je ne savais trop où, me prit par surprise. Ces diverses émotions par lesquelles je me laissais happer, je ne les contrôlais par encore très bien. Quelque chose dut se voir sur mon visage. Elle reprit la parole, proche soudain, chaleureuse et vibrante, la main sur mon épaule. Une main douce, ferme, chaude. Une envie de gémir, de lui dire... De lui dire quoi ?

— Il voudra évidemment te voir dès qu'il apprendra ta venue. Je voudrais... je voudrais que tu saches, ou que tu sois conscient d'une certaine importance que tu pourrais éventuellement avoir...

Elle s'interrompit, sembla rire de se sentir aussi maladroite.

— Je vais te dire les choses franchement : d'abord, je te trouve un peu trop beau et trop sûr de toi, mais tu me sembles être un mec bien... Mais attention à ce que tu fais, ou en tout cas fais attention à lui. Au cas où tu ne l'aurais pas compris, il est fragile... Parfois. Pas toujours. Il peut aussi frapper, et durement.

Le sourire s'atténua :

— Tu ferais bien de t'en souvenir.

Malgré la défiance exprimée dans ces derniers mots, je ne me sentis pas insulté ni vexé, et je ressentis au contraire un soulagement indicible. Ces mots sans concessions s'adressaient à moi, me faisaient exister à nouveau. Et cette attention, cette opinion qu'elle avait de moi me tendait un miroir qui me rendit à moi-même. Je lui répondis presque joyeusement :

— Évidemment ! Je sais très bien comment il est. Il est en sécurité avec moi. Je le protégerai...

— C'est peut-être ce dont il a besoin, dit-elle rêveusement. Mais tu vas le protéger à la fois des autres... et de toi-même ? De lui-même ?

— Déjà je le protégerai de types comme Alejo, qui lui a fait tant de mal...

Je passai outre l'allusion à ma personne.

— En tout cas, continuai-je, on ne peut pas dire que tu mâches tes mots...

Elle rit.

— Pardon. Je suis trop directe parfois, et je manque de tact...

Elle me regarda, dubitative, et sur le point de dire quelque chose, mais resta silencieuse. Ne sachant trop qu'ajouter, je me décidai à écrire quelque chose, quelques lignes, rappelant ma présence à Adrien et mon désir de le voir, lui redonnant mon adresse et mon numéro de portable italien. Je lui proposai un rendez-vous le lendemain soir, dans un café que j'aimais bien et qui se situait exactement entre chez lui et chez moi, et dont la terrasse, immense, bordait le coin de deux grandes avenues très passantes, vivantes et colorées. J'avais l'impression que dans le mouvement de la foule indifférente, il nous serait plus facile de nous retrouver et d'enfin nous parler. Je ne savais pas trop comment conclure et je terminai mon court message par « Je t'attendrai jusqu'à 22 h... Si tu ne viens pas, je comprendrai. » J'étais vaguement énervé par la tournure un peu mélodramatique de la phrase, mais je ne trouvai rien d'autre à écrire et la présence silencieuse de Myriam me déconcentrait : que penserait-elle si elle lisait ce mot ? Encore de la crainte, de la fierté, une fierté consciente d'elle-même. Je me dégoûtais. Ce monde où rien ne m'importait vraiment, et surtout pas ce que les autres pouvaient penser, me manquait. Sans lui, je me sentais comme vidé de mes forces. Faible, inexistant, sans identité. Perdu. Myriam avait pourtant pris soin de se détourner; elle s'était assise et feuilletait distraitement un magazine. Je pliai le papier en deux et le lui tendis. Que pouvais-je faire d'autre ?

— Je le lui donnerai aussitôt qu'il sera de retour, me dit-elle en le prenant.

Je la remerciai.

— Je t'en prie. Ça lui fera plaisir, je crois...

Je tentai de rire.

— Je l'espère !

J'hésitai :

— Comment va-t-il, je veux dire, en général ?

— Mais... Il va bien. Très occupé depuis son arrivée, évidemment. Il va aimer la vie à Rome, je crois. Il a visité le campus, les salles de cours... Il fait un temps superbe... Il sort beaucoup. Nous avons marché comme des dingues, en plein soleil, au milieu de la nuit... Sinon, il...

Elle sourit vaguement et détourna les yeux.

— En quelques jours, il a déjà rencontré pas mal de gens intéressants.

Je me crispai, tentai de me contenir et dis d'une voix que je voulais assurée :

— Ah oui ? Ah... c'est très bien. Je veux dire... Tant mieux.

Elle me fixa.

— Oui, c'est très bien. Je pense que ça lui fait du bien. Ça n'a pas toujours été évident, depuis Alejo, tout ça. Je suis contente : la thèse, l'italien, ce nouvel avenir, tout ça c'est à la fois une coupure et une suite logique : la réalisation de vieux rêves. D'abord partagés, puis réappropriés pour lui seul. Il...

Elle s'arrêta et je restai silencieux. Elle finit par dire, lentement, comme si elle choisissait ses mots :

— Je crois aussi que... ç'a été une bonne chose, pour lui, de te rencontrer. Il m'a dit : « Avec lui c'est si facile... Enfin, je le crois, j'espère... » Moi, je suis loin, je ne peux pas juger ni savoir... Mais j'ai bien vu...

— Oh, l'interrompis-je avec enthousiasme, je le crois aussi ! Je... c'est quelqu'un de formidable. Je pense que... enfin... je l'aime beaucoup.

J'ignore pourquoi je lui fis alors une brève confidence, mais qui pour moi était fondamentale. Peut-être ce besoin de rompre le silence, de parler enfin et de faire cesser ce monologue qui me tournait la tête, de le rompre comme je l'avais fait avec Stefano.

— J'espère seulement que ce n'était pas au mauvais moment. Notre rencontre.

Elle me regarda avec une certaine surprise et il y avait de la compréhension dans sa voix quand elle me répondit.

— Je ne sais pas... c'est difficile. Il y a tant de choses qui se chevauchent, tant de sentiments contradictoires. Ce n'est pas évident, pour moi, avec cette distance, de savoir exactement...

Elle s'arrêta, comme déterminée à ne pas en dire plus.

— Enfin bref, continua-t-elle, je lui transmettrai ton message, ne t'inquiète pas.

Elle regarda autour d'elle, jeta un coup d'œil à l'horloge et finit par me dire d'un ton hésitant :

— Veux-tu boire quelque chose ? Décidément, je fais tout à l'envers.

Je sentis qu'il fallait que je réponde par la négative et qu'elle paniquait presque à l'idée d'une réponse positive. Son agitation soudaine me contamina : et s'il rentrait, me trouvait là, que se passerait-il ? Toute volonté, toute énergie m'abandonnaient; il fallait que je parte, qu'il ne me trouve pas là, comme ça, sans préparation, devant sa copine. Non, cela ne se passerait pas comme ça. C'était idiot, mais l'idée me parut atroce. Je dus contenir mon égarement, me reprendre pour répondre d'un ton paisible :

– Merci. Je dois rentrer. Je... j'espère qu'il sera content. Et bon voyage de retour... Ça m'a fait plaisir de te rencontrer. Peut-être nous reverrons-nous ?

– Merci, répondit-elle sans pouvoir s'empêcher de laisser percer un certain soulagement. Ça va être long, l'attente, l'avion et tout, mais bon. En tout cas je reviendrai. Bientôt.

Elle me tendit la main.

– Ça m'a fait plaisir de te rencontrer, moi aussi. Comme ça... j'ai une meilleure idée, dit-elle, semblant s'adresser à elle-même.

Et elle me fit la bise. Puis elle sourit et m'ouvrit la porte, que je franchis. Je me retournai alors. Son sourire se figea sans disparaître totalement et c'est sur un ton à nouveau plus distant et froid qu'elle me dit :

– Quant à se revoir, c'est bien possible... qui sait ? Moi, en tout cas, je ne bouge pas. Je suis inamovible. Comme lui dans ma vie. Alors...

Elle effleura brièvement mon bras :

– Bonne chance... Pour tout.

Je lui souris et me détournai. Malgré la bizarrerie de la situation, je l'avais trouvée sympathique. Mais en toute fatuité, j'étais un peu sonné d'avoir ainsi fait face à quelqu'un d'apparemment totalement imperméable à mon charme. Cela n'avait rien à voir avec le sexe, c'était une question de personnalité, de présence, de contact. Il faudrait que j'y réfléchisse... éventuellement. Je descendis les escaliers, songeur, traversai la cour et marchai lentement en direction de ma Vespa; j'étais impatient de retrouver ma chambre, de me doucher et de me cacher sous les couvertures de mon lit malgré la chaleur. J'étais fatigué. Il neigeait autour de moi, le froid m'attaquait à l'intérieur, c'était blanc et piquant, éblouissant; je ne voyais plus rien. C'était ça, sans doute, la tristesse. D'où venait-elle ? Cette conversation somme toute positive aurait dû me rendre heureux. Je ne cherchai pas à comprendre. Était-ce comme ça qu'Adrien se sentait quand il n'arrivait pas à se distraire ? Quand il pensait à Alejo ? Je me raisonnai. J'étais aussi impatient et rempli de fébrilité : j'allais le revoir, j'en étais sûr. Il allait certainement m'appeler en rentrant ou dans la soirée, m'envoyer un message peut-être. Et cette sensation de manque, terrible, disparaîtrait. La chaleur revint, les frissons et le froid s'évanouirent. Le serrer, le prendre dans mes bras ! Le soulever de bonheur, lui qui était si léger. Je me sentis plus joyeux et en arrivant chez moi je ne voulais plus qu'une chose : me reposer, me faire beau, me préparer pour le lendemain. Lui plaire encore, et le retenir, le garder. Je me douchai et le corps détendu, la peau encore humide, je me glissai sous les couvertures et m'endormis profondément.

• • •

La Lune était haute, il y avait des étoiles. La rumeur de la rue m'appelait, mais dans ce lit solitaire je ne pensais qu'à lui. Un sommeil sans rêves, un réveil brutal, paniqué dans une quasi-obscurité, complètement désorienté. Et s'il était trop tard ? Et si j'avais manqué... ? Un coup d'œil à mon portable. Il n'avait pas appelé, pas écrit. Je n'avais rien manqué. Il n'y avait rien à perdre, rien à gâcher. Il n'était pas revenu vers moi. Il me laissait seul dans cette chambre, dans cette ville, dans ce monde. L'heure était passée, il était tard, presque minuit; il n'arriverait plus rien ce soir. Il était rentré de je ne savais où, de ses courses, peut-être, et il avait eu mon message. Et il n'avait même pas daigné donner signe de vie, n'avait pas voulu me consacrer ne serait-ce qu'une minute. Quel con ! Peut-être lui avait-elle parlé de moi, peut-être pas. N'importe quoi ! Évidemment qu'elle lui avait tout dit, raconté ce qu'il s'était passé. Mais ses impressions ? Ce qu'elle avait pensé de moi ? Sans doute les lui avait-elle confiées. Qu'avait-elle pensé, deviné peut-être ? Lui avait-elle conseillé de se méfier de moi, de se protéger ? Certainement elle savait son histoire, certainement il n'avait pas de secret pour elle. Elle connaissait ses joies et ses désirs secrets, sa souffrance, son chagrin. Tous ces sentiments auxquels je n'avais pas accès, comme je les détestais ! Elle connaissait aussi ses remords, ses regrets et tous les doutes qu'il ne pouvait déposer et laisser tomber comme un fardeau inutile. Je les détestais aussi. Savait-elle que je l'aimais? Et surtout, savait-elle quels étaient réellement les sentiments d'Adrien pour moi? Le savait-il lui-même? Je me retournai dans le lit; j'avais chaud et je transpirais. Les draps étaient humides. Un *beat* hip-hop envahit la chambre; une voiture qui passait. Je me sentais reposé malgré tout, cela me faisait sourire dans le noir et j'avais quand même confiance. Il ne m'avait pas écrit, mais il serait présent au rendez-vous. « Je serai beau quand tu me verras assis à cette terrasse bondée, pensai-je. Tu vas me trouver séduisant et sans doute tu auras envie de moi en sachant que presque sans délai tu pourras me traîner dans un lit, dans un coin obscur, n'importe où, et me prendre ou te laisser prendre. » De cela au moins, je ne doutais pas. J'eus férocement envie de baiser; je bandais, mais ne me touchais pas. Je me gardais. Il savait que je le désirais. Et comment! Mais il ne voulait pas savoir comme je pensais à lui. Chaque pensée, chaque mouvement de mon corps se dirigeait vers lui. Je pensai que je n'aimais pas vraiment aimer, mais que j'aimais l'aimer lui. Mais cela va au-delà, me dis-je avec découragement, m'adressant à Adrien comme s'il était à mes côtés: « Je t'aime, je ne pense à rien d'autre. Je ne suis pas fataliste, je n'ai pas cette mélancolie qui te caractérise si bien. Je ne peux m'empêcher de me dire que je t'aime donc que tu vas m'aimer. » Aimer, aimer, aimer... Ce verbe m'étouffait et me coupait la respiration; jamais employé jusqu'à cette année-là et déjà éculé, insuffisant. J'aurais voulu connaître d'autres mots, d'autres verbes pour exprimer ce qu'il représentait à mes yeux. En vain. Je regardai le plafond, promenai les mains sur mon corps humide, entre les muscles de mon torse imberbe, sur mon ventre, sur mes cuisses. Je fermai les yeux, je l'imaginai sur moi; mes mains, mes gestes, c'étaient les siens: c'était lui qui était là, je n'étais plus seul à crever dans ma chambre désolée. J'ouvris les yeux à nouveau, la solitude fondit sur moi. À travers les larmes qui me brouillaient la vue, mais ne coulaient pas, je suivis les lueurs de la rue qui virevoltaient sur le plafond. J'allai à la fenêtre, ouvris les volets. Dehors, en bas, en face et au loin, il y avait la vie, le plaisir. Il faisait toujours très chaud, mais une petite brise fraîche fouetta doucement ma peau et je frissonnai. Je n'avais jamais autant pleuré. Je ne me souvenais pas d'avoir versé une larme avant de rencontrer Adrien. Mais ce soir-là, je n'allai pas plus loin et je ravalai mes larmes. À quoi cela aurait-il servi? Personne n'était là pour me regarder. J'allumai, me levai, me retrouvai face à la glace. Mon reflet, qui ne m'avait jamais trahi ni laissé tomber, me rassura. Mais quelque chose clochait. Et soudain, l'irritation perpétuelle me revint: sans Adrien, il y avait toujours quelque chose qui n'allait pas. Comment le supporter?

Quel ennui aussi que de croire que, pour certains, la souffrance, l'attente, le désir et la tourmente des sentiments ne représentaient rien d'autre qu'un cliché à fuir. Je pensai retourner au lit, mais je me secouai. Non, je n'allais pas rester là, je n'allais pas rester hors du mouvement. Je m'habillai et je sortis dans la nuit qui commençait.

4

LE RETOUR

(QUELLI DELLA MIA ETÀ)

Une autre journée de soleil, de ciel d'azur voilé. Chaleur. Lassitude. Trente-huit degrés. Je m'étais réveillé à l'aube, après quelques heures de sommeil, la tête encore lourde de tout l'alcool bu la veille et de toutes ces cigarettes fumées jusqu'au bout de la nuit en discutant avec des inconnus. Un groupe de mecs m'avait parlé d'un skate park pas trop éloigné du centre; après avoir bu un jus d'orange et mangé un peu de pain, j'empoignai ma planche avant de sortir, décidé à ne penser à rien d'autre.

Je trouvai le parc sans mal, avec d'abord une morne satisfaction. Mais, bientôt, je m'enthousiasmai. Enfin des pistes lisses, loin des pavés inégaux de la ville ! Impressionné par les installations, je pensai à ce film qu'Adrien m'avait fait voir après avoir découvert ma passion : *Paranoid Park*. Et ensuite *Kids, Little Children*. Skateboard mélancolique. Je balayai ce souvenir. Marre de penser à ce connard, cette tapiole de merde qui se foutait de ma gueule ! J'en revins à l'essentiel : skater. Depuis mon arrivée, je n'avais rien fait et les trois planches que j'avais prises avec moi commençaient à prendre la poussière. Avec ces petites rues étroites, ces conducteurs complètement dingues, ces chaussées au mieux inégales, faire du skate à Rome était tout un défi. Rome me faisait chier. Mais là, je trouvais de quoi rattraper le temps perdu. *Rails, sets, quarters, bowls,* j'étais aux anges. Pendant des heures, je ne pensai à rien d'autre. Sentir ce vide dans le ventre avant un *trick* plus risqué, rien de meilleur ! Même trip que le sexe, mais moins de questions, de dangers divers. Là, je risquais seulement de me casser la gueule. Sérieusement peut-être, mais seul. Personne d'autre d'impliqué. Brut. Pas de questions, de sentiments de merde. Je n'avais plus rien à foutre de rien. Je n'avais pas de casque et je m'en fichais.

Je passai des heures heureuses dans ce parc. J'y rencontrai des mecs simples, sans chichis : à part le skate, le *shit* et les filles, rien d'autre n'avait d'importance. Je me sentais parmi les miens. J'étais bien. Il y avait une atmosphère cotonneuse entre moi et les pensées tortueuses que je n'avais cessé de ressasser depuis des mois. Je les oubliai. Je fumai du *shit* et plongeai dans le vague. Pour une fois, cela me fit rire et je me sentis en paix. Je rentrai chez moi en début d'après-midi, fourbu, avec sur les lèvres le parfum et le goût de la bouche d'une fille de la bande. Satisfait. Même pas envie de me branler, envie de rien d'autre. J'étais encore bien. Ce connard ne m'avait jamais contacté, il n'y aurait pas de rendez-vous. Je le détestai. Je lui crachai dessus. Marre de ces complications de chochotte, de ces complications inutiles. C'était tellement difficile d'appeler ? De dire « je ne peux pas » ? Je m'effondrai dans mon lit défait, le corps heureux et le cœur plein de dégoût. Malgré moi. Je m'étais lavé de lui, mais il restait à l'intérieur, quelque part. Salaud. Salope. Pire que les filles, ce mec !

• • •

J'errai en Vespa dans les rues sans but précis, sans trop savoir quoi faire ni où aller. Après le skate, je mourais de faim. Mais une fois restauré, je ne tins plus en place, en cage dans la solitude de cet appartement que j'avais arrangé pour lui plaire. Il fallait que je sorte. La journée avait commencé trop tôt, j'étais désemparé. Ce n'était pas qu'il manquait de choses à faire ou à voir, mais je n'avais envie de rien et je ne parvenais pas à me décider. En traînant dans le Trastevere, je repérai un cinéma répertoire sur la via Ascianghi. À l'affiche, une version restaurée de *La dolce vita*. Pourquoi pas ? Pour passer le temps. Parce que c'était son film favori, mais que, sans que je sache trop pourquoi, il n'avait jamais voulu que nous le regardions ensemble. Encore une maniaquerie quelconque. Je n'étais pas assez bien pour ce putain de Fellini, sans doute. Je n'ignorais pas que c'était un long film, mais comme je ne savais que faire de ma peau, ça m'aiderait à passer le temps.

Noir et blanc. Rome plus photogénique que jamais. Insouciance, filles en bikini sur les toits. Un Christ en pierre suspendu à un hélicoptère, survolant la ville, et les plaisirs éphémères. Ça me fit penser à cette croix d'argent que je portais à mon cou et qui avait touché ou frôlé, alors que je me penchais sur eux, tant de sexes, de ventres et de cous. Je me laissai emporter par le film. Toute cette beauté, cet ennui, ce désœuvrement, comment ne pas m'y retrouver ? L'histoire vaguement religieuse m'endormit au milieu et je ne compris pas tout, mais les scènes finales me trouvèrent attentif, étonné. Je ressortis du cinéma dans le soir tombant et orangé, la tête pleine d'images, empli de mélancolie. Je décidai de me diriger vers le centre sans me presser. Je n'avais personne à rejoindre, personne qui se souciait de moi. J'étais férocement libre. Je suivis le bord du Tibre un moment, traversai le Palatino; j'avais la tête dans les nuages confus de l'imaginaire fellinien. Je ne savais pas où aller. Quelle importance ? En revanche, une impatience me gagnait. Je voulais profiter de la nuit. Vivre, jouir de choses simples, satisfaisantes, à ma portée. J'étais jeune, je n'étais pas vraiment désenchanté, moi. Il me restait du temps pour trouver quelque chose qui me permettrait de remédier à cette mélancolie avant de gâcher ma vie. J'avais du temps. De l'énergie. Des armes. Choses concrètes, immédiates. Manger quelque chose, boire, séduire, plonger dans la vie qui m'entourait. Secouer ce spleen qui ne me lâchait pas et que Fellini, au fond, n'avait fait qu'amplifier. Je comprenais pourquoi ce film était si cher à Adrien et je pensai que, malgré tout, lui et moi nous nous ressemblions, même si nous abordions les choses par des côtés différents. Mais en fin de compte, l'ennui régnait, pensions-nous, et il fallait lutter à tout prix. Pourquoi pas ensemble ? pensai-je. Pourquoi pas ? Je contournai le Capitole, me dirigeai vers le Colisée, m'enfonçai dans les petites rues, cherchant un bar, une terrasse où me poser.

• • •

Ce fut une magnifique surprise, un vrai rayon dans l'obscurité, des vagues soudaines dans un océan d'huile, plat et brûlant. Les alentours du Colisée ne m'avaient pas inspiré; je m'étais dirigé vers la via dei Condotti, plus près de chez moi. Je savais que je trouverais là action et mouvement; c'était tout ce dont j'avais besoin. Mais je n'avais pas aimé : les boutiques chics, les touristes, je n'étais pas d'humeur. Je me dirigeai ensuite vers la piazza di Spagna. Je garai la Vespa à ma porte, mais ne montai pas. Je m'étais mis à errer sans but et vaguement morose; plus rien ne me plaisait, même pas la ville elle-même, avec ses cris, sa poussière, ses monuments et cette couleur de désert enflammé partout, dans le soleil couchant et le soir qui tombait. Cette ville superbe autrement, je la détestais soudain et je ressentais un début de désespoir à l'idée d'y rester encore longtemps, et de devoir vivre dans le même lieu géographique que ce garçon, cet homme détestable et mauvais, qui me faisait tant de mal et qui, sournoisement, m'empêchait d'être moi-même, pensai-je. Je marchais donc au milieu de la foule exaspérante par son excitation doublée de lenteur; j'avais la lèvre boudeuse, je le sentais et cela m'énervait encore plus, mais j'avais beau tenter de me contrôler, à la moindre seconde d'inattention je recommençais. Je marchais dans l'amertume et le dégoût de moi-même. Au coin d'une rue, une *trattoria* me tenta, car je me sentais sans énergie, mais je doutai, à cette heure, d'y trouver une table. Je tournai en rond, revins vers la place, jetai un coup d'œil à une superbe terrasse en haut des marches, laissai tomber : trop élégante et m'as-tu-vu. Je soupirai. Je revins en bas de mon immeuble, j'enfourchai à nouveau ma Vespa. Direction piazza Navona ; c'est justement au bout de la place principale que, cherchant à me garer, je débouchai sur une petite place voisine que je ne connaissais pas. Vivante, mais moins chaotique, c'était ce qu'il me fallait. Une grande terrasse me tenta, je m'y installai et, par chance, je pus commander immédiatement. Je mourais de faim et une envie d'alcool me dévorait littéralement. Je jetai un regard distrait sur un groupe debout devant, sur le trottoir, de toute évidence prêt à se séparer. Des avocats ou des industriels, d'après leurs tenues, leurs porte-documents. Parmi eux, une femme, qui me tournait le dos et semblait être faite à ravir, qui finit de serrer des mains et se retourna avant de se diriger vers moi, sans me voir d'abord, puis me reconnaissant à l'instant même où le choc de la surprise me fit tout oublier, me déchargeant de tout ce que je traînais de lassitude et de tristesse angoissée. Lina, c'était Lina ! Quelqu'un de connu ! Quelqu'un d'avant. De familier. Elle était magnifique, les cheveux agités par la brise nocturne brûlante, vêtue d'un tailleur sombre de coupe apparemment stricte, mais qui la mettait en valeur. Avec sa taille, ses épaules, son visage fier et racé, elle me fit penser à quelque déesse de l'Antiquité, Junon, Diane ou Minerve, ou plutôt à une déesse nordique. Jamais je ne l'avais vue si belle. Je ressentis une joie qui m'étonna et m'émut ; son sourire sincère, ses yeux brillants quand elle m'aperçut me montrèrent que pour elle aussi la surprise était agréable. Elle me serra dans ses bras, me fit la bise. Elle se souvenait bien que j'avais quitté Paris pour Rome et elle me montra même mon numéro dans son portable; elle comptait m'appeler, me dit-elle, mais les négociations auxquelles elle était venue participer dans le cadre d'une affaire compliquée ne lui avaient pas laissé un instant de répit; ces poignées de mains auxquelles je venais d'assister la concluaient justement. Elle partait le lendemain matin, pourquoi ne passerions-nous pas la soirée ensemble ? Si, ajouta-t-elle en riant, je n'avais rien de mieux à faire, bien sûr. Je lui répondis que c'était de loin ce que j'avais de mieux à faire. Cette joie que j'avais de la voir, ce soulagement latent, je ne savais pas trop comment les expliquer. Elle venait « d'avant », me montrait que c'était encore possible. Qu'est-ce qui était possible ? Je ne savais pas trop quoi, mais ça n'avait pas tellement d'importance. C'était une bouffée d'air frais, une main tendue. Déjà mon corps l'appelait et je mourais d'envie de lui faire l'amour, de me coller à elle, de perdre mon souffle en elle. Et j'étais aussi intrigué, car il y avait quelque chose de différent entre nous, une sorte de camaraderie. Avais-je changé en si peu de temps ? Nous allions passer la soirée ensemble : cela voulait dire plus qu'une heure dans un lit. Nous allions pouvoir parler, profiter de la douceur de la soirée, prendre des verres. Mais tout d'abord, je la suivis à son hôtel, où je lui fis l'amour comme un désespéré, avec une sorte de violence qui la surprit, mais ne lui déplut pas. La dépression postcoïtale me tomba dessus si fortement que des larmes me vinrent aux yeux; elle me prit dans ses bras et, au bout d'un court moment, je m'y endormis. À mon réveil, elle s'était levée, douchée et habillée après une brève sieste. La nuit était vraiment tombée, maintenant; dans la chambre au décor raffiné, une lampe répandait un éclairage doré. Installée dans un fauteuil, un livre dans les mains, elle me regardait. Je lui souris. Près du lit sur lequel je gisais nu, la fenêtre était grande ouverte et de la rue montait la rumeur de la nuit romaine. Une brise légère agitait les longs rideaux en mousseline. Le ciel noir d'encre était couvert d'étoiles minuscules et un clair de lune de cinéma ajoutait à l'ambiance faussement *Dolce vita.* Faussement, car je n'avais pas trouvé qu'il y eut beaucoup de douceur de vivre dans ce film, alors que cette nuit estivale portait en elle une douceur, une retenue que je n'aurais jamais pu penser recevoir de Lina. Elle en était pourtant un élément central. Je ris doucement en l'imaginant dans la fontana di Trevi et le lui dis; elle me fit un grand sourire et me dit qu'elle était heureuse de me retrouver.

— Tu semblais si triste, ou plutôt désemparé, me dit-elle avec chaleur, et ça ne te va pas; tu n'es pas fait pour ça. Quiconque te fait vivre ça doit le savoir ou l'apprendre... Tu me sembles mieux maintenant... Oui? Elle me scruta avec attention.

J'acquiesçai en silence. « Quiconque? » Quelqu'un? Admettre qu'un être autre que moi-même pouvait me faire tant d'effet, me changer? Je repensai à tout ce qui assombrissait mon âme si peu de temps auparavant et je ne pus en ressentir la même intensité ou, en tout cas, le même poids; j'avais, sans trop savoir comment, repris possession de moi-même. Des images de pluie, de trottoirs parisiens luisants et couverts de feuilles mortes, d'hiver et de renaissance apparurent à mes yeux et je compris que quoi qu'il arrive, désormais, une sorte de deuil s'était fait. Je n'abandonnais rien et plus que jamais je voulais Adrien pour moi seul, mais je n'étais plus prêt à y laisser toute mon âme, à trop changer et à me perdre. Ce n'était pas ce sacrifice-là qui était nécessaire. Il ne faisait que m'enlever ma force et mon énergie, me faisait douter de choses que je n'avais jamais remises en question et qui n'avaient pas à l'être. C'était un cri subit en moi : je ne changerai pas ! Pas trop, en tout cas. Lui non plus, évidemment, mais il allait bien falloir que je le force dans ses derniers retranchements et s'il ne changeait pas, tant pis : il serait à moi tout de même. Et je l'aimerais ainsi. Et si c'était trop pour lui, il ne le saurait pas. Je mentirais pour le garder et pour vivre comme je l'entendais. Je gagnerais sur tous les plans.

Lina me regardait, toujours avec ce léger sourire, cette attitude détendue qui lui allait si bien, légèrement différente de la femme que j'avais connue à Paris et pourtant la même. Je compris qu'elle était ainsi parce que je l'étais aussi, que moi aussi j'étais malgré tout quelque peu différent et que c'était cela qui avait créé cette complicité si simple et agréable. À Paris, elle m'avait traité comme un bel objet. Avec mon assentiment, soit. Mais j'avais fait de même et cet accord tacite, s'il avait été un succès, ne nous avait certes pas permis de tisser, ne serait-ce que de façon éphémère, des liens plus fraternels. Ce soir-là, tout était différent.

Agréable, légère, ces adjectifs convenaient aussi à la soirée que nous passâmes dans les rues, à flâner d'abord, au restaurant ensuite et dans un bar du Trastevere, où nous nous rendîmes sur ma Vespa. C'était marrant et rassurant de la sentir serrée contre moi, pas du tout effrayée ou étonnée, même si c'était, me dit-elle, la première fois qu'elle montait sur un de ces engins. Plus tard, elle me parla d'elle-même, de sa vie. C'était quelqu'un de très intelligent, mais de très simple et de direct aussi. Ce manque d'affectation pouvait parfois passer pour de la sécheresse et c'était occasionnellement le cas, mais ce soir-là représentait une sorte de parenthèse pour elle aussi et, tout comme moi, elle semblait décidée à en profiter. Je lui racontai ce qu'il m'était arrivé depuis la dernière fois. Depuis Paris, depuis l'été dernier. Elle m'écouta et me parla avec beaucoup de sympathie et me conseilla d'être prudent, de rester moi-même, une règle qu'elle ne manquait jamais de suivre. Elle m'apprit ensuite qu'elle et son fiancé avaient rompu et qu'elle avait rencontré quelqu'un qui, à sa grande surprise, la rendait si heureuse qu'elle se demandait s'il n'était pas l'homme de sa vie. Allait-elle, à trente-quatre ans, se ranger ? Cette expression dans sa bouche nous fit rire, mais elle était sincère. Et elle n'avait effectivement pas changé, car je réalisai, au moment où elle me parlait de ses sentiments, que c'était la même femme qui s'offrait à moi deux ou trois heures plus tôt. Pourquoi pas moi, alors ? C'est assez d'être, pensai-je en reprenant les mots d'Adrien, mais en en comprenant le sens pour la première fois. Pourquoi pas moi, en effet, si lui comme elle le pouvaient ?

Je la quittai avec émotion et je devinai qu'elle aussi ressentait quelque chose de particulier et qu'un lien ténu mais solide nous unissait désormais et bien plus qu'au temps de nos baises régulières.

– Je dois revenir la semaine prochaine, dit-elle en m'embrassant. Je te texterai... même si c'est seulement pour un café ou un verre, ajouta-t-elle en riant.

Elle fit signe à un taxi et m'embrassa à nouveau. Je regardai la voiture s'éloigner. Ce rire si sonore, je l'entendais encore résonner alors que je marchais, euphorique, vers ma Vespa quand je reçus un texto de Stefano : « Viens... verres, copains, fête... » Je me dirigeai vers chez lui, à pied, car j'avais un peu trop bu pour conduire. Un autre message me dirigea vers chez un de ses copains, un peu plus loin, passé la via della Scala.

• • •

Ce n'était pas très loin, une quinzaine de minutes de marche peut-être. Toujours dans le Trastevere, mais à une extrémité que je ne connaissais pas du tout, près de la via Garibaldi. Les rues devenaient de plus en plus populeuses, le quartier un peu plus mal famé. Je m'en fichais. D'ailleurs ce n'était pas sans charme et il faisait bon ne plus être entouré de touristes; je m'arrêtai à une échoppe pour acheter une bouteille de whisky. Je trouvai finalement l'adresse. Cinquième étage. Je sonnai, montai un escalier étroit qui sentait le désinfectant et le bois vermoulu. Un garçon m'ouvrit la porte avec un large sourire, me fit entrer. Je le suivis dans un vestibule sombre et j'arrivai dans un salon bordélique, mal éclairé. Sur les murs, quelques affiches. De vieux divans qui avaient l'air confortables, des chaises dépareillées. Des rideaux rouge sang ouverts sur la nuit. L'air était saturé de fumée et, d'après l'odeur, il ne s'agissait pas que de tabac. Ils étaient une dizaine à discuter, debout ou alanguis sur des canapés miteux. Des haut-parleurs crachaient de la techno. Sur des tables basses, pêle-mêle, des bouteilles, des verres, des cigarettes, des capotes, de tout petits flacons, de la poudre... Je tendis ma bouteille au mec qui m'avait ouvert et qui recevait. Il se présenta : Lelio. Séduisant. Ils l'étaient tous, en fait, un peu comme dans une publicité de haute couture au style décadent, et ils partageaient une vague ressemblance : bruns, musclés, regards noirs, sourires carnassiers. Petites frappes sexy. Tous des homos, me dis-je. Des putes, peut-être. *La notte brava* et ses voyous, encore. Je ne voyais pas Stefano. Que ces mecs à la fois alanguis et sur le qui-vive, aux regards moqueurs et pleins de sous-entendus. Il y avait une atmosphère de sexe presque suffocante dans la pièce et pourtant rien ne se passait, comme si tous retenaient leur souffle. Attendant... Quoi ? Nous nous présentâmes. Andrea, Luigi... j'oubliai les autres prénoms au fur et à mesure que je les entendis. Stefano surgit d'une pièce voisine, me fit la bise, me serra dans ses bras, heureux, semblait-il, de me voir et avec une interrogation dans le regard.

— Ne me demande rien, lui dis-je... Il n'y a rien à dire.

— Tu vas oublier ça ce soir, me répondit-il, me prenant par l'épaule et me guidant vers un canapé. Tu as faim ? Un verre... ?

Je louchai vers la table.

—Whisky... Non, tout compte fait je préférerais une ligne...

— Pas de problème. Mais calmos, ne te précipite pas trop... Marco ! appela-t-il.

Un des mecs se leva et vint vers nous.

Pourquoi pas ? Plaisir. Décadence. Oubli. Alcool. Drogue. Sexe. Sexe, surtout, et drogue. Oublier, encore...

• • •

Je me retrouvai nu, mes sneakers encore aux pieds, à genoux sur le lit, alors qu'Andrea, accroupi devant moi, me branlait lentement, puis frénétiquement. Il approcha sa tête de mon sexe, je le repoussai, mais il n'en tint pas compte et se mit à me faire une pipe. Je pensai avec une sorte de mépris qu'il connaissait son affaire. Mon corps vibrait, j'avais la tête en arrière, le sexe bandé, les mains sur la sienne, je fermai les yeux. Quelqu'un se colla contre moi, me sortit de ma transe; c'était Stefano. Après s'être embrassés à pleine bouche, Lelio et lui s'étaient déshabillés eux aussi. Lelio avait les yeux brillants : sans doute la poudre. Il en restait des traces sur la table en bois verni. Dans la pièce voisine, la musique jouait toujours, syncopée, et par la porte entrouverte je voyais des corps nus s'entremêler, debout ou en une mêlée que je ne distinguai pas bien. Ce brouillard se trouvait dans ma tête, je pense, et non dans la pièce. J'eus peur un instant de ne pas réussir à bander à cause de la cocaïne, mais baissant les yeux, je vis Andrea qui me suçait toujours. Je me sentis rassuré et en l'observant mon insensibilité s'évapora; je me mis à gémir de plaisir. Stefano s'approcha de moi, je l'embrassai, mais je ne voyais pas trop ce qu'ils faisaient l'un et l'autre derrière moi, la fellation m'empêchait d'être attentif. Debout, collé contre moi, Stefano me léchait, me caressait le torse, les fesses, le dos, soupirait très fort, son corps secoué de soubresauts; je compris qu'il se faisait baiser sans plus de cérémonie par Lelio. Je me demandai vaguement s'ils s'étaient protégés. Il y avait des capotes sur le lit; je me baissai et en saisis une. Je sentis une odeur douceâtre, vaguement écœurante, inconnue, me parvenir alors que j'entendais Stefano inspirer lentement. Contrôlant ses mains malgré les mouvements brusques de Lelio, il approcha de mon visage un petit flacon de verre coloré; je secouai la tête.

— Prends, arrête de faire le con, me dit-il, essoufflé.

Au même instant Andrea se mit à genoux lui aussi et me fit face. Il colla sa bouche contre la mienne et y enfonça la langue. Je répondis, alors que l'odeur bizarrement sucrée restait toute proche. Il s'éloigna de quelques centimètres, le corps luisant, les muscles bandés, les yeux pervers et rieurs. Il saisit le flacon et le porta à une de ses narines alors qu'il bouchait l'autre d'un doigt; il inspira longuement, puis fit de même avec l'autre narine. Il sourit, me donna le flacon, puis, les yeux fermés, se laissa choir sur le dos en m'entraînant, et il recommença à me sucer. Stefano, montant sur le lit avec Lelio, me murmura « allez » entre deux soupirs à mon oreille qu'il ne cessait de lécher avidement. Il mit sa main entre mes fesses, ce qui m'énerva; je portai alors le flacon à mon nez et fis comme

Andrea, j'inspirai longuement deux fois. Je recommençai par défi et je rendis le flacon à Stefano, qui le reboucha et le lança sur le lit, je ne sus pas trop comment, c'était comme s'il avait cinq bras. Je ne sentis rien pendant quelques brèves secondes, puis une explosion en moi, partout, une chaleur triomphante, le cœur qui battait en accéléré, une lourdeur dans la tête, le sang en vagues dans mon sexe, dans chacun de mes muscles, dans mes fesses. Une vague de désir violente et incessante, une envie de plaisir jamais connue jusque-là m'envahit, me submergea. Ma tête n'était pas en reste, oubliant tout, ne voulant que le sexe et la jouissance. Il n'y avait plus rien. Le sexe seulement. Je n'avais plus de raison. Il n'y avait plus rien. Il y avait ce type en attente en face de moi, les jambes écartées, la bouche ouverte, et les deux autres contre moi. Plus rien d'autre. Je ne voyais plus rien d'autre. Il n'y avait plus de musique, plus de paroles, rien que ce tourbillon envoûtant. Puis je revins sur terre, la musique reprit. Quelqu'un s'était emparé du flacon et l'avait rouvert, car je sentis de nouveau le parfum maintenant connu. Écœurant. Addictif. Il revint vers moi. J'aspirai jusqu'à n'en plus pouvoir. Je ne sais même pas comment je trouvai la volonté d'enfiler une capote avant de me jeter sur Andrea et de le pénétrer violemment, et d'y rester, bougeant les reins avec frénésie en plongeant dans le lit avec les autres et dans cette nuit de débauche qui ne faisait que commencer.

Je rentrai à l'aube, les couilles plusieurs fois vidées, la tête lourde, le sexe en feu, une vague nausée dans la gorge. Satisfait. Dégoûté. Mélancolique. Écœuré. Plus jamais, pensai-je, tout en me demandant quand viendrait la prochaine fois. J'étais étourdi, je pensai mal. Pourquoi ce mélange de jouissance et de culpabilité, ou en tout cas de dégoût? Putain! me dis-je avec révolte. Ma bouche, mon corps, ma bite m'appartiennent... Pas de culpabilité. Et pour la came, je fais ce que je veux. Je marchai, marchai, il me tardait de retrouver mon lit, le noir, le silence. Le noir. Et le Soleil qui se préparait déjà à se lever! Je ne voulais pas penser. De la musique, n'importe quoi pour ne pas penser. Dans les oreilles, les Beastie Boys. *Sabotage. Sure Shot. Get it Together.* Trop pour cette heure. J'avais un début de mal de tête. Françoise Hardy. *Il male d'amore.* Catherine Spaak, *Ieri.* Trop sentimental. Mais j'écoutai jusqu'à la fin cette chanson qui me venait d'Adrien, qui en raffolait, et je répétai le morceau suivant, *Vent'anni o poco più* jusqu'à ma rue, ma chambre. Je me douchai, encore et encore. Pour me laver. Je ne savais pas de quoi puisque le jet n'atteignait rien d'autre que mes cheveux, mon visage, ma peau. L'eau glissait de mes yeux à ma bouche comme des larmes. À l'intérieur, de bas en haut, dans mes muscles et mes veines, tout restait intact. Corrompu. Dépravé. Je me jetai sur mon lit nu, sans couverture, les persiennes ouvertes sur l'aube. Je plongeai dans un néant dont je ne sortis pas avant le début de l'après-midi.

Quand je me réveillai, deux choses: une migraine et un texto d'Adrien.

5

LE CHRIST ET L'HÉLICOPTÈRE

Les rues sont aussi agitées ce soir qu'en plein jour. Je regarde le ciel encore clair, nu; un hélicoptère passe. Je repense au Christ suspendu. Aux filles dénudées sur une terrasse. Sacrilège. Statue de pierre muette. La ville à perte de vue. On me bouscule, je repousse. Il y a beaucoup de touristes, bien sûr, mais surtout des Romains, si je me fie aux conversations à travers lesquelles je me faufile afin de rejoindre le café où, dans à peine une heure, tu me rejoindras. Te retrouver. Mais t'avais-je perdu ? Et pour cela, possédé ? Chasser les nuages, les ombres, ces pensées grises qui m'embrouillent l'esprit et les sens. J'ai besoin de concret. De certitudes, d'évidence. Gestes quotidiens, familiers, simples, maintes fois répétés. J'ai traîné toute la journée, la tête encore chargée des excès de la veille. Beaucoup d'eau, un repas simple, des pâtes et du vin rouge, m'ont ragaillardi. Passage sous la douche. Encore. Froide, chaude, froide à nouveau. L'eau comme un fluide purifiant. M'assainir. M'innocenter ? De quoi, je ne le sais même plus. Un long moment devant la glace à m'observer, à me coiffer, à constater que la lumière du crépuscule me va bien, m'a convaincu que j'allais t'offrir une belle image à regarder. Pure, intouchée. Le blanc de mes yeux est immaculé, le noir de mes pupilles insondable. Les yeux sont à peine cernés, la bouche est rouge, le teint doré. J'ai négligé le sport depuis des semaines, mais les muscles, la forme de mon corps sont intacts. Nulle trace de la nuit passée ni des précédentes. Je suis beau, rien d'autre ne se voit. Je suis propre. Au-dehors. Sale dans ma tête, dans mon corps. Mais qui pourrait le deviner? Nulle trace de rien. Tout est enfermé à double tour. À l'intérieur. Les apparences seront plus fortes. C'est déjà ça. Je me fraye, avec un entêtement tranquille, un passage dans la multitude; je pense avec une satisfaction distraite que par mon allure et mon physique, je n'ai pas l'air d'un touriste et que ce n'est pas pour cette raison qu'on me regarde, ce qui n'est pas pour me déplaire. Anonyme. Comme n'importe qui. Ou presque. Fuir ce désarroi qui m'étreint parfois, qui me donne l'impression désagréable que ce chaos que je sens en moi, qui me possède et me révèle à moi-même, que ce trouble me dépasse et s'exhibe à tous. Est-ce que chaque homme, chaque femme qui aime ou croit aimer se sent ainsi? Quelle importance, au fond? Je vois le monde tel que je suis.

J'arrive au café; la terrasse, évidemment, est presque pleine, mais il y a au centre une petite table vide. Avec deux chaises. Je m'y précipite. Un emplacement idéal, avec vue sur les deux rues qui se croisent devant le café. C'est certain, je vais te voir arriver, je vais pouvoir t'admirer avant de me sentir embarrassé et débordant de bonheur en te sentant tout près de moi. En chemin, je me suis acheté un journal du soir. Je commande un vin rouge. Je lis distraitement les manchettes. Je me mets presque en scène. Pourtant ce personnage, c'est bien moi, ces apparences sont les miennes, ces désirs et ces espoirs m'appartiennent, tout comme mes souvenirs et chacune de mes actions passées et à venir. Si seulement je pouvais me choisir sans me poser de questions, accepter les choses telles qu'elles sont. Tout serait si simple. Mais ce n'est plus ainsi; tout est flou et se brouille, plus rien ne semble défini. C'est comme ce long moment devant la glace, tout à l'heure : je n'ai pas l'habitude de m'attarder autant devant mon propre reflet, préférant m'exposer aux regards extérieurs. Sans aller plus loin. Mais depuis peu, j'ai bien compris le plaisir ambigu que l'on peut ressentir à se voir à travers le regard des autres. Et j'ai presque peur de me voir à travers ton regard. Est-ce pareil pour toi ? Les secondes sont comme une poignée de sable dans ma main; elles s'écoulent, mais ne laissent rien derrière elles qu'une irritante impression de sécheresse. Impossible de s'en défaire. Je me dessèche, moi aussi, car le doute est un poison d'enfer. Mais quel doute ? Je ne sais plus. Ou pas. Tu te rapproches, j'essaie de deviner ta présence dans le remous incessant de la rue, dans la fébrilité nocturne. Ce moment suspendu, cet « entre temps », c'est un supplice, mais je voudrais aussi qu'il ne finisse jamais. Je jette un coup d'œil à ma montre et, brutalement, me voilà plongé dans un tourbillon, dans un flash-back qui me ramène à la maison, peu avant mon départ, le jour où mon père m'a offert cette montre, une Tissot dont je rêvais. Il m'a dit de bien profiter de l'Italie, des vacances. De visiter cette université romaine où je me suis inscrit en journalisme. Suis-je bien la même personne ? Je ne fais rien. Que des conneries. Et si je recule encore dans le temps, avant le bac, avant ton corps, avant toi, dans la neige et le froid, dans l'indifférence et l'ennui ? Était-ce bien moi, ce garçon ignorant de ses propres désirs, autres que charnels, de ses envies, engourdi, endormi, enfermé dans la satisfaction stérile de sa propre vertu ? Dans ce vide infini qui m'emprisonnait depuis toujours, dans cet appartement glacé, dans ce lycée, dans les bras des autres, partout ? Sans doute. Et ce soir ? C'est bien moi, pourtant. Pareil ? Pas tout à fait, certainement : il a bien fallu que je change, à cause de toi. Certainement je suis différent. Oui. Certainement je peux t'offrir quelque chose dont tu as besoin. Certainement tu peux me retenir, me faire oublier le vide, m'empêcher de faire n'importe quoi. Je n'ai peut-être pas encore vingt ans, mais j'ai voulu rattraper mon retard avec tant de hâte que j'ai l'impression d'avoir sauté des années et d'être séparé de toi depuis tout autant. J'attends. Je t'attends et je ne me supporte plus. Si c'est cela se choisir, je préfère m'oublier.

• • •

Il arriva presque à l'heure. Je le repérai tout de suite; il marchait d'un pas dégagé et je le trouvai encore plus beau que dans mon souvenir. J'avais de quoi comparer, maintenant. Plus fragile, aussi, eus-je l'impression, mais peut-être était-ce l'émotion et cette espèce de délire qui finissaient par me tourner la tête.

Il semblait tout à fait à sa place parmi les Italiens, d'autant plus que lui aussi avait pris beaucoup de soleil. La terrasse n'avait pas désempli, il resta en arrêt sur le trottoir, et, sous la lueur des réverbères, me chercha des yeux. Il me semblait quelque peu différent, plus à l'aise, avec quelque chose d'élastique dans les gestes. Il portait un jeans, un polo blanc près du corps, Lacoste évidemment – c'était tellement lui ! – et, me semblait-il, des baskets Adidas montantes, blanches elles aussi, qui accentuaient son air d'adolescent. Je tentai d'attirer son attention, je fis un geste de la main qu'il aperçut tout de suite. Son visage s'éclaira d'un grand sourire et il se fraya un chemin jusqu'à moi. Ce sourire était magique; il balayait tout sur son passage. Mes doutes, mes conneries, sa mélancolie pourtant tenace. Je me levai, le cœur battant, nerveux, heureux. Il me serra la main, m'embrassa sur les deux joues, s'assit.

— Comment vas-tu ? me dit-il d'une voix joyeuse. Je suis tellement heureux de te voir ! Depuis mon arrivée je pense toujours à toi. Je pensais que tu ne me contacterais jamais, que tu ne voulais pas me voir, chaque jour j'espérais avoir de tes nouvelles. Et moi...

Il hésita.

— Après ce que je t'avais écrit, je ne savais plus comment m'y prendre.

Il rougit légèrement. J'étais ébranlé, j'avais été cinglé de penser ce que j'avais pensé. Bien sûr, tout s'expliquait, il avait été occupé, ne m'avait pas oublié... Les mots se bousculaient dans ma bouche.

— Je vais bien, merci, et je suis tellement heureux, moi aussi, d'être avec toi ! D'un côté, je... ne pensais qu'à ça. Mais je ne sais pas ce qui m'a pris. J'avais besoin de réfléchir. J'étais un peu en colère aussi... Je pensais... Je ne sais plus.

— Je vois... On a beaucoup pensé tous les deux, je crois !

Il rit, me scruta.

— Tu as l'air bien, tu as pris du soleil, tu as une mine superbe. Comme toujours, mais là...

— Arrête, je vais rougir !

Je ris, un peu embarrassé par la satisfaction béate que je ressentais sans trop réussir à l'analyser.

— C'est pareil pour toi. Tu sembles... plus léger et détendu.

— Merci ! Un peu cerné, mais bon, à cette heure-ci, dans cette lumière, ça ne doit pas trop se voir !

Il n'ajouta rien, aucun détail sur les raisons de cette fatigue, sur cette brève vie secrète qu'il menait depuis son arrivée et que Myriam m'avait seulement fait entrevoir. Ces sorties, ces rencontres dont je ne savais rien. Je lui en voulus de son silence, même s'il ne s'agissait somme toute que de quelques jours, et je me rembrunis. Je lui en voulais de m'avoir laissé seul et faire n'importe quoi. Mais je me contins et me rappelai que j'étais libre, majeur, et que quoi que j'aie pu faire de mes jours et de mes nuits, j'en étais le seul responsable. Et sa fatigue... le stage, le voyage, l'installation... Quoi de plus normal ? J'étais ridicule. Je dis d'un ton plus sec que je ne l'aurais voulu ou en tout cas plus mondain :

— Tu es beaucoup sorti depuis ton arrivée ? Enfin, je veux dire, tu profites bien de la vie ici ?

Cela sonnait presque comme un reproche. Je me repris tant bien que mal :

– Il y a tant de choses à faire, à voir !

Il m'observa, un peu interloqué, puis sourit, rassuré. Il commanda un *Spritz dolce*, je demandai un *Spritz rosso*. Son visage me parut radieux et lisse, indéchiffrable. Désirable. Ressentait-il vraiment cette paix, cette sérénité affichée aussi impudemment, ou était-ce le fruit d'un travail calculé ? Peut-être que, sans aller plus loin, il était simplement désireux d'ignorer ou d'éviter ces ondes ambiguës qu'il recevait en pleine gueule. Éviter d'y plonger avec moi. Mais s'il était serein, de quel droit m'avait-il entraîné dans un monde de doute et de chaos ? Peut-être que tout ça, c'était dans ma tête immature et folle. Rien n'avait existé. Quelle vaste tromperie ! Il m'observa sans rien dire avant de reprendre tranquillement :

– En effet, répondit-il. Beaucoup de choses. De gens. Je n'arrête pas... Si l'on considère que je ne suis ici que depuis à peine une semaine...

Sa voix était empreinte d'ironie et son expression était si comique que je ne pus m'empêcher de rire, de revenir à la réalité, ou en tout cas à l'instant présent. Mais il se passait quelque chose d'inattendu, que je n'arrivais pas à saisir.

– Et en plus des musées, continuai-je, des endroits à visiter, de la plage, des boutiques, il y a de chouettes boîtes, tellement de bars, de cafés...

– Ah ! Ça oui... Mais est-ce si différent qu'à Paris ? Là-bas aussi il y a une vie incroyable... De la beauté partout, de la misère également, comme ici d'ailleurs, mais peut-être la remarque-t-on moins à Rome, dans l'espèce de désordre ambiant... Nous seuls sommes à blâmer d'être restés confinés hors du monde... Il y a bien d'autres choses que le 16e, tu sais... Cet univers clos, c'est le mien, le nôtre, mais quand j'y pense, je serais mort de désespoir s'il m'avait fallu y rester encore... Horrible, hein ? Être aussi favorisé et en souffrir... Mais bref, oui, puisque tu le demandes, oui, je suis pas mal sorti et j'ai pas mal déconné avec Myriam. Ça m'a fait plaisir que tu la rencontres. Mon arrivée ici, avec elle, avait un goût de vacances, il fait un temps magnifique, les nuits sont superbes, Myriam était là pour m'aider à m'installer... Plus d'un an que nous ne nous étions pas vus... Nous en avons profité pour nous retrouver, pour faire la fête, aller partout, parler... Quel bonheur ! Maintenant, il faut que je me prépare à travailler aussi... Enfin, je m'arrange pour faire les deux. Je suis enterré sous les livres et les papiers, j'ai déjà commencé mes recherches... C'est passionnant... très prenant, si tu vois ce que je veux dire. Ça explique les cernes...

Il baissa les yeux. Je le regardai attentivement et il disait vrai pour les cernes, car de légères traces bleutées ombraient le dessous de ses yeux. Ainsi, les paupières baissées, un vague sourire sur les lèvres, il me parut de nouveau fragile, vulnérable. Si proche et pourtant insaisissable. Mon cœur battait plus fort, je ne savais que dire. Il releva brusquement la tête; à travers les longs cils, que j'aimais tant, ses yeux sombres montraient une expressivité latente jusque-là bien cachée. Cela dura un quart de seconde; une nuance neutre apparut, poussant dans l'ombre cette vie intérieure à peine entrevue.

J'avais l'impression que lui aussi était aux prises avec des sentiments contradictoires, mais lesquels ?

– Et toi ? Ta chambre ? Le campus, le programme des cours... Dis-moi tout !

– Oh... moi. Je ne vois rien ! Je ne fais rien... Je traîne. J'ai trouvé un skate park, ça c'est très cool, je suis content. Pour le reste... je ne me suis pas beaucoup préoccupé de l'université... Puisque je vais y passer les prochaines années, la rentrée viendra bien assez tôt pour les découvertes. J'étudierai, je réussirai, je gagnerai ma vie... Aucun doute. Aucun intérêt. Je m'en fous. Ma chambre... Pas mal. C'est plutôt un petit appartement, en fait.

Je m'interrompis, me souvins qu'il y avait même une cuisine, mais il était évident que mes parents ne comptaient pas sur moi pour que je cuisine. Aller au restaurant ou me faire livrer des repas par contre... Mais avec Adrien, peut-être...

– Tu viendras la voir bientôt, j'espère, la chambre. Tu pourras m'aider à l'arranger un peu, j'espère, parce que c'est pas mal spartiate en ce moment. J'ai tout ce qu'il me faut, mais pour la déco et tout... c'est pas mon truc. Après quelques tentatives j'ai tout laissé en vrac ! Sinon, je suis beaucoup sorti moi aussi, j'ai fait pas mal de rencontres...

Mine de rien, j'insistai sur « pas mal ».

Il posa son regard indéchiffrable sur moi, mais ne releva pas. Je poursuivis :

– Et la Suisse ?

Il m'expliqua qu'il s'y était beaucoup plu; que le stage avait été assez fastidieux, mais gratifiant, et une bonne chose pour son CV. C'était marrant de l'entendre parler de choses concrètes, raisonnables. C'était si différent de lui. L'espace d'un instant, les quelques années qui nous séparaient prirent une importance, une réalité qu'elles n'avaient jamais vraiment eues. Ou si ? Peut-être que je ne m'en étais jamais préoccupé, jamais rendu compte ? Il parlait de tout cela sans passion; avec des mots brefs et sans relief, mais Genève le rendit plus exalté, ce qui, me dit-il, pouvait sembler étonnant avec le nombre de gens qui associaient cette ville à l'ennui et à la régularité. Entre la monotonie du 16e et Genève, y avait-il vraiment une différence ? Je l'interrompis :

– Vraiment? C'est mort là-bas, non? Il paraît que c'est terrible, plus ennuyeux qu'une ville de province... !

Il rit.

– Moi, ça m'a plu, je ne m'y suis pas ennuyé. Pas à cause de la ville. D'ailleurs j'aime bien les villes de province. Oh! pas toutes, bien sûr, il y a des horreurs, mais... Et la nature toute proche... J'ai fait plusieurs randonnées (je frissonnai, cet intérêt pour la nature et les montagnes m'avait toujours un peu étonné), j'ai vu des villages près de Genève, j'ai visité Lausanne et Zurich, des petits bourgs en Suisse allemande, et Grindelwald, Interlaken. C'était... beau. Apaisant. Il me manque la Suisse italienne, mais je compte bien me reprendre.

Il me regarda, les yeux sombres, la bouche passionnée :

– Tu sais, j'y suis allé parce que c'était prévu, parce que c'était bien pour moi. J'en ai profité comme j'ai pu. Mais je restais vide ou en tout cas malheureux. C'est pour ça que je t'ai écrit. Je ne veux pas reparler de tout ça... Simplement même si ce n'est pas la peine de faire toute une histoire d'un chagrin d'amour, d'une séparation, ni même d'en parler, ni même de s'empêcher d'avancer, ne serait-ce que mécaniquement... Ça doit prendre le temps de passer. Rien à faire contre ça. Avancer donc, sans états d'âme, avec minutie, pour ne pas tomber, pour faire « comme si ». Mais on reste handicapé côté sentiments. Cette lettre, trop longue, trop détaillée, c'était ça : te dire que j'avance, que je peux avoir du plaisir, me distraire, mais que le centre de mon existence, c'est encore ma souffrance, le manque de lui, l'attente... Que ça passe, tout en ne le voulant pas. Je ne veux pas que tu...

Il s'interrompit, puis continua :

– Il ne faut pas trop m'en demander, c'est tout. Te protéger, me protéger. Je ne sais pas trop ce que je veux, ou ce que je voulais, mais je voudrais bien qu'il n'y ait pas de gâchis.

Un sourire triste pour me demander si je comprenais. Le menton posé sur la paume de sa main en un geste si familier qu'il m'arracha presque un gémissement. Il dit d'un ton rêveur qu'il savait mon désintérêt pour la montagne en dehors du ski et de la planche à neige :

– Seulement, tu comprends, là-bas, c'est la quiétude, la plénitude; on est largué, dépassé, il n'y a rien d'autre à faire que d'accepter, avec sérénité. Tout. Une libération folle. N'être plus rien dans cette immensité m'a apporté un apaisement que je n'avais pas connu depuis longtemps. Je ne m'y attendais pas et c'était merveilleux. En fait, je ne m'attendais à rien. Ici, c'est différent. Venir en Italie, c'était un vieux rêve et celui-là, je ne veux pas le lâcher ou le gâcher. Je veux rester, faire mon doctorat comme prévu, essayer de trouver un emploi. Recommencer. J'ai fait des recherches, le département est intéressant, mon directeur jeune et très sympa... Enfin tout ça s'est fait surtout par mail ou par courrier. L'université est à moitié déserte en ce moment. Mais je pense que tout devrait bien se passer.

Il chercha ses mots l'espace d'un instant.

— Je n'ai pas envie de rentrer à Paris, mais je voulais m'assurer que je ne fuyais pas, que j'avais une vraie raison de venir ici. C'est puéril, peut-être, mais parfois on a de ces interrogations idiotes... Tu as pu le noter, je suppose, dit-il en élevant légèrement la voix, en lisant cette lettre que j'ai eu tant de mal à rédiger.

Il haussa les épaules.

— Enfin, si tu l'as lue, ajouta-t-il d'un ton léger.

Il me regarda sans rien dire, comme pour voir ma réaction. Je me penchai par-dessus la table et l'embrassai sur la bouche. Il ferma les yeux et me rendit mon baiser, avant de reculer et de me dire en riant :

— Ben alors ! Et les gens ?

— Oh, ça va : tu sais bien que la plupart des mecs qui nous entourent n'y trouveront rien à redire, lui répondis-je, boudeur.

— Je sais... vu le quartier. C'est marrant, cet embryon de quartier gay juste à côté du Colisée ! Mais il faut quand même faire attention parfois, tu sais...

— Tant que ce n'est pas au Vatican, je pense qu'il n'y a pas lieu d'en faire tout un plat, dis-je trop sèchement.

Il écarquilla les yeux, toujours avec cet air d'innocence que je sentais artificiel et qui commençait à me rendre dingue.

— Mais tu es fâché ? Qu'est-ce que tu as ?

Ses grands yeux, qui paraissaient moins marron et plus verts que jamais ce soir-là, m'observèrent avec une sorte d'angoisse. Je ne savais plus que penser. Je sentais qu'il y avait quelque chose de non-dit, que je ne comprenais pas, mais que, malgré tout, il était sincèrement heureux de me voir, qu'il se sentait bien avec moi. J'eus envie de fondre en larmes et j'avais une boule dans la gorge en lui répondant. Je continuais d'osciller entre colère et contentement, dominé par une jalousie aussi subite qu'irraisonnée. Je dis :

— Comme si dans tout Rome tu avais choisi ce quartier par hasard ! Pour voir tous ces mecs, pour...

Il écarquilla les yeux, et devant son air étonné, je balbutiai en rougissant, car c'était moi qui avais suggéré cet endroit. Je me repris non sans mal.

— Je dis n'importe quoi, excuse-moi. Non... je n'ai rien. Ça me rend nerveux de te retrouver. Je t'en prie, excuse-moi.

— Mais il n'y a pas de quoi, il ne s'est rien passé...

— Merci... Je suis ému de te revoir, ça doit être ça. Je ne sais plus ce que je dis !

Il rit :

— Bon, alors, je ne vais pas trop m'en faire pour ces grands yeux noirs qui me lancent des éclairs depuis tout à l'heure ! Ça te va bien d'être un peu fâché, tu sais ?

Il m'observa :

— C'est marrant, tu me sembles changé. Différent. Mais je ne sais pas en quoi... J'aime bien, en tout cas. Ça me plaît. Il est vrai que quand on n'a pas encore vingt ans...

Il me provoquait. Je fus repris par un mouvement de colère imprécise et n'eus pas envie de la cacher puisqu'il la discernait si bien et démasquait si facilement et avec une telle légèreté le fond de mes pensées secrètes. Je fus saisi moi aussi d'une envie de le narguer et, il fallait bien l'avouer, de lui faire mal. Qu'il réagisse, cesse d'afficher cette paisible gentillesse, presque indifférente. Mais en avais-je seulement les moyens ?

— Bof, différent... c'est possible, je ne sais pas, dis-je sur un ton que je voulus léger. À part vivre seul comme un grand garçon depuis mon arrivée et avoir profité des nuits pour étendre mes connaissances du monde homo, je n'ai pas fait grand-chose qui sortait de l'ordinaire. J'aurais du succès comme pute, par ici. En tout cas une chose est sûre : je vais bien m'amuser à la rentrée ! Car le reste, tu sais, le journalisme, l'économie... Ça ne va pas assez m'occuper, je crois.

— Je suis content pour toi, dit-il d'un ton paisible, comme si je n'avais rien dit de spécial. Tu vas te faire des amis très vite, je n'en doute pas. Je pense que tes études vont t'amuser, tu sais ? Tu es trop pessimiste, tu ne sais même pas ce qui t'attend, et peut-être...

Je me cabrai.

— Tu me parles comme un père ou un grand frère !

— Possible, dit-il en faisant signe à un serveur, mais tu en aurais peut-être besoin, d'un grand frère, en ce moment, pour t'empêcher de faire des conneries. Malgré tes conneries, justement, tout te réussit, mais ça ne durera peut-être pas, tu sais... Tu y penses, parfois ?

Je serrai les poings sous la table et le fixai d'un regard mauvais.

– Oui, papa, non papa ! Dis-moi ce que tu veux que je te réponde...

Je m'enfonçais. Je regardais mes mains, les lèvres serrées. Je me contins, car le serveur approchait. Nous reprîmes la même chose. Adrien s'alluma une cigarette, je regardai autour de moi, toute cette vie vibrante dans laquelle nous ne plongions pas. À quelques tables de nous, des Américains parlaient plus fort que tout le monde, note discordante dans la cacophonie ambiante. Il continua, aucunement troublé par mon air boudeur.

– Je ne vois pas pourquoi tu t'énerves. Des amis qui se parlent, et par là je veux dire qui se parlent d'autre chose que de drague, skate, filles et pétards, eh bien ça se dit, ces choses-là... Quand on tient à quelqu'un c'est normal qu'on se soucie...

– Tenir à quelqu'un ! À moi... ?

J'éclatai de rire, mais pas de joie. Curieusement, il ne sembla pas choqué, ni fâché, ni déçu. Une lueur de contentement, peut-être, et aussi quelque chose qui ressemblait à de la bienveillance. Il ne dit rien, remercia le garçon qui nous apportait nos verres. Il se leva ensuite, vint en face de moi et me prit les mains. Je me levai. Nous étions presque l'un contre l'autre. Il me chuchota :

– Là, tu vas te calmer, je te sens fébrile et comme partagé... Je suis heureux d'être avec toi... Je voudrais que ce soit pareil pour toi. Et arrête de m'observer par en dessous, comme si je te cachais quelque chose d'essentiel, comme si tu devais te défendre, porter des coups.

Il plaqua violemment sa bouche sur la mienne et la pénétra avec sa langue. J'eus un vertige. Un contentement foudroyant. Une action. Actif enfin. Depuis des semaines, depuis le soir précédant son départ pour Genève, depuis Paris, j'attendais. Ma mémoire, d'un seul coup, se retrouva vierge de tout souvenir. Les autres n'avaient jamais existé. Il se détacha de moi et retourna vers sa chaise. Je me sentis tout d'abord heureux et fébrile; mais quelque chose se figea en moi et pour la toute première fois, reprenant mes esprits, je pensai que son geste, qui m'avait semblé si naturel, pouvait être dangereux en public. Je détestais cette pensée. Si incroyable. Inique. Je détestais le fait de me dire que, certainement, personne ne nous avait vus. Je me détestais d'y avoir pensé. Pourquoi en cette minute, à ce moment? Adrien me regardait et je vis qu'il devinait tout à fait le cours de mes pensées. Une ombre passa sur son visage. Étrange instant. Quelles étranges pensées, quelles étranges perspectives. Il s'assit sans rien dire. Je l'imitai, alors que j'entendais une voix dire derrière moi, d'un ton attendri :

— *Sono graziosi, gli innamorati...*

Cela me flatta, bien sûr; ça me plaisait que l'on nous prenne pour deux amoureux, deux personnes qui s'aiment. C'était absurde, mais que nos admirateurs soient un homme et une femme, et de toute évidence un couple, m'apaisa. J'oubliai l'élan vaguement paranoïaque qui m'avait submergé. Mais mon cœur se serra à nouveau : tout ça, encore une fois, c'était faux, truqué : il n'y avait que deux solitudes. De l'amitié, deux vies parallèles, en rien perpendiculaires ou croisées. Des sentiments amoureux aussi, non partagés, ou non voulus, ou les deux. J'empoignai mon verre, le vidai d'un seul coup. Je m'emparai du paquet d'Adrien, y pris une cigarette que j'allumai; la fumée me brûla les poumons. Je ne fumais presque plus depuis quelques jours, j'avais déjà perdu l'habitude. Se déshabituer. C'était possible... Me déshabituer de lui. Ne plus le voir. Était-ce possible ? Ainsi c'était bien ce qu'il avait tenté de faire cet été, avec sa lettre, cette distance, ce silence... Était-ce un test ? Tordu ! C'était donc pour cela qu'il m'observait avec autant d'attention et d'ambiguïté depuis nos retrouvailles. C'était idiot. Ou peut-être pas. Me dirait-il la conclusion? Saurais-je seulement ce que moi j'en concluais ? Je partais à la dérive. Je fixai Adrien. Il m'observait, un sourire aux lèvres, les yeux brillants, Adrien qui loin de ses imprécisions habituelles était clair, évident, sans équivoque. Sans avoir prononcé un mot. Il dit, achevant de me désemparer :

— Tu t'imagines peut-être que ça me gêne de savoir que tu en as embrassé d'autres... Embrassés et tout le reste... C'est le contraire : j'adore !

• • •

L'entrée était assez sombre. L'éclairage indirect, les regards de ceux que nous croisâmes, la lourdeur de l'air et les murs rouge sang me donnèrent l'impression fugace de me préparer à entrer en enfer. Pas l'enfer brûlant peuplé de créatures émaciées, mais bien celui où tout n'est qu'amoralité, débauche, perdition. D'ailleurs n'était-ce pas un peu la fonction de ce genre d'endroit que d'offrir à ses clients une dose d'excitation, d'inédit, de perversion ? Un lieu où l'on va par luxure et non par une envie de détente.

Je ne sais plus pourquoi nous avions décidé, après notre dernier verre et un bref passage dans une boîte de la via di San Giovanni in Laterano, d'aller dans ce genre d'établissement. Facilité de la proximité ? Le hammam était situé à quelques rues, un peu plus loin que le Colisée, comme nous l'avait appris un groupe de mecs avec qui nous avions échangé quelques mots en fumant une cigarette dans la rue. Envie de s'encanailler ? Sûrement. Je ne connaissais pas, de toute manière. Bien sûr, j'avais entendu parler de ces hammams, surtout au cours de ce dernier mois. Quelquefois, à la sortie des clubs proches du Colisée, on m'avait proposé d'y finir la nuit. À cause d'une sorte de pudeur, d'une peur indéfinissable, d'un vague dégoût, j'avais refusé chaque fois. Et maintenant, avec Adrien ? Cela me semblait à la fois normal et saugrenu. Bizarre, parce que cela n'avait rien à voir avec les sentiments et que, malgré tout, je lui voyais une auréole d'innocence autour de la tête. Je l'imaginais très mal errant dans ce genre d'endroit. Curiosité. Quant à moi, je n'imaginais rien. Normal, parce que nos contacts physiques, depuis le début, ne s'étaient jamais embarrassés de limites quelconques. À cela il n'y avait rien à changer. C'était certainement l'aspect public qui nous troublait – nous excitait ? Nous n'avions rien à cacher, nous n'avions pas à nous trouver d'endroit pour baiser. Pas de raison particulière. Je pensai en un éclair à la soirée chez Stefano. Oui, j'avais aimé tout ce sexe en public, à plusieurs. Mais avec lui ? Adrien ?

C'était aussi normal parce que, ce soir-là, il y avait entre Adrien et moi une atmosphère orageuse, lourde de lascivité et de désir contenu. Avant d'aboutir dans cet endroit, où il nous fallut devenir membres afin de pouvoir entrer, nous traînâmes de bars en boîtes, avant d'aboutir un moment dans celle sur San Giovanni. Entre nous régnait une harmonie fragile, délicate, et par une entente tacite nous tentions tous deux de ne pas la rompre. Nous avancions bras dessus, bras dessous.

Dans cette boîte, petite mais pleine d'alcôves, de salles, où il y avait plusieurs étages, nous buvions sans discontinuer. On nous observait beaucoup et ça me plaisait, j'étais décidément comme possédé par une sorte d'exhibitionnisme, parce qu'au fond j'étais jaloux de mon intimité avec Adrien et je tenais à la protéger du regard des autres. Mais là, c'était différent; ce désir exposé à la vue de tous, cette lascivité exacerbée imposée aux autres, c'était peut-être le résultat d'un désespoir intérieur. Dans les yeux des autres qui nous regardaient en dansant, en buvant, en s'étreignant dans l'atmosphère moite et épaisse, de la musique techno ou du hip-hop, plus lent, c'était une confirmation de ma réalité que je cherchais : oui, je tenais bien Adrien entre mes bras, il était bien là, avec moi, la nuit était bien à nous, à défaut de l'avenir. Sur les montées musicales de la *house*, de la *trance*, je pouvais me laisser aller à mon délire sensuel, je pouvais fermer les yeux et ne pas m'inquiéter : les autres me regardaient, nous regardaient, j'étais bien là et lui aussi. L'alcool nous brûlait les veines, plus rien ne comptait que s'amuser. Ensemble. C'est en riant que nous mentionnâmes à nouveau le hammam et en riant que nous décidâmes d'y aller.

— Je te désire, dis-je, et j'ai envie que ce soit indécent. J'ai envie de prendre le monde entier pour témoin.

— Allons-y, alors, même si ce sera plutôt le microcosme gay romain qui sera notre témoin, répondit Adrien en souriant.

Nous ne bougeâmes pas. Je l'enlaçai, l'embrassai, sur la bouche, puis dans le cou; mes mains descendirent vers ses reins, ses fesses dures et rondes que je me mis à caresser. Je me collai à lui, mais il se détacha, en titubant un peu, mais en me disant fermement :

— Allons-y maintenant, alors, parce qu'un peu plus et on sera vraiment indécents...

Il disait vrai : j'étais sur le point de lui arracher ses vêtements. Et en réalité, l'alcool aidant, j'étais en train d'oublier où nous étions, c'est-à-dire dans une boîte, gay peut-être, mais parmi la foule.

— Ils doivent se dire « mais quelles chaudasses, ces deux-là ! » À bon droit d'ailleurs !

Il rit, ses yeux brillèrent.

— Viens.

6

HAMMAM

C'est ainsi que nous nous retrouvâmes dans la pénombre d'une entrée au carrelage vert impérial face à un type à l'air blasé derrière son guichet vitré. À gauche, à droite, des palmiers en pot, des affiches colorées, une vague ambiance tropicale. Après avoir payé une somme considérable, cartes de membres en main, sur lesquelles s'inscrivaient en lettres noires les faux noms que nous avions inventés sur le coup de l'inspiration, et après nous être fait donner serviettes et capotes, nous aboutîmes dans l'enfer rouge sang, puis nous nous dirigeâmes, dans un dédale de couloirs aussi peu éclairés que l'entrée, à la recherche de nos « chambres », des cabines, plutôt, comme nous allions le découvrir. Je ne pouvais le deviner ou le savoir, mais je me disais que ce genre d'endroit devait aussi être peuplé de vieux, de pervers, de dégénérés, d'hommes mariés venant honteusement prendre leur plaisir. Mais il y avait sans doute une sorte de tri à l'entrée puisque je ne vis rien de semblable. Dégoûtant peut-être, mais permettant d'éviter des rencontres encore plus dégoûtantes. Le déclin, les chairs incertaines, le désespoir, la lie, très peu pour moi, pour nous, merci ! Enfin peut-être y avait-il des hommes mariés venus là furtivement et clandestinement, mais tous ceux que nous croisâmes, presque nus avec une serviette autour de la taille, étaient jeunes, et, me sembla-t-il, désirables. Alors quelle importance ?

— Tu as vu, dis-je un peu trop fort, il n'y a pas de vieux moches !

Adrien rit et me dit :

— Chut ! Pas si fort ! Tu imagines, si on en croise ?

Un jeune homme brun qui passait nous avait écoutés en souriant et il nous expliqua, en français, et avec un fort accent, alors que nous le croisions, que cela ne risquait pas d'arriver, sauf exception.

— Ici ils ne viennent pas, ils auraient honte de faire tache : il n'y a que des jeunes. Ils y veillent, à l'entrée... Il y a une sélection.

Une sélection. Cela me laissa rêveur. Puis je pensai tout simplement : tant mieux.

C'était un beau mec. Sa peau mate, son torse puissant, ses bras découpés, son visage, ses gestes sensuels ne devaient pas manquer d'amateurs. Je me demandai pourquoi il était là puisqu'il aurait pu... Mais je m'arrêtai : que faisions-nous là nous-mêmes ? Lui aussi était là pour le sexe et je ne sais quelles sensations, pas pour une question de sentiments ou pour chercher un compagnon. Pas parce qu'il était moche et seul. Une *piccola troietta,* comme les autres. *Puttanella.* Comme moi. Comme Adrien ? Il nous lança un regard appuyé, il passa la main sur ma joue puis la laissa descendre sur le torse d'Adrien. Visiblement, nous lui plaisions. Adrien lui sourit, mais se détourna. Tellement parisien ! Petit prince inatteignable. Enfant-roi qui ne doute de rien. Mais ça, c'était lui ou moi ?

– Je vois, répondit-il. Ce tri, c'est tant mieux pour nous, n'est-ce pas ?

Puis, se tournant vers moi :

– Tu viens ?

Sans doute parce qu'il est sous-entendu que ce genre d'endroit doit être fréquenté en solitaire, il nous avait fallu prendre deux chambres; du moins les avions-nous obtenues voisines. Chambres est un grand mot : c'étaient plutôt deux cagibis rectangulaires, exigus, meublés uniquement de lits étroits, d'une table de chevet minimale. Sur un des murs, face au lit, un grand miroir. On pouvait à peine s'y mouvoir et bien naïvement je me demandais comment on pouvait trouver du plaisir à s'ébattre dans ce qui me faisait furieusement penser à une penderie. Et dans un lit aussi petit ? L'ensemble évoquait une cellule de moine, à l'exception du miroir, évidemment destiné à bien autre chose qu'une ascétique toilette matinale. Adrien entra derrière moi; il n'alla même pas voir l'autre chambre. Je lui dis mon étonnement quant à l'exiguïté de la pièce et il me regarda avec un drôle d'air, avec ironie d'abord, puis, souriant, avec ce qui ressemblait à de la tendresse. J'eus la brusque envie de lui dire que nous devions sortir de cet endroit, sortir dans la nuit agitée, marcher dans la ville, croiser des gens, entendre des cris, des mots, des notes de musique, main dans la main jusqu'au lever du soleil, puis rentrer tous les deux, retrouver mon lit défait, nous y retrouver. Il ne dit rien et moi non plus; il regarda derrière lui, dans le couloir, puis leva les yeux vers le plafond d'un air éloquent. Il ferma la porte. Je suivis son regard et me rendis compte que la pièce n'était qu'un assemblage de quatre cloisons: il n'y avait pas de plafond. Je compris, bien sûr, que, pour beaucoup, les chambres devaient être accessoires et que ce qu'il y avait à faire ici devait s'accomplir bien souvent dans les bassins, les douches, le dédale de couloirs obscurs. Peut-être y avait-il d'autres pièces secrètes, d'autres prétextes à l'exhibition publique d'un désir commun entre tous ceux qui se trouvaient là. Ingénu de ma part, je suppose, mais je n'y avais pas pensé. Je rougis: j'avais encore bien des choses à apprendre, moi qui me considérais depuis un mois comme expérimenté, presque déjà blasé de la débauche et des rencontres de hasard. « Je ne sais rien », pensai-je.

— Qu'est-ce qu'on fait ?

— On se déshabille et on fait un tour ?

— Oui...

J'étais de moins en moins enthousiaste.

— Qu'y a-t-il? Tu n'as plus envie? Pourtant, tout à l'heure...

— Mais non, je suis content d'être là.

J'ajoutai agressivement:

— Je me sens exhibitionniste, c'est parfait. Je suis *très* content d'être là !

— Tant mieux alors... Il haussa les épaules : allons-y gaiement !

Il souriait, mais il y avait de la lassitude dans son regard et comme une brusque fatigue; quelque chose dans sa voix me faisait comprendre que cet « allons-y » signifiait en réalité « qu'on en finisse au plus vite ». J'étais partagé : je me sentais tout à coup las, moi aussi, mais j'étais tout de même curieux de voir ce qu'il se passait derrière ces murs et d'y voir aller Adrien. Avec son air angélique, comment allait-il se confondre dans ce que j'imaginais comme une foule en plein délire sensuel, sans aucune retenue ? À côté de cette langueur triste et de la curiosité enflait aussi un sentiment de colère et de rancune qui, toute cette soirée, comme des vagues inlassables, m'était revenu régulièrement. Rien de précis, mais je sentais la brûlure négative de ces sensations qui me donnaient envie, une fois de plus, de blesser Adrien. Je ne me rendais pas compte qu'à défaut de pouvoir le toucher et le posséder je voulais qu'il me remarque autrement, quitte à lui faire mal. Je sentais bien qu'il me désirait, mais ce n'était pas assez. Je désespérais de l'atteindre, alors pourquoi ne pas tout détruire ? J'acquiesçai et me déshabillai en même temps que lui. En le voyant nu, beau et vulnérable, je paniquai : impossible de le laisser s'afficher ainsi ! J'avais peur qu'on ne me le vole ! Je fus terrifié aussi à l'idée de le voir agir d'une manière nouvelle, inédite pour moi. J'eus peur de le voir aller vers d'autres. Une jalousie féroce s'empara de moi, provoquée par un besoin de possession impérieux, mais inassouvi. La légèreté dans laquelle je m'étais réfugié lors de notre tournée des bars et des boîtes, me protégeant de l'amertume, m'avait bien quitté. L'effet de l'alcool s'atténuait ou plutôt évoluait vers des zones plus confuses, passant de la joie à une violence qui me surprit. Je me retins de ne pas le plaquer contre le mur et le prendre sans un mot. Brutalement. Avec la conscience de moi-même et la perte d'une certaine indifférence, je connaissais aussi la perte d'une certaine inconscience, d'une certaine paix et l'avènement du règne de l'incertitude, des calculs, des sentiments contradictoires. Je n'étais pas loin de le regretter et j'eus la nostalgie des années tranquilles et vaines, monotones, mais rassurantes, grises, mais stables. Bien loin de ce chaos, la source tranquille de l'ennui, des convenances, des sentiments à peine tièdes. Un début de vie sans intérêt, mais aussi sans soucis, et sans problèmes.

Il aurait été plus sage, plus raisonnable et plus digne aussi, sans doute, de me dire « nous sommes ensemble, il va rester avec moi, j'invente n'importe quoi ». Mais au lieu de cela, je m'entêtai à mal penser, à m'enliser dans le négatif : « Alors c'est ça qu'il veut. Il va voir ce que *moi* je veux ».

À partir de là, tout s'accéléra...

• • •

Il y avait plusieurs salles, assez luxueusement aménagées. Pour mon premier contact avec ce genre d'établissement, j'eus de la chance : rien de vraiment sordide, rien de pauvre, de laid. En tout cas, pas à la surface des apparences. À part, bien sûr cette exposition violente et crue de désirs sexuels, ces acrobaties publiques, la lubricité ambiante, les murs suintants d'échos de fornication, de cris, de soupirs. Vu de l'extérieur, ces hammams ne sont, pour beaucoup, que des lieux de perdition, où danger et dégénération vont de pair. Mais sont-ils vraiment ignobles, et leurs adeptes sont-ils plus méprisables que dans ces endroits où des filles et même des garçons se tortillent autour de colonnes, de poteaux ? Que ces clubs privés où l'on va en étant certain de trouver sa place toute prête dans la monstrueuse chorégraphie qu'on y met en scène ?

Là, rien de tel. Impression d'improvisation et de hasard. Dans l'air chaud, humide et lourd, dans les couloirs, les bassins, les saunas et les douches régnait une grande promiscuité. Partout, des fauteuils profonds, de longs bancs, des portes béantes, un éclairage indirect, aux teintes rouges, surtout, mais aussi vertes, dorées. De tous côtés, encore des plantes exotiques, des miroirs, des alcôves. Partout, des garçons, ou plutôt des hommes, à la nudité à peine cachée par leur petite serviette lâchement serrée à la taille. Partout, des couples qui s'embrassaient, des groupes étroitement liés, des œillades, des gestes invitants, des voix caressantes. De cette atmosphère hésitant entre le fantasme, l'érotique et le pornographique chic résultait quelque chose d'assez agréable, comme l'impression d'être dans un monde à part, un univers refermé sur soi, où tout est possible. Un parfum indéfinissable flottait, agréable, mais étrange, comme s'il dissimulait des relents moins avouables. Un monde à part, oui, mais artificiel : un décor, et derrière, dans les coulisses, la laideur. Le concret. Tout cela, d'ailleurs, n'excluait pas des éléments franchement sympathiques : certains discutaient, prenaient un verre à l'un des bars, et tout cela contrebalançait un peu l'extrême sexualité régnante. J'étais étonné, tout de même, que l'on puisse se sentir à l'aise hors du courant sensuel, de ce flot qui entraîne vers une conclusion inéluctable : il me semblait qu'une fois le corps soulagé, l'on devait sentir une irrésistible envie de fuir cette chaleur, ces corps, ces faux rapprochements, cet ersatz de complicité, cet érotisme exacerbé, toute cette atmosphère faite de désir, d'odeurs lourdes et, brusquement, fades, écœurantes. Parmi ces désirs étalés, exposés aux yeux de tous, combien seraient comblés au bout de la nuit et combien se dissoudraient dans une morne tristesse, dans l'amertume d'un petit matin morose ?

Après une assez longue exploration et une aventureuse parenthèse dans un sombre dédale de couloirs très étroits où il semblait y avoir des milliers de mains, de bouches et de sexes baladeurs, nous aboutîmes dans la salle des grands bassins. Nous dépouillant de nos serviettes, nous nous dirigeâmes vers le plus grand. Adrien y entra le premier et j'eus le loisir d'observer avec une rage intérieure les regards de désir et de concupiscence qui l'assaillirent. Que disait son regard à lui ? Je ne le voyais pas. Pourtant, quelque chose dans ses épaules, les muscles de son dos me le faisaient deviner tendu, sur ses gardes. Il traversa la piscine, plus creuse en son centre, eut un bref instant de l'eau jusqu'en haut du torse, puis atteignit l'autre côté. Il se retourna, me fixa, comme tous les autres au même moment, alors que j'entrais dans l'eau. Les regards ne me troublèrent pas. J'aimais qu'on me regarde, alors pourquoi aurait-ce été différent à ce moment précis? Son regard, en revanche, déclencha en moi un trouble qu'il me fallut maîtriser. Les garçons présents durent me penser embarrassé, car je baissai la tête et ne me retournai pas avant d'avoir rejoint Adrien et de m'être mis à côté de lui, comme si j'étais intimidé. Ce n'était pas le cas, mais encore et toujours j'étais perplexe. Je n'arrivais pas à lire en Adrien, je ne comprenais plus ses regards; tout m'était retiré. Il y avait dans ses yeux, alors qu'il me regardait avancer, une froide ironie, une lueur méchante. L'impression qu'il se moquait de moi. Il était dur, soudain, comme si lui aussi voulait me faire souffrir, ou comme s'il s'était réfugié derrière je ne sais quel masque pour se protéger.

Malgré mon désarroi, la moiteur de l'air, la chaleur de l'eau, l'odeur lourde et comme épicée qui se répandait partout, jusqu'à en devenir obsédante et presque écœurante, m'emplirent d'une lascivité sans équivoque. Mon corps tout entier exigeait une satisfaction immédiate. Adrien, comme un aimant, le faisait se retourner vers le sien. Je le regardai, et, sous l'eau, je posai ma main sur sa cuisse. Il s'était transformé : plus de raideur, plus d'ironie. Mais ses yeux remplis de désir gardaient malgré tout un peu de cette nuance dure et presque malveillante qui tranchait si violemment avec tout ce qu'il possédait de sensibilité, d'innocence, de vulnérabilité. Je collai rudement ma bouche à la sienne, le plaquai contre le rebord de la piscine. Je sentais son désir, mais aussi une volonté têtue d'y résister. Il secoua la tête, se raidit, finit par se dégager et me siffla à l'oreille :

— Lâche-moi et arrête de jouer au caïd.

— Mais... balbutiai-je.

Sa main sur ma nuque, il rapprocha sa bouche de mon oreille et continua d'une voix plus rauque :

— Si tu veux te donner en spectacle, libre à toi. Mais ne me fais pas entrer dans ton petit jeu... et si tu as envie d'une orgie ou de je ne sais quelle fantaisie... c'est sans moi. Et arrête cette comédie du désir, ces yeux ébahis, et... quoi, tu trembles ?

Le ton devenait acide, j'étais stupéfait, mais si chaque mot était comme un coup de couteau, je ressentais une satisfaction perverse, comme si c'était là l'occasion que j'attendais. Je frémis quand il continua, car il me donna l'impression de lire dans mes pensées. Mais cela ne changea rien à ma résolution.

— Tu te fous de ma gueule ? continua-t-il toujours avec la même voix basse, à la limite de la fêlure. Tu crois vraiment que je vais croire à ta comédie ? Je sais très bien que tu ne penses qu'à ça... Eh bien ! Vas-y ! Tu es obsédé, tu es accro au sexe et moi, je ne suis pas certain que ça m'intéresse plus que ça.

— Mais toi aussi... Toi aussi !

Je tentais de chuchoter, je m'étouffais presque tant ma gorge se serrait d'une colère trop longtemps ignorée.

— Si tu t'imagines comme un ascète, un saint, si tu te crois si différent de moi, tu te trompes ! Toi aussi tu as des désirs... Beaucoup !

Il me coupa :

— Peut-être. Ça m'est égal de le dire. Mais moi je me contrôle.

Il regarda autour de lui avec mépris et me dit d'une voix encore plus basse, plus tendue :

– Et, je ne sais pas si tu y penses, mais c'est dégueulasse, c'est dangereux ! Dangereux ! Tu y as pensé, à ça, au danger, hein ? C'est...

Il s'interrompit abruptement, comme s'il ne trouvait pas assez de mots pour exprimer ou plutôt cracher son dédain, montrer sa répulsion. J'avais très mal et, poussé à bout, je trouvais enfin une justification parfaite à ce désir que j'avais de lui faire mal moi aussi.

Il ajouta, avec ironie, avec une vulgarité intentionnelle :

– Tu disais que tu te sentais exhibitionniste... Eh bien, vas-y, va le montrer, ton cul, ou tout ce que tu veux ! Ils vont tous te regarder et aller vers toi...

Il rit, regarda droit devant lui, la mâchoire serrée.

– Ne t'inquiète pas, nous te regardons, je te regarde. Et pour ce qui est des risques... Ce sont pour toi des défis supplémentaires, je suppose ? Vous me dégoûtez tous, avec ce besoin de séduire, de vous faire remarquer que vous avez, c'est maladif, débile. Des bêtes. Aucune retenue, aucune dignité... Misérable.

Même de profil, le rictus qui tordit sa bouche le défigura. Je savais que ce « vous » se réduisait principalement à deux personnes. Que répondre ? Il ne dit plus rien, se murant dans un silence maussade, le regard vide. Il me faisait mal, je le sentais aux prises avec une souffrance acide comme de la bile qui sortait enfin, le laissant vidé de tout, épuisé dans cette eau trop chaude, cet air corrompu. Je ne me demandais même pas ce qui pouvait l'inciter à vouloir me faire mal, je ne cherchais pas les raisons qui le poussaient vers cette pente amère et destructrice, négatrice de tout. Allais-je le regretter? Ses raisons étaient bien cachées. Toujours ce même stratagème: dissimuler sa souffrance ou ses blessures derrière des peccadilles sans importance, des sautes d'humeur, un apparent manque d'équilibre émotionnel. Il était comme ça, Adrien. Dans cet arrière-monde mystérieux, il entassait, en désordre, certaines de ses envies, de ses ambitions, certains plaisirs, aussi. Mais cette protection était aussi un repoussoir. Il était si coupant, si dur dans ces moments-là, que personne n'aurait pu soupçonner un tourment quelconque derrière cet écran transpirant le fiel.

Avec le temps, je finis par comprendre que son âme, son cœur et sa mémoire obéissaient à une chronologie très particulière, impulsive. Peu de calcul. C'est pour cela que, dans un moment de joie, il pouvait brusquement sombrer dans le désespoir – et donc dans la mauvaise humeur pour celer aux regards extérieurs cet accablement inopiné – et dont l'objet pouvait ne pas être immédiat. Quand un sentiment remontait par hasard à la surface de sa vie, il s'y jetait entièrement. C'était beau, entier; c'était aussi très pénible. Comment parvenir à déjouer et démêler les fils de cet échafaudage compliqué? Je ne savais pas encore qu'une existence tout entière ne suffit même pas pour cerner sa propre vérité sous tous ses aspects, dans tous ses états, à travers tous ses visages. Alors celle d'un autre...

Je ne comprenais pas que derrière l'apparence somme toute heureuse d'être enfin à Rome, d'y vivre, d'y travailler, Adrien perdait déjà pied et glissait lentement d'abord et de plus en plus rapidement vers une détresse envahissante. Moi je ne pensais qu'à l'aimer et peut-être à m'en faire aimer, et lui perdait son équilibre. Je découvrais la vie à travers lui et il trébuchait, ne savait plus comment avancer. Je ne voyais pas que sa lucidité, entre autres, lui dictait de se débarrasser de moi pour me protéger. Se protéger lui-même. C'était pourtant ce qui ressortait à la lecture de sa lettre, mais je ne voulais pas le voir. Me considérer moi-même comme un fardeau, un danger ou une menace dépassait bien évidemment mon entendement et je n'y songeais même pas.

Cette dureté soudaine et évasive, il me semblait que je me brisais contre elle; il fallait que je réagisse et c'est donc l'humiliation que je choisis de voir au lieu de la blessure. Une envie de vengeance me tenaillait. Sans rien dire, je me dirigeai lentement vers le garçon qui nous faisait face de l'autre côté du bassin. Sans un mot, sans me retourner, je me collai à lui et sentis son sexe dur contre moi. C'était moins profond à cet endroit-là, et notre nudité à tous les deux était donc affichée sans voile; « il a ce qu'il voulait », me dis-je pour m'encourager, parce que j'hésitais; j'avais envie de fuir, horriblement gêné soudain par les regards que je sentais sur nous, par le sien surtout. Fuir ce regard brûlant dans le mien, fuir ce garçon trop beau dont je n'avais pas vraiment envie, même si, physiquement, je devais lui donner l'impression contraire. « Quelle mascarade ! » pensai-je, plein de dégoût, fatigué soudain, moi aussi, et vidé de tout désir, de toute énergie. Il me semblait que plus jamais je ne pourrais prendre un quelconque plaisir au sexe. Une gangue de plomb s'était abattue sur mes épaules.

Réagir, et le faire réagir. Sortir de cette léthargie, sortir de là. Sensation d'urgence qui me vint d'un seul coup, fulgurante. Je laissai là le garçon inconnu, indifférent à ce qu'il pouvait penser, et je revins vers Adrien. Je le regardai, je fis mine d'observer un type appuyé contre le mur derrière lui et je lui dis :

— Ah, c'est fou ce qu'il me fait penser à Alejo, tu sais ! Regarde ! Son corps, la couleur de sa peau, ses muscles...

Adrien se retourna lentement, resta ainsi un moment et je ne sais pas si le garçon se méprit, car il lui sourit; je retenais mon souffle. Aussi lentement, Adrien se retourna vers moi, le visage vidé de toute expression. Il baissa les yeux vers l'eau qui recouvrait une partie de son torse et, brusquement, mit les mains sur son visage, les laissa tomber et me regarda, apparemment détendu. En silence. Encore et toujours ce silence. Moi qui me sentais mourir de honte, je me retrouvai soudain à nouveau flambant de rage et je lui lançai sans réfléchir :

— Je devrais peut-être aller le voir, pour savoir si son sexe aussi est semblable et si on peut trouver le même genre de plaisir avec lui !

Toujours rien, encore le silence. Je poursuivis violemment :

— Car oui, j'avais oublié de te le dire, j'ai couché avec lui, une seule fois, mais inoubliable, crois-moi ! Je crois qu'il aurait voulu recommencer, mais je n'ai pas voulu... J'aurais dû peut-être...

Je me tus, effrayé par ce que je venais de faire autant que par le silence qui persistait. Sans daigner me regarder, il dit d'une voix atone :

— Vous vous ressemblez, c'est dingue...

Il ne s'expliqua pas. Je n'étais pas sûr s'il parlait du garçon du mur et de moi, ou d'Alejo et de moi. Je m'y perdais. Mais peu importe, je pressentis une catastrophe et me mordis les lèvres : qu'avais-je fait ? Il resta figé ainsi quelques secondes encore, à me fixer, puis il se dirigea vers les marches sans cesser de me regarder, nullement embarrassé cette fois par sa totale nudité. Il sortit du bassin sans se presser, avec des gestes mécaniques, petit pantin raide, malheureux, entoura sa serviette autour de sa taille, et, toujours sans un mot, se détourna et se dirigea vers la sortie d'un pas égal, lent. J'eus un instant l'impression qu'il se dirigeait vers le garçon qui, encore une fois, lui adressa un sourire éclatant, mais il ne le regarda pas, ne se retourna pas et sortit. L'inconnu le suivit.

Je repris mes esprits aussi vite que je les avais perdus; je sortis précipitamment du bassin et me ruai hors de la pièce, essayant tant bien que mal de retrouver mon chemin jusqu'à la chambre, bouleversé et tentant de rester calme en pensant à des choses aussi concrètes que sans intérêt. J'étais dans tous mes états et je devais donner l'impression d'un exalté à courir ainsi dans les couloirs au carrelage glissant, sans me préoccuper de ma nudité, la serviette à la main, sans pour autant retrouver mon chemin. Je reconnus pourtant un petit escalier et je me souvins qu'il conduisait à l'étage où se trouvait notre chambre. J'y arrivai essoufflé, en attachant ma serviette, juste à temps pour trouver Adrien seul, déjà séché, habillé, prêt à partir, qui me tendit la clé et me dit d'une voix indifférente, sans inflexion, plus pénible encore que son silence :

— Bon. Je me demandais quoi en faire...

Je la pris, tentai de garder sa main dans la mienne. Il se dégagea fermement, mais sans brusquerie, sa première réaction depuis mes paroles fielleuses. Tout son corps, tout son être me rejetaient pourtant, sans un mot ni un geste de trop. Il ne dit rien, continua à me fixer. J'étais dos à la porte ouverte, il me faisait face. Ma serviette tomba, je me retrouvai nu devant lui, sentant bien l'absurdité de la situation, embarrassé de me sentir ridicule et indécent. Y a-t-il situation plus pénible qu'un affrontement inégal quant aux vêtements que l'on porte ou que l'on ne porte pas ? Il me regarda des pieds à la tête avec tant de mépris et de distance que cela me frappa plus fort que n'importe quel coup.

— Ne me regarde pas comme ça ! suppliai-je.

Sans transition, comme il savait si bien le faire, il passa d'un état à un autre. L'horrible expression disparut. Je ne m'étais jamais trouvé en face d'une vraie souffrance, faite d'une tristesse si profonde qu'elle ne se donne même plus la peine de s'exprimer extérieurement. Dans ce qui passa alors fugitivement dans son regard, je crus reconnaître cette souffrance et cette tristesse, et, sans me faire d'illusion sur mon importance, bien illusoire justement, je me sentis terriblement désemparé et coupable, non pas d'en être la cause réelle, mais de les avoir réveillées. J'en ressentis aussi une sorte de joie mauvaise : j'avais donc ce pouvoir... à défaut d'autre chose. Mais je ne dis rien, ne fis rien non plus et, sans logique apparente, je pensai à la lettre, à tout ce qu'il m'avait écrit, et précisément à cette phrase : « Je ne veux pas te faire de mal, te détruire, te transformer. Je ne veux plus demander à qui que ce soit de changer pour moi... » J'avais écarté tout ça vivement. Sans comprendre. Mais n'était-ce pas justement ce qui était en train de se produire ? Cette méchanceté soudaine, d'où venait-elle, qu'allais-je en faire ? Je ne pouvais pas me laisser osciller ainsi à l'envi indéfiniment. Et je ne pouvais pas lui donner ce spectacle, me réduire ainsi face à lui, me réduire à un adolescent hystérique et désabusé. Je ne pouvais pas lui imposer un garçon perdu et avide de ce qu'il ne pouvait pas me donner.

Il posa légèrement la main sur mon épaule, m'écarta doucement. Je me laissai faire. Je restai immobile alors qu'il passait la porte avant de se retourner alors que quelque chose ressemblant à de la pitié et à de la mélancolie lui détendait le visage. Il me dit :

— Sois prudent... Si au moins je pouvais te faire confiance, être certain que tu n'allais pas déconner, Dieu sait comment... Et avec qui...

J'étouffai un sanglot. Il continua à voix basse :

— Je savais, je le savais déjà là-bas, à Paris, tu sais...

Je pense que j'ai crié :

— Non !

Les larmes me brûlaient les yeux, mais ne coulaient pas.

— Oui... C'est vrai. Je l'ai su tout de suite; je vous ai vus, j'étais assis dans l'obscurité des escaliers quand il est arrivé. J'ai tout de suite su ce qu'il se passerait. Je souffrais. Je ne savais plus trop pourquoi. Il y avait... trop de raisons. Je souffrais, mais j'étais intéressé, aux aguets, comme un voyeur, un pervers, un masochiste. Je tremblais, mon cœur battait si fort, je me demandais s'il n'allait pas exploser. Ou pire encore : si vous n'alliez pas l'entendre.

Il baissa la tête. C'était maintenant mon cœur qui battait la chamade, qui me faisait trembler, tellement que je ne pensai même pas à me demander comment il avait pu être assis dans l'escalier obscur, en ce soir d'hiver déjà lointain. Il poursuivit :

— J'ai pensé... Je ne sais pas. Ce hasard, ce que vous étiez l'un et l'autre... Tu devenais une sorte de lien entre Alejo et moi. J'ai pensé que... je pourrais m'en servir, que je pourrais me servir de toi. Je ne savais pas trop dans quel but ni comment... Mais j'ai décidé que j'allais me rapprocher de toi et voir après... Mais le calcul et moi... Je n'ai rien fait de plus après, me disant que si Alejo nous voyait ensemble toi et moi, il serait pour le moins intrigué... Quelle stupidité !

Il n'y avait là rien de monstrueux, pourtant j'étais tétanisé. Il savait, et notre rapprochement n'avait pas été un hasard, ou le seul résultat de ma volonté. Que dire ? Je ne trouvais pas les mots. Je me sentais trahi. Il secoua la tête, ouvrit la bouche, mais se tut avant qu'une parole ne la franchisse. Je tendis les bras vers lui, suspendu à ses lèvres, à la moindre parole qui pourrait daigner les franchir, car tout me paraissait mieux que le silence ou, pire encore, son absence imminente. D'une voix brisée, je lui dis, le suppliant à nouveau :

– Ne t'en va pas, ne me laisse pas seul !

– Seul..., murmura-t-il, sans que je sache trop bien pourquoi il répétait ce mot.

Il continua d'une voix entrecoupée, incertaine, fatiguée, atone :

– Seul. Ça ne peut pas être pire que maintenant.

Il fit un geste vague; son visage s'effondrait, les larmes s'accumulaient dans ses yeux. Il finit péniblement par articuler, de la même voix étouffée :

– Moi, je veux être seul, tout de suite, je dois sortir d'ici... il... J'étouffe. Fais attention à toi, mais laisse-moi, ne viens surtout pas. C'est... comme ça. Ce n'est même pas que je veuille être seul. Je *suis* seul. Et ça ne changera pas.

Il se détourna encore et m'abandonna dans ce décor, ce simulacre de chambre, dans une boue qui me submergea, ainsi qu'une envie de vomir, cerné par le dégoût. Je me repris, sortis la tête dans le couloir, mais déjà une porte se refermait sur lui.

Je claquai celle de la chambre et me jetai sur le lit. J'avais envie de crier et au lieu de ça, je pleurai, sans la moindre larme, avec une affreuse douleur dans la gorge. Je me redressai, haletant, paniqué : « Non, je ne dois pas le laisser partir ! » Je m'habillai fébrilement, ramassai mes affaires en un demi-délire et sortis à mon tour de la chambre en courant, sans rien apercevoir du monde clos qui évoluait autour de moi, et je finis par aboutir dans la rue, à bout de souffle, sans trop savoir comment j'avais fait pour me sortir aussi rapidement de ce dédale. Je m'arrêtai un instant, regardai le ciel noir et bleu, le croissant de lune, je repris mon souffle, vérifiai mes poches, mon sac, soudainement affolé à l'idée d'avoir laissé quelque chose de moi dans cet endroit, réflexe inutile puisque j'avais fait fiévreusement le tour de cette minuscule pièce en m'habillant, en espérant, je ne savais pas trop pourquoi, qu'Adrien avait oublié quelque chose que je puisse saisir pour revenir sur terre, me calmer, pour simplement garder quelque chose de lui, pour me prouver que ce n'était rien, que j'allais le retrouver.

7

DÉDALE

Après les moites labyrinthes suintant leur moisissure pourpre, la rue me parut fraîche malgré la chaleur étouffante de la nuit et paisible en dépit de la rumeur de la foule qui continuait à déambuler en désordre. Quelle heure était-il? Pas loin de minuit certainement, mais je préférais ne pas vérifier. Dans quelle rue, dans quel bar, dans quelle autre chambre devais-je le chercher? Au bord de quelle fenêtre, face à quel vide? Le bruit me fit reprendre conscience, me rendit ma raison. Des notes de musique venaient de partout, rythmes syncopés ou mélodies plus langoureuses, unies en une symbiose étrange; des gens s'interpellaient, riaient; quelques filles et des garçons passèrent près de moi en parlant français, j'eus envie d'aller vers eux, comme s'ils pouvaient m'être d'un quelconque secours. Je devais les fixer d'un air ahuri, mais cela ne sembla pas les troubler; ils me détaillèrent de la tête aux pieds et leurs regards à l'unisson m'irritèrent, me donnèrent envie de leur cracher à la figure, sans raison d'ailleurs, mais leur désir apparent, leur appréciation évidente de ma personne, leur gaieté même me parurent de trop : c'était de ma faute, bien sûr, c'est moi qui n'allais pas, qui étais à contre-courant, mais toute sensualité, toute nonchalance ou jubilation m'avaient fui depuis longtemps. Je n'étais qu'angoisse et sécheresse, raideur et dégoût. Je me détournai, j'eus soudain peur qu'ils m'adressent la parole. J'entendis vaguement un des mecs commenter derrière moi en riant :

— Ces Italiens et leur air farouche... dommage !

J'avançai comme un somnambule, étonné : le monde ne tournait plus, tout se détraquait et j'étais le seul à m'en apercevoir. Je pensai amèrement que cette sorte d'égocentrisme m'était inconnue et que, vraiment, si ça servait à ça d'aimer quelqu'un, à quoi bon ? Je pensai au cœur d'Adrien qui battait à vide, qui vivait dans un univers où celui qu'il aimait n'était plus, et je me sentis impuissant à en crier, à m'en jeter par terre. Et mon cœur à moi, pensai-je avec révolte et rage. Il ne vaut rien ? Ne peut-il rien changer, apaiser ?

Où était-il ? Un coup d'œil à mon portable : aucun message, oral ou écrit. Évidemment. Je titubais, je chancelais, mais il fallait avancer, le retrouver. Les émotions spectrales qui s'étaient succédé sur le visage d'Adrien me disaient que lui non plus n'avait plus toute sa tête et que, quoi qu'il arrive, je devais l'arracher à ses ombres, coûte que coûte, quitte à le secouer, le frapper, le battre, pour l'accrocher de force à une douleur physique, précise. L'accrocher à moi, le porter. L'idée de son corps fluet et meurtri, l'image de sa souffrance me tétanisèrent, j'avais encore une fois l'estomac au bord des lèvres. Je m'appuyai contre un mur, je ne voyais rien, les larmes m'aveuglaient, coulaient enfin librement. Quelle impression devais-je donner, les cheveux en désordre, tremblant, la tête contre la pierre inégale et rugueuse... Je m'en fichais. Sans doute devait-on croire que j'avais trop bu. Mais qui eût pu croire que c'était de la boue que j'étais sur le point de rendre ?

• • •

Je marchai ce qui me sembla un long moment. J'errai dans la nuit brûlante, la multitude et le bruit sans y trouver de repères. J'étais là, bien présent et solidement campé sur mes jambes qui ne tremblaient plus. Mais un abîme me guettait dans la moindre fissure, le moindre sourire. J'étais là, mais ailleurs aussi. J'avançais, comptant les lampadaires et les coins de rue, mais avec la sensation de tourner en rond ou de reculer. J'avais la tête vide et mes pensées semblaient n'avoir jamais eu de consistance, tout comme mes pas, enjambées inutiles ne menant nulle part. Je m'enfonçais dans un dédale inexorable : toutes les rues se ressemblaient, mes gestes s'y répétaient stupidement. Je n'avais plus de force, plus de corps, plus de désir. Envie, pas envie, envie. « Je n'ai pas envie, je n'ai plus envie », me répétais-je. Le mot « envie » me paraissait dénué de sens, un concept hors d'atteinte où je tentais de le saisir. C'est peut-être cette idée qui me fit réaliser que l'alcool me tenait toujours sous son emprise. D'y penser, une soif terrible afflua dans ma gorge sèche, et avec elle le sang dans mes veines et mon sexe; ce besoin impérieux et soudain fit revenir et fondre sur moi une pléiade de désirs. Je voulais baiser, je voulais retourner au hammam, pourquoi pas ? À la boîte, sentir la brûlure de l'alcool sur ma langue et sa puissance me monter à la tête, les nappes d'électronica me fondre dessus et m'emporter avec elles dans leur harmonie saccadée, percevoir le frémissement d'une autre peau contre la mienne, me sentir vivant dans ces rues mêmes que je venais de suivre comme un fantôme éthéré. Y retourner en chair et en os, et passer ma rage et mon écœurement sur d'autres paumés, aussi en manque de jouissance que moi. Les airs connus, les *beats* que crachaient de part et d'autre les portes entrouvertes des clubs, les groupes rassemblés devant les bars et les *trattorie*, les éclats de voix, les lueurs colorées qui traversaient l'atmosphère électrisante de cette nuit d'été au ciel parsemé de nuances bleues et d'étoiles, tous ces visages, ces corps bronzés et mobiles, tout m'appelait, encore une fois, et j'en ressentais une sorte de joie confuse. Après tout, cela ne dépendait que de moi : je pouvais m'y laisser glisser, m'immiscer parmi ces noctambules, me confondre avec eux; j'y serais accepté autant qu'un autre, plus même, je le savais. Filles ou garçons de mon âge.

Non, ce n'était pas possible. Je me mentais à moi-même, encore. Tout ça n'était rien auprès de lui, et c'était avec lui que je voulais passer cette nuit et toutes les autres, lui seul représentait cette finitude certaine, sans laquelle rien n'avait de sens. Tout ça n'avait pas plus de consistance que la poussière, sans aucune influence décisive sur les vivants et sur le cours effréné et imperturbable du présent. Le trouver. J'avais la tête qui tournait. Je risquais de m'attendrir sur moi-même. Avancer, il fallait avancer, ne pas m'arrêter, ne pas me retourner. Ne pas revenir sur mes pas.

Je traversai une place; je l'avais trouvée magnifique en plein jour et les autres soirs. Mais non, elle était lugubre, comme cette nuit était glauque sous ce ciel aveugle. Je gravis des marches qui me semblèrent innombrables. Parvenu à la dernière, je m'arrêtai, ne me retournai pas, repris mon souffle. Mes esprits. Ma conscience. Non ! Je ne voulais pas, je ne pouvais pas vouloir de ces corps inconnus, prometteurs de plaisirs sans lendemain et qui, d'ailleurs, seraient toujours là « demain », disponibles. Non. J'avais envie de plus, de douceur, de laisser peser la tristesse sur mes épaules, de ne plus lutter contre du vent et des moulins, laisser là toutes ces chimères stériles et me laisser aller dans des bras accueillants, réconfortants. Moi aussi, je me l'admettais avec stupeur, je pouvais en avoir besoin. Je scrutai le visage des passants que je croisais, espérant y lire je ne savais quoi, une invitation, de la compassion, mais je ne vis rien. Je me pensais transparent, mon désarroi offert au regard de tous, mais personne ne semblait vouloir m'offrir un réconfort quelconque ni ne me dévisagea avec étonnement, ce qui eût été plus probable si j'avais laissé transparaître le désordre intérieur dans lequel je me débattais. Monotone avantage de mon éducation : savoir offrir au monde un visage indifférent et posé malgré le tumulte qui fait rage derrière la peau, entre les os, avec pour seule fenêtre les yeux, unique point de rupture de cet équilibre et seule trahison susceptible de révéler la violence de ces rapides émotionnels et clandestins. En pleine nuit, au milieu de fêtards et de promeneurs indifférents, je ne risquais rien.

Je n'en pouvais plus de cette solitude, de ce poids, de ce serrement autour de mon cœur, de cet étau pénible comme une migraine qui cernait mon cerveau, ma gorge, mon âme, tous mes sens. Avancer ! Encore. Il fallait que je le retrouve et vite, avant de faire n'importe quoi. Je ne savais plus si j'avais peur pour lui ou pour moi-même.

J'atteignis la terrasse où nous nous étions retrouvés. J'y jetai un coup d'œil distrait, sans penser l'y voir, mais il y était pourtant; assis à une table, un verre posé devant lui. Quelqu'un était assis en face de lui, me tournant le dos. Je restai planté au milieu de la rue, masqué par les passants qui allaient et venaient en tous sens. Il ne me voyait pas et, stupidement, j'en souffris beaucoup, très brutalement. Souffle court, honte. Fuir. Il n'était plus question d'avancer. M'échapper, mais où ? Il n'y avait rien. Que cette belle personne luttant pour garder la face dans un monde qui s'est effondré, qui ne se souciait pas de moi, assise sans moi, respirant et souriant loin de moi. Envie de mourir. Pas pour le drame, pas comme un geste tragique; juste l'envie terriblement précise de ne plus être, là où ailleurs. Je crus naïvement toucher le fond du désespoir, une seconde ou deux : ce fut rapide, douloureux, et très physique; j'eus l'impression d'atteindre ce fond inconnu avec mes pieds, de devoir tendre les muscles de mes cuisses afin de pouvoir reprendre mon élan, tentant de retenir ma respiration pendant la remontée vers la surface. Émergeant dans la nuit, j'y trouvai de la colère et de l'impatience. Une volonté et une lucidité neuves, tranchantes comme une lame, surgissaient en moi, s'opposant à ces élans fluctuants qui ne menaient nulle part. Se faire du mal, du bien, cela n'avait plus d'importance. En finir avec cette fuite en avant.

Les poings dans les poches, la tête baissée, je ne me préoccupai plus de rien. Mais je relevai la tête à temps : Adrien se levait, se frayait un passage entre les tables, s'engageait sur le trottoir, sans me voir. Quel supplice absurde de se voir ainsi si proches et si inatteignables, plus sûrement séparés que par des kilomètres de distance ! Quelle aberration ! Un coup d'œil à la table : son compagnon était toujours assis, me tournant toujours le dos. Qui était-ce ? Je me mis à marcher moi aussi, tentant de ne pas perdre Adrien de vue, mais aussi de ne pas aller trop vite, pour laisser une distance entre lui et moi. Peine perdue : n'y tenant plus, j'accélérai et le rejoignis. Il se tourna vers moi, ne sembla pas surpris, comme s'il m'attendait. Il ne dit rien, mais j'entendis : « Te revoilà. » Il ne prononça pas un mot, mais je compris qu'il m'espérait sans trop y croire, et peut-être contre sa propre résolution. Il ne m'adressa pas la parole, mais tout sur son visage le proclamait. Un sourire incertain, un certain élan. Décrispation de sa mâchoire. Sur sa figure, un bref instant, je lus l'avenir dont je rêvais, malgré l'envahissante tristesse qui se glissait aussi dans son regard. Et après tout, pourquoi pas ? Pourquoi, en quoi m'aurait-elle dérangé ? Peut-être faisait-elle partie intégrante de ce qu'il était ? Quand elle n'est pas l'unique maîtresse du jeu, seule favorite avec laquelle on doit partager sa vie, quand on ne se sent pas abandonné, quand on n'est pas seul, quelle importance ? Son beau visage est alors parfaitement supportable. Plus que la fuite ou le vide, en tout cas. Plus que l'impression angoissante de rester en marge, de passer à côté de tout, espérant en vain une perfection qui ne viendra jamais.

8

ENTRE LE ROUGE ET LE NOIR

Nous étions montés chez lui. Je lui avais timidement pris la main dans la rue et il l'avait retirée sans brusquerie; mais nous avions monté l'escalier lentement, en silence, bras dessus, bras dessous. La lourde porte en bois verni grinça quand nous entrâmes dans l'appartement. Je chuchotai :

— Nous allons réveiller tes colocataires...

— Il n'y a personne.

— Quoi ? Que veux-tu dire ?

Il s'énerva :

— Je veux dire qu'il n'y a personne ce soir... Personne à réveiller, c'est tout !

Il leva les yeux au ciel.

— Ce que tu es chiant avec tes questions, alors que je dis quelque chose de simple ! Merde !

J'étais interloqué devant cette explosion, mais je repensai à ces vagues de colère qui me venaient régulièrement et je me tus. Qu'aurais-je pu dire, de toute manière ? Il y avait entre nous une tension si forte qu'elle en était presque palpable.

Nous ne sommes pas dans notre état normal, pensai-je platement, tristement. Mais je me trompais peut-être, car, finalement, il n'y avait rien là de particulièrement insolite. Incompréhension, tristesse, colère, oui. C'était tout sauf étrange. Je songeai qu'Adrien s'énervait toujours quand il mentait ou tentait de cacher quelque chose maladroitement. Je l'avais surpris par ma question, il avait répondu ce qui lui passait par la tête. Donc? Donc je commençais à me demander si Myriam ne m'avait pas menti elle aussi. Y avait-il vraiment cinq personnes vivant dans cet appartement?

Nous suivîmes un couloir assez long; Adrien ouvrit une porte et me fit pénétrer dans ce qui semblait être un salon, pièce que je n'avais pas visitée lors de ma rencontre avec Myriam. Il entra aussi, alla allumer une petite lampe; l'air devint rougeâtre. La pièce était vaste et confortable, chaleureuse même, avec ses meubles trop nombreux, des livres partout. Sur une table basse, il y avait des verres et des bouteilles aux couleurs mystérieuses: vert émeraude, bleu profond, jaune translucide. Près d'une fenêtre, une autre table recouverte de papiers; il y en avait même sur la chaise tapissée de velours noir. Un énorme vase rempli de fleurs trônait au milieu de ce désordre sympathique. Je réalisai que l'atmosphère était imprégnée d'un parfum prenant, bien que léger; cela sentait les fleurs, la terre, le bois et le papier; je distinguai aussi le parfum d'Adrien et je songeai qu'il ne le portait pas ce soir-là. Il me désigna deux fauteuils dépareillés, nous nous y installâmes.

—Alors, continua-t-il.

Toujours ce ton cassant; je me contins, tentai d'adopter un ton neutre.

— Alors... Je te demande pardon pour ce que je t'ai dit tout à l'heure... Pour ce que j'ai fait.

Il me regarda de ses grands yeux tristes et me dit plus calmement :

— Arrête. En essayant de me faire mal, tu ne t'es pas manqué, je crois...

Je baissai la tête.

— Non...

— Et il y a ce que moi aussi je t'ai dit. Je te demande pardon à mon tour. Mais c'est la vérité...

Je haussai les épaules.

— Ce n'est pas si terrible... Et finalement tes plans n'ont pas donné grand-chose, n'est-ce pas ?

Un sourire pitoyable, entraperçu dans la semi-obscurité de la pièce. L'abat-jour en verre rouge créait une ambiance irréelle, intime et floue, mais aussi inquiétante.

— Non. Je n'ai jamais su faire des plans, justement, calculer, frapper avec précision. Trop volatile. Ou rêveur. Dans l'impulsion du moment, c'est autre chose... Mais une fois ce moment passé, plus rien ne va. Si j'attends, mes intentions se dissolvent, je ne sais plus ce que je veux.

— C'est pas plus mal, tu sais...

Il soupira et se leva. Il se dirigea vers un divan en velours cramoisi, près des bouteilles d'alcool, et s'y laissa tomber; je le suivis, m'installai à côté de lui. Il déboucha une bouteille et remplit deux verres sans un mot. Il m'en tendit un, porta l'autre à ses lèvres, but une longue gorgée, ce que je fis aussi. Whisky. C'était fort et malgré tout ce que j'avais avalé ce soir-là, j'en frissonnai tout en appréciant. Il commença, d'une voix basse et grave :

—Il neigeait ce soir-là. Je me souviens d'être resté à ma fenêtre longtemps, enfermé dans la chambre plongée dans l'obscurité, à regarder la place toute blanche, les phares des voitures, les silhouettes noires qui allaient et venaient. Il me semblait n'avoir fait que cela depuis des mois. Pourtant ce n'est pas comme s'il neigeait souvent à Paris, pas autant en tout cas. Je ne me sentais pas bien. Comme d'habitude. Quelle lassitude je ressentais ! Ça aussi, cet état, il me semblait le connaître depuis une éternité. J'en avais assez, mais que faire ? Il n'y avait rien à faire de plus que ce que je faisais tous les jours : me lever, m'habiller, sortir, voir des gens, me nourrir, aller, venir, quoi d'autre ? Je me détestais, je détestais tout. Il y avait des invités à la maison. Je n'avais pas envie... Tu imagines ! Après une de ces longues journées, il était au-dessus de mes forces de continuer et d'encore voir des gens, parler. Parler d'eux ou, pire encore, parler de moi. Aucune envie d'entendre parler des ennuis des autres et encore moins de leur bonheur, de leurs petites joies. J'aurais voulu disparaître. Qu'est-ce que c'est fatigant d'être malheureux... Épuisant. Chaque geste, chaque parole demande une telle énergie... Je n'avais plus rien. Je pense que je n'ai jamais été aussi exténué que ces derniers mois. Cet automne de malheur, cet hiver d'enfer... Bref, j'ai trouvé un prétexte, raconté n'importe quoi à mes parents et je suis sorti. Dehors, il y avait ce parfum d'hiver si particulier, une sorte de douceur dans l'air; tu sais c'était vraiment une de ces soirées comme je les aime… Ça m'a donné des forces. Comment ne pas se sentir renaître, ne serait-ce qu'un bref moment, dans cette tranquille farandole blanche ? Ça m'a toujours fait cet effet. Et, aussi accablé que j'aie pu être à cet instant, j'ai, comme si de rien n'était, ressenti la même chose.

Il s'interrompit un instant, alors que j'imaginais très bien ce soir de neige, avec un ciel bas, intime, et la lueur atténuée des réverbères éclairant délicatement les gros flocons… Je me souvenais de soirs semblables. C'était dans cette neige que tout avait commencé. Que j'avais commencé à être moi. Que j'avais découvert Adrien. C'était merveilleux, quand même; fallait-il vraiment baisser les bras et tout abandonner ? Il poursuivit :

– Je ne savais pas quoi faire ni où aller. Je m'étais bien couvert, je pouvais tenir un moment, mais après ? Il me faudrait me diriger vers la clarté d'un café ou d'un bar ou, pire encore, rentrer. Me réfugier chez des amis ? Je ne pouvais pas. Je décidai de ne pas y penser et je me promenai lentement dans le quartier. Je n'étais pas très loin de chez toi quand une silhouette déboucha d'une rue devant moi. Malgré la neige, je ne pouvais pas me tromper; cette façon de se mouvoir, d'avancer d'un pas décidé, gracieux, l'impression générale que me faisait cette silhouette, la sensation de mon cœur qui battait si fort que j'eus une brusque nausée, je les connaissais trop bien : c'était Alejo. Alejo… Malgré tout, cette brusque apparition donnait tout naturellement un sens aux choses, ce sens, cette réalité que je tentais jour après jour de retrouver.

Il surgissait et je me sentais m'ancrer dans le réel. Quelle agonie, quelle douce agonie ! Je n'ai pas eu la force ni le courage de me défiler. Je l'ai suivi. Il n'avançait pas très vite et je devinais que, comme toujours, son manteau déboutonné laissait voler son écharpe au vent. Nous arrivâmes juste à côté de chez toi; je ne peux pas te dire pourquoi, mais j'ai su tout de suite qu'il venait te voir. Je ne savais pas pourquoi ni comment cela était possible, par quel hasard improbable, mais je n'en doutai pas un instant. Je ne me posai même pas la question. Ça peut paraître bizarre, mais c'est ainsi. Tu comprends, il y avait déjà un moment qu'il m'obsédait, cela ne pouvait que me sembler normal puisque, malgré toute ma volonté, mon univers tournait autour de lui, plus encore qu'aux meilleurs moments de notre histoire. Il entra donc dans la cour intérieure, poussa la porte d'entrée. J'entrai aussi dans la cour, mais restai dehors, bien sûr; il sonna, se recoiffa devant le miroir. J'étais un spectateur dans le froid et l'obscurité de la nuit; il était un acteur qui s'apprêtait à entrer en scène. Il ne pouvait pas me voir, je m'approchai jusqu'à distinguer son visage. Je lus sur ses traits ce qu'il attendait de cette visite. Il eut soudain l'air contrarié, sans doute parce qu'on tardait à lui ouvrir. J'ai...

Il s'interrompit, la voix cassée. Pour ne pas pleurer peut-être. Comme cela le faisait encore souffrir ! Il leva son verre, le vida. Qui était cet Alejo qui le possédait ainsi ? Comment avait-il trouvé le courage absurde de rompre en l'aimant autant ? Cet inconnu que je connaissais par procuration, avec qui j'avais partagé une intimité aussi fulgurante que brève, cette ombre toujours présente entre Adrien et moi, je la détestais passionnément. Il le fallait. Le lui faire oublier, ou au moins le consoler... Mais jusqu'à quel point désirait-il cet oubli pour repousser tout apaisement ? Quelle impuissance : un gâchis ! Je me répétais tout ça en y croyant, mais pas tout à fait, et je ne pouvais me défendre d'un élan d'émotions envers lui. D'une sorte d'espoir. Surtout, surtout ne pas penser à autre chose qu'à lui, ne pas penser à ce que ces révélations soulevaient en moi, à cette honte mêlée de satisfaction, à cette excitation confuse que je ne pouvais m'empêcher de ressentir. Je dis :

— N'en parle plus, ça te fait du mal...

Il haussa les épaules, se racla la gorge.

— Je préfère te dire. Comme ça, ce sera plus clair. Il ne reste plus grand-chose à raconter, d'ailleurs... La porte s'ouvrit, Alejo entra dans l'immeuble. À cette seconde je sus qu'il me fallait entrer aussi; je ne pouvais m'en empêcher. Mais comment m'y prendre ? Je retins mon souffle. À l'intérieur une silhouette s'approchait de la porte vitrée : une femme s'apprêtait à sortir. Tout alla très vite. Je pris un air dégagé et je profitai de cette occasion, lui tenant la porte en souriant; elle me salua, sortit et j'entrai donc dans le vestibule quelques secondes après Alejo. Devant moi, le large escalier plongé dans l'obscurité. Il s'était dirigé à droite, vers l'ascenseur, d'un pas tranquille. Pour quelques étages ! C'était bien de lui. Je gravis les marches quatre à quatre. Arrivé à ton palier, je repérai ta porte, puis continuai à monter et, derrière les barreaux de la rampe, dans la pénombre, j'attendis. J'entendis le bruit de l'ascenseur, des pas, c'était lui. Il sonna et au bout d'un moment tu lui ouvris. Dans ton regard également j'eus la confirmation de ce qu'Alejo voulait et de ce qu'il allait se passer. Vous êtes si semblables l'un et l'autre pour certaines choses... J'avais raison, j'en étais sûr. Je me demandai tristement ce que cela pouvait bien faire et en quoi ça me regardait. Ce que faisait Alejo, ce qu'il vivait, ça ne me regardait plus; c'était ce que j'avais voulu. Pourtant, c'était insupportable à vivre. Alors pourquoi? Pourquoi rester puisque savoir était tout aussi intolérable? La vérité, c'est que tout cela me sortait de ma torpeur. Et que son absence me rendait dingue; ce besoin terrible de lui me désespérait. Il me manquait physiquement, comme une drogue ou un tranquillisant; le rencontrer, le suivre à son insu, c'était pallier momentanément le vide, c'était une dose de consolation. Je ne pouvais pas m'en empêcher.

Je sursautai à ce mot de « consolation ». Naturellement. Qui d'autre qu'Alejo pourrait le consoler? C'était sans issue. Mon cœur se serra et j'avalai péniblement. Je lui pris la main et il me regarda avec une douloureuse gentillesse, un sourire contrit aux lèvres. Il dégagea sa main et but. Moi aussi. Il nous resservit et continua.

— Je ne pensai même pas à me demander comment il était possible que vous vous connaissiez tellement j'étais...

Il s'interrompit avant de continuer d'un ton précipité:

— Et je ne veux toujours pas le savoir; ne dis rien!

Je fis un geste d'apaisement, ou de découragement, alors qu'il poursuivait:

– C'est banal, hein ? Tellement commun. Déjà vu... Mais qu'est-ce que ça change ? Quand on le vit, c'est aussi terrible que si c'était la première de toutes les premières fois, comme si personne n'avait jamais souffert autant. Bref... la porte se ferma. La minuterie s'éteignit et l'escalier fut plongé dans le noir. Je ne sentais plus rien, je me recroquevillai et je me dis : « De quel droit ressentirais-je quelque chose ? » Je n'avais même pas mal, j'étais comme engourdi; je profitai de cette paix factice. J'aurais donné beaucoup pour entrer et vous espionner; en y pensant, je me calmai : j'étais dingue, je ne valais pas grand-chose, mais qu'est-ce que je cherchais... ? Voyeur ? Pervers ? Non. Juste seul. Je fumai quelques cigarettes, ne sachant que faire des mégots, et j'attendis, attendis. Dans le noir, des images se formaient devant mes yeux hallucinés, je les chassais. Le temps passa. Personne n'entra dans l'immeuble, l'obscurité resta tout autour de moi et avec elle un sentiment paradoxal de sécurité. Et puis Alejo sortit. Il ne pouvait pas me voir, mais je me détournai. Je ne voulais pas voir l'expression de son visage, je ne voulais pas te voir... Après ce que vous aviez fait. Sur ça, je n'avais aucun doute. Il descendit les marches alors que deux étages plus bas d'autres gens sortaient d'un appartement, riaient. Bientôt, en bas, la porte claqua. Je restai longtemps dans cet escalier, prostré, comme pétrifié. Puis je sortis comme un somnambule. Dehors il y avait un vent léger chargé de flocons qui virevoltaient dans tous les sens, j'avais les cils gelés. Je rentrai chez moi par la porte de service. La cuisine était sombre, mais j'entendais des voix, mes parents, mes frères, ma sœur qui riait et je ne sais qui d'autre. Je me dirigeai vers ma chambre sur la pointe des pieds. Personne ne m'entendit. Je me déshabillai, me glissai sous les couvertures. J'étais rompu, gelé, insensible. Les yeux fixés au plafond, je ne distinguai pas grand-chose. Les yeux grands ouverts, je ne sentais rien. Des larmes chaudes coulèrent sur mes joues. Dans la chambre, une lueur soudaine : mon portable, un appel ou un texto. Il était sur ma table de chevet. Je le saisis, regardai le texto, car c'en était un. D'Alejo. « Je pense à toi ce soir. C'est le temps que tu aimes tant... » Je le savais sincère, mais c'était trop, tout à coup, car il y avait eu trop de situations comme celle-là, trop de sincérité dans la trahison... Trop de désirs, de vies parallèles. Il n'y avait plus de trahison. Nous étions libres. C'était juste un écho, entendu de moi seul. C'est alors que je décidai de me rapprocher de toi et de voir ce que je pourrais faire de cette éventuelle amitié... Faire quoi, je me le demande bien maintenant. Mais je décidai de ne pas te parler de cette soirée et, plusieurs fois, je m'amusai amèrement à te regarder, si aimable avec moi, de plus en plus attaché et attachant... Mais te taisant aussi. Nous mentons tous, nous cachons tous des choses... On ne peut rien changer à ça. Pour être honnête, je pensai aussi cette nuit-là que si vraiment tu en avais envie, ça ne me serait ni difficile ni pénible de me rapprocher de toi... Je te trouvais beau, attirant, mystérieux. Physiquement, je te désirais déjà. C'est bête, mais cette assurance que tu projetais, cette attitude de mec-mec, de petit coq indifférent que tu avais parfois... Ça m'intriguait, je trouvais ça excitant. Je t'imaginais intelligent...

— Merci, dis-je en ne pouvant m'empêcher de rire.

Il sourit.

— Et je ne me trompais pas. Mais tout ça c'était dangereux... Je ne pensais pas qu'il y aurait un véritable attachement, continua-t-il sans préciser, ni cette attirance... Et tout ça, je n'ai pas pu y résister, mais je ne me sentais pas libre de m'y jeter, d'en profiter à tout moment sans états d'âme. Je ne me sentais pas moi-même. J'étais là, seul, supposément libre et j'étais encore avec lui en même temps... Quelle connerie ! Mais qu'y faire ?

— Rien... Attendre... Ne pas partir... Ne pas me laisser.

— Je ne voulais pas te faire de mal, Max... Quant à te laisser, il faudrait déjà que...

Il hésita.

— Me faire du mal ? Quoi ? Désolé de t'apprendre ça, mais tu n'es pas le seul à pouvoir faire souffrir les autres. Et il faudrait déjà que quoi ? Quoi ?

Je criais. Il ne disait pas ce que je voulais entendre. Je voulais qu'il me dise que moi aussi je pouvais le faire souffrir. Je refusais qu'il me considère avec pitié comme une petite chose blessée qu'il fallait protéger. Il ne répondit pas, se leva, se dirigea de l'autre côté de la pièce, dans la pénombre. Je le suivis, continuai.

— Me faire du mal, dis-je d'une voix sarcastique, repris par un besoin irrépressible d'en dire plus, d'aller trop loin, un besoin stupide de destruction; me faire mal ? Mais pas du tout ! Je voulais juste que tu saches, d'ailleurs, que j'en ai bien profité, d'Alejo, et que j'ai pris mon plaisir, bien consciencieusement, et...

— Ça ne te va pas d'être vulgaire, me coupa-t-il. Et tu m'as déjà dit tout ça, merci. Tu es complètement ivre, me dit-il avec mépris.

— Quelle importance ? Je m'en fiche. Et toi alors, tu ne bois pas, peut-être ? D'ailleurs, tout est tellement moche, alors un peu plus, qu'est-ce que ça change ?

— Rien, tout, je ne sais pas... hésita-t-il. Mais il n'est pas nécessaire de te faire du mal parce que tu as envie de me blesser. Remarque, si ça te soulage, vas-y. Je comprends.

J'enrageais. Je m'en voulais, je lui en voulais, je n'en sortirais plus. Je posai mes mains sur ses épaules, et, après une courte hésitation, je le poussai violemment contre le mur. Il n'avait pas cessé de me regarder. Il se redressa, s'approcha de moi, le visage crispé, comme partagé entre le rire et les pleurs. Je le poussai à nouveau. Il y eut un bruit sourd quand il heurta le mur pour la deuxième fois. Il se redressa, encore, le visage plein d'orages mal contenus.

— Vas-y, souffla-t-il, vas-y, je te dis ! Vas-y, continue, frappe tant qu'à y être ! Il ne faut pas te gêner si tu as envie d'être encore plus minable...

Il en riait presque. Son visage était contre le mien, je sentais son souffle sur ma peau. Je me détournai, vaincu. J'avais envie de hurler. De pleurer. Le frapper ? Lui faire du mal de cette façon ? Lui abîmer le visage pour que plus personne à part moi ne veuille le regarder ? Encore cette même idée. Lui arracher les cheveux ? Le rouer de coups de pieds ?

– Non, finis-je par articuler. Non. Je ne peux pas. Je ne comprends pas. Que se passe-t-il ? Pourquoi tu ne veux plus me voir, qu'est-ce que je t'ai fait ? Ne me dis pas que c'est parce que j'ai couché avec ce type, tu ne le savais pas, tu ne pouvais pas vraiment le savoir ! C'est avant...

Avant quoi ? Je ne savais même plus.

– Rien, dit-il. Tu n'as rien fait. C'est moi. C'est tout. Oui, je le savais... Enfin, je n'avais pas de certitudes, mais je pensais bien que c'était possible... En te connaissant de plus en plus, je n'en ai plus douté.

– Mais tu m'as bien... je ne sais pas, aimé un peu, apprécié ? Nous avons eu du plaisir ensemble, non ? Parce que si tu as feint d'apprécier ma présence, le sexe, au moins ça, ce n'était pas du chiqué, non ? Ce n'est pas possible !

– Max... tu confonds tout. Et moi aussi d'ailleurs. J'ai toujours été comme ça moi aussi. Mais il faut bien qu'un de nous deux reste froid, non ? Je pense que cette fois-ci c'est à moi de l'être. Donc je vais l'être. Écoute-moi bien. Oui, malgré moi... hésita-t-il. J'ai aimé être avec toi. Je te l'ai dit, je t'ai dit ce que je ressentais pour toi avant même de te connaître. Ça n'a pas changé. Et... c'était formidable. Ta présence à mes côtés. Parler avec toi. Oui, j'ai apprécié et, oui, peu à peu, assez rapidement en fait, tu as pris beaucoup de place dans mes pensées et dans mes actes. Et puisque tu sembles y tenir, je peux bien te le dire : oui, j'ai eu beaucoup, beaucoup de plaisir avec toi. Mais il n'y a pas que ça. Je ne t'ai rien promis, rien demandé. Je voudrais tellement que tu voies toute cette histoire comme une belle parenthèse et que tu continues ta vie, que tu la commences !

Tu sembles si fort, protégé par une sorte d'égoïsme inoffensif, d'indifférence. J'ai eu peur, c'est vrai, que tu t'attaches à moi, mais… Je ne sais pas, tout ce que tu dégages est si positif, si pur et si amoral à la fois, naturellement affranchi des conventions en quelque sorte, que je pensais que cela te sauverait, que ça t'éviterait de souffrir. J'ai voulu le croire… Mais ta présence, ton attention, ta beauté, ton… charme, à partir du moment où j'ai décidé d'en profiter, c'était joué d'avance. Et après, je le voyais bien, sans pouvoir y croire tout à fait… tu t'attachais vraiment. Nous allions tous les deux quitter Paris pour Rome, tu nous y voyais déjà commençant quelque chose ensemble… Moi je ne pensais qu'à partir depuis si longtemps pour avoir la paix et toi… je ne sais pas. C'est pour ça qu'en partant pour la Suisse, en juin, je t'ai écrit cette lettre, pour t'expliquer que je ne pouvais pas commencer… quoi que ce soit. Je pensais t'éloigner… tout en te gardant. Un ami… Tu as réagi avec sensibilité et calme, ai-je pensé en recevant ton texto… Une pause pendant l'été, des retrouvailles joyeuses et amicales ici, sans attentes particulières…

— Je n'en pensais pas un mot. Je pensais que tu traversais une crise et qu'en nous retrouvant tout se remettrait en place. Mais non… Et qu'est-ce que tu veux dire ? Je ne comprends pas. C'est vrai, d'abord : tu ne m'as rien promis. Et ce que je t'ai donné, c'était parce que je le voulais.

Je m'entendis ricaner, d'un rire dérangeant, discordant. Je m'arrêtai brusquement.

— Si tu en as profité... tant mieux ! dit-il. C'était la moindre des choses, non ? J'ai bien profité de toi, moi aussi, mon pauvre !

Malgré moi, des images de plaisir défilèrent devant moi en rafales, se confondant avec d'autres moments simples, mais heureux. Non, avais-je envie de hurler, c'est trop bête ! Il sembla deviner confusément les images qui me passaient sous les yeux.

— Ce n'est pas de ça qu'il est question, reprit-il.

— Alors quoi, criai-je, qu'est-ce que tu veux dire, putain ? De quoi est-ce que tu parles ?

Il me saisit par l'épaule, m'attira vers lui, me prit le visage entre ses mains, en colère, soudain, exaspéré.

— Ça va ! S'il faut que je te dise les choses dans leurs moindres détails, je vais le faire. Alors tu pourras me détester tranquillement, complètement !

Il s'interrompit, songeur soudain.

— Oui, en fait, ce sera mieux comme ça, marmonna-t-il enfin.

— De quoi tu parles ? répétai-je avec désespoir.

Mes larmes coulaient, d'énervement et d'exaspération, et maintenant, je ne le voyais plus. Ou plutôt, je le voyais, visage flou et inaccessible, confus mais éblouissant aussi, comme tout ce que je vivais depuis ce premier jour où je l'avais aperçu entrant dans la salle de classe et où la pensée de lui ne m'avait plus quitté. Je m'affalai par terre, les bras autour des genoux, la tête baissée, je me mis à fixer avec une attention maniaque les nervures dans le bois du parquet. Je souffrais, mais je ne voulais pas que ça finisse, je sentais qu'une fois que tout serait dit, il n'y aurait plus rien, plus rien entre nous que du vide, que l'absence et le noir. Il fallait continuer, trouver quelque chose à dire, le faire réagir. Tout sauf le silence, la fin. Je levai les yeux vers lui. Il me regardait avec accablement.

— Je... commença-t-il. Quand, avec Alejo...

C'en était trop. Ce nom, je ne pouvais plus l'entendre. La rage me submergeait en vagues âpres et violentes. Tout était rouge autour de moi, des paroles ordurières m'assaillaient, le fiel me montait à la tête. Je me mis à crier :

— Encore lui ! Ce n'est pas possible ! Merde ! Espèce de cinglé !

Je saisis l'occasion, me relevai, me campai devant lui. Il me sembla qu'il se recroquevillait contre son mur. Je continuai à lui cracher au visage :

— Mais j'en ai marre d'entendre son nom !

Je donnai des coups de poing dans le vide, dans le mur à côté de lui et je martelai :

— Il n'a rien à voir avec moi ! Avec nous ! Rien, rien, rien, tu m'entends ! Marre d'entendre parler de ce fils de pute !

Il me regarda avec un air indéchiffrable; avec mépris et arrogance, d'abord, j'en eus la certitude comme s'il m'avait asséné une gifle, puis avec de la lassitude et enfin avec résignation.

J'eus soudain envie de le serrer dans mes bras, de le posséder, de lui demander de tout oublier. Mais, d'une drôle de voix tranquille, il me dit, achevant de me faire perdre le contrôle de moi-même :

– Je sais. Rien à voir du tout. Avec nous. Avec toi. Mais avec moi, si. Il a tout à voir.

– Non !

Je me mis à hurler :

– Mais oublie-le ! C'est fini entre vous ! Il t'a fait du mal ! Tu l'as quitté et c'est très bien ! Et si tu veux savoir, coucher avec lui, c'était aussi pour te venger, pour lui faire payer sa sale petite attitude. Tu ne m'avais pas raconté grand-chose, mais j'en savais déjà assez malgré ton sacro-saint silence, ta discrétion, ton goût stupide du secret ! Tu parles de petit coq ? Et lui alors, hein ? C'est ainsi que tu les aimes, hein ? Et après tu te révoltes, tu parles de droiture, de morale, de... de dignité ! Et quand je lui ai dit que c'était pas mal, mais que je ne voulais plus le revoir, la gueule qu'il a tirée ! Évidemment, ça ne lui a rien fait de grave : il ne voulait rien d'autre que du sexe avec moi. Mais sa fierté ! J'ai bien vu qu'il était... enfin, évidemment pas en colère ou humilié... mais un peu vexé, et que, quand il a deviné que tu, que je...

Je m'arrêtai brutalement. Je sentais bien que ce que j'avais fait, c'était puéril, c'était stupide, c'était faux même. Ça ne changeait rien. Et c'était débile de dire que j'avais couché avec Alejo pour venger qui que ce soit. Je ne pouvais rien savoir, alors. Et même si j'avais connu leur histoire, ce que je racontais maintenant n'aurait pas eu plus de sens. Alejo m'avait provoqué, avec sa superbe, j'avais eu envie de lui, de lui répondre à ma façon; ça n'avait rien à voir avec Adrien. Malgré la stupidité de cette déclaration, il ne la releva pas. Il s'intéressait à autre chose :

— Tu... lui as dit que tu me connaissais ?

Cette petite voix incisive me calma et m'enfonça quelque chose de coupant à l'intérieur. La voix tendue, je tentai de lui expliquer.

— Pas explicitement. J'ai dit que je connaissais un Adrien, un mec qui m'intéressait. Pourquoi toi précisément ? Mais, oui, il a deviné, je crois. Je pense que c'est ce que je voulais, au fond. C'était con de ma part. Sur le coup, ça me semblait normal. Je... je ne sais pas ce qui m'a pris. Je ne me reconnais plus. Ça ne me semble plus logique du tout. Et je ne savais pas que toi et moi...

Je disais n'importe quoi, il n'y avait plus de cohérence pour guider mes pensées et mes mots. Je vis la pitié se refléter sur son visage. Puis, encore, cette lassitude insondable. Comme si, sous mes yeux, il se noyait à l'intérieur de lui-même.

— Je sais. Je sais, Max. Je comprends. Ce n'est pas grave. Tu n'as rien fait de mal. Tu t'es laissé influencer à ton insu par une atmosphère malsaine... par moi. Et je veux que tu oublies. J'ai honte.

— Oublier ! Et honte de quoi ?

— Quand j'ai choisi de me séparer de lui, je pensais... Enfin, je l'ai fait parce que je n'avais plus le choix. Je voyais bien que même si nous nous aimions, nous ne serions jamais heureux ensemble. Je me suis brisé le cœur moi-même. À lui aussi. Je pensais que c'était préférable pour lui, pour moi. Peu à peu, les jours, les semaines passant, je me suis mis à être en colère contre lui, contre tout le monde. Je t'ai expliqué tout ça, par écrit. Alors je...

Il baissa les yeux.

– Je t'ai utilisé.

– Je ne comprends pas, haletai-je. Je ne comprends pas, je ne comprends pas, répétai-je avec entêtement, la voix brisée, douloureuse.

Je lui pris les mains, il se laissa aller, puis il les retira, me regarda avec horreur, me repoussa.

– Calme-toi... Oui, je t'ai utilisé consciemment, pour plein de raisons pas très claires, mais bien réelles. Je t'ai aussi utilisé pour oublier mon enfer, pour me distraire, parce que je découvrais avec une surprise amère que tu m'attirais, que tu pourrais m'intéresser. Je t'ai désiré très rapidement.

Une pause, puis il continua; j'étais pendu à ses lèvres.

– Je t'ai désiré très vite, violemment, et j'ai senti que c'était réciproque. Je n'ai jamais joué, après; j'étais bien avec toi. Mais je t'ai utilisé, tu comprends... C'était pourri dès le départ.

– Mais non, mais non, puisque c'était réciproque... On s'utilise tous ! Si on va par là, je t'ai utilisé moi aussi, parce que je m'ennuyais, parce que j'avais envie de baiser avec toi, parce que... Non ?

Il ne répondit pas, continua son idée. Comme si je n'avais rien dit.

– Pour oublier, oublier un peu ! Et puis, tu lui ressembles un peu, j'avais donc une sorte de plaisir malsain. J'aurais voulu le blesser, pour qu'il pense à moi, pour voir ce que ça lui ferait de me voir avec quelqu'un d'autre. Avec quelqu'un de beau, de séduisant et en plus d'intéressant. Intelligent. Charmant. Et qui, d'une certaine façon, lui ressemblait, physiquement, par son allure générale...

Il haussa les épaules, raffermit sa voix.

— C'est tout. C'est très simple au fond. Ce n'est pas grand-chose, et en même temps c'est tout. Oui, je t'ai utilisé, parce que je l'aime encore et que mon âme est toute noire. Tu es content, maintenant, de savoir ça ?

Je baissai la tête.

— Ça te fait du bien ? Je t'ai utilisé comme un pion pour lui faire du mal ! Et comble de l'ironie, tu m'y as aidé ! En couchant avec lui, en lui faisant comprendre, après, ce qu'il y avait peut-être entre toi et moi, tu l'as renvoyé à sa culpabilité... ou en tout cas à ses regrets ! Tu as fait ça !

Sa voix enflait, devenait hystérique. Je me levai et le regardai avec haine.

— Tu es cinglé !

— C'est ça...

— Parfait, dis-je calmement. Parfait. Au moins j'aurai servi à ça. Et à rattraper la platitude de ta vie, en te faisant jouir autant en tellement peu de temps ! Je te déteste ! Tu n'es qu'une pauvre merde !

Il se troubla, mais, contrastant avec ce que je lisais dans ses yeux, il leva le menton, me regarda, sourit avec ironie et me dit durement :

– Décidément, pour toi on en revient toujours à ça ! Tant mieux, tu vas t'en remettre rapidement, si c'est comme ça. Tu te comportes comme un gamin... que tu es, d'ailleurs.

Enlaidi par un sourire douloureusement arrogant, il me lança :

– Je ne veux plus te voir. Laisse-moi tranquille. Tu sais maintenant que je me suis servi de toi, tu sais aussi que tu m'as donné du plaisir, tu sais que tu vas te remettre très vite de cette histoire imbécile ! Et surtout, martela-t-il, tu sais que je ne t'aime pas. Je ne peux pas et je ne veux pas ! Alors va-t'en ! Et si tu as tellement besoin d'assouvir tes besoins... sexuels, tu peux toujours revenir vers lui ! Ou n'importe qui, je m'en fiche ! Retourner à Paris ! Comme ça je serais tranquille.

Il conclut froidement :

– Moi, ça ne me regarde plus. Et que ce soit bien clair à tes yeux : je n'ai jamais considéré que ça me concernait. Laisse-moi. Va-t'en !

Il me tourna le dos.

– Adrien...

– Si tu pouvais juste t'en aller !

C'était une supplication. Il était beau jusqu'au bout de ses grimaces et toute laideur, une fois de plus, volait en éclats. Je ne répondis pas, ne bougeai pas. Il s'énerva et se mit à crier franchement :

– Dégage ! Va-t'en ! Je ne peux rien t'apporter. Va-t'en !

Il se tourna brusquement vers moi, en reculant, et en me disant d'un ton plus doux, douloureux :

— Va-t'en, s'il te plaît. Sors de chez moi. Si je représente quelque chose pour toi, fais-le pour moi. Tu comprendras... tu verras.

Sa voix se brisa. Il écarta brusquement les bras.

— Non, non ! Je ne vais pas pleurer, pas encore !

Il essuya rageusement une larme qui coulait sur sa joue, solitaire, brillante.

— Non !

Il baissa la voix, sa voix soudainement métallique et blanche à la fois, alors que l'affolement apparaissait dans son regard.

— Non, répéta-t-il. Ce désir de fuite, de délivrance, et après, le vide, le néant, l'ennui, un ennui abyssal... et une fois sorti de ce cauchemar, un nouvel enfer, tout neuf, et un désir de mort... qu'il faudrait que je subisse avec toi, maintenant ? Que je cache, que je camoufle comme une maladie honteuse ? Mon visage que je compose, mes cheveux que je coiffe, mon corps que j'entretiens avec le sport, que je lave, que je parfume, tout en me forçant à manger et à boire pour faire comme si je voulais vivre, mais pour mieux dépérir à l'intérieur, parce que, contre ça, il n'y a rien à faire à part attendre ? Faire l'hypocrite, encore, pour te protéger, alors que je n'en ai pas l'énergie et parce que je ne veux pas te rendre malheureux, parce que...

— Parce que quoi, hurlai-je. Tu ne me rends pas malheureux, là, peut-être ? Tu penses que ça me fait du bien de me faire traiter comme ça, que ça me rend heureux de crier comme ça, de te parler aussi mal, de te voir aussi pitoyable, hein ? C'est vraiment ça que tu penses ?

– Non, répondit-il d'une voix inaudible en cachant son visage entre ses mains qui tremblaient. Mais je ne veux penser qu'à moi.

– À toi ? À lui, oui ! Connard...

– Peut-être. Mais je voudrais t'éviter de...

– Ah ! Parce que malgré tout, je compte pour toi ? Et malgré ça tu préfères crever avec tes angoisses, tes souvenirs malsains, avec ton malheur ? Te laisser mourir comme un con, et le cacher en plus ? Mais pourquoi ? Ça te fait peur qu'on puisse te désirer, te vouloir, avoir besoin de toi, t'aimer même ? Ça ne vaut rien, ça, peut-être ? Tu es bien avec moi et tu me désires toi aussi ! Tu me l'as dit ! Alors si moi je t'aime en plus, c'est quoi, le problème ? Je n'ai pas le droit d'espérer ? De t'aider ? Depuis quand faut-il calculer combien de temps dureront ces sentiments puisque... puisque quand on les vit on ne peut que les considérer comme éternels ? Tu ne dis rien ? Réponds ! Je t'aime, tiens ! Je t'aime ! C'est insupportable, à tes yeux ? Ça te dégoûte ?

– Non... Non. Tu sais bien que non. Mais je ne pensais pas que ça deviendrait si sérieux. Tu n'as pas le droit d'exiger de moi quelque chose que je ne peux pas te donner et de ne pas comprendre ce que j'essaie de te dire. Et avec passion : tu ne peux pas me demander d'oublier ! Me juger, exiger... Me faire sentir comme un moins que rien... Non, non ! Je ne veux plus parler. Je t'ai déjà écrit tout ça... Va-t'en ! J'ai le droit de faire ce que je veux, j'ai le droit de me laisser crever, comme tu dis, c'est ma vie, mon corps, j'en fais ce que je veux. Je me suis libéré, j'ai le droit...

Il redevenait hystérique.

— J'ai le droit...

— Mais oui, c'est ça, tu as tous les droits, répondis-je sèchement, mettant autant de dédain que je le pouvais dans ma voix, ce qui ne me faisait aucun bien, mais je ne pouvais m'en empêcher.

C'était ça ou le rentrer dans le mur, le frapper, vaincre son corps à défaut de sa volonté, le violer à défaut de pouvoir le garder... Je me mis à crier :

— Tu vois ce que tu fais de moi, toute cette violence que tu crées en moi ! Tu te rends compte de ce que tu fais ? C'est dégueulasse ! Moi aussi, j'ai le droit de réagir, comme tu dis, et si je veux...

— Quoi ? Et alors ? Et tu penses que ça m'étonne, que je n'ai pas déjà vécu ça ? Il me regarda avec rage, puis avec affolement, comme s'il comprenait ou devinait les idées délirantes qui m'assaillaient. L'abuser, le dominer, le forcer... à quoi ?

— Ne t'approche pas ! dit-il en se redressant. Je n'en peux plus de devoir m'occuper de toi... De ton désir, de ce que tu voudrais. Tu ne représentes...

Il s'arrêta. Mais il en avait assez dit, n'est-ce pas ?

— Ne t'inquiète pas, dis-je avec lassitude, brusquement découragé, vieilli, écœuré de tout, de moi, de lui. Comment peux-tu, continuai-je avec difficulté, penser que je te juge, que je te méprise, alors que je deviens fou en tentant de te prouver le contraire, inlassablement ? Hein ?

Je fis un mouvement vers lui, il recula; sur son visage plein d'ombres, je vis de la répulsion, de la frayeur. Quelque chose lâcha en moi et je ne me contins plus; je le poussai contre le mur de toutes mes forces. J'eus l'impression horrible qu'il se fracassait en un bruit terrible, mais non, il se laissa glisser par terre et me regarda avec une morgue silencieuse, les yeux pleins de méchante ironie, de larmes, de noirceur, débordant de tout ce que son âme lui faisait subir. Je m'oubliai, voulus l'aider à se relever. D'un geste méprisant, avec un sourire mauvais, il me fit signe de ne pas l'approcher et il se releva péniblement. Nous nous fixâmes un instant comme deux bêtes haletantes, adversaires. Je voulus encore une fois le prendre dans mes bras et je reçus un formidable coup de poing dans le haut de l'épaule. Surpris, je poussai un cri rauque, mais ne bougeai plus.

— Ne m'approche pas, hurla-t-il, laisse-moi ! Disparais ! Petit con...

Le mépris avec lequel sa bouche me crachait ces mots acheva de me consumer de rage. Je me jetai sur lui, le plaquai à nouveau contre le mur et le frappai. Je frappai et frappai. Partout. Le regard dans le vague il se laissa faire, ne réagit pas. À peine se raidit-il, à peine mit-il les mains devant son visage en une vaine et pathétique tentative de se protéger. Je m'arrêtai, à bout de souffle. Je le secouai et le caressai violemment, l'embrassai sauvagement au risque d'être mordu par lui. J'étais plus fort, plus musclé et plus grand, mais par sa passivité, il résistait. Le désir montait en moi encore une fois, neuf, intact, et je me dégoûtais; je ne comprenais pas mes réactions, je ne comprenais pas mon corps. Je suis malade, pensai-je. J'étais malade de moi-même. Je le laissai, découragé. Je n'en pouvais plus de cette demi-pénombre, de cette lueur rouge. À ma gauche se trouvait une lampe sur pied, je l'allumai et je le regardai, consterné. La nuit fondit sur moi. Une nuit de fer. Une nuit âcre comme ce goût qui me restait dans la bouche.

Ses lèvres parurent se déformer, ses yeux s'agrandir démesurément. Il porta les mains à sa bouche, les retira, tourna ses paumes vers moi, les yeux brillants, désespérés. Du sang, presque noir, du sang lui coulait sur le menton, sur les poignets. Il ne dit pas un mot, ne fit plus un geste, poussa une sorte de soupir sourd, étrange, jamais entendu, qui m'évoqua, sans que je sache trop pourquoi, une petite bête sauvage prise au piège, crevant de terreur et de solitude. J'étais responsable de cette horreur. Le rythme des battements de mon cœur s'accéléra; le choc me monta à la tête et m'étourdit. Je ressentis une souffrance égoïste et trouble, mêlée de plaisir. Le sang reflua dans mes veines, dans mon cerveau, entre mes jambes. Rouges ses lèvres et le bas de son visage, rouges ses mains et ses poignets, rouges nos âmes déchirées. Rouge mon désir. Il m'attirait si fortement, si puissamment que je me sentis anéanti sous le poids du sentiment et par la force de la violence de ce qui me poussait vers lui. Son regard figé restait fixé sur moi, le sang coulait toujours. Je le pris dans mes bras. « Je te demande pardon, pardon, pardon », hoquetai-je. Toujours en silence, il laissa aller sa tête sur mon épaule. Du sang sur moi, se perdant dans le noir de mon t-shirt et de nos corps éperdus. J'étais terrassé, tétanisé, comme sous l'influence d'une drogue puissante, à la fois rassasié et insatisfait, totalement soumis à cette sensation enivrante. La cocaïne et le reste étaient bien loin, incolores, minables. Je sentis sa chaleur et une sorte de léger tremblement, comme un frisson continu, et encore tout ce rouge sur mon cou, rouge sur mes mains qui caressaient son visage aux yeux clos. Je le serrai plus fort contre moi, touchai sa joue avec la mienne, léchai le bas de son menton, léchai ses lèvres, embrassai ses paupières fermées, gardant dans la bouche comme un goût d'eau-de-vie et de fer. « Porphyrogénète », pensai-je, étonné que ce mot, qu'il m'avait appris, me vienne à l'esprit à cet instant de cauchemar. Né dans le sang. Non, dans la pourpre. Je lui demandai très sérieusement : « Ça se dit, porphyrogénète, pour un amour ? » Il s'écarta de moi, me regarda avec stupéfaction en entendant ce mot sorti d'ailleurs. Il y eut un bref moment hors du temps, incertain, suspendu et fragile. Il éclata alors de rire, d'un rire qui déchira le silence et balaya l'angoisse. Et tout le reste. C'est une drôle d'image, qui n'a peut-être aucun sens, mais même en y repensant aujourd'hui, c'est elle, comme cette nuit-là, qui s'impose à moi : l'angoisse, épaisse et lourde, qui se déchire au son de ce rire.

— Pardonne-moi...

— Il n'y a rien à pardonner, souffla-t-il. C'est de ma faute.

Il se cacha le visage entre les mains. Il éclata en sanglots et moi aussi sans doute, je ne sais plus.

— Parmi tous les cris, les coups, les pleurs, je ne sais plus choisir, je me perds, continua-t-il. On ne peut pas se faire du mal comme ça... et tout gâcher, indéfiniment, ou définitivement.

Tu as raison. Mais pour l'instant, je voudrais être seul... J'ai honte, je suis vidé, exténué.

Comme une prière dans son regard. Comment oublier ses yeux, ce qu'ils me révélaient, le mal que je lui faisais, qu'il se faisait. Et ma souffrance... Mais peu m'importait, j'étais prêt à tout, y compris à laisser tomber ce plaisir ambigu que me procuraient les blessures que nous nous infligions. Que faire, que dire ? Je ne savais plus.

Il me tourna lentement le dos, sortit du salon, ferma la porte. J'entendis de l'eau couler quelque part dans l'appartement. Elle devait s'écouler en rigoles dans l'évier, rouges elles aussi. Je sortis après un moment, ne sachant où le trouver. Je restai sonné, me retrouvai dans le vestibule. Je ne comprenais plus rien. Je ne sentais rien. Comme un somnambule, je me dirigeai vers la porte d'entrée et y appuyai mon front brûlant. Le bois verni était frais. Contre toute attente montait en moi, tranquillement, paisiblement, et à l'opposé de l'hystérie maladive de la scène que je venais de vivre, comme un sentiment de compréhension si aiguë que, d'abord, je ne le saisis pas tout de suite. La culpabilité d'Adrien, ses aveux... J'avais eu mal en apprenant qu'il m'avait utilisé. Mais ça n'avait pas duré. Ce n'était pas important. Ce qui importait, c'était la colère qui m'avait pris face à toute cette absurdité. Que m'importait ce qu'il avait voulu faire? Je l'aimais. J'étais amoureux de lui. Et son âme noire qui se cachait, son corps qui se forçait à faire comme si, je les aimais. Il était trop tard pour le nier; je n'allais pas le quitter comme ça. Je sentais, je savais qu'il avait besoin de moi et que, peut-être, il m'aimait lui aussi malgré ce qu'il m'avait dit. Il aimait Alejo ? Alors pourquoi pas moi aussi ? Peut-être que, si la chance était de mon côté, il pourrait cesser d'avoir besoin de moi et m'aimer pour moi-même, librement, loin de ces souvenirs au plus profond desquels il se trouvait prisonnier. Tout tenter. Ne rien laisser en suspens. Tout détruire, s'il le fallait. Cela valait mieux que ce désert vide, ce nulle part. Il fallait essayer. Je sentais que quelque part en moi une volonté implacable se manifesterait si je le perdais, accompagnée d'une violence que je ne songerais même pas à contenir. Je pensais aussi que ce n'était peut-être pas tout à fait normal de préférer le voir mort que hors de ma portée. Cela m'effraya, je chancelai. Mais il n'y avait rien d'autre à faire qu'essayer, encore.

Je tournai la poignée, ouvris la porte, hésitai, la claquai. Non, je n'allais pas partir.

À pas de loup, priant Dieu sait qui pour que le plancher ne craque pas, je me dirigeai vers une porte au fond de l'appartement, car il y avait un pâle rayon de lumière qui passait en dessous et j'y collai l'oreille. Je n'entendis rien. Je tournai la poignée silencieusement, par miracle, et silencieusement toujours, passai ma tête dans la pièce, pris d'une peur soudaine, en proie à une panique qui faisait battre mon cœur à m'en faire mal et trembler mes mains, me donnant envie de vomir, encore. Je respirai : Adrien était là, près d'un grand lit, assis par terre contre un fauteuil recouvert de vêtements, le visage entre ses mains. La nausée reflua. Rien d'allumé dans la chambre. Sur le mur à droite, une porte entrouverte, donnant sur une salle de bains et d'où s'échappait une chaude lumière, certainement la lueur que j'avais aperçue sous la porte. C'était donc là sa chambre. Je regardai autour de moi; Adrien restait prostré, il ne me vit pas. J'entrai dans la pièce, faillis trébucher sur une valise béante et vide, sur des piles de livres, m'approchai du fauteuil, m'agenouillai, pris son visage entre mes mains, son beau visage d'enfant un peu abîmé, farouche et muet. Je sentais le désir monter en moi encore une fois. Toujours. Je me mis à trembler de nouveau, de peur, de douleur, de plaisir. Il pleurait et je le trouvais beau. J'approchai mes lèvres des siennes et l'embrassai. Sa peau était humide et fraîche; il avait essuyé une partie du sang et serrait dans son poing fermé un linge blanc taché de rouge noirâtre. Je l'embrassai à nouveau. Il me répondit, cette fois, faisant tomber tous mes doutes. Et les siens ?

– Pourquoi n'es-tu pas parti ? articula-t-il avec difficulté. J'ai essayé, je voulais...

– Tu voulais quoi ?

– Tout sortir et que tu comprennes que...

Il hésita.

– Qu'il valait mieux me laisser seul. Maintenant, tout le temps.

– Tu voulais me dégoûter de toi, je sais. C'est bien ça? Mais ce n'était pas vraiment vrai. Ces moments qu'on a vécus ensemble, c'était vrai. Ce qui est faux, ce sont les intentions, les projets que tu m'as avoués. M'utiliser, faire réagir Alejo, tout ça. Tu n'y croyais pas vraiment. J'en suis sûr. Je n'ai peut-être pas vécu grand-chose de sérieux, je n'ai jamais souffert avant toi, mais je t'aime, et à cause de ça, je te connais déjà d'avance. Je te connais à fond.

— Je ne voulais pas que tu restes avec moi, murmura Adrien, parce que j'avais mélangé notre histoire avec celle que j'avais vécue avec Alejo, parce que je me sentais coupable. Envers toi. Envers moi. Comme je m'étais senti coupable face à lui, coupable de ne pas pouvoir lui pardonner. J'en ai eu assez de me sentir comme ça, de tout gâcher à force de vouloir m'en sortir. Et j'ai eu peur de ce que ça voulait dire, développer quelque chose avec toi : l'oublier un peu plus... alors qu'au fond, c'est ce que je voulais. Enfin, non, pas l'oublier tout à fait, mais être en paix, tourner la page. Et en même temps, je ne voulais pas. Je me disais que si ça devenait sérieux avec toi, qu'est-ce que je ferais si, par hasard, je revoyais Alejo ? Entre lui et moi, c'est rompu, mais rien n'est mort, tout pourrait reprendre si je ne me méfiais pas, s'il faisait un pas vers moi; est-ce que je résisterais si l'occasion se présentait ? Si j'étais heureux et non plus sur mes gardes ? Est-ce que je te tromperais ? Comment imaginer revoir Alejo sans le désirer ? Impossible. Je n'en peux plus, si tu savais. Ces questions, ces situations fantasmées. Je voudrais... Je ne sais pas. Je me sens inutile, stérile; j'ai l'impression que je n'ai rien à donner.

— Pourtant il y a tant de choses que je veux de toi, tu me fais ressentir tellement d'émotions, de sensations... Tu ne sais pas tout ce que tu me donnes sans le savoir. Pour le reste... On verra. Avec moi, ce n'est pas compliqué : je t'aime, j'ai envie de toi. Ça se résume à ça.

Ma main passa sur son torse, glissa entre ses jambes. Il sourit en pleurant :

— C'est pas possible... Vraiment, tu as envie de moi, maintenant ? Tu es incorrigible...

Il s'extirpa du drame en une seconde; son regard redevint juvénile, presque ingénu.

— C'est si facile, si évident quand j'accepte de me rendre compte que moi aussi j'ai envie de toi, que moi aussi j'ai de l'appétit... Que dans la rue, les gens recommencent à m'intéresser, que malgré tout je suis vivant et que j'ai bien l'intention de le rester, de profiter de ma vie... Je me dis que moi non plus je n'ai aucune morale. Pas plus que lui, ou que toi... Et que ça n'a pas d'importance, même si au fond de moi je suis déçu. Je pense...

Il hésita entre la lumière et l'ombre, les ténèbres et le soleil, et, après une imperceptible hésitation, éclata de rire, malgré ses joues mouillées, son visage tuméfié, son cœur meurtri, son corps douloureux. Comme si de rien n'était.

— Peut-être que tout compte fait on pourrait s'entendre, toi et moi... Si tu te contiens un peu.

— Arrête, lui dis-je en riant à mon tour. Toi aussi tu fais l'enfant, tu te complais dans une sorte de pureté à demi factice... Tu aimes ça autant que moi, avoue-le donc ! La vertu n'a rien à voir avec ces choses-là, entre nous. La morale... Tu es différent, tu n'es plus le même qu'il y a cinq minutes. Tu...

J'hésitai, mon assurance n'étant qu'à moitié vraie.

— Tu as envie de moi. Toute cette colère, c'est la preuve que tu as envie... d'essayer.

Il ne dit rien, baissa les yeux, protégé par le rempart de ses cils noirs; je me levai, le pris dans mes bras, vacillai un instant au contact de ce corps chaud et léger, vivant, qu'un court instant j'avais cru perdre et qui maintenant s'accrochait ou plutôt s'abandonnait à moi. Je le déposai sur le lit et me glissai sur lui. Il me regardait en silence. Les yeux pleins de mystère, de silence, toujours. La bouche entrouverte. Il ne changerait pas. Moi non plus. La nuit, la vie ne faisaient que commencer et j'avais gagné. Mais nous ne changerions pas. Il nous restait quoi? Quelques mois, des années ou peut-être, par le plus grand des hasards, toute une vie? Peu importait. Pour moi, toutes ces cases temporelles représentaient l'éternité. Jusqu'à la fin. Il était là, j'étais là, nous étions ensemble, nous allions faire l'amour, pleurer, dormir, nous réveiller ensemble. Qu'importait ce qui nous attendait? Pourquoi compter, calculer, prévoir? Je le sentais soudain léger, comme débarrassé d'un fardeau. Je pouvais bien deviner qu'un jour il m'échapperait ou que moi je voudrais aller vers d'autres horizons. Peut-être, peut-être pas. Tant d'équations inconnues, de facteurs cachés nous échappaient. Quelle importance? Ensemble. Pour le temps qu'il nous restait. Il ferma les yeux. Je le sentis vulnérable, ou plutôt fragile, entre mes bras. Mais je savais aussi que ce que je ressentais pour lui me dominait: un équilibre comme un autre. Il me regarda et soudain ce fut un déchirement du silence, du mystère, des doubles sens: il y eut dans ses yeux tant de bonheur, d'oubli, de désir presque féroce et enfin assumé que je me sentis chavirer. Comme si là, sous le poids de mon corps, sous le joug de mon regard, une décision secrète s'était prise. Enfin! Mes tempes battaient. C'était enivrant, cette légèreté soudaine, cette sensation d'évidence. Je me sentais vieilli et j'en étais heureux. Cela ne représentait pas de la fatigue ou du découragement, mais, au contraire, une force, une solidité nouvelle. Je me sentais raisonnable, plein de bonnes résolutions. Il ne me demanderait pas de changer, je le savais. À moi de décider des efforts à faire sans me trahir moi-même. Il savait bien ce que j'étais, il savait aussi dans quoi il s'embarquait. Ça n'avait jamais été ça, le problème. Peut-être en viendrait-il à douter à nouveau, mais cette nuit-là, il n'était plus question d'y penser. Il se redressa et m'enleva mon t-shirt, nous nous entremêlâmes dans un mélange de délicatesse et de fougue, arrachant ce qu'il nous restait de vêtements. Nos lèvres s'entrechoquèrent, nos langues se trouvèrent et ne se lâchèrent plus. Il ne semblait pas souffrir de ses ecchymoses. Il m'attira à lui, une main sur mon torse, l'autre entre mes jambes. Mon désir montait et je sentais le sien à l'unisson. J'étais étourdi, c'était comme la première fois; il n'y avait que lui et moi, nos mains, nos langues, nos sexes. J'étais étourdi, mais sans effets secondaires, sans arrière-pensées, sans poison dans mes veines. Je ne savais plus où j'étais et je sentis des larmes couler sur mes joues, des larmes de nervosité et de plaisir, lascives et salées. Nous étions à genoux sur le lit, déjà enlacés et, alors que nous luttions l'un et l'autre pour nous renverser, j'eus le temps et l'ultime pensée bien consciente de lui chuchoter à l'oreille, haletant et torturant ma mémoire en un ultime effort pour être le plus précis possible dans ce pastiche improvisé :

– Tu vois ? Comme aurait dit Françoise Sagan, « il n'y a pas de quoi faire des grimaces. Tu es un mec qui a aimé un mec ». Maintenant...

Son étreinte se resserra. Je continuai sur le même ton :

– Maintenant, tu vas faire l'amour avec un autre mec qui t'aime et que, peut-être, tu vas aimer. C'est... une histoire simple.

Ses mains, comme un étau sur mes épaules, me firent mal. Je gémis de plaisir. Il resta silencieux, immobile, tendu. Il n'y eut plus que sa respiration et la mienne, parallèles et désaccordées. Il se tenait à contre-jour et je distinguais à peine ses traits. Je ne pouvais pas lire dans ses yeux. Je restais suspendu à sa respiration, à sa tension. Que pensait-il, quel combat acharné se livrait peut-être encore dans cette tête indocile ? Ce visage presque collé au mien, qu'exprimait-il, quels émois le parcouraient ? Je sentais mes forces me lâcher et ma confiance s'effondrer, mais il relâcha sa prise, poussa un long soupir et posa sa tête sur mon épaule un instant, s'abandonnant, comme s'il se rendait et renonçait à replonger dans l'obscurité de ses hantises et de ses blessures. Il releva la tête, m'empoigna à nouveau avec force. Il rit et moi aussi; il me plaqua le dos contre les draps, contre le lit, et se glissa sur moi, colla son sexe humide contre le mien, mélangea ses jambes aux miennes avec, sur les lèvres, j'en suis sûr, un certain sourire.

La souffrance est-elle un catalyseur ? Un désir plus aigu encore que les fois précédentes nous envahissait, me faisait tourner la tête. J'avais plus que jamais le diable au corps; je me laissai aller aux parfums qu'exhalaient nos corps et nos sexes mêlés. Ma bouche collée à la sienne ou courant sur sa peau, entre ses jambes, je plongeai avidement dans un étourdissement semblable à nul autre et qu'aucun artifice ne pouvait recréer. Il me semblait que plus jamais je ne pourrais vivre autrement qu'ainsi, ma langue liée à la sienne, et tous les trésors de son corps, de sa personne, de sa sale âme à ma portée, à moi, rien qu'à moi. Moi qui le séduisais malgré lui, moi qui lui rappelais malgré tout et malgré moi Alejo. Moi qui m'en foutais. J'étais moi et personne d'autre, et je l'aimais. Mes mains remontèrent sur son corps, frémissant au contact de sa peau, s'emparèrent de son visage. Je fermai les yeux. Nos peaux humides, collées, la chaleur languissante, la demi-pénombre, les draps brûlants. Il me semblait que jamais je ne m'en lasserais, jamais je n'en aurais trop, jamais je ne le posséderais assez.

Nos corps se séparèrent enfin, éreintés, satisfaits. Adrien s'endormit presque aussitôt. J'allai éteindre la lumière dans la salle de bains, puis revins m'étendre à ses côtés, comme en apesanteur, délesté de tout, mais sans trouver le sommeil. Je fixai le plafond et lui parlai en silence, lui disant ainsi ce que peut-être je n'exprimerais jamais.

Jamais je ne connaîtrai la paix avec toi. La tranquillité. Je n'ai aucun regret. Que tu retrouves en moi quelque chose de l'autre, peu m'importe. C'est peut-être là une arme; je m'en servirai et je te tiendrai bien. Je ne te lâcherai pas. Peut-être qu'avec le temps, tu oublieras, peut-être que...

Je pensai à Alejo, ce garçon si beau, si brillant, si seul, maintenant. Il ne le savait peut-être pas, mais il avait presque gagné : il resterait toujours quelque chose de lui. Mon ennemi intime, contre lequel je lutterai, mais sans avoir la vanité de croire possible sa disparition complète. Et s'ils se recroisaient à Paris ou ailleurs, s'ils se remettaient à se voir, et si, et si ? Je n'eus pas la vanité de croire qu'ils en resteraient là. Maintenant que j'aimais, je ne pouvais qu'estimer et reconnaître les sentiments des autres.

Alors je ne sais pas ce qu'il se passera, mais il faudra que tu comptes avec moi : je serai là. Et je ne flancherai pas. Dans ton esprit, ton cœur, ton âme, mon image se confondra désormais à celle d'Alejo. Il ne gagnera pas toujours : je ne commettrai pas les mêmes erreurs que lui. Je ne le remplacerai pas, mais je le contiendrai, de toutes mes forces. Je compenserai ce qui me manque de lui par ce qu'il n'a pas su être.

Et si par hasard, une nuit, dans son sommeil, il appelait Alejo ? Et si, un jour, il se trompait de prénom en m'appelant ? Tant pis, tant mieux, peu importerait : je devrais me rappeler qu'Alejo, dans une parcelle de son cœur en plein délire, c'était aussi moi. Depuis ces jours de neige jusqu'au soleil immortel de l'Italie, je m'étais attaché à lui, mais je voulais croire que désormais il y avait une réciprocité, même ambiguë. Je croyais, je voulais croire, j'avais besoin de croire que je ne le perdrais plus. J'étais prêt à tout et n'importe quoi : jouer le rôle d'un autre, de temps en temps, sauter par-dessus les années, m'approprier une assurance, une expérience que je n'avais pas. Dussé-je m'aérer l'esprit et le corps de temps en temps pour reprendre mon souffle. C'est étrange cette communion entre deux personnes, cette proximité parallèle à une éternelle solitude. Ses pensées me restaient fermées, secrètes, comme les miennes pour lui. Pourtant il était bien là, tout entier, à sa manière. Il ne m'abandonnait pas. Il ne partirait plus. En restant, il me choisirait; en ne me tournant plus le dos, il me préférerait. Me préférer ! Il y aurait d'autres corps, d'autres émois peut-être. Ce qui compte, c'est la préférence.

Et soudain, cette certitude qui balaie tout, presque amère, implacable; ce sentiment de puissance, de pouvoir qui m'envahit, fait descendre la paix en moi. Tu peux bien penser à lui. Tu peux bien te perdre dans de secrètes cogitations, le regard lointain; c'est entre mes bras que tu te retrouveras. Que tu resteras. Entre mes mains. Tu ne m'échapperas plus.

« Je ne t'écrirai plus jamais... »

Nous restâmes longtemps allongés côte à côte dans la nuit. Il dormait toujours, le visage paisible, la respiration régulière, m'entourant de son bras. À toutes ces pensées connues de moi seul succéda l'engourdissement qui précède le sommeil. Dehors, le silence se déchira doucement et la pluie se mit à tomber. Une brise légère, comme un miracle inattendu, se faufila par la fenêtre, entre les volets mal fermés. Je me détendis, fermai les yeux dans l'obscurité silencieuse. Je murmurai :

— Je ne te laisserai jamais plus m'échapper, petit...

• • •

Après avoir somnolé une heure ou deux, jusqu'à l'aube, je me levai, m'habillai et sortis sans bruit de l'appartement. Je traversai la cour silencieuse et ombragée, glissant presque sur le pavé humide. Il ne pleuvait plus et le ciel s'éclaircissait. Dans la pénombre du petit matin, les feuilles des plantes disséminées ici et là scintillaient doucement. Dans un coin, sur une vieille chaise en bois, un chat noir assoupi. Levant la tête vers les fenêtres aux persiennes entrouvertes pour laisser entrer la fraîcheur de la nuit, je retins mon souffle, comme si le moindre mouvement pouvait troubler la maison encore ensommeillée. Rompre un charme mineur qui à cet instant me semblait la plus belle chose du monde. Je goûtai le silence, l'air immobile. Je me sentais bien, malgré ces courtes heures de sommeil, cette soirée exténuante. Envie confuse d'une cigarette, d'eau. De marcher. J'évaluai la distance jusqu'à la piazza di Spagna et je regrettai brièvement de ne pas avoir ma Vespa. Je fouillai mes poches : rien. J'avais dû laisser mon paquet de clopes là-haut. Je ne remonterai pas, pensai-je. Comme si retourner dans l'appartement silencieux en troublerait la paix et la quiétude. Sa quiétude. La mienne. Je l'avais laissé profondément endormi et ce visage nu et paisible dans les lueurs de l'aurore m'avait ému. J'avais fermé les rideaux, laissé un mot sur la table de chevet. Maintenant que tout était joué, qu'une autre page allait pouvoir s'écrire, je ressentais un besoin impérieux de solitude, loin de lui en tout cas, pour reprendre haleine, trouver un nouvel élan. Marcher. Partir, sortir, aller vers la vie, la ville, vers ma chambre, mes draps. Moi aussi j'avais besoin de paix. Dormir seul, sans personne et sans angoisse. La grille s'ouvrit sans bruit. La lourde porte grinça à peine lorsque je me glissai dans la rue. Le soleil se levait. Un soleil neuf, encore doux, enfantin et déjà chaud, qui se déposait en mille nuances sur les pierres encore brillantes; je sentis avec euphorie sa caresse sur mes joues, mes bras. Je songeai à Adrien endormi, en paix, je respirai à fond. Je me sentais bien, je me sentais moi-même. Tout comme je l'avais fait dans la cour du vieil immeuble, Rome retenait son souffle; à peine une légère rumeur se faisait-elle entendre. Une nouvelle journée naissait, et avec elle tant d'espoirs et de rêves que je ne pus me retenir d'espérer, de vouloir... Quoi? Mon âme, mon cœur repus se taisaient, mais, tout au fond, ils ne changeaient pas. Dans ma tête, la musique se substitua au silence. *Il ragazzo della via Gluck, Pregherò. Stand by Me.* J'étais heureux. *Sarà perché ti amo.* Je vis une fille, ses cheveux sombres remontés en un chignon désordonné, pieds nus et vêtue d'une courte robe noire, laver à grande eau le sol inégal d'une terrasse devant laquelle je passai. Elle s'arrêta, s'essuya le front et me regarda. Elle était belle. J'eus envie d'elle. J'étais heureux. J'avançai, tournai sur Vittorio Emanuele II. Un homme fumait à côté de sa Vespa noire. Je lui demandai une cigarette, qu'il m'offrit et m'alluma. J'avançai. Je saisis mon portable, que je n'avais pas regardé depuis le hammam, que je négligeais depuis des jours, une éternité. Je voyais des appels et des messages, mais n'y répondais pas, n'en prenais pas connaissance, n'y accordais aucune importance. Il me semblait renaître, avec cette impression que ma propre vie, négligée, me rattrapait avec des appels de la veille, des jours précédents, de maman, de la famille. Des textos : Joseph, Lola, Lionel, Lætitia. Ils s'étaient tous donné le mot. Des messages de Rome aussi. Stefano qui m'invitait à une autre soirée. Et Lina qui, rentrée à Paris, m'annonçait son retour dans une dizaine de jours, au même hôtel près du Panthéon, et me demandait de réserver ma soirée... J'étais heureux, je respirais à pleins poumons. Simplicité. *Felicità*. Si différent et pourtant le même. Avant. Avant toi. Non, pas comme avant. Avant, j'aurais aussitôt fait des plans, anticipé les moments à venir, pensé que cela me divertirait. Avec n'importe qui, n'importe qui m'ayant, d'une façon ou d'une autre, même éphémère, plu. Le plaisir, pour sortir de l'indifférence. De l'ennui. Maintenant, non.

Non, il n'y aurait plus d'ennui, plus d'indifférence. Quant aux autres, quant au reste, rien ne changerait. Les plaisirs resteraient. Tentateurs, charmeurs, innombrables, qui m'appelleraient. Je ne changerais pas moi non plus. J'étais libre. Comme un invincible été, une saison éternelle.

Je tournai à droite et, le sourire aux lèvres, m'engageai sur la via del Corso.

TABLE

Dolce vita
a été composé en Chronicle Text
grade 2 11 sur 14 et achevé d'imprimer
chez Copiexpress à
Québec (Québec) le 10 novembre 2016
pour le compte d'Annika Parance Éditeur

Dolce vita a été imprimé sur du papier
Rolland Enviro100 100 M.
Par rapport à son équivalent vierge, l'utilisation de ce papier a
permis d'économiser 15 054 litres d'eau et d'éviter la production
de 185 kg de déchets et l'émission de 605 kg de CO_2.